それぞれのウィル

番場葉一

郁朋社

それぞれのウィル

登場人物

珠里（シュリ）……………シベリア東部、黒河《アムール》（サハリャン・ウラ）そばの部族の首長
亜里（アリ）………………珠里の兄の孫、部族の首長を補佐する長の一人
早里（サリ）………………亜里の長男、後の主早王（スサノオウ）
幸（コウ）…………………亜里の妻、他邑からの人質としての珠里の養娘
鈴加（スズカ）……………両親を亡くし幸と共に珠里と暮らしていた珠里の孫娘
巳（ミイ）…………………幸が生まれた邑から連れてきた飼い雌猫、鈴加の愛玩動物
沙寿（サシュ）……………亜里と共に首長を補佐する長の一人
小根（オネ）………………沙寿の妻
手古（テコ）………………沙寿と小根の娘
荒東（アラト）……………亜里と共に部族の首長を補佐する長の一人
小山（コヤ）………………亜里と共に部族の首長を補佐する長の一人
阿古（アコ）………………小山の妻
忍羽（オハ）………………小山の長男
小宮（コミメ）……………阿古の従父妹
宮（ミヤメ）………………小宮の妹、珠里の部族の巫女

凛乃（リンノ）……………………黒河《アムール》の河口近くの部族の女首長
清凛（チリ）………………………凛乃の父親
志良（シラ）………………………モシリの地の邑の首長
咲良（サラ）………………………志良の長男
蓉（ヨウ）…………………………志良の飼い犬、大根と耳耳の母犬
大根（テネ）………………………早里の飼い犬
耳耳（ミミ）………………………忍羽の飼い犬
交倶（カワク）……………………越《えつ》の地の日美泊《ひみのとまり》の邑の首長
真丹（マニ）………………………日美泊の邑の女
子市（シフツ）……………………徐市《ジョフク》の孫、越の角額《つぬが》に住む部族の王
継市（ツグツ）……………………去場《いぬば》と意恵《おえ》の邑を統治する子市の長男（嗣《し》子《し》）
真登（マト）………………………継市の妹
籬（リ）……………………………去場と意恵の邑で継市を補佐する部族の長
鹿目（カノメ）……………………籬を補佐する長の一人
酒寄（シュキ）……………………籬を補佐する長の一人
与麻（ヨマ）………………………継市の妹である真登の侍女、早里の妻
世里（セリ）………………………早里と与麻の長女
芦品（アシナ）……………………去場に住む与麻の父

手名（テナ）……………………去場に住む与麻の母
貫武（カンブ）…………………神門水海《かんどのみずうみ》の西岸の邑の部族の長
実季（ミキ）……………………貫武の妻
振武（シンブ）…………………貫武の弟（次）
巽武（ソンブ）…………………貫武の弟（三）
金賛宇（キム・サンウ）………意富駕洛《オホカラ》から津《つ》の邑に移住した部族の首長
李釆明（リ・ハンミン）………賛宇の妻、與明の母
金與明（キム・ヨミ）…………賛宇の長女、継市の妻
金珂篤（キム・カトク）………賛宇の長男
金硫砒（ロンヒ）………………賛宇を補佐する長の一人
金犀梨（サイリ）………………硫砒の部下
金柑玄（カンゲン）……………賛宇を補佐する長の一人
悠于（カウ）……………………宇美《うみ》の邑の首長
加莉（カリ）……………………壱志《いちし》の島の邑の首長
希莉（キリ）……………………加莉の長女
蘇満留（ソマル）………………加莉を補佐する長の一人
珂備留（カビル）………………蘇満留の弟
金嘉悉（チン・カシツ）………意富駕洛《オホカラ》（大伽耶）の王（世主《せしゅ》）

金藩就（ハンシュ）…………金嘉悉の家臣、筆頭の首長
金芭釈（キム・ハトク）……吉備《キムビ》の国の長（王）
安和（アワ）…………………金芭釈の妻
葵空（キラ）…………………安和の異母妹
金伯固（キム・パク）………菟沙《うさ》の国の長（王）
金伯句（キム・パッコ）……伯固の弟

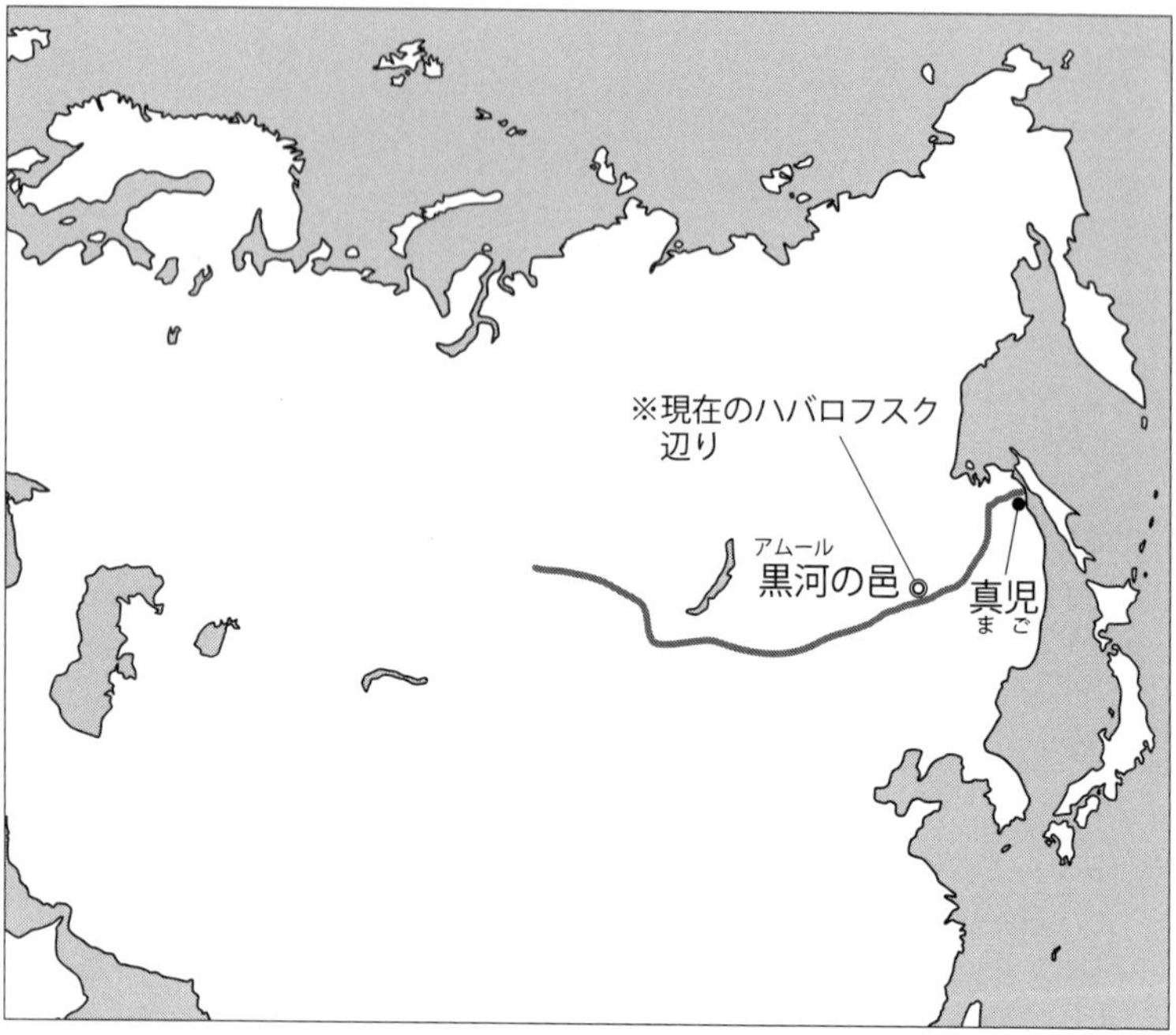

※現在のハバロフスク
辺り
黒河《アムール》の邑
真《ま》児《ご》

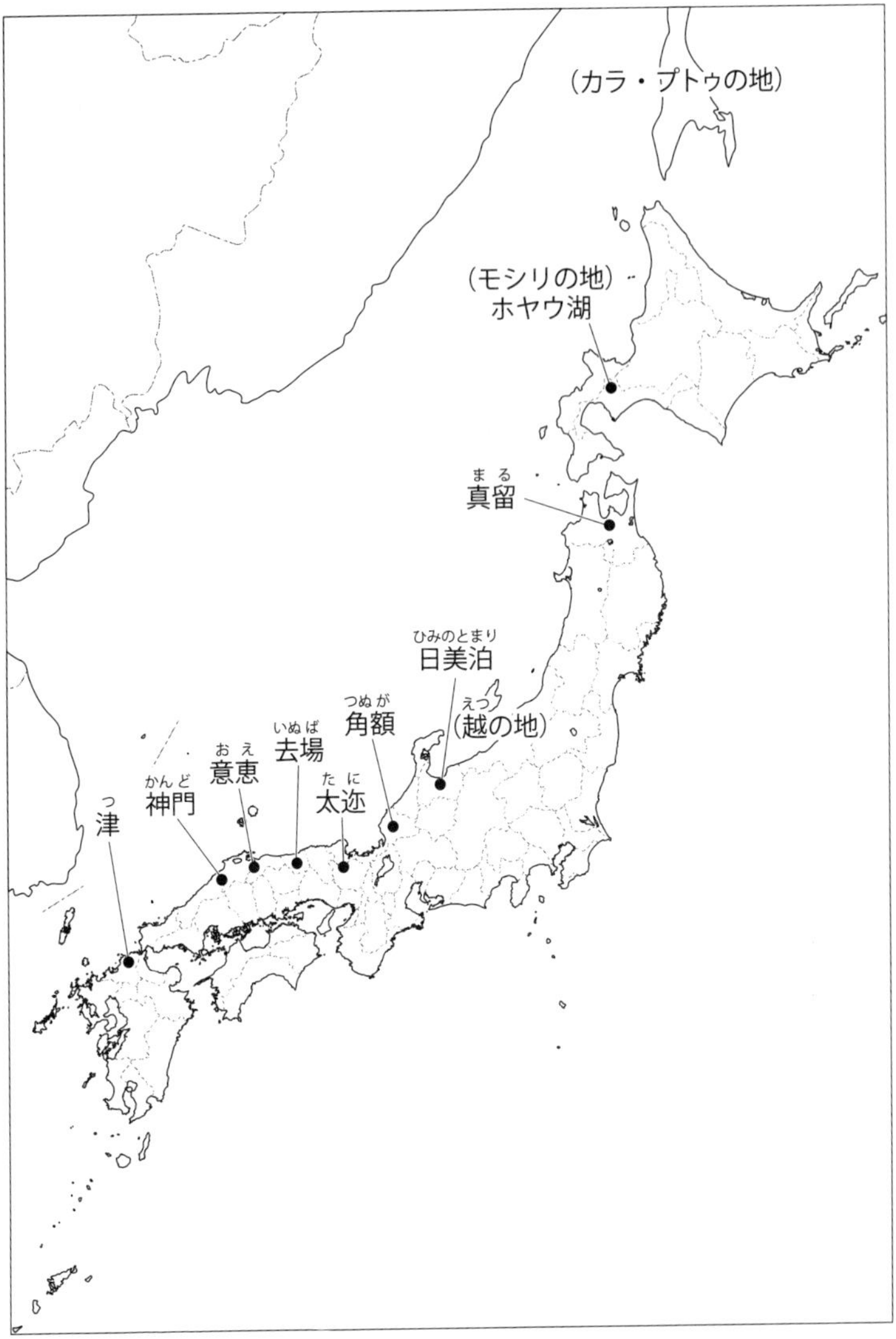
（カラ・プトゥの地）
（モシリの地）
ホヤウ湖
真留《まる》
日美泊《ひみのとまり》
角額《つぬが》
（越《えつ》の地）
去場《いぬば》
意恵《おえ》
太迩《たに》
神門《かんど》
津《つ》

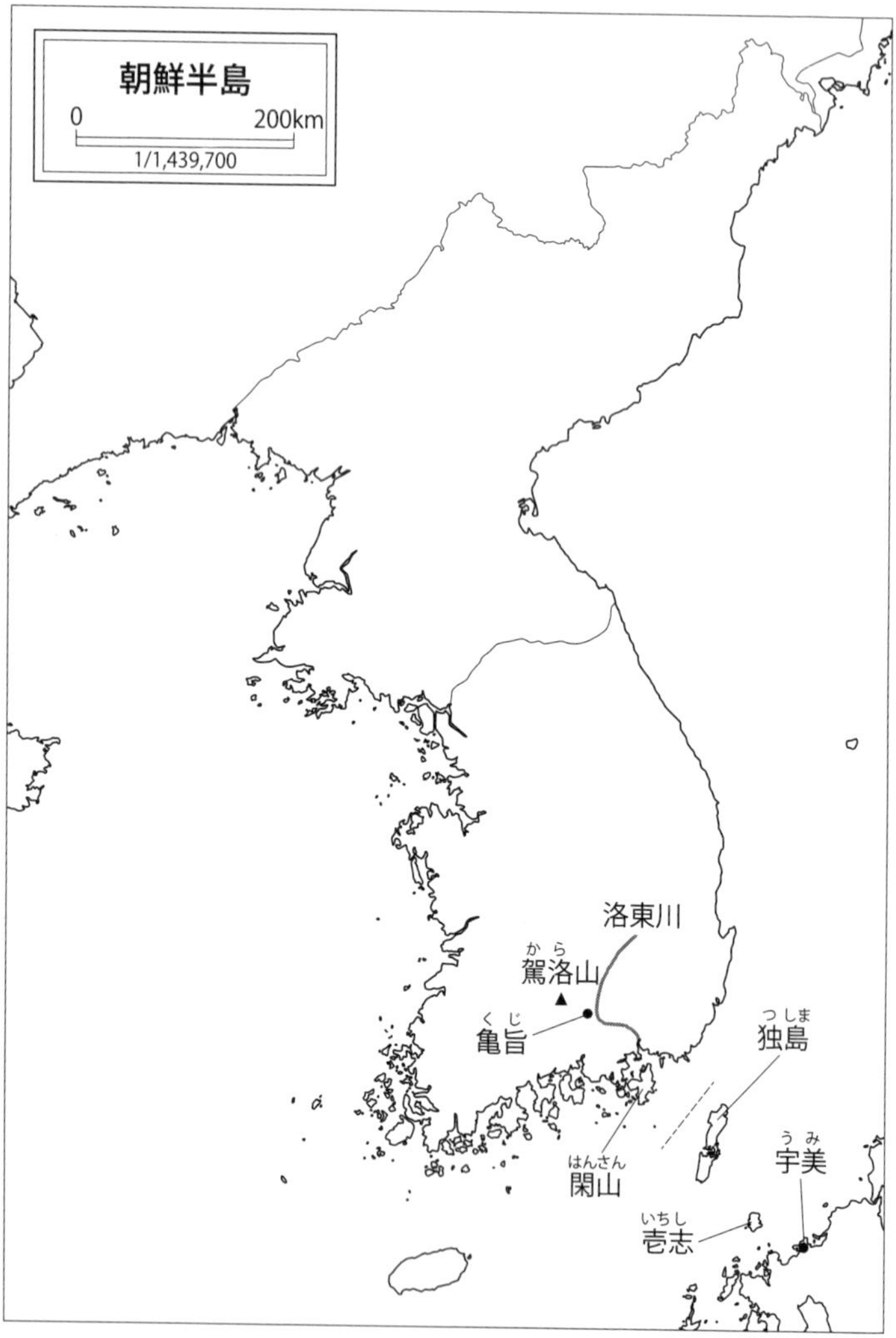

朝鮮半島
0
200km
1/1,439,700
洛東川
駕洛山《から》
亀旨《くじ》
独島《つしま》
閑山《はんさん》
宇美《うみ》
壱志《いちし》

一

亜里《アリ》たちは山間での狩猟と森林に自生する木の実や果実の類いの採集、それに加えて遠征を覚悟のときは川魚などの漁猟もして食料を調達していた。

「やっぱり山は駄目だな、今日はどうする？」

「昨日より遠くまで来たのに残念だな」

荒東《アラト》は、足元の草むらにへたり込みながら力のない声で答えた。

彼らの誰もが経験したこともないような旱魃が襲ったからだった。周辺の森には秋になっても果実や木の実が実らず、獲物である鳥や大小の動物たちはことごとく離れた他の山々に逃失《にげう》せてしまったのである。

漢王朝が中原から覇を唱えると、西方への進出に加え、東方へは遼東地域を含む韓半島を治めていた燕《エン》に圧力を与えて王を廃し、新たに郡を置いて統治した。その西部には楽浪郡、また北東部には玄《げん》菟《と》郡《ぐん》を設けたが、元々いた民族や燕の多数の人々が北へと移動して戦禍を避けなければならなくなった。彼らも韓半島北部の玄菟郡の影響を少なからず被って近年は山二つ奥に追いやられていたのだったが、その山間の小さな邑の周囲が生活の糧を得る云わば縄張りであって、そこで何も得られないとなっては路頭に迷うばかりなのだ。

彼らの邑には約六十戸、三百五十人ほどが住んでいた。その幾家族ずつが小集団となり日常的な協働の単位となっている。二～三家族が協働して小さな狩猟などを行う。それら家族間でも長《チョウ》を決めていたが亜里も荒東も長なのだから生活が懸かっていた。

その夜、亜里は今度のこととこれからのことについて祖父の弟であり邑の族長である長老の珠里《シュリ》に相談した。もちろん心配を募らせていた珠里もどうするべきかを迷っていた。だから彼の相談をきっかけとして珠里の孫娘だが、まだまだ幼さの残る鈴加《スズカ》に占わすことにした。彼女は彼女の母親もそうだったのだが、霊的な資質を備えていることを誰もが認めていた。もちろん邑に巫女はいた。その名を宮《ミヤメ》といったが他の家族の娘だった。そこで、まず様子を確かめるため彼女に指示したのだった。

骨を炙って凶事の原因を占うことが一般的だったので今回も鹿の骨を使い、また念のため亀の甲羅も火に掛けた。その結果はどちらも同じ徴《しるし》が現れた。つまり、この土地で先祖の代から自分たちを見守ってくれていた祖神《おやがみ》が、知らない間に自分たちのそばから離れてどこかに行ってしまったというものだった。彼らを保護する神も無く、災いの気がこの土地にやって来たのだ。だから今の旱魃もこの秋から冬だけで済むとは限らない。もしかしたら、さらに悪い病が流行《はや》る予兆かもしれないのだ。

守り神である地の神の後ろ盾がなくてはこの先自分たちが安全に健やかに生活できる見通しなど立つはずもないのだった。来年の暮らしが見込めない、それ以上にこれからの冬を越せない、そう珠里は悩み亜里に話した。そして二人が出した結論は、この邑ごと別の土地への集団移動だった。川沿いに南下すればそれなりの場所が見つかるはずだと珠里が言った。しかし三百人の邑の人々を納得させなければ実現しない。先祖の代から住み慣れたこの森と川から離れるのだから、そんなに簡単なことではない。

所帯はほぼ六十戸あったのだがそれぞれ長や補佐をする者がいた。今回のように何か大きな事を決めるときには長老の住まいに集まって相談する。

「どうすれば良いのですか?」

長のひとりである沙寿《サシュ》が長老の珠里に礼を尽くして訊いた。何人かが不安げな瞳で彼らを見つめていた。

「とにかく、これからの冬が越せないということは判っている」

珠里は集まった十人ほどの顔を見渡して言った。

「では、どうするのですか?」

別の長が言った。そこで、珠里に目配せした亜里が立ち上がった。

「ここをみんなで離れましょう。新しい土地、食料に恵まれた山、みんなが暮らせる場所を探すのです」

集まった人々からはどよめきの声が起こった。一呼吸置いて亜里は、このままでは邑のほとんどの者が飢え死にしてしまうという予想を述べた。誰からもすぐに反対を口にする者などいなかった。

「この森はここにいるみんな、先祖代々暮らしてきたところだ。戻ってこられるのか?」

しばらくして一人の男が小さな声で尋ねた。

「分からない、先になれば可能かもしれない」

珠里が平らな土間に良く響く声で言った。

「ところで、なぜこんなことになったんだ？」

そう発言した男も自分が言った後で余計なことを口にしたと気付き慌ててうつむいた。

別の男も珠里の様子を窺うように顔を向けたが、すぐに目を逸らせた。珠里はゆっくりと立ち上がり、そして背筋を伸ばして一同を見た。

「鈴加に今回のことを占わせた。祖神様が知らない間に我々のそばから離れ、いなくなったということらしい」

誰も何も言えなかった。守り神が離れるということは族長の不徳が問われ、新しい指導者が必要だということを意味するからなのだ。

「つまり、私にはもう土地の神を留める力が無くなった、ということだと思う」

ここに集まった誰かに責められるのでもなく珠里は淡々と語った。その言葉を潮に集まっていた長たちは意見を言う者もなくただ静かに引き上げていった。

まだ人々の温かみが残っている場所で、珠里は亜里と鈴加と亜里の妻である幸《コウ》それに亜里の息子の早里《サリ》をそばに集めた。そして今回の責任は自分がとらなければならないことを伝えた。さらに亜里には次の指導者となるよう指示し、彼が皆を先導して新たな森を探して落ち着くように諭した。

鈴加が珠里にしがみつくようにして抱きついた。自分が占った結果がこのような結末を導いたことを祖父に詫びた。そして号泣した。まだ十三歳になったばかりの少女だった。

次の朝早く、珠里は家を一人で出て河原の近くの茂みで自害した。彼が六十歳を迎え家族みんなで楽しく祝ったのは去年のことだった。珠里の覚悟を感づいていた亜里は少し遅れて彼の去った方向を追った。そして諦めていたとおり彼の姿を見つけた時、すでに息絶えた後だった。しばらくして鈴加と早里が来た。亜里たちは遺体を運び、祖先の眠る墓に穴を掘って横たえた。その胸に亜里は自分の首に掛けている珠の飾りを外して握らせた。死者は死ななければならなかったことの恨みを抱いて祟り神にならぬよう速やかに埋めてしまうことが決めごとなのだ。だからゆっくりと弔うことなど許されないし、そのための人々も集めなかった。

野草が一面に広がる河原で長老は死んだ。指導者として土地の神に見放されたのは自分の不徳だと、つまり旱魃の責任をとったのだ。

亜里は土葬した上の土を丸く盛り上げ、その前に祭壇を設けた。鈴加は白い菊のような花を手折ってその祭壇に飾った。亜里の息子の十歳になる早里も手を合わせた。珠里の娘夫婦であった鈴加の両親もすでに死去していたし、亜里の親もいなかったので珠里の本当の肉親は三人だけなのだ。

「頼みます。安らかに眠ってください」

亜里はそう言いながら心の中では誰にも怒りをぶつけることができない感情が渦巻いて複雑な気持ちになった。これからも疑ってはいけないことだと知りながら祖神の存在など本当は無いのではないか、そんなふうにも考えてしまうのだった。

「帰りましょう」

鈴加は赤く充血した目で新しい土饅頭を見つめながらも二人にそう言った。亜里は戻ると中央に座って幸を呼び寄せた。煮物の用意をしていた幸が来た。

「ここに座ってくれ」

戸口から戻って正対した幸は、ゆっくりと近づき不安そうな瞳のまま、それでも尻を落として向かいに座った。

「珠里さまをお送りしてこられたのですね」

「そうだ、安らかに眠っていただければ良いのだが」

そうですね、と幸も言った。

「みんなでこの邑を離れる。新しい場所を探さなければならなくなった」

彼女は少し悲しげな表情をしたが、ただ亜里を見つめて次の言葉を待った。

「これから何人かで相談するが、ここから遠い所まで行くことになるだろう。大変だが早里と一緒に我慢してくれ」

二人は早里の方を見た。早里は鈴加と一緒に猫と遊び始めていた。子猫は尻尾を立てながら二人の手元と部屋の隅とを何回も行き来していた。

「どれくらいの日にちがかかるのでしょう?」と、幸は不安そうな瞳を向けた。

「どうだろう、東の方に向かっていくとすれば近くには少なくとも四つの邑があるが、その先は誰も知らない。まずその先まで行くとしても月が満ちてまた欠け切るまでの日時ほどは必要になる」

彼女は小さく静かに息を吐いた。

「いずれにしても途中の邑々で争いが起きないようにしなくてはいけない」

彼女はこの邑で生まれた娘ではなかった。小さい時に幸の父たちと亜里の祖父やその弟である珠里たちが猟場を巡って争いになった。その年も収穫が少なく、すでに冬を目前にした時節だったので幸の父親たちが焦って珠里たちの邑近くまで遠出したのだ。そして両者がひとつの山で出合ってしまった。共に譲らず争って死者も出た。

この収束のため両邑で手打ちをしなければならなかった。争う原因をつくった邑から人質として幸が差し出された。争議が起きるとそうしなければ収まらない習慣だったのだ。

しかし珠里は奴隷としてではなく、自分の子どもとして扱うつもりで幸を迎えた。そして成長した後亜里の妻になったのだった。

「とにかく早里や鈴加とともに準備して待っていてくれ」

父母の話が終わった様子を察して早里も鈴加も亜里のところに走ってきた。そして彼の首に抱きついた。

鈴加は珠里の孫娘だったが彼女の両親は彼女が小さい時に死んでいた。大雨の夜、家の背面の土砂が崩れて家全部が埋まったのだ。奇跡的に鈴加だけ救い出された。父も母も生まれたばかりの弟もみんな土の中で息絶えた。その時に珠里が彼女を引き取って、まるで幸の妹のように大切に育てられたのだ。

ただ引き取られてからの鈴加は、度々狂ったようになることがあった。意味不明の言葉を発し振舞うのだった。土砂崩れの悪夢にうなされた仕業とは言えないような、いきなり神憑《かみがか》りになって子どもとは思えない口調で話すのだ。

それは、時に雨や日照りを予言したり、邑に降りかかる災難を言い当てたりした。しかし正気に戻っても彼女はそのことについての記憶が無く、また自分の意思で神を降ろすことが出来る訳ではなかったので邑人が望むときに望むことを占うことができなかった。そんな彼女の様子を見ていた珠里は巫女の宮に師事させた。

古来より伝わる鹿骨を使って占うことなど巫女になるための作法を習わせることにしたのだ。だから今度のことで珠里は彼女に占わせてみたのだった。

珠里の死んだ次の日も、またその次の日にも亜里たち長が集まって話し合った。しかし、いつも話がまとまることはなかった。生き延びる方法がこの場所を離れて豊かな土地を探すことしかないということは誰の目にも明らかだったのだが、住み慣れた土地を離れるだけの勇気など全ての者が持てるはずもなかったからだ。

亜里は珠里の死を無駄にしない覚悟で根気強く一人一人を説き伏せた。それでも十戸ほどの人々は明日の食べ物にも困窮することを覚悟で留まったが、心を決めた者たち三百人ほどが移動を始めた。

ある夜、亜里と早里は集団の先頭に立って進んでいた。彼らが住んでいた森があった方向の中天を早里は見上げた。

「空から沢山の小さな星が落ちてくる」

早里が興奮して言った。二つの白色の星とその距離の半分ほど地平線近く下がったところにある少し橙色かかった星の周りから、か細い光が幾筋も途切れなく流れては消えるのだった。少しずつ場所を変え何回も何回も溢れるように弧を描きながら流れ落ちた。

「そうか、お前は知らなかったな。橙色の星は魚の神《カムイ》だ。上の二つの星に引き上げられるように見えないか？　魚捕の仕掛けに見えるだろう。寒くなる直前にあそこから星が溢れ出る。今から漁の時期だと知らせてくれる」

早里は再び食い入るように満点の星空を見上げた。そう言われればいつもこの時期になると大勢の男たちが朝早くに出掛ける姿を思い出したのだ。そして手に沢山の魚を持って戻ってきた。それを家族で開いて乾かし干物にした。山から木の実が採れなくなる冬は猟の獲物が少なくなるので、その魚も備蓄して飢えないように凌ぐのだ。それは網を打ちに行っていたのかと彼は腑に落ちた心地がした。

さらに右手天頂方向にぼんやりと輝く星のかたまりが見えた。五つ六つの小さな星がくっついて見えている。

「あそこにあるのは？」

亜里も指さす方角を見た。砂の粒より小さな、しかし白い点が寄り集まってカムイの星ほどの大きさに見えていた。

「いくつあるか判るか？」

「六つ？」

「いや七つある。昔から漁の安全を見守ってくれている七人の女神様と言ってきた。名前はあの星全部を指して昴《すばる》というのだ。仲良く輪になって手をつないでいるように見えるだろう？」

さらにスバルを含む周辺の星々をつなぐと二本の角を持った動物の頭に見えること、またその右上の星々のつながりが祈り踊っている巫女に見えること、その巫女の足下近くにぼんやりとした明かりのかたまりがあること、亜里はそれらを説明した。

「あのぼんやりとした明かりはぼたん雪みたいだろう。昔から年によって見える明るさが変わるから雪虫の星とも言われている」

「見えた！」

早里の声が星空の静寂に響いた。彼も嬉しくなって早里の肩に乗せていた手のひらの指に少し力を込めた。

「もう少し寒くなったら、南の空に斜めに並んだ三つ星が見える季節になるが、それは鹿猟の時節を知らせてくれる星たちだ。その星たちの下、地平線のすぐ上に弓を引く狩人の星々が見えてくる、そうすればみんなで狩りをしに行く。まだまだあるが、どれも私たちがいつ何をすれば良いのか、空の星たちがちゃんと教えてくれることを覚えておけばいい」

分かった、と早里は彼を見上げて答えた。

二人の背後の天頂から、小さな星が間を置かず幾つも流れ落ち始めた。それは、星と星との間にある闇の中から、突然に溢れ出し軌跡を描いては消えていく、そんな不思議な景色だった。この世界には知りたいことがいっぱいある、不思議なことで充ち満ちている、わくわくするような気持ちとともに早里はそう思った。

二

三百人足らずの集団は、まず海の近くまで移動し、その山の麓でみんなが散らばらず近くに住めるような場所を探すこととした。遠征経験の豊富な邑の年長者たちから、その方角と予想される道行きの説明があった。その話し合いにより、壮年の長《チョウ》である亜里《アリ》と荒東《アラト》と沙寿《サシュ》の三人が全体の移動を指導し、責任を持って取り仕切ることとなった。亜里たちは、月齢が一巡りする三十日ほどで目的とする辺りに辿り着けるのではないか、そう考えた。

「森の奥にはあまり近づくな。視界の良いところを歩くんだ」

沙寿の一家が先頭を進み、荒東が集団の最後尾のさらに後ろから彼一人で追うように進んだ。真ん中ほどを歩く亜里は、息子の早里と二人で、沙寿がいる先頭近くや荒東がのんびり歩く後方近くを往復しながら、時々まわりに声を掛けた。

それは、姿は見えなくても森のどこかから覗っているはずの他部族の男たちへの警戒を怠らないためのものなのだった。

「なるべく早く河原へ出るべきだな」

先頭を行く沙寿が言った。川沿いを南下してきたが、見晴らしの良い草原ばかり通れるわけではない。まして休憩する場所を選ぶとなると、皆が進める距離の関係で、勝手など効かない。

今も沙寿たちの本意ではなかったのだが鬱蒼とした森と草原の境を通っている。その森一帯を縄張りとしている他所の邑人に、獲物を狙って入り込んできた者などと亜里たちのことを勘違いして、あらぬ疑いを掛けられないようにと心配したからだった。

「みんな、少し右に進路を変えよう」

先頭の近くまで来ていた亜里がうなずいて、後方へ足早に移動しながら何度も周囲に声を掛けた。

「立ち止まらず進んでくれ、もう少し開けた場所に出たら休憩しよう」

不満の声に応えて亜里が言った。

「子どもに乳をやりたい」

背中でむずかる赤子をあやしながら歩く女が言った。荷物を担ぎ、となりを歩いていた男が女の背中を覗き込んだ。

「何とか休憩して貰えないか？」

そう言った男は、我が子の様子を窺ってから、すまなさそうな目で亜里を見た。

「そうしてはやりたいんだが、もう少しだけ我慢してくれ」

男はうなずき、そして女と背中の赤ん坊をなだめるように大きく厚い手を添えた。亜里は近くにいた幸《コウ》に早里《サリ》を預けて再び一人で後方まで行った。そして荒東には、もうすぐ休憩を摂る予定であることを伝えた。言い終えると走って戻り先頭の沙寿のとなりに並んだ。

「少し休もう」

亜里のその表情を見た彼は、多数の者から不満の声が上がっていることを察した。

「分かった、その先で止まろう」

まだ森からは近かったのだが、先ほどよりは視界の効く場所が見えてきたからだった。

「助かる、みんなに伝えよう」

亜里はまた集団の後尾に移動して、その途中すれ違う者たちに休憩を摂ることを伝えた。その時、亜里は先にある森の一部の木の葉がゆれるのが目に入った。

「みんな止まれ」

周囲にいた人々が亜里の発した場違いな大声に驚いた。彼は急いで先頭に戻った。走りながら先頭を歩く沙寿に叫んだ。

「……、何かがいる」

同じことを沙寿も考えていたみたいで手にした杖を握りしめながら彼の声に振り返った。

「俺が様子を見てくる」

沙寿たちの列を手で制し、亜里は森の方へ踏み出した。そして葉のゆれていた森の端に向かって歩き出した。彼の手には何もなかった。さらに両手を肩の辺りまで上げ、手のひらを森の方に向けながらゆっくりと歩いた。私たちは何もしない、そのメッセージが届くように願いながら進んだ。

バラバラと男たちがそれぞれの木陰から飛び出してきた。

「話を聞いてくれ！」

亜里は穏やかに、それでもはっきりとした口調と大きな手振りで男たちに呼びかけた。

「お前たちは何だ」

五人の姿が見えた。そのうちの一人が亜里の近くに駆け寄ってきて言った。

「三つ向こうの山から来た。そこを離れ、この先に移動する途中だ。ここでは何もしない、お前たちの場所を荒らしたりしない。だから通してくれないか？」

先に尋ねた男の後方で亜里を狙って弓矢を構えていた者もその手を下ろした。

「本当か？　ここは通るだけなんだな？」

再び男が尋ねた。すぐに亜里が頷いた。後ろに控えていた四人が近づいてきた。

「俺は三つ向こうの山の邑長の亜里という者だ。先の旱魃で山には食べる物が枯れてしまった、それまで周りにいた獲物も遠くに去っていなくなった。だから邑の者みんなが新しい土地に移るところだ」

それを聞いて五人は耳打ちした。それから最初に話しかけた男が一歩前に出た。

「お前の話を信じよう。俺たちの所も日照りで大変なことになっている、それでもまだ果実がある、獲物もいる。だから、お前たちのことを信じる。俺は族長の長男の紗羽《サハ》だ」

自ら名乗った男は初めて歯を見せて笑った。亜里が手を差し出した。紗羽もためらわず彼の右手を強く握った。

「気を付けて行け。この山の二つ向こうの森なら食べ物を探すことを許そう。となりの邑は五つ先の山裾から河原に向けて拓けたところに在る。だから二つ向こうの山なら、ひとときの狩りをするぐらいなら大丈夫だろう」

紗羽たちが森の中に帰っていく様子を見送った後、亜里は遠くに離れて見つめていた邑の人々のいる処に戻った。沙寿が駆け寄ってきた。その他にも少しの男たちが亜里を囲んだ。どの顔にもすでに緊張した感じが消えていて争いにはならなかったことに安堵した様子だった。

「二つ向こうの山まで頑張ろう、そこで猟が出来る。あの男が教えてくれた」

大丈夫なのか信じられるかという言葉もあったが、沙寿と亜里は嘘ではないと確信したので一同をせき立てた。

「さぁ、再び進もう。休憩はお仕舞いだ。とにかく二つ向こうの山まで行くぞ」

沙寿は先頭を率いて歩き始めた。亜里は亜里で後列まで駆け、その途中の所々で二つ向こうの山まで行けば食べ物が有ることを知らせた。そして集団の最後尾に来るとみんなを前方に見守りながら歩き出した。

亜里たちは紗羽が紹介してくれた森の裾に拡がる平原で三日を過ごした。その山では結構な収穫があった。男たちが狩りをして持ち帰った獲物は均等に分けた。それぞれの家族が火を熾して空腹を満たすことができた。女たちが採った木の実や菜や薬草は、すぐ食べたりするのに必要な分以外は各家族が荷物に加えた。

四日目の朝、亜里たちが出発の準備をしているとき邑の長の一人である士季《シキ》がやって来た。そして自分たち家族はここに留まって、これ以上先には行かないと言った。

士季の妻の衣緋《イヒメ》と彼女の従妹である衣代《イヨ》の三人だった。さらに、そのことを知った士季の縁者たちの四家族もここに残って暮らしたいと言った。

沙寿は、このことが原因となり邑人がバラバラに散開するとして反対したが、荒東と亜里は無理に強いることは出来ないと考えた。そして、士季たちに今までの感謝と労いの言葉を掛けて別れた。

『新しい自分たちの土地を探し出して、ここにいる邑の仲間みんなが豊かに暮らせるようにする』

その責任が自分たちにはあるのだということを亜里たちは改めて自覚した。

それからも手頃で安全な山や森を見極めては、二〜三日に一度は男たちが総出で食べ物を探した。

幾手にも分かれて狩りをしたが、狙った獲物を追い過ぎて女たちが残る宿営地から遠く離れないようにするため亜里や荒東たちが注意した。

もちろん紗羽と遭遇した時のように時々は森の中からの視線を感じることがあったが、何日かの野営で移動する亜里たちの様子を知って無用な接触を仕掛けるようなことはなかった。このように平穏な幾日が過ぎた。川に沿って移動してきて、また月が満ちる頃になっていた。

「川幅が随分と広くなった」

沙寿は初めて見る大きな川の様子を見て先頭のとなりを一緒に歩く亜里に言った。

「確かに大きい、魚がいっぱい獲れそうだ」

いままでは森での狩猟を主として食料を得てきた彼らだったから、魚を主とした食生活は新鮮だった。季節によっては遠出して漁労に従事したことはあったのだったが、この辺りを選んだとしたら毎日が魚や貝などを食料として生活することが出来ると亜里は思った。

移動する集団が泥地にかかった。そのとき林の方から多数の小石が飛んできた。話の途中だった亜里と沙寿は林を見た。

「しまった、油断していた」

沙寿が亜里を見て叫んだ。亜里は彼に答えようとしたが林から武装した男たちが駆け寄ってくる様子が視界に入り、そこからは続けて小石が飛んできていた。

「引き返せ！」

後方の人々に叫んだ。そして亜里は人々を追うように押し戻した。その時、同じく人々を抑えるように両手を広げて叫ぶ沙寿の背中に矢が刺さった。男たちの一人が弓で矢を放った姿で立っているのを亜里は目にした。

しゃがみこんだ沙寿の元に駆け戻り、その後から駆け寄ろうとする彼の妻である小根《オネ》と彼女に手を引かれた娘の手古《テコ》にはみんながいる方に戻るよう指示した。

「沙寿、大丈夫か！」

彼の肩を抱きかかえるように支えて、その背中に刺さった矢を引き抜いた。鮮血が周囲に飛び散って亜里の胸元も赤く染まった。

十人ほどの男たちが寄せてきて二人を囲んで見下ろした。それぞれの手には弓矢や短刀が握られていた。そのうちの一人が沙寿に矢を放った男なのだった。

亜里は彼らを睨み、立ち上がって矢を放った男の胸ぐらを掴んだ。

「何もしていないじゃないか！　なぜ、矢を放った」

「お前たちは漁場を荒そうとしていただろう。どうして他所者《よそもの》がここにいるんだ」

両頬にそれぞれ二本の黄色い線模様を施した男が言った。彼が沙寿を狙った男だった。

「私たちは移動中だった。邑が飢饉でダメになったから新しい場所を探していただけだ。お前たちの領域を荒らすつもりやここに私たちの新しい邑を構えるつもりなど何もない」

男たちは黙った。

「なぜ、事情を確かめようともしないで討ってきた！」

亜里は弓を手にした男の腕を掴み、その手を引き寄せて叫んだ。その男は彼から目を逸らせた。周りにいた男たちが二人を引き離した。

「……亜里、もう止めろ、……」

亜里の足元でうずくまっていた沙寿が彼に手を伸ばして呟いた。

「大丈夫なのか？」

亜里は彼を支えて抱き起こした。

「勘違いした、……」

亜里に腕を掴まれた男がうなだれた。

「お前たちがしたことは元に戻せない」

亜里は沙寿の片腕を自分の肩に引き上げた。遠方から様子を窺っている荒東たちが立ちつくしている所まで行くのだ。

「……、待ってくれ。これは間違いだった」

頬に刺青をした男が自分は邑長の息子で古満《コマ》という者だと名乗った。

「とにかく仲間のところに戻る」

亜里は沙寿に肩を貸しながら男たちに背を向けた。

「いま、お前たちの仲間がいる森の手前の平地で留まっていてくれ。改めて長と行く。傷の薬草も持参してすぐに行くから、そのままでいてくれ」

古満と名乗った男が亜里たちの背中にそう呼びかけた。邑人たちは亜里に連れられた沙寿を心配そうに見つめた。彼の妻が必死の形相で駆け寄って亜里から彼を抱き取った。小根は抱きながら今にも泣き出さんばかりの様子だったのだが、それでも気丈に背中の傷口の止血のための薄い麻布を幾重にも巻きつけながら必至に夫へ話しかけた。

荒東は亜里のそばに寄り、どうするつもりだと話しかけた。

「あちらは誤って事故を起こしたと言っている。とにかくこのまま留まって欲しいとも言っていた」

「ここにいて大丈夫なのか？　あいつら、さらに危害を加えに来たりしないだろうな？」

荒東の問い掛けに亜里は、とにかくみんなを休ませて、そして沙寿の傷を手当しようと言った。

亜里たちの集団が留まっている草原に、古満たち三人の男がやって来た。

そのなかには頭部に麻製の布を巻いている男がいたが、一番の年配で邑長の安満《アマ》だと名乗った。あとの一人はさきほど古満と共に襲ってきた男たちのうちの一人だった。

亜里は沙寿の背中に受けた矢の傷が思ったより深く薬草を施して手当てしているが、本人は眠っていると説明した。

「すべてが思い違い、思い込みだった。お前たちに謝りたい」

頭部に麻製の布を巻いて両頬には古満と同じような朱の入れ墨を施した男である安満が言った。

「謝られても沙寿は重篤だ。矢を放つ前には戻れない」

亜里の言葉を黙って聞いていた安満が、そのとおりだと応えた。

「ここに薬草を持ってきた。また連れてきた男は薬草などの知識に長けている。豊足《トシ》というが、この男に治療をさせてもらいたい」

古満がとなりに立っている男を紹介した。豊足と言われた男が少し頭を下げた。

「それから、お前たちの全員がこの場所で出発の準備が適うまで留まってくれ。ここに居る間、必要なだけの食べ物を捕っても良い」

長の安満が、古満の言葉を引き継いで言った。その言葉には感謝する、と亜里は荒東の気持ちを窺いながらそう言った。

沙寿の傷は重症だった。出血こそ止まったのだったが、意識が朦朧として夢とうつつの間を行き来しながら常に高熱による脂汗を浮かせていた。さすがに豊足と呼ばれている男の手際は鮮やかで持参した薬草を傷口に塗り、煎じた別の草を沙寿に与えた。しかし、生死に関して何とも言えない状況なのは誰の目にも明らかだった。

次の日、男も女も眼前を悠々と流れる大きな川の浅瀬で魚を捕った。火を熾して新鮮な魚でみんなの空腹は潤ったのだったが、誰もが沙寿の様態を案じ大きな声を出して楽しむ様子などなかった。なかでも小根は食事も摂らず夫の介抱に懸命だった。そして母親のそばで大人しく両親の姿を見つめている娘の手古の姿が健気だった。

明け方、うとうとしていた亜里に沙寿が声を掛けた。亜里の家族は沙寿の親子のとなりで付き添うように休んでいたのだが、そばにいる彼だけに声を掛けたのだった。

「すまないが、お前に妻と娘を頼みたい」

伏せながら彼は手を伸ばして、亜里にすがるように言ったのだった。彼の妻の小根は眠っていて気付いていない。

「気が付いたのか？　具合はどうだ？」

「これからは小根をお前の妻とし、手古をお前の娘としてくれ」

もう一度彼が言った。その表情と見つめる目は、しっかりとしていて亜里は冗談を言われているようにさえ思えた。

「何を言っている、きっと良くなる」

亜里は起き上がり沙寿のすぐ横に移ってその手を握った。

「自分のことだから判る、仕方ないさ」

彼が呟くように言った。目だけはしっかりと亜里の姿を見つめてはいたが、普段と違って沙寿は蒼白な顔色をしていた。亜里は彼に向かって気休めの言葉などを返すことが出来なくなった。

次の日の昼、太陽が天頂に届く時を待たずに沙寿が死んだ。夜明け前、亜里に語った後は、昏睡に陥り再びまぶたを開けて誰かに話すことはなく死んだ。それほど苦しんでいる様子もなく静かに眠るように息を引き取ったのだった。

昼過ぎになって安満と古満が再び訪れた。彼らは車を牽いてやって来た。そこには山ほどのオコジョや狐、さらには鹿の毛皮が乗っていた。

亜里と沙寿の妻である小根のところで車を置き、せめて償いの気持ちだから受け取ってほしいと古満が言った。

「謝ってもらっても、沙寿は戻ってこない」

亜里の言葉にも小根は黙ったままだった。

古満は険しい表情で口を閉じた。

「どうすれば許してもらえるだろうか？」

しばらくして安満が二人に言った。

「今は、そっとしておいてくれないか」

亜里が小根の心中を察して答えた。

「良かったら、この近くに邑を構えないか。我々の漁場を分けよう」

安満は、また自分たちの集団に加わっても良いとも言った。彼ら二人が帰ってから荒東は本当だろうかと亜里に尋ねた。亜里は善意が感じられた、信じても良いのではないかと答えた。話し合いの場に集まった男たちの多くがこの地に留まりたいと言った。

「いま彼がそう言っていても、彼と共にその他多くの者がいる。将来きっと我々は彼らの中では差別されて自由も奪われ、良いように使われるようになるのではないのか？」

十数名の男たちを前にして荒東は心配を口にした。

「そうかもしれない。しかしこれから先、どんな場所に住むことになるのかも今は分からないじゃないか」

立ち上がった一人の男は半月あまりの道程での疲れを浮かばせた顔でゆっくりと周りを見回した。

「俺もそう思う。それに女たちも疲れている、だからこれ以上は無理だ」

男の一人が言った。また違う男がみんなまとまったまま新しい土地まで行くことは難しいと言った。

「とにかく、ここなら暮らしていけると思う」

亜里の言葉に男たちの何名かがそのとおりだと賛成した。

「お前も残るのか?」

荒東は亜里の方を見ながら首を傾げた。

「そうじゃない、俺たちは相談して住み慣れた土地を離れる決断をした。珠里《シュリ》は自分のせいだと悔いて責任を取った。そうして新しい邑をつくるため出発したからには初めの約束どおり海の近くの土地を探すまで進む。それを望んでいる者たちもいるはずだから俺はその使命を果たすつもりだ。ただ、ここで暮らす者がいても良いと思う。ここでの生活を選ぶ家族たちはそれもまた自由じゃないか」

亜里の言葉がその場の多数意見であり、そして彼らの結論となった。

「安満には何人かの家族が土地を分けてもらってこの場所に住むということを私からお願いしよう」

それぞれの家族の申し出を集めると四十戸ほど約二百人余りが留まることを選んだのだった。安満と古満は川と山裾そして森の中腹にわたり六カ所の場所を亜里たちに提供した。亜里は加えて荒東が心配したこと、同じ邑の仲間として末永く彼らを面倒見てつきあってほしいと二人に頼んだ。二人は亜里や誤って殺してしまった沙寿の女房が留まらないと聞いて少し心配している様子だった。亜里も小根と娘の手古はここに留まるべきだと説得したのだが、何度言っても彼女は首を縦には振らなかった。

「沙寿の見るはずだった地《ところ》を見たい」

最後にはそう言う彼女の意思を尊重した。

「もし望むような場所が見つからなかったら、その時はお前たちもまたここに戻って暮らしても良い」

留まらない数十名ほどの者たちが出発する日、見送りに来た古満は中程に立つ亜里にそう言って手を差し出した。

「良い土地が見つかればいいな」

荒東が亜里に並んで歩きながら言った。すぐ後ろを早里と鈴加が雌猫の巳《ミイ》を交互に抱いたり遊ばせたりしながら歩いていた。

沙寿の亡骸は、小根と亜里と荒東で、紗羽たちの森の山の風洞の一つの中に縦穴を掘って納めた。小根は娘の手に自分の手を添えて、野に咲いていた黄色や紫の花を手折って横たえた夫の胸の上に置いた。

「沙寿、おかげで沢山の人が落ち着くことができたよ。この山の裾にはみんながいる。また時々、誰かが山を見上げて偲んでくれることだろう」

亜里の言葉に荒東も頭を下げた。小根と手古も掌を合わせて祈ったが、小根は安らかに眠ってくださいと呟くのがやっとだった。

三

川というものは亜里《アリ》たちが住んでいた所では山々の間を縫うように流れていたのだったが、今は対岸の遥か向こうは河原が広がり、その先にあるなだらかな山脈までを眺めることが出来た。下流は彼方まで水面が続き、朝焼けの日を浴びてきらきらと輝いて見えた。

「この川はどこまで続くの？」

広くなった川はさらに遠く先まで繋がっているのだが、それを見て早里《サリ》が訊いた。

「先で海とひとつになる。たぶん月がすべて欠ける朔には海岸に出るだろう。それより今日は雨になるぞ」

「どうして判るの？」

「朝焼けは雨の前ぶれだ、そのうち西風が強くなってきたら雨が近い」

亜里は荒東《アラト》と相談し、山沿いの経路を取ることとした。対岸と違ってこちらの岸は山に近い。森の様子を確認しながらこれだけの人数が雨を凌げる洞を探すのだ。

幸いにまだ近辺は古満たちが領置している範囲だったからいきなり襲われる心配はないはずだ。

「亜里、あの山際はどうだろう？」

荒東が指さす方向は川岸から山がすぐに始まっている箇所だった。そういう所には自然と出来た横穴が結構ある。彼もめぼしい場所が見つかる気がした。

やっと落ち着くとやはり雨が降ってきた。奥が行き止まりにはなっていたが、結構広い風洞でみんなが休んでもまだ余りがある程の広さだった。手分けして火を熾し冷えてきた体を暖めることが出来た。

「十世帯ほどになったな。新しい所で上手く周囲に認めてもらえるだろうか？」

炉の側で亜里のとなりに並んで座っていた荒東が心配した。猟場を確保しながら周りに住む部族と諍いが起きないように気を配る必要がある。争いが起こりそうになっても、それぞれの戦う男の数が拮抗していれば両者話し合いで矛を収めることが出来る場合もあるのだ。

「ここで心配していても仕方ないさ。先のことは先のことだ」

腰に蔓でまとめて吊るしていた魚の干物を二つに分けて半分を荒東に手渡した。

夜が更けても雨脚は強くなるばかりだった。ほとんどの者が眠りについていた。洞穴の所々で火がくべられて、それを見守っている者だけがぼんやりと起きている様子だった。

亜里も火が消えないように時々小枝を差し入れた。周りで幸《コウ》と早里が眠っていた、その横には鈴加《スズカ》が子猫と抱き合うように寝息を立てていた。

なぜか嬉しさがこみ上げてきて自然と頬が弛んだ。

『何としても私が守る』

家族に対する気持ちだけでなく、珠里《シュリ》が彼に託して逝った思いや新しい豊かな土地でみんなが穏やかに暮らすことが出来そうな気持ちになれたからだった。そのとき背後から人が近付いてきた。振り返ると小根《オネ》だった。

「……失礼します」

彼女は亜里から人一人分ほど離れて膝を揃えて座った。

「こんなに遅く、どうかしましたか？　まさか手古《テコ》に何かあったのですか？」

正対するため火を背にする向きに直りながら亜里が訊いた。真正面から見つめられ、彼女は一度とまどった様子でうつむいたが、しばらくして顔を上げた。

「わたしをどうか妾として、おそばに置いてください」

小さな声だったが、小根は影になっている彼の瞳を刺すように見つめながら言った。小枝がパチパチと爆ぜて声の余韻を掻き消した。

「何を言っているのですか？　止めてください」

亜里は明かりに浮かび上がった彼女を見つめ返した。

「いえ沙寿《サシュ》は、あの夜わたしに、……そうするよう言いました」

あの明け方、沙寿が目を覚ました時、手を合わせながら亜里に『これからは、小根をお前の妻とし、手古をお前の娘としてくれ』と言われたことを思い出した。

「そんなことは無用です。沙寿は私たちみんなの代わりに命を落とした。その家族を守るのは当たり前ではないですか。そんなふうに考えるのは止めてください」

亜里はさらに励ましの言葉を付け加えた。

「大丈夫ですよ。何も心配せず、ここにいるみんなと力を合わせて暮らしていきましょう。沙寿は死んでも一緒です。ここにみんなと一緒にいるのだから、あなたは沙寿の妻として胸を張っていてください」

織り火に照らされて彼女の瞳が潤んでいることが分かった。

「そんなことで良いのでしょうか？」

「沙寿のおかげで多数の者があの地で拠り所を得ることができました。本当はみんな、あなたと手古に顔むけが出来ないくらいです」

二人の話の途中で幸も目覚めたのか、ゆっくりと体を起こした。そして夫である亜里のそばを通って小根の横に来て座った。それから彼女の膝にあった両手を取り上げて握った。彼女も固かった表情を弛め、初めて泣き笑うような表情を浮かべた。

「心配しないで、みんなで助け合って生きてゆきましょう」

幸の言葉を聞き、取り合っている手に小根は額を近づけた。それから繋いでいた手を離し、両手で顔を覆った。幸は彼女の背中に手を廻して優しく抱きながら大丈夫、大丈夫と何度も言った。

雨が上がった後の出発は順調だった。どの顔も明るく人々の会話ははずんだ。それはひとつに晴天の清々しさが先の希望を象徴しているように思えるからかもしれなかった。人数は四分の一ほどになったが、かえって日に進む距離は今までとは比べものにならないくらいに長くなった。

いつの間にか目の前を流れる黒く肥沃な川の幅は広くなっている。所々で休みながら魚を獲り、川から近い山間で木の実などを採り、みんなで分けてそれらを食べた。どこもが豊かさを備えた土地に思えた。

「どこまで行くつもり？」

となりを歩く幸が尋ねた。

「東方の豊かな土地を探す、それは邑を出るときに話しただろう？　だからそのとおりにする。そして安心して暮らせる新たな邑を建てるんだ。宮《ミヤメ》に占ってもらったところ海と繋がる場所に行けという結果が出た」

だからそこまで行くつもりだと答えた。

「でも今度はたくさんの人が留まりました。みんなが一緒にそこに留まっても良かったのではなかったの？」

「否、宮が見た神の啓示のとおりにやりたい。そうしないとまた何かの障りが起こるかもしれないだろう？　せっかく留まって安住の地を得たはずの人たちにも災いが降りかかっては大変だ。みんなの幸せのために私はやるつもりだ」

固い意志を伝えるように幸の手を握り、その指にも力を込めた。彼女は亜里の邑の娘ではなかったが、小さい時から珠里《シュリ》の元で暮らしていたから亜里とは兄妹か幼なじみのようなものだった。珠里は亜里の祖父の弟だったので、二つの家の距離は近かった。昔、亜里の母親たちと共に山に芋や豆を採りに出かけたとき、二人で手を繋ぎながら山道を助け合いながら歩いたことがあったが、何気なく今そのときの情景が心に浮かんだ。

「みんな結構疲れています、もう三十日ほどの日がたちましたからね」

幸が亜里を見上げて言った。

「そうだな、かなり遠くまで来たな」

彼は改めてみんなの疲労を考えた。

「ええ、小さな子どものいる者はゆっくり乳もやりたいし、そうでなくても綺麗な水で体を洗いたいとは思います。そして何よりも十分に眠りたいし」

あとどれくらい歩いたら新しい土地が見つかるのだろうか、と自分でも不安になりそうで彼女にはっきりとは答えられない。

「すまない。ただもう少し、もう少し辛抱しよう」

「分かっています。わたしは大丈夫です。ただ、そんな不満がみんなのなかにあるということを覚えておいてください。わたしは早里も無事にいるし、今のままでもどこに行っても十分だけど……」

あなたがそう決めたのだからついていきますという言葉が喉もとまで出そうになった。

「小根たちが困っていたら、助けてやってほしい。心細くしているだろう」

「ええ、分かっています。小根と手古はわたしたちの家族です、きっと力になります」

幸は夫の顔を再び見上げ、あなたが彼女の申し出を断ってくれたことがとても嬉しかったと心で呟いた。

対岸だけでなく目の前にも平野が広がってきた。そばにあった山は徐々に遠のいて、いつの間にかかなりの距離となっていた。うっそうと茂る葦の河原は、風が吹けばそよそよと葉に当たる光が角度を変えて眩しく輝く。

「遠くに広がるのが川の終わりの海ではないでしょうか？」

川が先で左右に大きく開けているのだ。

「おい、海についたか？」

荒東も駆け寄ってきた。

「そうらしいな」

亜里も嬉しくて声がはずんだ。

「僕たち、ここで暮らすの？」

早里が見上げた。

「そうだなぁ、そうなるかもしれないけれど、みんなと相談しないといけない」

しばらくはここで留まることとした。女たちはさっそく川辺に寄って食べられる物を探した。大きな男の子たちは潜って貝を捕った。そして男たちは近隣にどういった人たちが暮らしているのかを調べ始めた。

十軒ほど家を建てるだけの湿地ではない日当たりの良い山寄りの平地が必要だ。そんな土地と漁場と猟場を手に入れることが可能かどうか、先住の者たちに許しを請う必要がある。もし許されないなら違う所を探すためさらに河口近くまで進まなくてはならない。

しかしこの辺りも砂が主の土地である。さすがに大きな家を建てるための柱が立てられない。だから周囲には目立つような人家らしいものなどはない。きっと森の中か山肌のいずれかに住まいを構えているはずだった、そこから海岸までやって来て魚や貝を捕るのだろう。

亜里は荒東たち何人かの男たちと森の方角に出掛けた。今度は手には弓と矢それに短刀を腰に履いていた。ただし、もし誰かと出会っても決して事を構えるつもりではなく、途中で狩りが可能なら獲物を狙うためだった。

「見ろ、煙が上がっている」

荒東が指さした先は茂った森の奥の山に続く麓だった。

「よし、とにかく行ってみよう。ただし二手に分かれよう。あまり離れるな。お互い見える程度の距離の範囲で進むんだ」

もしどちらかに何かあっても、もう一方は援けに駆け寄るか、あるいは逃げて引き返し川辺にいるみんなを守ることができるはずだからだった。

亜里の方には男が三人、荒東の方には男が四人に分かれた。それぞれが少し右と左に方向を変えて背の丈ほどある草木の中から煙を目標に歩きだした。

「お前たちは何だ、どこの者だ」

亜里の頭の上、大木の方から声がした。彼は見上げた。弓を構えて彼と男たちを狙って見下ろしている男がいた。

「撃つな、私たちは話があって森に入った。危害など加えるつもりはないから早まらずに聞いてくれ」

その男だけではないことに気が付いた。少し離れた木の上にも別の男がいる。

亜里は見えない後方の荒東の様子が気になった。木から降りてきた男たちは三人だった。しかし彼らは荒東たちのことには気付いていない様子だった。彼は立ち上がると高い草木の陰に隠れている荒東に目でそのまま伏せていろという合図を送った。

「新しい住み処を求めて北西から移動してきた。全部で五十人ほどの集団だ。ここの近くで住むことを許してはもらえないか？　そのためにこの森に入ってきた。話を聞いてくれないだろうか？」

亜里は他にもまだ隠れている男たちがいるものと考えた。だから出来るだけ大きな声で問い掛けた。

「まず弓矢を捨てろ」

男の一人が言った。亜里は持っていた弓と矢を手放した。そして後ろの二人にも同じようにすることを指示した。

「よし、今そこに行く」

どの男も良く日に焼けた肌をしていた。森よりも海での漁労が主の種族なのだと思った。男たちの顔に入れ墨はなかったが、太い二の腕の周りには模様があった。一人は赤と青で、別の男は赤と黄で、三人目は赤と黒の二本の模様が彫ってあった。麻の一枚布を頭部だけくり抜きすっぽりと被って腰で縛っていたが、その上着から二の腕の模様が見え隠れしているのだった。

「本当か？　猟場を探しに来たのだろう」

「違う。お前たちに会って挨拶したいと思ったから来ただけだ」

「では、なぜ弓と矢と剣を持っているのか？」

男が亜里の腰を指して言った。

「熊や狼などに出合うかもしれないだろう。その時は自分を守らなくてはいけない。だからだ」

少し首を傾げ、それから後ろの二人と何かを話した。訛っていて聞きなれない言葉が続いたので、彼らの話す意味が解らなかった。

「分かった、俺たちについてこい。長に会ってもらう。ただし弓矢も剣も俺たちが預かる」

亜里たち三人は彼が言うとおりに武器を手渡した。そして合わせて六人の男で先ほどから見えていた煙の立つ方角に向かい森に入っていった。

「北から来たと言ったな。どの辺りからだ？」

「この黒い河のかなり上流の所から来た、もう三十日余りかかっている」

「どうして新しい住み処が必要なのか？」

「旱魃が襲って山には何も無くなった。森の神も姿を消した。だから山を離れ、川に沿って、この海岸近くにまで移動してきた」

男が黙った。歩きながら何かを考えている様子だった。亜里は、背後に荒東たちの気配がすでに無いことに気付いていた。ひょっとすると彼らは引き返したのかもしれない。

前を行く男たちは背の高い草木に時々隠れながら進んでいくのだったが、その姿を見失わないようにと歩調を速めた。彼らの住まいは森に入ってすぐのところで思ったより近くにあった。

「着いたぞ、ここが俺たちの真児《まこ》の邑だ」

奥の斜面を伐採して平地が出来上がっていた。ここから上方真っ直ぐに山頂が眺められた。ゆったりとした間隔に五棟の家屋が建っている。一番奥には高い床になっている建物も見えた。結構な大きさの建物だったので、きっと優れた道具を使って生活しているのだと亜里は思った。

すぐ目の前にある一軒から女が出てきた。

「その男たちは？」

彼女の前で男たちがひざまずいた。

「凛乃《リンノ》さま、この者たちは海岸から山の方へ入ってきていました。遠方から新しい住み処を求めて放浪してきたと言っています。全部で五十人ほどいるらしいのですが、我々と誼《よし》みを結びこの近くで住まいして良いかの許しを請いたいそうです」

女は髪を真っ直ぐに垂らし額を麻で撚った緋色の紐で飾っていた。体には男たちより幅広な、しかし同じ麻布を首から被り足首まで垂らしていた。男たちはひざの上までの長さであることに比べると肌をあまり露出していない装いだった。腰のひもには金や玉の小さな飾りが幾つもあった。

「夢で見た男はお前たちだったか。三日ほど前だったが、なるほど確かに見た覚えがある」

切れ長の目を真っ直ぐに向けて表情を変えず亜里たちに言った。

「私たちは漁場を荒らすつもりなどない。もし差支えない場所があるなら言ってくれ、そこまでさらに移動して住み処としたい。猟もお前たちの山ではない山で獲物を得る」

彼は上半身を前に乗り出す勢いで言った。

「お前たちは知らない。あの海には鰐《さめ》がいる。舟を使わない漁は出来ない。それと山は海岸手前まで全て私たちのものだ。三つの集落があるからこの辺りではお前たちを受け入れられない」

凛乃と呼ばれた女首長が、彼の言葉が終わるのを待ってからゆっくりと言った。彼は肩から力が抜けるとともに大きなため息をついた。

「そう落胆するな、この先の海を渡れば良い。カムイ・カラ・プトゥ（神が河口に造った島）まではそう遠くない。そこなら細長い島の北の方にしか人が住んでいないから南まで渡ってどこでも目ぼしい場所をお前たちの住み処とすればよい。それで充分だろう？」

「私たちに舟など無い、海を渡るなどとうてい無理な話だ」

亜里が憤る様子を見て、彼女は初めて微笑んだ。

「判っている、大丈夫だ。みんなが乗って対岸に渡れるように何艘かの舟を用意する」

「どうして、そんなことまでしてくれるんだ？　今初めて会った私たちなのにどんな代償が望みなのか？」

彼は女にからかわれているのだと思った。

「なるほど、信じられないだろうな？　でも、私は夢でお前たちが訪ねてくることを知らされていた。しかもそれは私たちの神が誘ったということも分かっている。神が呼んでたどり着いた者たちだから神のために舟を捧げる、お前たちはそれに乗って彼《か》の島に行けば良い。どうだ、これで得心できたか？」

その言葉に凛乃の従者の男が不満な表情で耳打ちした。

「解っている、ただこの者たちは……」

女族長が言いかけて止めた。男も黙った。

「本当に、お前たちの舟と交換するだけの物など何も持っていない」

亜里は眉をしかめた。

「まず中に入れ」

凛乃は微笑んでうなずきながら言った。そして彼女は亜里だけを指差し、付いてくるのが当然とばかりに振り向くこともなく家屋に入った。

「その他の者は帰って待て」

彼女に従う男たちの一人が言った。男たちは入口に立ったままで動く様子はなかった。

「荒東たちと一緒に戻っていてくれないか」

亜里はそれだけ言って女の消えた戸口に近づいた。

「奥まで入れ」

凛乃は入口の扉を開け放ったすぐの土間にいた。男たちは入口の両脇に半歩下がって真ん中を開けた。その前を通り中に入った。茅葺の屋根の裏側である天井は高く、内部は結構な広さだった。

その中心の囲炉裏から上がる火は時々大きくなって、その都度煙が天井に上っていった。遠方から認めた煙がこれだったのだ。火の向こう側に一人の老人が座っている。

「とにかく座れ」

凛乃が亜里の方を振り返って言った。

「この男が先日に申し上げた神の言う者たちの一人です。いま森の入口で顛《テン》たちが見つけましたので私がここまで連れて参りました」

「私は清凛《チリ》です。もう歳なので今は娘に任せていますが、これまで首長を務めていました。ところで、お名前は何と言うのですか?」

囲炉裏の反対側正面に座った小さな躰の老人が煙に目を細めながら尋ねた。

「長老にはお初にお目にかかります。名前は亜里と申します。ここから川を上って三十日ほどの山間から邑人全員が移動してきましたが、この近くに住まいしたいと考え、この地の長にご挨拶申し上げたいと思い参りました」

亜里も熊の大きな敷物の上に腰を下ろし、まず座礼して言った。

「そうですか、遠路ご苦労があったことでしょう」

白く太い眉毛が日焼けした顔の多数の深い皺とともに柔和な雰囲気を醸し出している。

「われわれの邑は旱魃に遭ったのです。私が育ってきた間にもこれほどのことはありませんでした。

森には果実や木の実が実らなかったばかりでなく、獲物もことごとく他に逃失せました。長老に相談して占ったところ、その結果は土地の祖神が離れていなくなってしまっていたというもので、この冬も越せないし来年の暮らしが見込めないと考え、新しい場所を探しにここまで来たのです」

「知っております。娘は地の神の申し子で、その宣託を夢でいただくことができる者です。その凛乃が過日に我々の神が男や女を連れてくる、という啓示をいただきました。それが、あなたたちだったのでしょう」

戸外から別の女が入ってきた。静かに近づいて亜里の眼前に坏《つき》を置き、彼の横に座って盃《か》の口から白濁した液体を注いだ。

「これは何でしょうか?」

亜里は敷物に置かれた杯を見つめて訊いた。

「特別な客人をもてなす時の慣らいです、どうか口をつけてください」

「毒ではないから心配するな」

老人が手振りを交えて勧めた後に続けて凛乃も言った。仔細は不明だったが、皿を持ち上げて舐めるように唇を濡らした。

「乳みたいだけど、舌が痛い!」

彼は思わず声を上げ、皿から唇を離した。となりにいた女が初めて微笑んだ。彼の横から離れて、清凛のそばに女が移った。彼女から杯に注いでもらい、その平たい皿を亜里の目線に向かって捧げた。

少し眉をしかめながら一口含み、それを喉に落とし、噛みしめるように目を瞑った。

「ヤギの乳みたいだが、これは違うのか？」

彼は再び自分の坏に口をつけた。

「ヤギの乳だけではない。どうだ、お前のところにはないものだろう？」

凛乃が言った。

「初めてだ」

程なく頬の火照りと頭頂に届く微かな痛みを感じた。腕で口の端を拭いながら彼女を見た。

「乳に混ぜた苧《お》だ。麻の木は知っているだろう、その着ている服を作る木の繊維だが、それの葉と花をすり潰した液だ」

彼は急に鼓動が早くなってきたのを感じ、恐ろしくなって皿を置いた。そして、何のために飲むのかと尋ねた。

「もうすぐ分かる。それより先ほどの約束は本当だ。島に渡るための舟は用意する。その代わり、私たちの跡を継いでくれる者が欲しい。お前のところから貰いたい娘がいる」

亜里は、自分の身の上に何かが起こるものと覚悟して、黙って彼女の話に耳を傾けていた。住む場所の提供と引き替えにお前が死ねと言われれば潔くするつもりだった。沙寿の命を引き替えに半数以上の者が住み処を得ることが出来た。ここで自分が犠牲になって、みんなが暮らす土地を得られるというのなら十分だと思っていたのだった。

「娘だって？」

「そう、天と繋がっている娘、神のことばを聴くことができる娘がいるだろう？」

亜里は、仲間の娘たちのことを順番に思い浮かべた。そして鈴加のことに思い至った。宮ではなく、他所の邑から譲られ珠里が育てた彼女にとても稀な能力があるのだろう。しかし、どうしてこの女が鈴加のことを知っているのかと訝しかった。

「妙な顔をしているが、なぜ私がそう言うのか知りたいか?」

彼は素直にうなずいた。

「お前たちが訪ねてくることを知っていたと言っただろう。そして、私たちの神が案内して連れてきたとも言ったが、その道中、お前たちの中の一人のそばに、神がずっと一緒にいた。その子を守りながら、ここまで来るのを私も見た」

彼は、話を聞いているうちに頭が痛くなってきた。

「だから、その娘がほしい」

痛みは徐々に茫洋とした感覚に変わった。目がかすみ、ただぼんやりと女の唇を見つめた。何だか体から心だけが離れてしまうような、自分が自分でなくなってゆくような気持ちになった。どうなってしまったのか、と彼は思った。

炉を挟んだ正面に座っている清凛は、背を丸めて目を瞑っていた。その姿は、それまでの彼とは見間違えるほどの老人だった。亜里には本人が言った以上の歳に見えた。

『若い人、わたしが解るか?』

低い声が聞こえたような気がした。だが、ただ聞き違えたのかと思った。動かそうとした体が重く感じられ、座った格好のままで顔だけを動かして、その声がしたように思えた方向を見た。左にも右にも語りかけた人らしき姿はなかった。部屋の中には女が二人と、少しうつむき加減でいる正面の長老だけなのだった。

『わたしの声が聞こえた様子だな？』

再び男が言った。

「誰？」

『正面に座っているわたしだ。心と心で会話している』

声を聞いて少し目が覚めた心地になり、うつむいたままの老人を見た。

『大丈夫だ、お前も気持ちを落ち着かせ、目を瞑って心で思えばよい。その声はわたしには聞こえる』

亜里は目を閉じた。

『これから一緒に旅をしよう。空から、お前たちが目指す大地を見に行こう』

『そんなことが出来るのですか？』

「心配するな、父が連れていってくれるから、お前はそれを思い浮かべるようにしていなさい」

凛乃が声を出して彼に言った。彼女にも二人の話が聞こえていたのだ。

『さあ、行こう』

老人の影が、彼に手を差し出した。行ってきなさい、と彼女も言った。

亜里は恐る恐る彼の手に手を伸ばした。その指に指先が触れた。周囲に目を焦がす程の光が輝いた。体が上方に強く引かれた。両足で踏み留まろうとしたが、炉の端から足は離れた。あっという間に上空だった。家屋が小さくなって、遥かな彼方に見下ろせた。

『行くぞ、この手にしっかりと掴まっていろ』

老人の姿の奥に青空が透けて見えていた。しかし彼は、もう驚かなかった。そして強くその手を掴んだ。風が二人に吹き寄せた。まるで空を翔る鳥のように大きく旋回して、その風に乗った。不思議に思う自分はすでになく、ただとても心地よかった。

『あの先に見える島が、凛乃が言ったカムイ・カラ・プトゥだ。細い川のような海が隔てている。潮の流れは速いが、風の穏やかな日には島の岸まで渡ることは難しくはない』

亜里たちが辿ってきた黒い川が河口で海になり、それを碧い流れが飲み込んでいた。

『海岸すぐから平たい大地が広がって見えるだろう』

あれだ、と老人の声が言った。東西に狭い地形だったが、細長く伸びた遙か南の方まで平原があった。そして、その外に大海があるのを見た。

東西に狭く、南北に長い島が、南に行くに従って幅広に延びていた。

『鹿の群れが見える』

亜里は、幼い子どもの頃に戻って嬌声を上げた。数頭のオオカミが追いかけている。

『豊かな大地だろう?』

亜里は素直にうなずいた。

『もうすぐ、森が見えてくる』

彼は彼方を見た。微かな雲あるいは霧がかかったような風景の中から、ゆっくりと山が姿を現し迫ってくる。山頂を過ぎると今度は斜面が見えてくるので地面との距離が再び遠のいてゆく。そして、島の中央から東西両方に裾を広げた森林がある。冬に向かう季節だったから木々から葉が落ちた景色の中、冬眠前の大きな熊が河に入り魚を獲っている姿が鮮明に見えた。

『全然寒くない。風も冷たかろうに、ただ過ぎてゆくだけで何も感じない。不思議だ』

『そうか、初めてだもの不思議だろう。もっともだな。でも、これが私たちの本当の姿だよ。こうして心は体から離れて自由になれるということだ』

声が届いたのか間髪いれずに答えがあった。

島が南端で二つに分かれて、その先で大地を海が隔てていた。先の大地は海峡から程遠くなく、また続いている。今度の地は、それまでにも増して東西に相当な大きさで広がっているように見えるのだ。

『今度は、モシリ（神の子の住む地）が見えてきた。あれは南に続く大地だ』

二人はそのままに進み、眼下には青い平原が広がってきた。

『降りてみたいか？』

『……、そんなこと出来るのか？』

並行して進んでいた清凛が笑った。

『ああ、大丈夫だ。あの先に湖が見えているだろう、あのほとりに降りてみよう』

風が二人を運ぶ。空を飛ぶ鳥たちのように少し昇りまた少し下り、落葉樹林が延々と続く様を眺めながら徐々に徐々に下降した。

二人は、湖の近くに降り立った。湖面を中心にした周りはとても静かだった。時々どこかで野鳥が啼いたが、その時だけは森の中にこだました。

『ここは、モシリの大地でも大きな湖だ。ホヤウ湖という。ホヤウ（竜蛇）が棲んでいたところだ。水の色も碧い玉のようだろう。この底の神が天に昇って星になった。夏になって天川の南に赤く輝く大きな星が、ここの竜神の姿だ。お前も見たことがあるだろう？』

亜里は天頂の白い星の下を斜めに流れる天川を想像した。大きな十字の遥か南、地上からすぐのところに上る赤く明るい星のことだ。

『ここは豊かだぞ、とても恵まれている。できれば、ここまで来て住みなさい。そうすれば二度と飢えないはずだから』

『……そうか。でも、どこまで続いているのだろう？』

彼は今まで疑問に思っていたことを自問した。清凜はすぐ横に立って腕を組んだ。

『モシリの地は先で終わる。また海が隔てて巨大な島がある。南に行けば行くほどさらに暖かくなり、そして雨も多くなる。森もここととは見た目から違う。そこには沢山の邑があり数多くの人が住んでいる。そして南の果てで私たちが暮らしている広い大地に繋がる。つまりここから南に下り西へ北へ東へ一周すれば戻ってくることが出来る。想像してごらん、そんな大きな環《わ》のように島々がつながる造りになっている』

彼は上手く思い浮かべることが出来なかった。大きな環とはどれだけの大きさなのか。また暖かく雨が多いという、森はどのような森なのか。私たちが生まれて育った大地と遥か先でつながるような地形、つまり大きな円のようになっているという。

『ただ遠方の地では他人の物を盗ったり、より豊かな猟場を求めて土地を奪い合ったり、激しく殺し合ったり、殺伐とした所もある』

『どうして?』

その問いに老人は顔を向けた。

『一つには同じ種族の仲間ばかりではなく、他所から移り住んだ異なる民族、それも幾つもの違った人種が混在していることがある。この大地は中原から見れば東の果て、東南海の大きな島が列を成している大地の群れだ。三方から人々が移住してきて、最果てと知り戻るに戻れずここで住むことになる。常に先住の者たちとは諍いが起きる。しかも言葉が通じず話し合いが適わないから強引になる。二つ目は、自生はしていて見知ってはいた稲という植物を計画的に栽培し始めたからだ。食料になる米というものは収穫するまでに大勢の人が共同して世話する必要がある。広く平らかな土地を必要とするが、そこを焼き払って耕し種を撒く。穂が大きくなる秋になって初めて収穫できる。このように収穫できるようにするには相当な時間がかかる。しかし米というものは主食となるし備蓄も適う。少なくとも次の年に再び植えて穫り入れるまで備えた米を食べ続けることが出来る。毎日の採集や狩猟だけに頼る生活とは違い安心して暮らしてゆけるが、土が瘦せるので次の年には別の土地を焼き払って種を撒く必要がある、だから集落の周囲には何面も植える場所が必要になる』

亜里は初めて聞く話に混乱した。

『言葉が通じないことで信頼関係が築けないことは分かる。でも、二つ目の生活の仕方だけど、どうしてそのことで争いを生むことになるのか?』

清凜は息を一つ吸い込み、そして答えた。

『広域の土地を所有しなければならない、また簡単には移り住めない。だから時間をかけて集落を築き集団で生活するが、その境界を巡って争う。攻められても時間がかかった分そう簡単に土地を手放すことはできない。時間を惜しんで楽をしようとする群れも出てくる。秋の収穫の時期になって、米だけでなく他の集団が開いた土地ごと奪おうという浅ましさで争いが起こる。また収穫が見込めるようになっても消費する収穫量を超えて蓄えることも可能なので、自分より弱くて小さな集落を呑み込もうと欲張ることもある』

『みんなが飢えない程度に、そこそこ生きていけるだけの食料が手に入れば良いはずなのに……』

彼のつぶやきに清凜がうなずいた。

『そうだ、それが道理だ。しかし、尽きることのない欲がある。もっと、もっと、と思う身勝手な気持ちが争いを起こす。だから、狩猟や食物栽培のためというより、人を襲うための武器も造るようになってきた』

亜里はため息をついて頭を左右に振った。

『でも大丈夫。お前たちがこのモシリの大地さえ出なければ今言ったようなことはない。さらに先の南に続く大きな島の、それも遥か南の果ての地域で起こっている事情だ』

『そんな遠方のことを長老はなぜ知っている？　いつも飛んでいって見てくるのか？』

輪郭だけが在って空が透けて見える清凜に尋ねた。

『そうだ、何回か見てきた。それらの場所や人々、さっきも言ったように住んでいる者は我々とほとんど同じ生活をしているが、海を渡ってやって来た種族の奴らは住む場所を失って、追われ逃げてきた者たちが多い。最初こそ新参者としての立場をわきまえて細々と暮らし、近隣の人々と争わず黙々と生きていくが、次々に西方から移り住む避難民の数も増えてきて好ましい場所が少なくなってきた。それに後から押し寄せる彼らは、武器を持っての略奪をする立場に変わってしまう。鉄で造った頑丈で鋭利な武器をかざして、それで自分たちがされたとおりの略奪をする。元いた環《わ》の地の温和なはずの者も、積み重なる理不尽な行いに我慢できず、また自分たちを守るために闘うこともある。そんな巡りが繰り返されて日々争う時代が始まった』

それまでとは違って少し声が高くなった。

『そんな、乱暴な話ってないよね』

『そうだろう？　何度も言うようだが、環の地の古くからの種族は争いを好まない人種だ。また南洋から移り住んだ人々も、容貌が異なっていたり、全身まで施している入れ墨があるのでビックリするが、気性はとても穏やかだ。大陸の北方や西の韓半島の地から流れてきた彼らだけが気性も荒くて殺戮をも厭わない。元いた地域や周辺の社会がそうだったのかもしれないが、自分たちが生き残るために他を従属させることが必要だとでも考えているようだ』

亜里は胃の辺りが痛くなるようで気が重かった。私たちは間違っても他人を足蹴にするようなことはしない。出来ることを出来るようにするだけだと思った。

『さぁ、そろそろ戻ろうか？　今日はもう仕舞おう』

清凛が海の向こうを指さした。

四

炉の前には凛乃《リンノ》がいた。また清凛《チリ》も、正面から亜里《アリ》を見ていた。薬酒を勧めた女の姿はなかった。

「どうだ、気が付いたか？」

凛乃が言った。清凛が、何か言おうとした時、表から顛《テン》が入ってきた。

「男の連れが来ました」

凛乃は誰だと聞き返したが、男は両肩を少し上げるようにして首をかしげた。

「ここへ連れてこい」

彼女の言葉に男は従って、戸外に出た。

「お前を心配して助けにでも来たのかな？」

凛乃が言った。扉が開いて小柄な女が一人で入ってきた。

「幸《コウ》、お前一人で来たのか？」

妻がやって来たことに驚いた。

「一人です。他の人には迷惑がかかるから黙って来ました。気が気でなく、あわてて飛び出しました」

清凛が嬉しそうに相好を崩した。

「良い夫婦だ、お前は幸せだな」

亜里は頭を掻いた。

「何なんです一体、あなたたちはこの人をどうするつもりなんですか？」

「幸、大丈夫だ。心配ないよ」

凜乃を睨みながら彼のそばに近寄った。

「本当だ、何でも無い。大丈夫だから」

彼が彼女の手を引いて横に座らせても、彼女の興奮は治まらない様子だった。

「ああ、そうか？　お前はこの男が取られるとでも考えたんだろう？」

凜乃は腕を組んで彼女に言った。

「違います。亜里は、そんなことをする男ではありません。ただ捕虜として囚われたのではないかと……」

正面の女に背筋を伸ばして答えた。

「幸さんと言うのだな、心配はいらない。ちょっと悪かったな。娘に代わって私が謝る」

彼女は驚いて背が少し丸くなった老人の方を見た。

炉の火を絶やさないようにするため、幸を案内した男が枯れ枝を持って入ってきた。男は小枝を何本か差し込むと周りからそこに火が移り、大きな炎となって周囲を赤く染めて亜里たちを照らした。

「少し肌寒くなってきたな。もうすぐ秋が終わる。お前たちがモシリで落ち着くとすぐに雪の季節になるな」

老人の言葉に幸は何のことか理解が出来なかった。

「私たちはまだ先に行かなければならない。ここで落ち着くのは無理だそうだ。でも、この邑から舟を貰って海を渡る。そこを新しい住み処にしたらどうかと言ってくれている」

亜里は清凜の説明に言葉を足した。

「どういうことなんですか？」

不安そうな目の幸が亜里を見た。

「その前にひとつ呑んで貰うことがある」

二人の会話に凜乃が割って入った。清凜は黙ったままでいた。

「お前たちのところにいる天と繋がっている娘、神のことばを聴くことができる娘を私の跡継ぎに貰いたい。それが条件だ」

亜里はさきほどボンヤリとした頭で聞かされた言葉が嘘ではなかったことを知った。

「そんな娘などいない」

彼は間髪を空けずに答えた。

「まあ良い、今日はもう戻れ。そしてみんなと相談してみろ。明日は私がそちらへ行く」

凜乃が二人を追い出すように亜里たちの背中を押した。

二人が外に出ると日は天頂より西に傾きつつあった。落葉樹林を抜けて河原へ向かった。山肌が途切れる手前の大きな洞と小さな洞の三つに分かれてみんながいた。彼の歩いてくる姿を認めて荒東《アラト》が駆け寄ってきた。

「一人で行かせてすまなかった。大丈夫だったみたいだな、良かったよ。あれっ、幸も一緒だったのか？　ちょっと姿が見えなかったから気にしていた、早里《サリ》も心配していたみたいだったぞ」

荒東はすまなさそうな表情をしながら二人のそばに来た。

「体は大丈夫だが、ちょっと困ったことになった」

亜里はとなりにいる幸に顔を向けた。彼女は悲しそうな目をして交互に二人の顔を見た。

「何があった？」

亜里にでもなく、幸にでもなく、そっと彼が言った。

「まぁ、そこに座って話そう」

亜里が指さし、みんなが休んでいる洞の手前にある短い草むらに腰を下ろした。

「ここではダメだと言われた。ただし、この海の向こうに渡って探せと言っている」

「本当ですか？」

幸は、ほとんど話が終わった頃に入ったものだったから、家屋の中での亜里や老人たちの交わした内容について初めて知ったのだ。

「そうなんだ。だからここに私たち全員が生活できる場所は無い。彼らの三つの部族が猟場にしていて私たちが割り込むことは難しい。でもこの先の海を渡って向かいの島か、その先の地を目指すことを勧められた。そのために何艘かの舟もくれるとまで言ってくれた」

「その場所なら確かなのか？」

荒東が言った。亜里は二人にうなずいたが、幸には早里のところに戻ってやれという風に目線を動かした。彼女は少し戸惑った様子でいたのだが、やがて無言のまま男二人を残して洞窟の中へと入っていった。

「それだが、……不思議な薬酒を飲んで空を飛び、老人に連れられて、先にあるモシリという大地の様子を観てきた」

亜里は彼女の後ろ姿を見送りながら説明を始めた。しかし、荒東は彼が冗談を言っているように思った。

「信じられないかもしれないが、この話は本当だ」

荒東には彼が言っている意味が理解できなかった。

「何を言っている、大丈夫か？」

だから、ちょっと困ったような顔で聞き返したのだ。

「確かかと聞かれれば自信がないところはあるんだが、きっと本当のことだったんだと思う。あの部族の長は女だったが、家には父親だという老人と二人でいた。二人とも神から許されたような力を持っていた。酒を勧められ、それを飲むと体から心が離れた。そしたら、そばにはその長老が立っていた。その手に触れたとたんに二人とも上空に舞い上がって、それから鳥のように空を飛べた」

荒東はやはり信じがたかったが、それでも黙って彼の話の続きを聞いた。

「まず河口から海を渡った、こちらとあちらを隔てている海は案外狭かった。そして向こうの細長い島を南に下った。島の北半分が平野で南半分には山が多く森も豊かそうだった。それから、その島の向こうに海があり、海の向こうにはさらに大きな大地があった」

荒東も目に浮かぶような彼の話に引き込まれた。冗談や夢物語などではないのかもしれない、そう感じた。

「そこには人がいたのか？」

「手前の島の北には住んでいるのだそうだが、さらに先には人の気配を感じなかった。森が深く、その中に大きな湖が幾つもあった。老人に導かれてその湖の一つの畔に下りたよ」

そうなのか、と相づちをうつつもりの荒東であったが、言葉にならなくてただうなずいた。

「水は碧色をしていて水面も穏やかだった。あんな所で暮らせたら本当にすばらしいだろう、みんなもきっと喜ぶと思う」

いつの間にか二人のそばに幸が戻ってきていた。

「ちょっと早里の様子を見てきました。早里は鈴加《スズカ》や巳《ミイ》とも一緒にいました」

亜里の顔が曇った。幸にはその理由が何となく判るような気がした。

「実は舟を用意してくれることには理由があるんだ。その、……」

「どうした？」

言い出す決心をするまでに少しだが間が空いて、三人の間に重苦しい雰囲気が漂いそうになった。

だから、亜里は腹を決めた。

「代わりに鈴加を欲しいと言っている、ここに置いていけと言った」

「どういうこと？」

「鈴加を巫女として部族に迎えたいということだ。将来はその女首長の跡継ぎにしたいらしい」

荒東が大きなため息をついて腕を組んだ。

「鈴加が可哀想な娘だということは、あなたが一番良く知っているわよね。お父さんたちが亡くなってから、確かにあの子は突然に神憑って天気や災難を言い当てたりはするけど、まだそれも本物かどうかなんて分からないわ。最近では宮《ミヤメ》に付いて巫女の作法は習っているけど……ここで手放すなんて出来ない」

すでに幸は泣きそうな顔になっていた。

「そうなんだ。俺だってそう思うさ。でも、あの女は彼女たちの神が鈴加を連れてここまで来たと言っていたし、天と通じている娘だとも断言していたからな」

そう言いながら亜里も困ったことになったと思っていた。

「どうする？　本人に何て言うんだ？」

荒東が亜里と幸に言った。

「お父さん、何のことなの？」

洞の外に早里がいた。そしてその横には巳を抱いた鈴加も立っていた。その姿を見て亜里が慌てた。

「早里、鈴加、話を聞いて」

亜里が立つのを遮るようにして幸が息子たちのそばへ行った。

「ここの邑の首長、女の人なんだけど、どうやら巫女なのね。その人は、鈴加がここへ来ることを予知していたと言うのよ。そして鈴加のことを跡継ぎに貰いたい、ここで留まってほしいと言うのよ。もちろん父さんも母さんもそれには反対しているわ」

「でも、鈴加がここに残ればみんなのための舟をくれるんだろ？」

早里は、鈴加を庇うように一歩出て彼女の前に立ちながら言った。

「お前、それも聞いていたのか……」

亜里は嘘で繕う言葉も無くなった。

「わたしならいいわ。ここに残る」

早里の後ろから鈴加が言った。三人は、彼女の表情が見えず声だけを聞いた。

「何を言っているの、鈴加。自分が何を言っているのか分かっているの？」

幸が厳しい口調になった。

「ちゃんと分かっているわ、ここでいいの。お祖父ちゃんの眠っている大地と繋がっているここで暮らしてゆければ、それでいいの」

鈴加と幸の二人が興奮している様子に困り、荒東が間に割って入った。亜里も幸の手を自分の方へ引っ張った。

「とにかく止めて、もう少し相談しよう。それでいいだろう？　さぁ、みんなのところに戻ろう」

亜里が早里と鈴加と荒東の方を見て言った。荒東も子ども二人の背中を押して大きな洞の入口に誘導した。

それぞれが家族で固まって食事を終えてから一番大きな洞に家長の男たちが集まった。早里は子どもながら勝手に決められては困るとばかりに亜里のそばから離れようとはしなかったから、大人たちの間に交じって大きな洞の中で一緒に話を聞いていた。

「ここでは定住ができないことは判った。向かいの島に渡る方法をどうするのか？　それとも、沙寿《サシュ》が眠っている近くの、あの土地まで引き返すか？」

男が言った。

「それもある」

他の男が言った。

「皆が移動できるだけの舟さえあれば、その土地に住まうことができるのだが……」

荒東が言った。

「聞くところによると、ここの首長は我々に何艘かの舟を提供してくれると言うじゃないか？」

別の者の声が響いた。

「そうなんだが……」

亜里は鈴加のことをみんなに説明すべきかどうか迷っていた。幸は猛反対している。鈴加本人も平気なはずなどなかったのだろうが、それでも気丈に構わないと言っている。

「どうする？」

荒東はとなりから彼を見た。

「まず自力でも彼の地に渡るかどうかを決めよう。例えば、材木を少し伐採させてもらって自分たちで舟を造るなどはどうだろう？」

「その間でも近辺で住まわせてもらうことは許されないんじゃないか？」

「それも、そうだな」

亜里は再び考え込んだ。

「大変なの、鈴加がいなくなった」

息せき切って幸が飛び込んできた。

「あの家に行ったのじゃないかしら？」

幸が呟いたので亜里が質した。さっきまで幸は鈴加と話をしていたのだそうだが、いつの間にか彼女がいなくなったというものだった。男たちの話し合いが始まってから、いつもは一緒にいる早里もここにいたので彼も鈴加の行方が判らない。

「鈴加が、あの女のところに行ったのか？」

幸は、たぶんと答えた。

「どうする？　暗くなる前に近辺を探してみるか？　あの女のところに行ったとは限らないんじゃないのかな？」

荒東が言い終わらないうちに早里が洞を飛び出した。

「俺は早里を追っていく。すまないがみんなで近辺を探してみてくれ」

亜里の言葉に、荒東が分かったと応えた。

日は随分と西に傾いていた、もうすぐ夕闇が下りてくる。鈴加が怪我でもして行方が知れずにいるより、あの女のところにいると思った方がかえって気が楽になった。早里は全力で彼の前方を走っている。気が付かないうちに逞しく成長したものだと、こんな時なのにそんなことを考えながら追走した。

昼近くまでいた凜乃と清凛の家の前に来た。目の前には早里が両肩を震わせながら息を吐いていた。

「大丈夫か？」

早里は両手を両膝についたまま顔だけ上げ、振り返って、大丈夫と言った。

「お前はここで待っていろ。入ってみて訊いてみる」

早里は少し睨むような目をした。それでも首を縦に振った。亜里もうなずいて、そして家の正面に向かった。中からの物音などは聞こえなかった。

「すみません、さきほどの亜里です。誰か、お願いします」

戸の前で声を大きくして二回続けて言った。

「なんだ、今度はお前か？」

凜乃が顔を出した。

「お前のところは他に誰もいないのか？　族長と言っていたが、お前自らいつも出てくるんだな？」

彼女が笑い出した。

「そうだよ。ここは、そんなところだ」

笑い終えてから答えた。

「あれは息子か？」

離れて一人でいる早里に目を止めて彼女が尋ねた。

「そうだ、早里という。ところで女の子が訪ねてきてはいないか？」

「あぁ、来ているぞ。中へ入れ。お前も一緒に来い」

そう答え、早里にも手招きした。

「そうか、それならとにかく良かったよ。ただし早里はすぐに帰らせる。おい、戻ってみんなを安心させてやってくれ。鈴加はここにいた、私が連れて帰るからと伝えてくれ」

亜里の言葉に不満そうな面持ちでいたが、何も言わず、そして二人に背を向けて駆けだした。

「いい子だな」

早里の姿を見送りながら凜乃がそう言った。亜里もまんざらではない気持ちになった。

「中へ入ろう」

あの、中央にある炉のそばに鈴加がいた。ごく普通の様子だったのを見て、亜里は安心した。

「自分がここに残って私に従うから、みんなを助けて欲しいと言いに来た。気丈な娘だな。見立てどおり天が選んだ神の申し子だ」

亜里は黙って聞いた。凜乃の言葉が終わり次第、その申し出を断って鈴加を連れ帰るつもりなのだった。

「父とも相談した。このまま娘を連れていけ。残らなくても舟は必要な数を揃えてやるよ」

亜里と鈴加は驚き、ともに凜乃の顔を見た。

「ただし」

亜里は、またかと思った。今朝も舟を提供すると言った後で鈴加を寄こせと言ったからだった。やはり何か条件があるのだ。

「鈴加よ、この男たちと新しい土地に移って落ち着いたら再び考えてみてほしい。そして将来、私たちと共にこの地で、この邑を指導する者となって暮らしても良いと思えるのなら、その時は私のところに戻ってこい。一年でどうだ？　その時判断してくれないか？」

凜乃が鈴加の瞳の奥をじっと見た。亜里は鈴加の様子を見守った。彼女は聞き終えると静かにうつむいた。膝に置いた小さな手の甲に涙のしずくがひとつふたつ落ちるのが分かった。

「鈴加、……？」

凜乃が白い歯を覗かせた。この女、なかなかの美形だったのだと亜里は初めて思った。

「さぁ、みんなのところに戻ろう」

立ち上がって鈴加の横に立ち、その細い肩に触れた。彼女がうなずき、袖で涙を拭った。

外は暗がりの森だった。二人は凜乃がくれた松明に頼って真っ直ぐに下っていった。森の出口には荒東と幸と早里が待っていた。早里の胸には雌猫の巳も暴れもせずに大人しく抱かれていた。鈴加は彼らの姿を見て、その方に駆け寄った。早里が鈴加に巳を渡した。鈴加は猫に頬擦りした。喜んでいるのか、それとも迷惑だったのか、小さな声で巳が鳴いた。亜里は彼女と猫の様子を眺めながら自然と嬉しさがこみ上げてきたのだった。

凜乃は約束どおり全部で五艘の舟を用意してくれた。亜里が差配して十名ずつほどに分かれて乗る段取りをつけた。一行はまずカラ・プトゥ（神が河口に造った島）と呼ばれる向かいの島の南に向かうことになる。上陸してみて何か不十分だと思えたらさらに先のモシリ（神の子の住む）の地を目指すことを荒東と決めたのだ。

出発の朝、河口に凜乃と清凜もやって来た。

「やっぱり、ここに残ることにする」

鈴加が幸のところに来て言った。幸は鈴加に聞き返した。しかし、同じ言葉が返ってきたのでそれ以上は尋ねず、彼女の言った言葉のそのとおりを亜里に伝えた。今朝の鈴加は落ち着かない様子だったので彼もそんな予感がしないでもなかったところだった。

「あの子は、この何日か悩んで一人でそう決めたのよね、きっと」

亜里はそうかとだけ言って黙った。幸の視界には凜乃が歩いてくるのが入っていた。彼女は鈴加のことを察して、何かを亜里に伝えようとしているのだと思った。

「父はモシリの大地を目指せと言っていたぞ。お前もそのつもりなのだろう？」

亜里はうなずいた。となりにいた幸は鈴加のことを言いかけた様子だったが言葉にせずに止めた。

「実は鈴加がこのまま残ると言い出したよ。知っていたのか？」

彼の言葉に凜乃は首を横に振って見せた。

「そういうこともあるだろう。好きにさせてはどうだ？　もし、お前たちが行った後で、彼女の気が変わったとしたら、その時にはお前たちのいる場所まで送ってやるよ」

それだけを彼女が言った。

「……そうか、そうしてくれるのならありがたい。あの子の父も母も弟も激しい雨の夜に土砂に埋まって死んだ。鈴加だけ残されて他のみんなが死んだ。私の祖父の弟の珠里が引き取ってこの幸の妹のように育てたのだが、健気な娘だから大事にしていこうと幸と私は思ってきた。別れるのはつらいけどここなら案外幸せになれるのかもしれないし……。できれば、あの子に何か言葉をかけてやってくれないか？」

幸も亜里のとなりで彼女に頭を下げた。凜乃が任せておけと笑った。

「くれぐれも頼む」

そう言うのを聞き終えると凜乃は離れたところにいる鈴加の方に歩き出した。

「これで良かったのかな？」

彼女の姿を見送りながら自分自身に聞かせるように言う亜里に、幸は彼の手を握ることで応えた。

「あの子が選んだのですから、これで良かったと思わなければいけないわ」

亜里の横顔を見上げながら幸が言った。

舟は五艘の編成、各艘十名ほどだから全部で五十名からの人々を乗せて離岸した。これから海岸線ぎりぎりを南下して、たぶん一日かければ近づくはずのカラ・プトゥと一番狭い海峡に至り対岸に渡るというものだ。

出港の前、長い時間をかけて早里は鈴加と別れを惜しんだ。幸も加わり鈴加の心変わりが無いか何度も訊ねたが、二人は鈴加の気持ちが固いことを改めて確認しただけだった。

「きっと、また会いに来るからね」

鈴加に早里は言った。早里は自分の首に掛けていた三つ連なっている玉飾りをはずし、それを鈴加の首に掛けてやった。彼が自分で削って形を整え、蔓の紐に通したものなのだ。幸は連れてきた巳も良くなついている鈴加と共にいるのが幸せだと思って置いてゆくこととした。

岸に立った鈴加は巳を抱き、しばらく歩いて追いながら舟団を見送った。やがて彼女は立ち止まり、その姿が遙か遠くで小さくなって、岸辺の灰色の景色に溶け込むまで手を振っていた。もちろん亜里と幸と早里も同じく、彼女が霞に隠れて見えなくなるまで手を振って応えた。

潮の流れは南下には順調だった。男たちは艪が暴れないように、これまでの生活では慣れていないながらも、それぞれが力を込めて間違いなく狙った水路の上を航行した。朝早くにかかっていた靄も日が高くなるにつれて晴れ、対岸の島の姿が明瞭に眺められるようになった。さらに先に行くにつれてカラ・プトゥの島との距離が近くなり木々の詳細まで見てとれるようになった。海に近い森の入口に佇む二〜三頭の親子らしい鹿を見つけて早里が喜んだ。

「鈴加なら、きっと声を上げて舟から乗り出すように眺めたよね」

となりで様子を見ていた幸も、そうねと言った。雲が切れると水面がきらきらと輝き心持ち温かな風も頬を撫でていく。

「海峡に乗り出すぞ」

亜里が叫んだ。近くにいた舟上の男たちは、呼応するよう静かな海に向けて歓声を上げた。海の色目が濃くなった。風は止んでいたのだったが狭い水路の速い潮に押され、徐々に南東に流されながらもみるみるうちにカラ・プトゥの岸が近づいた。やがて近距離となった向こうの海にせり出した岩肌やそれに張り付いた木々の肌理《きめ》まではっきりと窺えるようになってきた。

「亜里、どこに着ける？」

荒東が艪《ろ》を操りながら叫んだ。

「少し先に見える浜に着けよう」

艫《とも》の方向の彼に応えながら、また他の舟の男たちにも聞こえるよう二度三度と大きな声で指示を出した。

「判った、そうしよう」

荒東が笑った。いよいよ新天地に上がることが出来るという喜びと、そこには自分たちの新しい生活の場所となるはずの景色に期待が膨らんで、自然と嬉しく思えたからだった。

「底が浅くなってくるから気を付けろ」

亜里が言った。荒東は苦笑いしながら、分かっていると声を上げた。

五艘のどれも大過なく着岸できた。岩場を避けて浜辺を狙ったので、舟底が擦れそうな浅瀬では皆が降りて舟をゆっくりと押し上げた。舟上での外気に比べても水温の方が思ったより暖かだった。

砂浜の先には低い葦の群れがあった。さらに平原が続いていたが、仮にも住まいに出来そうな風洞がある岩場は見当たらなかった。

「どうする?」

荒東が訊いた。このまま近辺に縦穴を掘ってそれぞれが家を拵えるか、それとも横穴を捜し求めるか、周りの景色を眺めて亜里も悩んだ。上陸した場所は毎日の漁は可能だろうが、今までのような狩猟や山の恵みを得ることには苦労しそうな風景だからだった。

「どうだろう、舟でもう少し南へ下ってみないか? そこの様子次第で何なら引き返して、ここにまた戻ってきてもいいじゃないか」

「それも、そうだな」

上陸して浜辺で火を熾して暖を取っていたみんなに呼びかけた。人々はぞろぞろと荷物を持って五艘の舟に戻った。亜里の舟には荒東と沙寿《サシュ》の妻娘、さらに二家族が乗り込んで再びゆっくりと海に出た。

海上では、少し沖に出てから雲がみるみるうちに張り出してきた。天空をほとんど覆い、風も強くなって波が高くなった。海の様子が早朝とはかなり違っている。亜里は移動することを決めたことに少し後悔し始めていた。

「少し沖の方に流され過ぎているぞ、大丈夫か？」

時々舟の腹に潮が当たり、砕けた波のしぶきを浴びながら亜里は船尾に近づいて叫んだ。女や子どもたちは舟底の骨木にしがみつくよう固まっていた。亜里も揺れが大きくて真っ直ぐに歩けないほどになっていたので、膝をついて再び叫んだ。

「浜に引き返すか？」

下腹から声をしぼり出さないと近くの男たちにも聞こえないくらい舟に当たる波音が大きかった。

「沖へ流されないよう力ずくで艪を押さえているが、風と波に持っていかれている」

荒東も周りの男たちを鼓舞しながら亜里にも叫んだ。舟団の一艘がかなり離れた沖にあった、その中間に三艘がある。亜里たちの舟が一番陸に近かった。

次から次へと湧き上がってくる黒々とした雨雲が、空の色をすべて隠してしまった。さらに遠くでは稲光が明滅を繰り返し、その雷鳴は轟いていたものが近づき始めた。

「まずいぞ、亜里」

荒東は艫を離れ、揺れる舟を必死に移動して彼の腕を掴んだ。

「引き返そう、引き返せるよな？」

二人は顔を見合わせた。荒東も不安を紛らわせるために訊いたのだろう。亜里にも自信などあるわけなどなかった。どんどん稲光が近くなり、それをすぐに追いかけて雷鳴が周囲を震わせた。

「あなた、きっと天が私たちに怒っているのね？　海の素人が、しかも沢山の女を乗せて、神様も許せなくなったのよね。あの浜で、なんで私たち我慢しなかったのだろう？　もう遅いけど……」

「お前たちのことじゃない。空模様を読み間違えた。油断した俺の責任だ」

肩を震わせて亜里を見つめる幸を彼は思わず抱きしめた。

「わたしがみんなを助けるわ。わたしが神様にお詫びする」

耳元で涙声の彼女が言った。

「……何を言っているんだ？」

背中へ廻していた腕を肩まで戻し、目の前の幸を見つめた。彼女の表情は、息を呑むほど真剣だった。

「わたしが身代わりでお詫びする」

今度はしっかりとした声で幸が言った。高い波に見え隠れしていた一番沖の一艘が、大きな波を舟の腹に受け、横になるほど傾いたのを見て荒東が言葉にならない奇声を上げた。

「荒東、あれには誰が乗っているんだ？」

亜里も心当たりの者の顔を思い浮かべた。

「分からない」

潮は荒れ狂い、他の舟も木の葉のように翻弄された。亜里たちも高下《こうげ》する舟の中で、掴める部分を握って耐えるしかなかった。

「早里、お父さんと一緒にがんばるのよ」

舟の先頭近くで一団となっていた沙寿の妻の小根《オネ》や、彼女の娘の手古《テコ》と一緒にいた早里を抱き寄せながら幸は涙声でそう言った。しゃがみ込んだ小根は、手古を胸に抱え、不安そうに幸と早里を見上げた。

「どうしたの、お母さん？」

「みんなを助けてもらうために、お母さんが神様のところにお願いに行くの」

幸の胸に埋めていた顔を上げて早里は亜里の方に目を向けた。亜里は荒東と共に舟べりに掴まりながら海の様子に心を奪われていて幸と早里の方に目を向けてはいなかった。

「お母さん！　お母さんが……」

そう叫ぶ早里から離れ、身体を波に持っていかれないよう這いながら亜里の足元に辿り着いた。

「あなた、わたしが参ります。海の神様のお許しを請います」

彼女の必死の形相を見た荒東が息を呑んだ。

「まだ言っているのか、そんなことをしても詮無いこと。無駄に死ぬだけだ」

亜里は、幸の二の腕を掴みながら叫んだ。潮の飛沫とともに雨風が一同を打った。

「いいえ、女神様はいらっしゃいます。女であるわたしたち大勢のことが気に障られたのです。だから、わたしがみんなの代わりにお会いしてすがります。そして女神様にお願いして、天にもお許しをいただけるようお願いしてみます」

亜里の腕を振り解き、艫まで行って立ち上がった。その顔に横殴りとなった雨は当たっているが彼女はものともせず両手を拡げて天を仰いだ。それから見下ろすように亜里を見つめ、やがて視線を早里に動かし微笑みかけた。そして、その姿勢のまま両手で胸を抱きながら、背の方からゆっくりと海に落ちていった。

「幸！」

「お母さん！」

二人は、傾き揺れる舟を船尾に駆け寄った。亜里は艫から落ちそうになるくらいに乗り出して海面を見つめた。すでに波間には人影がなく水泡が在るだけだった。

「お母さんは、どうしちゃったの？」

亜里の背中を叩きながら叫んだ。舟上にいるみんなが二人の姿を見つめた。

「亜里！　あの舟が沈むぞ！」

荒東が先に浮かぶ舟の一艘が転覆した方向を指差した。しかし、その言葉と同じくして辺りの風が突然に止んだ。雷鳴もいつの間にか去っていた。一面を覆っていた黒い雲も四散し始め、所々から青空が徐々に顔を覗かせた。雲の間から陽の光が一筋二筋と射差し、それは天から真っ直ぐに伸びて海面の一カ所に届いた。

亜里も早里も荒東も小根も手古も、穏やかになりつつある舟の上に立ち上がって、不思議な景色に目を奪われた。それは紛れもなく海面の一点から雲上まで続く一本の光の路に見えるのだった。

「何、あれ？」

早里が声を上げて遥かな先の海面を指差した。見つめるところには、明かりの筋が海面から上空に立ち上がってゆくところだった。その光の路に沿って、人影がゆっくりと吸い上げられるように昇るのが見えた。穏やかに戻った波間から浮き上がった影は金色に輝き、さらに日光の強さで紛れそうになりながらもその姿はもう中空にあったのだった。

「何だろう？」

「なんと不思議な！」

小根に続いて荒東も見たことのない光景に自分の目を疑った。

早里が言った。その言葉に亜里も光の形が幸の姿のように思えた。幸が言ったことは本当だったのだ。女神を慰留し、天の許しを請うことができたからこそ、海は鎮まり空から雷雲や雨風が去っていったのだろう。

「お母さんだ！」

人智の及ばない世界が本当に有った。この景色を目の当たりにして、幸の言った『神は在る』という言葉が、やっと亜里にも信じられた。そして、彼はすでに雲の上に吸い込まれようとする幸の姿を見上げながら両手を合わせて頭を垂れた。それを見守る舟上の者も、同じように合掌して、天空に消える幸を見送ったのだった。

沖にまで流されていた三艘のうち一艘が戻り、近くにいた一艘と亜里たちの舟の三艘だけが残っていた。帰らない二艘に乗っていた者たちは、共に海中深く飲み込まれたのだ。

亜里は海岸線から遠く外れないよう注意しながら、さらに南に曳航した。生まれ育った対岸の大陸が彼方後方になって、二つを隔てる海洋は紺碧の深淵として瞳に映った。

今朝、出航のときに鈴加を手放し、今さらに幸を失った。郷里を捨てるきっかけで珠里《シュリ》が亡くなり、また道中で沙寿が弓矢に倒れた。これまでにも飢えで仲間を何人も失った。命とは本当に儚いものだ。

「亜里、大丈夫か？　幸のことを考えているのだろう」

船首のそばに来て荒東が言った。亜里は曖昧にうなずいた。早里は小根と手古のそばにいた。

「気の毒なことをした。でも今は、着岸の場所を決めなくてはいけない。日が落ちる前に陸へ上がるだろう？」

女たちの中で膝を抱え、背を丸くして座っている早里の姿を見て、亜里は胸が締め付けられる気持ちが蘇った。

「なあ、どうする？」

荒東が前方遠くを見つめて言った。

「夜を徹して、このままモシリの地まで行かないか？　今夜は満月だ、波も穏やかになった。上陸してその場所の右も左も分からないのでは、どんな危険があるかもしれん。お前と俺が交代で朝まで見張りながら、カラ・プトゥとモシリの地を隔てる海峡近くまで進んでしまおう。そして、具合が良ければ、そのままモシリに入らないか？」

亜里は、夕日を受けた彼に言った。

日が沈み東の空に月が昇ってきた。澄み渡った夜空に凜として在る満月だった。生まれ育った邑を出た時は新月だったので、その途中に満月を迎え、今再び満月の夜を仰ぐだけの日にちがたったということだった。周囲の星が輝きを薄めるのと対照的に満月は煌々と輝き、静かな海面に姿を映しながら亜里たちをも照らした。

亜里は、今まで天の意思が紛れもなく在るなどとは思ってもみなかった。自分たちの命と運命は偶然の賜であり、誰彼もが迎える死は全ての終わり、暗闇の彼方への消滅だと思っていたのだ。巫女である宮や特殊な能力が潜在する鈴加、さらには祖父の弟の珠里の言葉を全く信じなかった訳ではないが、どこかに彼らの言葉を疑っている自分がいた。

しかし凜乃と彼女の父親である清凜によって、もちろん夢か現《うつつ》か判らないという思いはあったが、不思議な体験をした。さらに幸が覚悟した結果、変化《へんげ》した彼女の姿や天へ続く道というまさにこの世のものではない景色を見せられた。知らなかった世界が在る、今生《こんじょう》が全てではない、今日そんなふうに納得した。

正直なところ幸がいなくなったという実感がそれほどなかった。思うのは不憫さだけだった。彼女の選択は、自分の命を賭しても良いと思える者たちのため、自らと引き換えに未来に繋ぐ唯一つの道だったということだろう。

他の方法があったのか？　無かったとしか思えなかった。そう考えることしか出来なかった。全てのことは必然だったのだ。自分のために犠牲になってくれたからこそ今こうして生きている。もし、いつの日にか自分に順番が巡ってくれば、その時には誰かの糧になって死んでゆく。

うとうとしつつも亜里は夜通して航路を見張り続けた。荒東も同じく日の出を迎えた。今朝は、朝靄も少なく見晴らしは良好で、海面もいたって穏やかなままだった。

「亜里、遠くに見えるのは、お前が言っていたモシリなのではないのか？」

荒東はとなりに座っている亜里の肩をつつき、そして遙か先の海上を指さした。カラ・プトゥの島の先に島影があった。

「そうだ、あの時もカラ・プトゥからモシリは狭い海峡の先すぐにあった。間違いない、あれがモシリの大地だ」

「そうか、あれがそうなのか。案外近いな」

荒東の声で起きた早里がやって来て、亜里の背中におぶさり顔を埋めた。

「早里、小さな子どもじゃないんだからしゃんとしろ」

背中に手を回し、彼の腕を撫でながら本気ではない調子で言った。

「僕たち、あの島で暮らすの？」

背中越しに首を伸ばして早里もモシリの方を見た。

「そうだ、いよいよだ。今度こそみんなが暮らせる土地を見つける。もう、どこへも行かなくても良いような場所を探そう」

亜里が言った。そうだなと荒東も言った。三人は朝日に輝き始めた島の姿を眺め、それぞれに希望を感じた。

五

沖の先に蜃気楼のような島影が、白濁とした水平線の一部として東西に広がっていた。濃い碧色に輝く水の海峡を越えて、モシリの島端を西から回り込みながら岸に沿って南下した。岸辺はカラ・プトゥの島のような岩肌ばかりが水面から聳え立つゴツゴツとしたものではなく、海岸にごく近いところから森が始まる風景だ。その森は沿岸から遥か遠くの先まで続くものだった。

「良さそうだ。なんだか空気も違う」

荒東《アラト》が言った。

「そうだな。島の精霊の気とでも言うのか、津々と身に迫る」

亜里《アリ》は大きく息を吸い込みながら答えた。

船首では小根《オネ》とそばにいる女たち子どもたちも眺めていた。後方を来る舟の上でも、長《チョウ》の小山《コヤ》や彼の長男である忍羽《オハ》、それに十名ほどの男女が見栄えの好い景色に歓声を上げていた。

「もう少し先で舟を岸に寄せよう。そこからだと大きな湖のある地まで近かったはずだ」

亜里は、凛乃《リンノ》の父親である清凛《チリ》と見たあの湖畔を思い浮かべていた。再出発には、そこが最高の場所だと思えたからだ。

「ねえ、さっきの話の続きを聞かせて?」

海峡からモシリの姿が見えた時、彼は早里《サリ》に島を上空から眺めた様子について話したからだった。

「カラ・プトゥの先端は二つに分かれ、その先は海に隔たれていた。すぐにモシリの大地が見えていた。まだ少し行くと青い平原が見えてきたので、あの長老が降りてみようと言ってくれた。そして湖のほとりに降りた。降り立った周囲は静かで野鳥の啼き声が森にこだましていた。そこでこの湖の名前がホヤウ湖だと教えてくれた。それから、この森が豊かなこと、この大地が神の加護と祝福を受けていることも教えてくれた。彼は俺たちがここまで来て住み処を得るべきだと言った。またその先には行くなとも言った。先では海が再び大地を分かち、もっと巨大な島が在るそうだ。南に行けば行くほど常に暖かく、そして雨が多くなる。森の姿も俺たちが知っている様子とは違うらしい。島には沢山の邑があり数多くの人が住んでいる。しかし場所によっては時々争いが起きている。他の邑を襲って物を奪ったり殺し合ったり、諍いが絶えない場所もあると教えてくれた。それは木の実や雑穀ではない米という食物を栽培し始めたからだと言った。食べきれないほどの主食の収穫が見込めるようになり生活に余裕が出れば、次はいろいろな欲が頭をもたげて、ついには自分のものと他人のものとの区別も出来なくなる。そんな気持ちが争いを引き起こす。普段は争うことを好まない民族であり、気性はとても穏やかなのに血相を変えて争う。その愚かさを決して忘れるなと言われた」

　舟は陸に近づいたことによる小刻みな波と、白い飛沫を舟腹の高くまでに飛ばしながら徐々に海岸に近づいていった。その揺れのなかで早里は見上げて再び尋ねた。

「その栽培って何？」

「草原を焼き払って、その灰をもともとの土と混ざるように耕して粟や稗、芋、ささげ豆などの種を蒔いて育て、それらが大きく実ったら収穫することだ」

「粟も芋も山に生えているじゃない、それをわざわざ育てるの？」

「少しなんかじゃない。半端でない量、例えば平原一面に植えて収穫する。それを次の収穫まで主食とすれば毎日毎日食べ物を探しに出掛けることも必要がなくなる。それに狩りに出ても何の収穫も無い時もあるが、それでも少しは食べることが出来るから生きてゆけるだろう。また、遠くに出掛けて何日も帰らないようなこともなくなる」

早里は不思議そうな目をして聞いていた。入り江になっていて浜からは程遠くない所から森が始まる、そんな場所を半日かけて探し、三艘の舟から陸に上がった。幸いにも自然が造った入り江の奥の洞窟に舟を納めることができた。海水がその奥まで引き込まれる地形だったので、水深も浅すぎず舟底を擦らずに横付けすることが出来たのだ。麻を撚って束ねた縄で三艘を岸の大岩に括り、何かあればすぐに乗り込んで海に出ることが出来るよう舟を泊めた。

全員が久しぶりに顔を揃えた。しかし総勢は三十人にもならなかった。このことは亜里を少し感傷的な気分にさせたのだが、周囲にはそんな想いを悟られないようにもするため、「さぁ、行こう」と大きな声を出して手を挙げた。

三角州の奥は、両壁が険しい山肌をむき出しにしている渓谷だったが、清らかな川筋が上流への道を示していた。三十人は朝のうちに山上に着いた。見下ろす景観は、そう高くない峰々の中央奥まで広い湖が山間の平地いっぱいに広がるものだった。

「きれいなところだな」

「あぁ、湖も森も美しい」

荒東の独り言には横にいた亜里も笑って応えた。みんなで湖畔の小さな森に祠を造ることとした。あの地を出発した時は、邑を守護する土地の神がいなくなってしまったことが理由だったのだから、新しく暮らし始めるこの地では何よりもまず鎮守の神を敬い、そして新参の亜里たちを受け入れてもらう必要があったからだった。次に大切な墓所に関しては、いずれか近いうちに、森と湖を隔てた対角の山の中腹に共同の場所を見つけるつもりだ。

それぞれの家族が湖から遠くない森の入口近くで、そこは少し狭い範囲だったのだが、まず簡易な家屋を協力し合って建てた。それと同じくして森に一番近い場所に祠を造った。真新しい祭壇には女たちが手分けして集めた多種で沢山の果実を盛り、男たちが仕留めた獲物を捧げて、宮《ミヤメ》が古式ゆかしい段取りで拝礼の儀式を執り行った。これでこの地の神とこの森の神に許しを請えることを願って誰もが一心に祈りを捧げた。

季節はそろそろ冬を迎えるはずなのだが、以前暮らしていたあの山間に比べて降雪はまだなかった。そのことだけでも暮らし始めるには好都合だったが、一方で相当な距離を隔てたところまで来たことが身にしみた。

かなりの日にちを過ごしても近隣には先住の人の気配も出会いもなかった。亜里たちは、ひょっとするとモシリには人がいないのではないかと思い始めた。

「森の向こうに人がいたぞ」

今日一日の狩猟を終えて戻った小山《コヤ》が、彼の息子の忍羽《オハ》と共に、亜里のところに昼間の出来事を伝えに来た。

「会ったのか？」

「たぶん、向こうは気づかなかったはずだ」

小山は亜里に答えた。小山と彼の息子との話を総合すると、知らない男たちばかりが十人ほど、鹿の群れを追って亜里たちが住み着いたこの山の裏側を駆けていたというのだ。小山たちも狩猟を意図して入山していたが、その時にはまだ獲物を探している時だったのでみんなは固まって姿を隠したということだった。

「二頭を仕留めて引き上げていったよ。彼らの住み処は、きっとそこから南の先の方だと思う」

「そうか、それなら近くに人が住んでいるということだろうな」

亜里はしばらく考え、「明日、何人かで行ってみるか」と小山に尋ねた。

翌朝早くに亜里と小山と荒東それに早里も忍羽も加えた五人で、南にある山を越えて確かめに行くことにした。残ることになった男たちは心配したが、間違っても争うような事態は起こさないと亜里が説得した。だから靫《ゆぎ》だけを背負い、近距離へ狩猟に向かう装備を調えて出発した。五人は途中で真新しい祠に立ち寄り、掌を合わせた。亜里は、まだ見ぬ人々と円満につきあえるようになることを祈った。

隣接の山はそれほど高くはなかったので難なく彼らは頂上に着いた。太陽はまだ東の中天にあった。そのとき、獣のけたたましい咆吼が近くで聞こえた。それは徐々に彼らの近辺まで迫り、身構えた五人は腰に提げていた短剣を手に握った。

「どう、どう！」

野太い男の声で獣は声を鎮めた。林の間から男が現れた。足下には前後左右に主の周りにからむ二頭の狼があった。紐には繋いでいたが、ピンと張ったそれを制御しようとして男の二の腕の筋肉が隆々と盛り上がっていた。

「見かけない奴らだな、お前たちは何だ。どこの者だ？」

髭の濃い男が、よく通る声で言った。

「私たちはこの山の向こう、湖近くに入植してきた者だ。先日まで近くに邑も無く人もいないと思っていたが、昨日に先住の人々を見かけた者がいたので気になって出向いてきた。たぶん、お前たちの仲間を山中で見かけたのだろう」

男の制限を振り切らんばかりの一頭が体を宙に浮かした。彼は、しっ、しっと声を掛け、少し力を入れて横腹を叩いた。その狼が甲高い鳴き声を上げて地面に尻をつけた。

「オオカミと犬の交雑種だ。こいつらは頼もしいぞ」

亜里たちに悪意と敵意が無いと感じたのか、髭面の強面から真っ白い歯を覗かせた。

「俺についてこい」

男が言った。犬たちは、大きな尻尾を振りながら、帰路に向けて大人しく従った。

「大きいね。虎ほどあるよ」

早里は、となりを歩く忍羽に囁いた。思わず声をひそめる程に、落葉樹林の森の中では、少しの物音さえ木々にこだまして響きそうな静謐さを湛えていた。森の獣道を歩きながら続けて言った。

「目が銀色で、本当にオオカミだったね」

忍羽もうなずいた。

「あんな犬、欲しいよね」

その言葉が聞こえたのか、先を歩いていた男が大きな声で笑った。その声は、栗が群生している獣道の林道に響いた。

栗林を抜けた谷間の一角に家々が在った。清流な川の辺りで、まるで亜里たちの故郷を思い起こさせるような風景だった。男が一軒の家に近づくと小さなコロコロとした犬が数匹飛び出してきた。男の連れる大きな犬のもとには四匹が飛びはね、そしてじゃれついた。先ほどは怖いくらいだった二匹の表情も心なしか和らいで見えた。彼らは子犬たちの体躯を優しげに舐めてやっているのだった。

「みんな、中へ入れ」

男は家の前にいた女に手綱を渡すと亜里たちを家屋の中へと誘った。細面の女が彼らに微笑みかけたようにも思えたのだが、すぐに犬たちを連れて家の裏へと消えていった。男が入口から振り返ってもう一度彼らに入れと言った。

その内部は、全体を戸外の高さから一段と掘り下げ、四角い敷地の真ん中に炉が設えてあるものだった。柱は全部で六本、それほどには太くない栗の木を使っている。

「火の側に座れ」

亜里も小山も荒東も、そして早里も忍羽も炉端に座った。火の中には口の大きな黒い器が水を湛えて掛かっていた。しかし、それは土や銅で造った物ではなかった。

「これは何だ？」

荒東が不思議そうな目で尋ねた。

「知らないのか？　鉄の鉢だ」

「鉄？」

亜里が訊き返した。

「そうさ、鉄の器さ。平口の素焼きの土師器《はじき》と同じ形だが丈夫で壊れない。もちろん同じく何にでも使えるぞ」

屋内は、外光の取入れ口が少なく薄暗かった。だから男の髭が目立って、まるで顔全体がそれで覆われているようにも見間違えるくらいだったのだが、彼の穏やかなまなざしは亜里たちを興味深く見ている様子なのだった。

「さて、お前たちはどこから来た？」

亜里たちは顔を見合わせ、そして荒東が答えた。

「この大きな島のまだ先の島の、さらにその対岸の陸地から来た。暑さの残る時にそこを離れて二十日ほどまえに湖の畔に辿り着いた」

男はその距離が如何ほどのものか、なかなか想像し難そうに首を傾げた。

「途中の二カ所に留まっていた期間もあった」

説明を加えた荒東は、亜里の顔を見て同意を求めた。

「故郷の山間《やまあい》から河口の海まで四十日はかかった。出発した当時にいた三百人が三十人足らずになっている」

　男は黙って二人の言葉に耳を傾けていた。

「改めて言う。お前たちとは決して争わない。お前たちとは獲物も捕り合わない。だから、あの湖の畔に住むことを許してほしい。どうだろう？」

　亜里の言葉に空咳を一つしてから男が掌を広げて見せた。

「分かった。……というより、この地は俺たちのものではない。そもそも、誰のものでもない。住みたい者が住めば良い。なぁ、お前たちはそうは思わないか？」

　男が笑った。

「そうだ、まだお互いに名乗ってもいなかったな。俺は志良《シラ》という。この谷の首長だ」

　その名乗りに荒東が続いた。

「俺は荒東という。一緒に来た者は順に小山、亜里、小山の息子で忍羽と亜里の息子の早里だ。小山と亜里と俺はそれぞれ長を務めているが首長はいない」

　小山と亜里は自分の名が告げられるとうなずき、そして志良に目礼した。

「この谷には二十軒ほどの家があるだけで人も百人余りだ。ただ、ここから海も渡って三日ほどかけていく先に兄弟の村がある。そこは大きくて千人ほどの者がいる。村はさらに南方の各邑とも交易していて沢山の品物が手に入る。また鉄の器を造る場所もある。そのうちに俺と一緒に行けば良い、紹介しよう」

　志良は五人を見回した。

「鉄って一体何だ？」

「銅は知っているな？　鉄はそれと同じように石に混ざっていて、そこから取り出した物だ」

「石？　銅の石の中に在るのか？」

「銅がある場所には無いけれど、赤茶けた山肌を持つ場所は鉄を含んでいると考えても良いだろう。そんなふうにして鉄になる石を探して砕き、それを火にさらし、焼けた石から溶け出すものを集める、そうすれば鉄になる」

「火に溶けるのか？」

「そうだ。銅を取り出す時より火力は必要だが、そうすれば石の中にある鉄が溶け出す。もちろん大きな器を造るのなら沢山の鉄の石が必要になる。ひとつの石から少ししか鉄は採れない」

「……、鉄の石か」

小山も、そうつぶやいて想像を巡らした。

「鉄はすごいぞ、銅とは違って丈夫で固い。鏃《やじり》はもちろん剣にもなる。木の根っこを掘り起こしたりする道具、つまり土を耕す器具が造れる。畑を焼いた後を耕すのも楽になる。一度お前たちをその現場に案内してやろう。そして将来は自分たちでも造ってみれば良い」

胸を張りながら志良が言った。

「面白そうだ、ぜひお願いしたい。その他にも俺たちにいろいろ教えてくれ。だからこれを縁に仲間として付き合ってくれ」

亜里が言った。

「もちろんだ、仲間は多いほど良い」

志良は言ってから日を改めて谷の仲間に紹介するとも提案した。

「それから、……」

志良は相好を崩し早里と忍羽に顔を向けた。

「どうだ、犬をやろうか？　ちょうど母犬の乳から離れた時期だ。良かったら一匹ずつ連れて帰って
お前たちが育ててみないか？」

二人は彼の言葉が終わらないうちに飛び上がって喜んだ。

亜里たち五人は円満な結果と後日の約束を携えて帰路に就いた。また早里と忍羽はそれぞれに仔犬
を引いて山道を進んだ。亜里や小山は親犬から引き離された仔犬のことを心配したが、彼らが思うほ
どでもなく、人なつっこく二人の周りをはしゃぎながら付いてきた。

「俺はこいつを大根《テネ》と名付けることにした！」

紐を引っ張りながら早里が叫んだ。

「俺は……、どうしようかな？」

雌の仔犬を貰った忍羽は早里に言った。

「でも、なぜ大根なんだ？」

亜里が尋ねた。

「大地の根っこみたいにでかく立派な犬になってもらいたいからさ」

はしゃぐ仔犬を抱き上げて、頬をすり寄せながら答えた。

「よし、俺は、この仔の名前を耳耳《ミミ》とする」

忍羽も早里に続いて宣言した。息子とその小さな犬の姿を眺めながら小山も声を出して笑った。

「案外心配したものじゃなかったじゃないか、よかったな」

荒東が亜里に言った。

「本当だ。いとも簡単に俺たちを受け入れてくれた。すんなりいくとは思わなかったよ。嫌がらないまでも、仲間として付き合っていこうなどと言ってくれるとはな。あいつ、本当にいい奴みたいだ」

「気さくな奴だ。それにしても、あの鉄という物は何なんだろう？」

「……俺にも判らん。初めてだ」

亜里も土の器や青銅の器具は見慣れていたが、白く光る鉄という道具など生まれて初めて見たからだ。

「俺たちにも造れると言っていたよな？」

荒東が男の言葉を思い出すように口にした。

「そうだよ。彼の仲間の邑に連れていってやるから一度見てみろとも言った」

亜里は、かなり先にいる子ども二人の姿に目をやりながら言った。

「ああ、是非そうしよう。そんな物が手に入るのなら試してみたい」

二人の会話に興味を持ったらしく小山が近づいてきた。

「何の相談をしている？」

「鉄さ」

「鉄？」

「あの鉄の道具のことだよ」

小山に亜里が答えた。

「あぁ、鉄ね」

小山の平然とした言い方が意外だったので二人は驚いた。

「随分と前だったけど聞いたことがあるよ。あの扶余《ぷよ》の邑でも昔から使っていたそうだ」

亜里も荒東も彼の顔を見て、そんなことを何で知っているのだという表情をした。だから小山は足を止め、以前に彼の父親から聞いた『鉄の武器』のことを二人に話した。

「そうなのか。扶余ではその頃から既に鉄を造っていたのか」

「それだけじゃない、その剣を防ぐ盾や体に纏う防具の『鎧』も造っているそうだ」

「獲物を狩るための物なんかじゃないな。誰かと争うための物だろう？」

亜里の答えに荒東は少し興奮して、何の必要があって殺し合うんだと言った。

「食べ物を奪うためだよ。米も、それ以外の穀物も多くの人が力を合わせて栽培することは聞いているだろう？　秋には採り入れて備蓄し厳しい冬を生き延びる糧にするのだが、それを横取りするのさ。また、その生産に必要な労働力を力で獲得する場合だってある。つまり邑ごとを乗っ取るんだから争いが起こる」

小山もため息をついた。

「なんとバカバカしい。食べる分だけ、生きる分だけの恵みを森や川から貰えば良いのに」

亜里が言い捨てた。

「でも、将来は、この辺りでもそうなっていくんじゃないのかな？」

小山が話題を締めくくるように二人を見た。

五人が帰還すると、それを待っていたように人々が集まってきた。

「大丈夫だったよ、共に暮らすことが出来る人たちみたいだ」

三十人ほどを前にして、亜里がまず説明した。

「そうだ、争うような人たちではなかった。私たちはここで安心して住めるんだ。この山も、その先の山も、また舟を留めてある河口でも、食べ物を探して暮らすことが出来る」

荒東が言った。

「ここで共同の畑を作ろう。草を刈り、そこを焼いて、平地にして芋などを植えよう。そうすれば毎日の食料の足しになる」

熱心な瞳が三人に向けられていた。一同の顔を見回して、そんなふうに小山は以前から一人で考えていたことを口にした。早里は、その言葉を聞きながら、舟上で亜里が言っていた小山と同じ話を思い出した。

「米を作るのか？」

小山に賛同し、呼び掛けるように男が立ち上がった。

「米も撒けば良い、粟や稗も撒けば良い、上手く育てば儲けものだ。片手間だろうが俺自身が一度やってみたかった。どうだ、みんなでやってみないか？」

小山が立ち上がった男に応えた。

「俺もそう思っていた。山で上手く採れない日もある。また今回のような酷い時が来ないとも限らない。あんなことは二度と御免だ、もう懲りた。だから、みんなでやらないか？　きっと出来るさ」

男が小山の言葉を引き継いで、今度は自分が周りに同意を求めるように語った。

「そうだよな、俺たちにだって出来るかもしれない。ここにいる誰も今までやったことがなくても、みんなで一緒にすれば何とかなる。段々そんな気持ちになってきた」

荒東は、自分にも言い聞かすようにして言った。

「ところで早里、表にいる犬はどうした？」

男の一人が尋ねた。

「あぁ、貰ってきた。志良がくれた。忍羽も雌犬を貰ってきた。俺のは大根と名付けたよ」

「いま話した向こうの谷の首長さ、名前は志良というんだ」

胸を張り誇らしげに答えた早里のとなりから、話に割り込んだ亜里が付け加えた。

集まりが解かれて三々五々に人々はそれぞれの住まいに戻っていった。残った数人が表につながれて尻尾を振っている仔犬を囲んだ。早里が得意そうに犬の背を撫で、それを見ていた一人が恐る恐る手を伸ばして犬の体に触れた。大根が前足を伸ばし、周りの人々にじゃれて飛びついたり離れたりして愛嬌を振りまいたので一同から笑い声が上がった。

「かわいいな」

触ろうとして手を差し出した一人が言った。

「そうだろう？　でも親犬は怖い顔をしていたよ、オオカミとの混血種なんだって」

忍羽も雌犬を連れてきた。

「俺の耳耳の方がちょっと大きいぞ」

仔犬二匹の姉弟は、それぞれの匂いを嗅いだりふざけたり、お互いの周りを回ったりと一時も落ち着かない様子なのだったが、並ぶと雌犬である耳耳の方は押羽が自慢して言うとおり雄犬より少し大きかった。

「よし！　押羽、競争だ、俺も大根にたくさん食べさせて大きくする！」

その言葉に周りからは再び笑いが起こった。狩りをするときには、早里も大根を連れて大人たちと一緒に山野を走り回るようになった。亜里も、新しい土地での危険が少ないことを確かめたので、早里はまだ幼かったが、あえて反対するようなことはしなかった。

成長盛りの早里は、野を駆ける速さも獲物を追いかける持久力も伸長し、みるみるうちに逞しくなっていった。常に彼のそばを離れず狩りのパートナーとなった大根も、旺盛な食欲に比例して大きくなった。すでに仔犬などと呼べる代物ではないことを狩猟に同道する大人たちも見て取った。その骨格も眼光もオオカミ犬のそれらしいものとなっていったのである。

ある日のこと、亜里と早里と大根の住まいに、この地で初めて暮らす彼らを許して歓待してくれた志良の邑から男が訪ねてきた。男は咲良《サラ》と名乗り志良の長男だと言った。

「父が過日に約束したとおり、お前たちを遠方にある兄弟の邑へ誘いたいそうだ。いろんな品物が手に入るから、何だったら毛皮とか持参して必要な物と交換したらどうか、と言い付かってきた。鉄の器なども手に入るとも言っていたが、どうする？」

成人になる少し手前の年頃に見えた。

「遠路わざわざ来てくれて感謝する。俺はみんなにこのことを伝えてくる。すぐ戻るから、早里、咲良に食べる物を差し上げていてくれ」

亜里は咲良に感謝し、頭を下げてから息子に命じた。荒東や小山の都合も確認してくると言いながら家屋を出た。

早里は言われたとおり、軒先に吊るしていた肉を運び、そこにいた大根の首に結わえていた紐を外した。大根は座ったままで早里を一度見上げたが、彼が大丈夫だと尻を押すと、その場から走り出して咲良に飛びついた。顔を舐められ、べとべとになりながらも彼も大きくなった犬の頭をゴシゴシと撫でた。

「大きくなったな、こいつに何て名前を付けたんだ？」

「大根、という名前にした。大地の根っこみたいなでかい犬になってもらいたいからだ」

そうか大根か、と咲良は言いながら、早里が差し出した干肉を囓り、その切れ端を犬にも与えた。

「お前たちはずいぶんと遠くから来たんだって？　父さんから聞いたよ」

咲良は口に物を入れたままだった。

「そうさ、海を二度渡った先の大地から来た。途中で何人かは離れていった。その時に海が時化《しけ》て母も海に沈んだ」

早里も干肉を噛みちぎった。

「そうか、……」

咲良はさらに一口だけ含むと残りの全部を大根の足元に置いた。

「……大変だったな。でも俺も母がいない、俺を産んで暫くして死んだ。だから父は犬を与えてくれた。お前たちの元に遣った二匹の犬は四代目だ」

大根は自分のことを言われたことが解るみたいだった。だから炉端にいる二人をのんびりと眺めながらも、肉を持ち帰った屋内の隅でうずくまったまま少し尻尾を左右に振った。

「お前も父さんと二人か？」

その犬を見つめた早里が、深刻そうな顔だったので、青年も複雑な表情を浮かべた。

「父には女がいて別の家に住んでいる。そこにはその女が産んだ弟や妹もいる。だから、狩り以外の時は、お前たちが来たあの家で、俺は一人だ」

早里は言葉を返せなかった。

「だからと言って寂しくなんかないぞ。お前も見ただろう、あの犬たちが四匹もいるからな、眠る時にはみんな一緒だ」

あの時に志良にじゃれていた大根の親犬と兄妹犬たちの姿を思い出した。銀色と黒の柔らかな長い体毛に包まれた大きな体の犬たちに包まって眠る咲良を想像した。彼にとっては犬たちが一番近い家族なのだ。

「ところで俺たちの兄弟の邑のことだが、前に父が言ったそうだけれど、海を渡ったところに在って、さらに遠く南の人たちとも交流している。いろんな話も聞けるんだよ。この前の時は暖かい海の近くで生活している人たちの話をしてもらったが面白かったな。それに今度は、俺も貂《てん》などの毛皮を持っていって鉄の鏃と交換してくるつもりだ」

彼は、その場所が在る邑の様子を思い出すようなまなざしで語った。

「鉄の剣もあるのか？」

固い鋼の剣ならば狩りの時にはとても役立つ。

「そうさ、土を耕す鍬や鋤も、あの鉄の物ならば力の伝わり具合が段違いさ」

「土を耕すって？」

「知らないのか？　耕して芋などの種を撒くとその場所に沢山の芋が生えてくるだろう。大きくなった芋を採って食べるわけさ。そうしたらわざわざ遠くまで行かずにすむ。それに刈り取った後は氷室の中に置いておけば、冬でも春先でも、欲しくなったら持ってきて食べることが出来る。便利じゃない？」

「そういえば亜里や小山もそんな方法を話していた」

鉄の話も芋の栽培も、自分にとっては何だか遠い将来の出来事のように考えていたのだが、咲良の話を聞いていると身近な事に思えてワクワクしてきたのだった。

「さっきお前がくれたイノシシの肉だって干して乾燥させたんだろう？　だったら他の物だって保存出来るよ、芋も栗も工夫次第でね。だから自分たちが必要な食べ物を計画的に栽培するんだ」

早里には彼の言った『計画的に』という言葉がとても新鮮に聞こえた。

出発は亜里、荒東、小山の三人と決めた。他の者たちは臆病そうに次の機会にすると誰も手を挙げなかった。今回の三人が無事に戻って、さらに魅力的な品々との物々交換の結果を確かめることが出来たなら、きっと次からは参加する人数も増えることだろう。大人たちの思いとは関係なく早里や忍羽が同行したがったが、初めてのことでもあり、帰りを待つように荒東が二人に言い聞かせた。

亜里たちの交換品は、黒曜石や玉類の原石、それに貂やウサギなどの毛皮を邑中から集めた。同行を拒んだ者たちも、あわよくばという希望もあって、品物だけは供出したのだ。それらを三人が担いでいく。また、亡くなった沙寿《サシュ》の妻である小根は古満《コマ》から夫を傷つけた代償として渡されたオコジョや狐の毛皮の幾つかをそっと差し出して亜里たちに託した。

「小根、お前は何が欲しい？　望む物と代えて帰ってくるから言ってくれ」

亜里は見送りに立っている小根と母親の後ろに隠れるようについてきた娘の手古《テコ》それに早里と忍羽にも尋ねた。

「それなら炉に水を入れて掛けられる金属製の器があればありがたい。それに、……」

「それに、何？」

亜里は口調が強くならないように気遣いながらも言い淀んだ彼女を促した。

「もし漆で加工した櫛が有れば嬉しい、それを手古にやりたい」

母親の腰に抱きついていた彼女が見上げた。

「分かった、できるだけ探してくる」

そう言いながら、母娘の姿が幸と早里に重なって見え、我を忘れて見入ってしまった。幸《コウ》が生きてここにいれば彼女は何を望んだろう？

「亜里、そろそろ行くぞ」

大きな荷物を担いだ荒東に声を掛けられたので振り返った。志良を訪ねたあの時と同じように半日ほどで彼らの邑が在る近くに辿り着いた。しかし邑へ続く径には入らず、今日はこのまま海を目指して途中で一泊する。上るのではなく下るのだ。目の前には約束したとおり咲良が彼らを迎えて待っていた。そして、谷に降りる案内のために四人の先頭を彼が歩いた。

「三人ともずいぶんな荷物だね？」

「あぁ、いろんな物が欲しいと頼まれた」

荒東が額に汗を滲ませながら笑った。

「そうですか、判っていれば荷車を持ってきたのに……」

古満のところでも見掛けた物だ。木の棒を丸く削り、その両端に大きな輪を付け、さらに上部に木片をつなぎ合わせた荷台を備えた二輪車である。車輪のおかげで肩に担ぐ量の何倍もの荷物を一度に運べる。大きな動物を仕留めて運ぶ時など、車があれば便利で助かる。

「舟を降りた先も遠いのか？」

獣道の足元に注意しながら小山が訊いた。

「船で向こうの村の近くまで行く。多分この季節は、向かい風も少しあって、三日ほどかかるだろうけど、でも帰りは風の加減で半日ほど早く戻れる。その村は海岸から遠くない」

咲良は、道程を思い浮かべるような表情で説明した。

「この島の先にある海峡を渡るんだったな？」

「そうさ渡った先が兄弟の村だ」

小山はこの地に辿り着くまでに通った陸と海の道のりを想い、それは言うほど簡単なことではないと口を閉じた。

「志良たちは邑に何を持って帰るのか？」

荒東が尋ねた。先頭の咲良が胸を張って三人の方を振り返った。

「丹《に》（水銀朱）だよ」

荒東は少年の言葉に返答できなかった。丹が何かを知らなかったからである。

「俺たちの谷の上流では金が出るよ。簡単に言えばそれを加工するための丹だ」

「金が採れるのか？」

「そうさ。渓流にも砂金が混じっている。川底をさらって拾ったりもする」

平然として咲良が答えた。亜里は言葉が出なかった。

「それで、丹をどう使う？」

小山が聞いた。

「まぁ、早い話が銅の鋳物の上に金を貼り付けるんだよ。丹そのものは染料として貴重だけれど、丹を蒸留して水銀にする。その水銀と金を混ぜて鋳物の表面に流し仕掛ければ、水銀だけ蒸発して金だけが表面をしっかり覆うという寸法さ。銅剣などの装飾に使うんだよ」

なるほどと言いながらも小山は考え込んだ。

「おい、どうした？」

荒東が小山を見た。

「いや、何でもない。ただ、ちょっと……」

「何だよ」

「あぁ、金が採れるのもすごいけどそんな加工まで出来るなんて、こいつらの知恵はすごいと感心した」

「……そうだよな」

荒東も同感だったが、先が見えないような不安も感じたのだ。

「とにかく一緒に行って、向こうでいろんな事を見せて貰おうよ」

亜里も先頭を行く少年の後ろ姿に目を遣りながら二人にそう囁いた。

彼らの操る船は大きかった。亜里たちが凛乃に与えて貰った舟の二倍以上はあった。すでに荷を大量に積み、その一艘に志良を含む十五人余りの男たちが乗ってもまだ余裕があるくらいなのだった。

船はモシリの西岸を舐めるように南下した。いくつもの半島内の入り江を回り込んで二日目の朝には南端に着き、その沿岸を離れた。外海に出ても頑丈な船底で白波を潰しながら進む。大した揺れもなく悠々と潮流を乗り越えた。

その日の午後、彼らは大きな半島の間に挟まれた内海に入り穏やかな海をゆっくり航行した。やがて広い泊が見えてきたが、すでに夕日が傾きかける頃となっていた。少年が説明したとおり二日間船上にいた。

上陸して泊に在る邑で一泊するらしい。先頭に立つ志良は、船上に積んでいた小さな袋を一つ持ってきて邑の男の一人に渡した。志良たちとは仲間の集落で、すでに予定を決めていた逗留らしく邑ではとても歓待された。

「あの袋の中身は何だ？」

亜里が尋ねた。

「金の鉱石さ」

何ということはない、と彼の目が亜里にそう伝えていた。

少しして先程の男が平たい器を三つ、それに一杯の生肉や魚を盛って戻ってきた。志良は亜里に彼を邑の代表者の一人だと紹介した。成未《ナミ》と呼ばれた男は前歯が一本抜けた笑顔を亜里に向けた。亜里も右手を差し出した。彼の手はひび割れてカサカサしていた。背は低いながらも掌は肉厚だった。しかも握り返した時の感触は、獣と格闘しても自力で仕留めるような、そんな強靭さが溢れていた。

男たちは火を熾した。亜里も荒東と小山の三人で志良が分けてくれた肉を炙った。魚は器に水を入れて、それで煮た。

「ここから遠いのかな？」

亜里たち三人は、志良の邑の者たちとは別の小さな炉端で食事を摂った。

「一日ほど南へ行くそうだ」

小山が答えた。

「どうして知っているんだ？」

邑の男が運んできた食べ物を分けてもらった時、志良に訊いたと説明した。

「何という名の邑だ？」

「真留《まる》と言うらしい」

小山が、聞いた内容を続けて紹介した。

「とても大きくて、千人余りの人々が暮らすところなのだそうだ」

「千人か……、俺たちが、今までには見たこともないような話だな」

亜里はそう言いながら、三人の真ん中の器の中で白い湯気を立てている魚を少しむしり、手のひらの栗の葉に乗せた。白身の魚は淡泊そうに見えたが結構な脂があり、とても旨いと彼は思った。

「その丹だけど、咲良が言っていた金の加工の他に棺を飾る朱色の染料ともなるそうだ。以前に聞いた遠く離れた大きな村の話だが、首長やその親族の埋葬に使うとても貴重な物らしい」

小山は炉端で炙っていた肉の焼け具合を確かめ小枝を串にして刺した一本を取り上げた。

「そんな物なのか」

荒東は焼けた肉を頬張りながら言った。

「藍の生葉で青く染めたり、刈安《かりやす》の小枝から萌黄《もえぎ》を得たり、橡染《つるばみ》から黒い色をつくったりするが、朱の色は丹からだったのか？」

亜里が尋ねた。

「良く解らない、が多分そうだ」

小山は首を傾げながら肉を置いた。

「ところで、俺たちは何と交換する？」

「そうだな、これからの俺たちに必要な物って何だろう」

荒東も顔を上げ、二人を見た。

彼らがその村に着いたのは翌日の夜だった。平地を歩くだけで、大きな山を越えるようなものではなかったので順調に到着した。着いたときには日がすっかり落ちていたから、すでに村のあちらこちらでは篝火が燈っていた。明かりは、かなり離れた遠くまで点在していた。その景色は美しかったのだが、なにぶんにも夜なので村全体を俯瞰することなどは適わなかった。

「なんだ、こりゃあ？」

翌朝、早々に目を覚まして外に出た荒東が叫んだ。その声で他の二人も戸外に出て村の大きさに驚いた。遙か彼方まで竪穴式の三角屋根があったのだ。まわりに畑を備えている家もあった。広大な敷地の中央には横広の大きな家屋があった。それは三層になって垂直に伸びていた。二階部分は小ぶりだが、さらに上の最上階は櫓のようで人がそこに立てる造りだった。

なだらかな起伏で波打つ大地一杯に、この村の家々は拡がっていた。遠くまでの景色も眺めて亜里は、小山を通して伝えられた志良の言葉が、今まさに実感できたのだった。

「でかいな」

「本当だ、向こうの山裾まで家が見える」

「いったい何軒あるのだろう？」

日が完全に昇ると志良たちは二手に分かれて村の中を案内された。亜里たち三人には咲良が加わり、この村の男性の先導で中央の建物の内部を見せてもらえることになった。

一階の内部は、そこに立って見ると、栗の大木から切り出したと思われる太い柱が天井部分を突き抜いて階上まで伸びていた。ひとつの広間には違いないのだったが、中央両脇に在る芯柱があまりにも太いので、まるでその柱二本で仕切られた二つの空間が在るようなのだった。一つの場所でも十人以上の者が生活出来るのではないかと思えた。

その奥の広間の端には、頑丈そうな構造の階段が備え付けられていた。これを登って二階部分に登ることができるのだった。二階は一間だけだ。一階で驚いた太い柱は戸外に突き出ていて、その内側が板張りの広間となっているのだが、それでも十五人は十分に入れる大きさだった。床は磨きこまれ、表面が明かり取りの窓から差す日差しを受けて艶やかに輝いていた。

中央には再び階段があった。それで三階に登るのだが、そこは目を覚ましたときに見えたとおりの物見台になっていた。少なくとも大人三人は立つことが出来る。

「村の全体が一望できる。あぁ、後ろには海岸が見えるな」

荒東が子どものような歓声を上げた。

「素晴らしい眺めだ」

亜里も息を呑んだ。

「ざっと百以上の家がある」

山裾まで伸びた村の家々を眺めて小山が言った。それらのまだ先の、山裾へ至る途中に長方形で大型の高床家屋がある。

「あれは何だ？」

とても個人の住まいだとは思えない、そんな檜皮葺の立派な建物なのだった。

「中には村の祭殿がある。それ以外にも集まりに使っている」

「志良が言っていた鉄を作る場所はどこだ？」

村の男は山裾を指さして、あそこだと言った。彼方には川の支流が横断していて、その傍らに平屋だが、かなり大きな建物があった。今も、その屋根の一カ所からは、煙が上がっているのを眺めることが出来た。

「志良たちはあそこにいる」

緩やかな風を受けて髪をなびかせた咲良が言葉を添えた。

「あそこで鉄を作っているのか？」

亜里は呟くように尋ねた。亜里たちを案内している男は都斗《とと》と言ったが、その言葉に反応して鉄の製錬所のそばには銅を加工する場所もあると説明した。銅器は祭礼の時の大切な器具なのだった。それは亜里たちも承知している。

「今晩はこの下でお互い物を持ち合って交換するから、お前たちも予定しておいてくれ」

階段を降りながら都斗が三人に言った。

三人と咲良は男の案内で、志良たちがすでに行っているはずの鉄の製錬所に向かった。その建物の手前にある小川を渡り中に入るのだが、その建物から川に流れ出した水は濁ったような赤い色に染まっていた。

「血のようだな」

「そうさ、鉄を作る時は水が必ずこうなる」

亜里の質問には、都斗に代わって答えた咲良が得意げだった。

「すごいよ、何でも知っているんだな」

荒東も足元の小川と彼を交互に見て言った。

室内はむせ返るような熱気だった。蒸気の混じった熱風が充満している。作業場である土間の、中央奥に在る地面を直接掘り下げた大きなすり鉢は、鉄を作る炉だと都斗が言った。

そこでは何人かの男たちが、次々に砂状にまで砕いた鉄を含む石と燃料となる石炭を注いでいるのだった。それらに火が移るとしばらくして大きな炎を上げた。一番奥から風が吹き込まれると徐々に真っ赤に焼け、石炭だけでなく鉄を含む砂状の石からも火を噴いた。

やがて炎の中からドロリとした艶のある真っ赤な液体が流れ出てきた。それは、炉の真ん中から手前の方につけられた傾斜を伝って、手前の地面に流れ出るようになっていた。

初めて見る風景だったのが大きな炉の奥の少し上方、ちょうど中二階とでもいう位置に頑丈な木組みで作られた舞台のような台だった。炉に向かって口を開けたような造りだ。その舞台の下部の空間に、膨らんだり縮んだりする柔らかな物体が備え付けられていた。そして舞台の上部中央に踏み板がある。

その板は、真ん中が支点となる仕組で、上下に動かすことによって風が炉に送り込まれる作りらしいのだ。舞台の上に立つ女が四人、二人ずつ左右に分かれ、それぞれ片足を板に掛け、右から左から支点前後の部分を交互に踏み込み、周りからの空気を炉に送っている。それは今までに見たこともない情景だ。

真っ赤に焼けて流れてきた液体は少し窪んだ土間に貯まり、すぐに表面だけは黒っぽくなった。しばらくして少し冷めると、芯部分には赤みが残っているのだったが、表面の黒色だけはさらに濃くなった。そうなるまで待って、別の男たちが大きな木串を二本ずつ器用に扱い、取り上げては部屋の離れた場所へと運んでいく。

また離れた場所には一回り小さな炉があり、いま運んだ塊を再び熱していた。その炉から流れ出た焼けた液体は、再び地面の窪みが土の器となった辺りに集められるのだ。

「あの風を送る物は何だ？」

「あれか？　あれは鞴《ふいご》という。空気を炉に吹き込み一気に火力を上げる。その鞴の上部の板を動かすことで下の空気袋を膨らます仕組みだ。蹈鞴《たたら》と呼んでいるが、ああやって足で踏んで動かす」

四人の傍で都斗が説明した。鉄の製錬に携わっている者たちは、男も女も水を被ったように汗まみれだ。しかも、近くの炉からの炎の色が人々の頬を真っ赤に染めている。それぞれの衣類からは湯気が立っている。そばで見ているだけの亜里たちも、室内では次から次へ火を熾しているのだったから、人々の息と汗と鉄の匂いの混ざり籠もった空気で全身が汗ばんでいた。蒸し暑さ以上の息苦しさだ。しかし、場内の作業の様子は初めて見る者にとっては見飽きることなどなく、本当に興味深いものだった。

「すごいものだな」

荒東がとなりの亜里にささやいた。

「すごい」

亜里は製錬の光景に感動した。知らぬ間に肩や両手にも力が入っていた。掌は汗がしたたり落ちるほど湿っていることに気づいて手を開き、息を大きく吐いた。

「銅づくりとは全然違う」

小山も感動を口にした。

「そうだな、銅を精製する時にはのんびりと優雅にさえ見えるけど、これはまるで戦いだ。獲物を追って、瀕死の獣と素手で格闘しているようにさえ思える」

荒東もため息をついた。小さな炉から取り出された赤く燃えた鉄は、少し冷ました後に家屋の外へ運び出して形成する。戸外に放置し、冷えて固まった物を別の場所に運んで加工するなど地金そのものを交易の品にする場合も多いのだが、鉄の器具を造るためにさらに手を加えるのだ。

別の炉では再び加熱してから加工していた。そのための柱と屋根だけの壁のない小屋が併設されていた。火を熾せる場所が在って、小川を引き込んだ支流も境界のすぐ横に在るのだった。そして、人が一人くらい寝そべることが出来そうな底の浅い四角い桶が据え付けてあり、すぐそこの小川から汲み上げた水を湛えていた。

火の側では作業場と同じく、二本の木の棒を使って人々が熱した鉄を扱っていた。彼らは持ち込まれた灼熱の鉄を作成する用途に応じて小分けにした。ある者は地面に置かれた平たい石の台の上で、赤い鉄の塊を叩いていた。叩いて水に漬け、温度が下がって白くなった塊を再び熾っている火に入れた。そこで赤くなるまで熱して取り出し、もう一度叩き伸ばす。それを再度水で冷ます、という作業を何回も繰り返しているのだった。

「こうすることで、不純物が少なくて強靱な鉄の器具になる。土を耕す道具も煮炊きする器も全部この方法で造る」

都斗が不思議そうな顔をしている三人に向かって説明した後、あちらを見るようにと言った。壁のない小屋から水路を挟んで少し離れた場所では、円形や方形に盛り上げた土の中央から赤い液状の鉄を注ぐ男たちの様子を見ることが出来た。

「あれは、鉄製の平たい器を造っているのです」

亜里たちは都斗が指さす遠方を眺めた。

「先に土で型を作るそうだよ。それは仕上げたい物の形にして受け皿とする。そこに液状の熱い鉄を流し込む。冷めた頃を見計らって周りの土を崩すと型に従った器が出てくる。この方法は今までにもある銅器を造る方法と同じだよね」

咲良が都斗の言葉を補った。

「お前のところに有った器がそうなのか？」

「そうさ、この村で造った物だ」

荒東の質問にも彼が答えた。

製錬所からの帰途、途中から志良たちと一緒になった。

「丹《に》については何も聞かなかったな」

小山はとなりの荒東に耳打ちした。

「そうだったな。鉄の製錬は案内してくれたけど……」

「それは秘密らしい」

咲良が二人のすぐ後ろから身を乗り出すようにして答えた。荒東は、いたずらを見つかったときのようにばつが悪くて、言葉に詰まり赤面した。

「丹の採掘や取扱いは一部の人しか許されていないそうだよ。取り引きの場には、丹そのものと精製した水銀の二種類が必要な分だけ持ち込まれる。今晩だって、きっとそうだ」

彼は火の粉が飛んで少し焦げた眉毛を掻きながら説明した。

「それほどの物なのかな？」

荒東が咲良に聞き返した。

「とにかく、丹そのものも蒸留した水銀も、簡単には俺たちの自由にならない品物だということさ」

話に加わった志良が言った。

「なるほど、とても貴重だということか」

辺りに暗闇が迫る時分になった。亜里と荒東それに小山は、邑から持参した多数の品物を抱えて外に出た。あの最上階に櫓がある家屋にこれから出掛けるのだ。一階には細い松明が何本も掲げられていた。入ってすぐの所に亜里たちを案内した都斗がいた。薄暗いながらも集まっている人々と彼らの品物を見分けることが出来た。

「さぁ、こっちに来てくれ」

中程の太い柱の近くにいた志良が、三人の姿を見つけると手招きした。亜里たちは、壁までいっぱいに拡げられたたくさんの品物を踏まぬようにして、彼の近くまで歩き、となりに腰を下ろした。

「具視《ゲシ》と耳砂《ミジャ》それに俺がお前たちと取り引きをする、明日はまた違う者が品物を交換する予定だ」

亜里はうなずいた。

「何が欲しい？」

「まず、鉄の器を持って帰りたい。それと漆で飾った櫛が欲しい」

「お前は？」

亜里の答えに志良は荒東に顔を向けた。

「俺は、俺は……」

「丹を精製した物を持って帰る、それと金だ」

言い淀む彼を押しのけるようにして小山が首を出した。

「金？　金はここには無い。それは俺の邑で採掘している」

志良は髭を上下させて笑いながら、だから金は俺が交換してやると言って、再び視線を荒東に戻した。

「俺は鉄の剣を持ち帰りたい」

志良は腕を組みながら目を伏せ、やがて「安くないぞ」と言った。荒東は無言でうなずいた。

「おい、この人たちは、まず鉄の器と漆の櫛と水銀と鉄剣を所望だ」

正面から志良たちを眺めていた都斗に言った。都斗は後ろにいる男に向かって、言われた物を持ってくるよう指示をした。一人の男が、家屋の中に広げられている品物から選んで戻り、それを都斗と志良の間に並べて置いた。

「お前たちの持ってきた物を見せてやれ」

志良が三人を促した。亜里たちは持参した貂やウサギなどの毛皮、それに黒曜石や玉の原石を目前に並べた。都斗と彼の横に座った村の男がそれらを手に取って眺めた。

「どれもダメだ、いらない」

男が言った。三人は血の気が引いた。

「どうして?」

亜里が呻くような声を出した。

「もう鏃や包丁には鉄を使う、だから黒曜石はいらない。毛皮なら大きな動物のものが欲しい」

都斗が、となりの男の言葉について低い声で補った。

「この玉の石だけは全部もらう、代わりに何が欲しい?」

それでも、少し考えてから都斗が言った。高価な物など望めないと分かって、亜里は眉をしかめた。

「せめて櫛だけは持って帰ってやれ。小根の娘のためだろう?」

荒東の発言には、小根と娘の手古の事情を聞いていた小山もうなずいた。

「それじゃ、櫛を二つ」

都斗は目の前にあった朱色の櫛と黒の漆に多色の模様が描かれた物と鼈甲《べっこう》で細工した三つの櫛を両掌に載せて差し出し、三つとも持っていけと言った。玉石は十個ほどあった。

「兄弟の友人だから鉄の小さな器も持って帰れ。今回だけだが、貂の毛皮五枚と交換しよう」

都斗の申し出に志良が静かに頭を下げた。

「水銀と鉄剣は無理だ。志良は何持ってきたんだ？」

「砂金を持参した。丹の石と交換してくれ。水銀だけなら邑でも採れるさ」

三人を押しのけるようにして志良が答えた。亜里たちは、彼が何を言っているのか解らなかった。

「丹の石ではなく、それを精製しなければ出来ない水銀そのものなら近くにある」

「どういうことだ？」

志良の言葉を遮るように小山が訊ねた。

「邑の山奥にイトムカ（光輝く水）という場所があるが、そこに流れている川には水銀が混じっていると昔から言われてきた。かつて上流を調べ、一つの洞窟に辿り着いた。そこから流れ出しているらしいのだが、中には霧のようなものがいつも立ちこめていて奥へは進めない。勇気ある男たちが何人も入ったが誰も帰らなかった。奥には水銀の源流があるらしい」

荒東は驚いて亜里の顔を見た。

「そんな話なら俺が行く。戻ったら場所を教えてくれ」

小山が身を乗り出して言ったので、志良も教えてやると約束した。

志良が予定の取り引きを済ませると翌朝には帰路に着いた。来たとき同様に一日掛けて船を停泊していた半島近くの海岸まで戻ってきたのだったが、その道中で荒東は白い繊維が球状になった植物の群生を目にした。

「あれは何だ？　見たこともない花だな」

「あれか、あれは綿という植物さ。黄色の花が咲く、その花の落ちたあとの実が秋に弾けて中から白い綿が吹き出す植物だ。冬の晴れた日には、ああして垂れ下がる。それを乾燥させて紡いで糸にするが、初めて見たのか？」

志良が言うと同行の具視が少し手折って戻ってきた。そして小枝を荒東に差し出した。

「ありがとう」

すぐに手を差し出すのではなく男の手に顔だけ近づけて花の匂いを嗅いだ。それから荒東はやっと指でつまんで受け取った。右からも左からも白い繊維に目を凝らし、さらに指先で枝を回して眺めて亜里に渡した。彼もじっと見てから綿の枝を小山に渡した。

「集めたら衣も作れるのか？」

荒東が訊いた。

「麻布のように使えるさ。上着だけでも毛皮と一緒に着れば、とても暖かくて重宝する」

志良が前にいる咲良の背中を指さした。

「あれの上着の内には綿布を重ねている」

自分のことが話題になった咲良は、少し得意げに袖の無い毛皮の内側を外に折り返して彼らに見せた。

「なかなか良いよ」

「綿か、栽培方法を教えてくれ。育ててみたくなった」

荒東が具視に言った。彼はうなずいた。

「今回は知らない事が多くて難しかったが、結構いろんな土産ができた。お前のおかげだ、ありがとう」

　亜里はとなりを歩く志良に言った。彼は少し照れて、それでも仲間だから当たり前じゃないかという表情をした。

「鉄器具の製造を見せてもらえた。三層の建物や大きな高床の倉なども初めて見た。また近場には貴重な水銀が採掘できる場所が在るということも知ったし、それに綿も興味深くて楽しかった」

　それは良かった、と志良が相好を崩した。

　帰りの航海も穏やかだった。船上で亜里は、この海峡の距離が短いことを実感した。今回のように海岸近くに沿って南下し、海峡を渡れば、鉄を造っているあの村へも行ける。また、必要があれば更に先のまだ知らない地までも出掛けることが出来るだろう。来る時に咲良が言ったとおり、帰路は風の加減で半日ほど早かった。戻って早里に顔を見せると、彼は海峡を越えた地でのことが知りたくて亜里のそばを離れなかった。

「鉄の器具を造る場所って凄かったぞ。真っ赤に焼けた炉にどんどん風を送って温度を上げ、鉄鉱石を細かく砕いた砂を溶かす。そこで鉄だけを分離するんだが、それを二度行って鉄の元が出来る」

　そんな話に早里は目を輝かせた。

「鉄って南の方の山の鉱物なの？」

「いや、俺たちのいた邑の近くでも手に入ったらしい。それを使って自分たちでも造っていたそうだ。中原の大国でも以前から有って、交流のあった邑々も見ならったということだ。だから南方の人たちの持ち物というのは間違いではないけれど、すでにいろんな場所で造られていた道具みたいだな」

「銅器とは全然違うの？」

「強度は比べものにならないそうだ。狩りの鏃も、そのうち鉄製の器具が当たり前になるさ。もちろん狩りだけで無く、それで造った道具で林を切り開き、土を耕して穀物を計画的に栽培することも流行っているみたいだ」

それから、それからと彼は亜里に先を促した。

「帰りの道中で綿の木という真っ白いフワフワの実がなる草を見たよ。それは麻の皮から糸を作るより、もっと細い物が採れて衣類に出来るらしい。荒東が自分の家のとなりに植えて育ててみると言っていたな」

「へえ、面白そうだね。うちもやってみようよ」

「そうだな、お前が荒東と一緒に植えてみたらどうだ？」

「いいの？　じゃ、したい。やってみるよ」

早里は嬉しそうに答えた。

「俺は、小山と水銀を探しに行こうと思っている」

思いついたような言い方ではあったが、続けて亜里は一同に水銀と丹を説明した。

「そうなの？　赤い石と銀色の水が同じものなんて、本当に不思議だね」

早里は返事をしながら天井の方に顔を向けて、それらを思い描いた。

「とにかく、銅器の表面に薄く伸ばした金を剥がれないように細工する液体だそうだから、是非とも試してみたい」

「いいじゃないか、やれば？」

亜里の言葉に早里が応えた。

「ただし、それが湧き出る山の中には霧がかかっていて、その霧が毒なんだそうだ。相当危ない作業だとは聞いてきた。だから慎重に計画しないとな」

亜里は志良の邑の人々の話を思い出しながら、簡単じゃないだろうけど、と自分にも言い聞かせるように呟いた。

「そうだとしたら大丈夫？」

早里は水銀というもの自体を知らなかったから、実感が湧かないながらも気遣って言った。

「すごく危ないようだったら諦めるさ。小山とも十分に相談しながら試してみる。ただ本当に貴重で高価な物らしい、今回の取り引きでも水銀が欲しいと言ったが相手にされなかったよ。それが、このすぐ近くから出ると聞いて二人とも何とか手に入れたいと思った」

早里は、ただ聞いているだけだったが、最後にはうなずいた。

荒東は手始めに家の横の草むらをむしり、それから木と木を組み合わせて作った道具で一帯の土を掘り起こした。これだけでも三日の時間が必要だった。まだ妻帯していない彼にとって、自分さえ手持ちの食料で飢えをしのぎ我慢できるというのなら、その間の時間は自由に使うことができた。だから一昨日も亜里たちが狩りへ誘ったが、このことを話して免除してもらったのだった。

昼下がりに早里が訪ねてきた。荒東は汗だくになりながら、かなり開墾が進んだ場所の土を慣らしながら種を植えているところだった。

「おう、早里か。今日は亜里と一緒じゃないのか？」

雑草も無くなった地面の中央にひざをつき、彼を見上げるような格好で声を掛けた。

「一人だよ。それより俺も綿の木を植えてみたい。やり方を教えてよ」

まぶしい日差しを遮るため額に掌をかざしながら荒東に言った。

「俺だって知らないよ。志良たちの言っていたことを思い出しながら、なんとか自分流にやってみるだけさ」

「まず草を除いて、それから平地を作るんだね」

「そうさ。そこに綿毛の中から取り出した種を撒く」

そばに置いてあった白くふわふわの花実の付いた草を幾本か持ち上げて見せた。早里は日が照り返す土の広場に入っていきながら、彼の横に放り出してある道具に目を止めた。

「これは何？」

ゆっくりと立ち上がりながら腰を叩き、それから手だけ伸ばして手製の道具を取り上げた。

「思い出しながら作ったけど、これで土を掘る。たしか犂《すき》という名前だったと思う。形が正確に再現出来たのかどうか、全く自信は無いが、それでもちゃんと使えているだろう？」

大昔に遠くの邑でこんな道具を使って土を耕していた風景を見たことがある、と笑った。取手の太さにちょうど良い小木を使い、丸太を分割して平たい面を切り出した木片を直角に組み合わせた物だ。その木片の先は土で汚れていて、これで草の根の部分から一緒に土地を浅く掘り起こしたことが早里にも理解できた。

「お前もやるなら、持っていっていいよ」

「本当？」

早里は大事そうにそれを両手で受け取った。

「いいさ、しばらくは、これ以上ここを掘らない。耕したら返してくれればいい」

荒東が笑った。

「同じようにして平らな場所を作る」

だからこの綿の木の種を分けて欲しい、と遠慮がちに荒東の顔を見た。

「分かった、いいさ。三分の一ほど持っていけ」

荒東は背後に積んでいた草木を両手で抱えるように掬い上げて差し出した。

「ありがとう。大きく育ったら、これ以上返すからね」

早里は重い道具と草木を抱えるように汗をかきながら持ち帰ると、家から少し離れた所の、背の低い草が多い場所に見当をつけ、雑草をむしり始めた。屈んで行う姿勢と想像以上の労働量ですぐに息が上がった。やっては休み、休んでは草をむしった。一緒に来た大根はお構いなく周りをはしゃいで走って遊んだ。

「大根、お前が人間だったら一緒に働いてもらえるのにな」

開墾は遅々として進まなかったので、体だけでなく気持ちが萎えそうになった。辛くなったから草をむしって土が露出した所に手足を広げて寝そべった。真っ白い雲と青い空が見えた。横を向くと早里の視線に気付き、はぁはぁと忙しなく息をしながら大根が小走りに寄ってきた。疲れることを知らないような快活な彼に顔中を舐められ、くすぐったさと孤独ではないことに気も紛れたのだった。

六

亜里《アリ》と小山《コヤ》は、二人だけで志良《シラ》から教えられた場所に来た。帰着後に改めて志良を訪ねて、自分たちが本気で水銀探索をすることの許しを得たのだ。しかし、三人での会話の途中で、志良は亜里と小山へ何度も諦めるように諭した。また、自分が不用意に口をすべらしたことを詫びた。

あまりにも危険だから忘れるようにと説得したのだったが、志良が本当は在り処について教えたくないのではないかと懐疑的になった小山は、大丈夫だからと強引に押し通した。亜里も危険を感じたら、すぐに止めて退き返すと約束した。洞窟の奥から風が吹き出るような状況の時には入口に近付かないこと、すぐに洞窟の中に入るのではなく周辺の様子を慎重に見極めることの二つを約束させて、志良は二人に詳細な場所を伝えた。

水銀が外に漏れ出している場所が、どこかに無いかをまず探せと彼が言った。自分たちも熱心に探さなかったのだが、その近くに丹《に》が採石できる場所があるのではないかと今でも思っているとも語った。

「水銀というのは丹を煮詰めて、その石から溶け出す水みたいな物なのだろう？」

亜里は、志良が鉄を製錬している村から戻ったとき、別れる前に見せてくれた手持ちの水銀を思い出した。

「丹を手にする者は人をも治める、取り引きに携わる人たちが、そう言うそうだ。確かに、あの村でも鉄より更に貴重な様子だったからな。それが近くで採れるんだから見逃す手はないだろう。もし見つけたら、もうあくせくしなくて良くなるんだ」

小山は亜里に、はっきりとそう言った。

「俺は銅と細工する用途に惹かれた。もし見つけて、今後は自由に手にすることが出来るようになれば、早里にもさらにその子どもたちにも残してやれるだろう？」

「それもそうだが、大きな村々とも対等以上の取り引きができる。もう野山を駆けて狩りなどしなくても済むようになる、そのためなら多少の苦労や命の危険があっても本望だ、お前はそうは思わないか」

亜里は返事に困った。それほど小山は憑かれたような目つきだったからだ。彼は、自分たちが辿ってきた経路を使って、遠く中原の地域との交易も考えていることを語った。途中さえ安全ならば、いくら遠方でも構わない。水銀なら嵩張らず運ぶ苦労もない。

「それもこれも、見つけることが先決だけどな」

翌早朝から、小山が一日でも早くと急くので、亜里も宝探しに山に入ることとした。二人で教えられた場所を探してやって来た。

洞窟の入口は、注意するようにと言っていたとおりの白い靄がかかっていた。小山はその様子を遠巻きに眺め、足を止めて今来た道を少し戻ろうと言った。

「諦めるのか？」

亜里の質問に、迂回して山の横に回ってみたいのだと彼が答えた。

「この洞窟の中とは違う場所から丹が採り出せるかもしれないだろう」

言ってから彼を置いて、さっさと歩き出したのだった。

二人は、山の麓まで戻った。そこから山裾に巻きつくような小川に沿って、洞窟の在る方向からは外れるのだったが、上流に向かって登り始めた。川岸からは栗林の群生が尽きて竹林となった。竹は周囲の植物を駆逐するから、竹と竹との間の地面には何も無く、そのために視界も広くなる。今は、その斜面一帯に日の光が惜しみなく降り注いでいて、さらに足元を明るく照らしてくれた。歩きながら上方を仰ぎ見ると笹の途切れた間からは青い空が見えた。地中には根が張り巡って頑強なはずなのに、足下はふわふわと危うく温かい。

「温泉でも在るのかな？」

亜里が言ったので先を急ぐ小山も振り返った。少し乱れた呼吸で、なるほど不思議だ、と地面を見た。

「川筋からは随分と逸れてしまったけど……」

小川からかなり離れた場所に分け入っていると思った時、前方の窪みから湯気が立っているのを亜里が見つけた。

「湯が溜まっているんじゃないのか」

近づくと窪地の縁からは少しずつ泥水が溢れ、中心点からは時々気泡が浮き上がり、その表面を震わせていた。

「お前の言うとおりだ」

小山が覗き込んで自分の手をかざした。亜里も身を乗り出し、指先を泥の混じった場所に差し入れた。

「温泉だ」

『イトムカ（光輝く水）の大地には火之神がいて山の麓で水銀が採れる。丹は火に晒されて水銀に変わるが、手間がかかる水銀より丹そのものの方が価値は高い』

亜里は、あの村で聞いたことを思い出した。自分たちの近くでも水銀が採れると志良が言っていた夜の話だ。

「山のどこかに丹の鉱脈があって、多分地中深くの火山の熱で水銀に変わるんだ。この近くから丹も見つかるかもしれん。水銀を手にすることが危険なら、まず丹を探さないか？」

亜里が今度は先になった。そして、さらに急峻となる斜面を手も使いながら上に進んだ。小山も遅れないように続いた。二人は足元の温かさを見失わないように注意して、さらに山の腹を登っていった。

山頂を仰ぐ七合目で少し平らな場所に出た。そこに地層が剥き出しになった箇所があるのを小山が見つけた。

「そこの真ん中辺り、何だか赤っぽく見えないか？」

亜里が座り込んだ場所から、そう見えたのだ。二人は急いで断層の露出する壁面に近づいた。亜里は提げていた黒曜石の短刀で土を抉った。手前の土は思ったより脆く、毀れて中が顕わになった。

「丹じゃないのか？」

「そうか？」

亜里も再び土を抉った。小山が崩れ落ちた石片を手に取った。

「丹だよ」

見つけたと思った。小山も亜里の方を見て笑いながら、握った拳を空に向かって突き上げた。

邑に戻ってから二人はすぐに荒東《アラト》を訪ねた。邑の他の者には当分内緒だと断りながら、イトムカの山で丹の在る箇所を見つけたと話した。

「それで、どうするつもりだ？」

荒東が彼ら二人に静かに訊ねた。

「すぐにどうこうは出来ないさ。でも、あの村で知ったように、貴重な物であることには間違いない」

小山が唾を飛ばしながら荒東に言った。

「俺もそう思う。志良が教えてくれた洞窟には入らなかったから、水銀そのものは見ていないけれど、危険を冒して採るのではなく、とにかく丹を手に入れることが出来そうなんだから良かったよ。三人で焦らずに考えよう」

亜里も興奮しながら二人に言った。

炉の中に新たな小枝を差し入れながら荒東は考えていた。

「何とか言えよ」

小山の言葉に顔を上げた。

「あぁ、……ちょっと心配になったものだから、すまない」

荒東がくすぶる煙に目を細めた。

「心配って、何がだ？」

小山の質問に、何でもないと荒東は言った。

「おかしな奴だな、言いかけたことは最後まで言え」

亜里が苦笑いを浮かべた。

「それじゃ言うが、お前たちは、その山での採掘を俺たちだけで独占できるとでも考えているのか？」

「どういう意味だ？」

「つまり、志良たちが黙っているなんて思えない。俺には想像すらできないけど、きっと莫大な利得だろう。彼らが教えてくれた洞窟の水銀じゃなかったとしても同じ山から出る丹の鉱石だろう？」

亜里にも荒東が心配することを考えなかったわけではない。

「でも俺たちが見つけたんだぜ」

小山は少し強い語調で言い返した。

「いや、荒東の言うとおりかもしれん。志良に報告して共同の所有物として採掘も交易も一緒に行うべきかもしれん」

亜里がゆっくりと言った。

「それが良いと思うよ」

荒東は小山に遠慮しながらもはっきりとそう言った。

「俺には納得できない。何で、彼らの顔色を窺って卑屈にならなきゃいけないんだ」

「そんなこと、言っていない」

「いや、そういうことだろう」

荒東の心配も無用という小山なのだ。亜里は疲れているし、今日はもう止めようと小山に言った。

朝になると早々から亜里と小山は、昨日の記憶を頼りにイトムカの山に再び出掛けた。亜里から同行を誘われた荒東だったが彼は遠慮した。そして、二人の姿が見えなくなってから、早里《サリ》が耕す場所をぶらりと覗きに行ったのだった。

「おい、調子はどうだ？　うまく進んでいるのか？」

早里は、がむしゃらになって、荒東から借りた犂《すき》で土を掘り起こしていたらしく、すぐそばで彼が立っていることにも気付かない様子だ。

「おい！」

「うわっ！」

癪に触って大きな声を出すと、早里は自分のすぐ背後に人がいたので悲鳴を上げた。

「なんだ、荒東じゃないか。びっくりさせるなよ」

尻餅をついて初めて荒東だと気が付いた。

「そんな具合にボンヤリしていたら、獣に襲われても文句を言えないな」

「そりゃそうなんだけど……」

荒東が笑うので、早里は思わず落とした犂を拾い上げて腰を伸ばした。

「これを取りに来たの？　まだダメだよ、返せない」

早里は、土に汚れた顔を袖で拭った。早里の手がけた場所は、低木がほとんど取り払われていた。雑草などを犂で丁寧に掘り起こせば立派な耕地になりそうだ。荒東は感心しながら早里を見た。

「そうじゃない、お前の様子を見に来ただけさ」

早里は安心して、彼には構わず再び犂を振り上げた。

「亜里は出掛けたよ」

土手に腰掛けて、むしった草をちょっと拾っては息で吹き飛ばしながら声を掛けた。

「あぁ、そうだね。朝早くに小山が来て、今日は戻れないかもしれないと言いながら二人で出ていった」

荒東はため息が出た。

「どこへ出掛けたのか知っているのか？」

「あぁ、なんとなく」

「そうか、聞いているのなら話が早いけど、あいつらは山で丹の石を見つけたらしい。その赤い石は、とても高価な物で先日の取り引きの場でも話題だった」

早里は作業の手を止めず、ただ無言でうなずいた。

「そうか、知っていたんだな」

荒東は、言ってから遠くの景色に目をやった。この緩やかな丘陵斜面では湖畔の一部が木々の間から望むことが出来る。

『小山や亜里は必死になっているけれど、丹にどれ程の価値があるのだろう？』

考えても俺にはやっぱり分からないと思った。物と物を交換して、自分たちの近場では手に入らない玉石や器具、それに毛皮や食べ物と交換できるのは素晴らしいことであり、無用な手間暇を掛けずに済む暮らしは夢のような話だとも思える。だから、それを望む気持ちも理解出来ないことではない。

しかし、荒東自身が丹の本当の貴重さや価値を実感できないことに加えて、昨日の二人からの話を聞いていても、心のどこかにわだかまるような漠然とした不安が湧き上がってくるからなのだ。

「どうかしたの？　急に黙っちゃったけど」

荒東は我に返って、首を振りながら何でもないと答えた。

「それより、随分と広い場所が出来たじゃないか」

早里が嬉しそうに首をすくめた。

「そうなんだ、結構な広さになったよ。ここに種を植えればいいんだろう？」

両手を土で真っ黒に汚しながら言った。

「そうさ、俺は綿を育ててみるが、お前は、その他のものも植えてみればどうだ？」

「その他のものって？」

「例えば芋や豆や野稲《のいね》なんてどうだ」

「荒東は、綿以外は植えないの？」

「いや、俺も少しは食い物を植えてみるさ。たぶん、これからは山に入って採るだけでなく、食料を自分たちが育てて自分たちで食べるようになると思う。以前に住んでいた山邑から離れた大きな村では、俺や亜里、亜里の祖父の珠里《シュリ》が生まれる以前から食べ物を栽培していたと聞いている。近い将来、きっとそんな時代が来るはずだから、ここで俺たちもやってみよう」

分かった、と早里が言った。逆光の中で表情までは判らない。しかし、荒東は、彼が成長期の男子らしく日に日に背も伸びて逞しくなっているように思って、目を細めながらその輪郭だけの姿を眺めた。

亜里は小山と連れだって下山した。手は朱に染まっているが、しっかりと小石を入れた麻製の袋を握っていた。

「これを志良《シラ》に見せれば何と言うかな？」

笑顔の彼に対して小山の表情は優れない様子なのだ。

「どうしても志良のところに行かなくちゃダメなのか？」

「なんで、そんなことを言う？」

「奴らは、このことと関係ないだろう」

「何を言っているんだ。邑を出てから志良のおかげで、ここにやっと落ち着けたんじゃないか。そんなことを言うな。彼らにも少しは取り分がないとマズイよ」

志良の邑の者たちに対して、彼の顔を立ててやろうと思う。

「分かった……。お前がそこまで言うなら、それで良いよ」

栗林を抜けた谷間の一角に、見慣れた家々が見えてきた。清流な川の辺り、最初に、志良に連れられ訪ねた日が、既に懐かしく感じられる。故郷を思い起こさせる風景であることには今日も変わらない。

彼の家に近づくと再び犬たちが飛び出してきた。しかし、今度は遠目から唸るのではなく、甘えた声で彼らの足下にじゃれつくのが最初の時とは違っていた。

「亜里と小山じゃないか」

志良が、表に顔だけを出して二人を見つけた。

「ちょっと話があって来た」

亜里はそう言って近付いた。彼は、怪訝な表情を浮かべながらも、中に入れと扉を開けた。火を熾してはいなかったので愛想も無い室内に見えたのだったが、考えてみれば火が無くても耐えられる気候だ。もうすぐ春になる。

「どうした？　二人だけか」

亜里も小山もうなずいた。

「あの洞窟には行ってみたのか？」

その言葉を待っていたように、亜里が、そのことで来たと答えた。

「どういう事？」

「俺たちは洞窟まで行ったが結局中には入ってない。その代わりに洞窟のある山を半周してみた。そうしたらこの石が沢山ある鉱脈を見つけた」

　手に握ってきた麻袋から石を取り出して志良に差し出した。薄明かりが差し込むだけの室内だったので、渡された石に彼は顔を近づけた。

「これは丹だな！」

「そうさ、この鉱脈があった。イトムカで水銀があるのは、きっと見つけた鉱脈と関係があると思う。地層がむき出しの場所だったが、朱色の粉が散らばっていた」

「……そうか。そういうことだったのか」

　小山が半身を乗り出して口を開きかけたが、静かに亜里が手で制した。

「これは俺の物でありお前の物でもあると思うが、さぁ、どうする？」

　亜里に止められたものだから会話には割り込めず、小山は太い両腕を組んで低く唸った。

「これがあれば、他所で大きな顔が出来るよ。何かと交換するにしても沢山の物が手に入る」

　志良はありがたいと手を打ち、そして小山の方を少し窺ってから亜里に言った。

「……そうだな」

　さらに亜里は、しかしと言いかけた。

「何だ？　言いかけて止めるなよ」

　笑顔の中で髭が揺れた。

　薄暗い家屋の中は、炉に火が入ってない分だけさすがにまだ少し肌寒かった。

「あの場所が探せたのは、水銀の出る洞窟の話を聞いたからだ。それは志良、お前のおかげに間違いない。ただし、俺と小山の幸運があって、丹の鉱脈を見つけたことも事実だ」

志良は、今までの笑顔を真顔に戻して、考えるように沈黙した。

「俺が聞きたいことは二つある。まず、あの洞窟を紹介した目的は何だったんだ？　洞窟の中に入ることが危険すぎて、入りきれなかったので俺たちに押しつけたのか？　きっと俺たちも失敗するだろうと考えて、いや、もしかしたら死ぬかもしれないが、そんなことは関係ないと思って俺に行ってみろと言ったのか？　それから、この丹の分け前が五分五分だと思っているのかどうかだ」

亜里はゆっくりと言いながら、彼の瞳の奥を探るように見つめた。

「どういう意味だ？　自分たちだけの物だと言いたいのか」

「……俺たちの気持ちとしては、そのとおりかもしれん」

お前も同じ考えかと小山を見て言った。彼は少し口を開きかけたが、結局は黙ったままでいた。

「それは、少し厄介だな。ここの連中が黙って見過ごさないだろう。そうなったら俺一人じゃ押さえられん……」

亜里も小山も何も言わなかった。

「ただ、これだけは言っておく。俺は、決してお前に押しつけようと思ったわけではない。それに誰かが死ぬだろうと考えたりもしなかったし、お前が見事に洞窟の中の水銀を取り出す方法を見つけたとしても、それを横取りしようなどとは思いもしなかった。これだけは本当のことだ、信じてもらえるかどうかは解らんが……」

その場が重苦しい雰囲気になる前に、志良が少し怒った表情でそう切り出した。

「そうか、それを聞いて安心した」

亜里は、まず一言だけを返した。そして少し間をおいて続けた。

「腹を割って俺自身の気持ちを言おう。お前のおかげで此処《ここ》に住み始めることが出来た。お前の紹介で、海の先の村の様子や鉄の製造、それに丹や水銀のことも知ることができた。今度のこともお前の提案で、丹の鉱脈も見つかった。だから、丹の鉱脈は、お前と俺たちとの共有財産だとは思う。しかし小山の気持ちは複雑なんだ、俺みたいに思い切ることが出来ないかもしれない」

亜里がうつむいたままの小山に話しかけた。

「……そのとおりだ、俺は何だか納得できそうにない」

彼が顔を上げて、二人を交互に見た。

「それで、どうする?」

亜里は訊いた。

「それじゃ言うけど、今後あの鉱脈から出る丹の半分を貰いたい。あとはお前たちで好きにすれば良い、分けるのも自由さ。そして俺はこの邑から住まいも移す、志良とはもちろん、亜里とも気まずくなるかもしれんし……。新しい場所で落ち着いたら、俺の取り分を俺の家族だけで扱うこととしたい。逃げて出てきた邑の近隣や、ここへ来る途中にあった邑々などとの取り引きをずっと思い描いている。……亜里、いいだろう?」

亜里は、そうか、とだけ口にした。

「そんな気遣いなら無用だ。別に俺が住まいを譲った訳でもないし、それに長年一緒にいた亜里たちと別れて暮らすこともないじゃないか」

　志良が言った。

「いや、そうさせてやってくれ。小山もそうした方が気楽だろう」

　亜里の言葉に志良はうなずいたのだったが、その帰路の二人はどちらからも何だか話すきっかけがなく、ただ黙々と歩いた。家が近づくと亜里の気配を察したのか大根《テネ》が飛んできて彼の足下にからみついた。しかし早里の姿は戸外にはなかった。

「お前、迎えに来てくれたのか？」

　しゃがみ込むと、少し大きくなった犬がペロペロと彼の顔を舐めた。くすぐったくもあったが、構わずに温かい生き物の体を抱きしめ、ふさふさとした背中の毛を何回も乱暴な手つきで撫でた。

「それじゃ俺は、こっちから帰るよ」

　小山はしばらく一人と一匹の様子を眺めていたのだったが、やがてそれだけを言った。そして亜里の家の前から二本に分かれる道を自らの家屋につながる方に歩いていった。

『あそこまで頑張らなくても良かったのに』

　犬の頭越しに彼の後姿を見送りながら亜里は思った。大根と一緒に入ると中では早里が炉に火を熾し、土製の大器に湯を満たして山菜と干した肉を煮ているところだった。そして炉のそばには荒東も座っていた。

「お邪魔しているよ」

　座ったままで荒東が片手を挙げた。

「あぁ、飯でも食うところだったんだな。腹が減っている、俺も混ぜてくれ」

笑いながら亜里は言った。

「この頃、昼間はずっと荒東と一緒に畑を耕している」

早里が照れたように言った。

「それは良かった。こっちはちょっとバタバタしていたからな。荒東が持って持ち帰った綿の木でも一緒に植えてみるのか？」

亜里も炉端に腰を下ろした。

「そのつもりだけど、それだけじゃなくて、豆や芋も植えてみるつもりだ」

「良いじゃないか。俺は俺で、志良と丹の石を採掘してみようと思っている。ちょっとした稼ぎになりそうだから」

「そうか、志良たちと一緒にやることになったのか？」

荒東は、安心したような表情を浮かべた。

「ただ、小山は別だけど……」

「どういうことだ？」

「小山は自分たち家族だけでやると言った。俺と二人で見つけたんだから、分け前として今後そこから出る丹の半分は寄越せと言っている。だから、さっきの話の志良と一緒に扱うのは、その半分を共用するということだ」

荒東は驚いてため息をついた。

「あいつは自分で、元いた邑や来る途中に寄った邑々との取り引きを始めたいそうだ」

亜里は小さな枯れ枝を炉に放り込んでから早里を見た。

「お前はどう思う？」

早里は少し炉を見つめるようにうつむいていたが、やがて顔を上げ二人を交互に見上げた。

「良くないよね、それって。志良や咲良は許しても、志良の邑の他の人たちは怒るよ、きっと」

亜里に向かって強い視線を返しながらゆっくりと顔を上げた。そのとおりだ、と荒東が間髪を入れずに言葉を続けた。炉の中の炎は時に強く時に弱く、三人の姿を赤く照らした。

「そこなんだ、俺もそう思う」

「だったら、何で止めなかったの？」

早里が言った。

「そうだけど誰が何を言っても納得しなかっただろう。……もちろん後悔はしている」

「それで、どうする？」

早里の言葉を引き取るように荒東が訊いた。

「小山は考え抜いて決めたのだろうから変えないよな？　だから困った」

「そんな気楽なことを言って、それでお終いなのか？」

炉に乗り出すようにして荒東が亜里を見た。

「だったら、どうすれば良い？」

荒東も言葉が出なかった。

「とにかく考えよう。俺も会って話してみるから」

彼は立てひざの姿勢になって帰る支度をした。

「もう食べないの？」

早里が用意した炉に掛けた器の中には、山菜と干した肉の煮物のほとんどが残っていた。

「あぁ、十分食べた。おなか一杯になったよ、早里ありがとう」

立ち上がって荒東は片手を挙げた。

「早里、また明日会おう」

亜里は戸口まで見送りに出た。立ち上がらなかった早里は少し不満そうな表情で目礼した。

その夜半だった。荒東が、再び亜里たちの家屋に飛び込んできた。

「起きてくれ、亜里、早里、大変なことが起きた！」

荒東は、息を切らしながら二人の前に立った。呼吸の乱れが整わず、手を膝に当てて前屈みで言ったのだったが、やがて無言のまま両手で顔を覆った。

「どうしたの？」

早里は不安そうな声で訊いた。

「小山が殺された」

荒東は低い姿勢から顔を上げず、それだけを言った。

「なぜだ？」

亜里は半身を起こした格好で彼に訊ねた。しかし、こうなることは心の奥では判っていたような気がした。

「志良の邑の者たちが襲ったんだ、家族もみんな殺られたと思う」

「そんなこと、お前、良く判ったな？」

「俺の家に男たちが訪ねてきた。俺が小山ではないと判ってすぐに出ていった」

それから距離を置いて隠れながら男たちの後を追いかけていったのだと説明した。亜里も早里も、そして荒東もしばらく無言のまま顔を見合わせた。

「亜里、次はここに来るかもしれんぞ」

荒東が声をひそめた。

「まさか？」

それでも、そう言った後で亜里は立ち上がった。

「いや、判らんよ」

荒東も早里も立ち上がった。

「その男たちの中に志良はいたのか？」

「判らん、でも彼も彼の息子もいなかったように思う」

「どうするの？　ここから出るだろう？」

早里が、しびれを切らしたように二人の会話に割り込んだ。

「そうだった。亜里、とにかくここを離れよう」

亜里は、まだ信じられなかった。

「その話は本当だろうな？　小山たちが襲われたというのは間違いないのか……」

「こんな時に何を言っている。数人の男たちが小山を襲ったのには間違いない。この目で見たって言っただろう」

声を荒げて荒東が叫んだ。亜里は、そうか、と小さな声で応えた。

「……もちろん、殺されたかどうか分からないが……」

荒げた声を小さくしながら、周りを窺うような調子に変えて言った。

「どうするんだよ、とにかく外に出た方がいいんじゃないの？」

早里は、すでに出口の方まで行きながら二人を促した。

「そうだよ」

荒東が、亜里の二の腕を掴んだ。

「分かったよ」

あの志良たちがそんな乱暴を働くとはどうしても信じられず、夢でも見ているような心地だったのだ。

先頭に早里が立ち、次に荒東そして亜里の順番に戸外に出た。荒東も暗闇の中を探るように林の奥を目視した。亜里の家屋から少し行くと湖畔への下り坂になる。まず湖まで移動しようと指をさした。

早里が家屋の前の平地を走り湖畔へ続く獣道に駆け込もうとした時、家の裏側の林から数人の足音が聞こえた。すぐに矢が宙を飛ぶ音が何回も繰り返し聞こえた。後方で亜里が呻き声を上げるのが聞こえた。

早里は無我夢中で転げるように、とにかく林の中に飛び込んだ。彼を目がけて飛んできた矢もあったが、いずれも見当違いな場所を通り過ぎていった。月明かりが無い新月の夜なのだ。地面に伏した姿勢のまま息を殺して辺りの様子を窺った。男たちが動き回る所からはかなり離れていた。そこは、半身ほど落ち窪んだ場所になっていて物音を立てなければ見つからないと思われた。

「探せ！　あと何人かいたぞ」

闇の向こうから馴染みのある男の声が響いた。

「亜里を仕留めたのだから、もういいじゃないか？」

志良の声だった。

早里は背筋が凍る思いがした。やはり彼もいたのだ。引き続き頭を上げず、身動きをせず、息を殺すようにして伏せていた。

闇の中でじっと身を潜めているので、随分と時間が経過したように早里には思えた。実際にはほんの少しの時間だったのかもしれない。男たちの怒号と歩き回る音と気配が、いつの間にか無くなっていたのだ。

「おい、早里？　どこかにいるのか？」

荒東の声だった。周りにまだ誰かがいるのではないかという恐怖より、見知った者の声を聞いて思わず涙ぐみそうになった。

「ここにいるよ、荒東」

調子を落として返答した。

「無事か？」

早里は窪みから立ち上がった。周りは鬱蒼とした林だった。月夜ではないので足元が本当に真っ暗闇なのだ。声がした方に向かって荒東が草を掻き分ける音を立てながら近寄ってきた。

「大丈夫だったんだな？」

ああ、と早里が応えた。

「とにかく湖のそばまで行こう」

暗闇を手で探りながら早里の傍らをすり抜けた。そして荒東は先になって湖畔へ目指して林の中を進んだ。

湖面は暗いながらも満点の星を映し、幻のような光を帯びていた。月明かりの無い分さらに空の星々が鮮やかに見えるのだった。

早里は、亜里と見た七つ星の話を思い出した。彼がカムイの星、雪虫の星々、鹿猟の時節を知らせてくれる南の空に斜めに並んだ三つ星たちの話題だった。何年も前のことではないのに随分と遠いことのように思えるのだ。

「何ともやりきれないよな」

荒東も星空を見上げて早里に話しかけた。

「亜里は、……どうなったのだろう？　知っている？　ねぇ、荒東？」

「判らん。さっきは真っ暗だったし、あいつら、俺たちの背中から襲ってきやがった」

「亜里を仕留めたから、もういいって言ったよね。そう言ったのは志良だったよね？」

荒東は言葉がなかった。

「なんでこんなことになったのだろう？　ねぇ、荒東？」

「だから止めたほうがいいって思った。ただ、二人とも丹を見つけて夢中だったから、俺が止めても聞かなかったし……、でも志良がそんなことに加担するなんて思えなかった」

「……それで、どうするの、これから？」

手元の小枝を引きちぎりながらポツリと言った。

「明るくなったら、とにかくあそこの様子を見に戻ろう」

彼の問い掛けに対して、荒東はしばらく考えてから答えた。

「大丈夫かな？　あいつらまだ居るんじゃないのかな？」

「でも、亜里の具合も心配だし……」

亜里という名前に反応して彼の表情が変わるのに気付き、最後までは言えなかった。藍色の冷たい空だったが、やがて星々の輝く空の低くに朱色が混じり、それが形ある帯状である様を見せた後で、湖面を抱く山の奥から朝日が昇ってきた。荒東も早里も夢うつつの状況のまま、背を丸くした姿勢で東の空を眺めた。

「明るくなってきたから行ってみようか、早里？」

横で目を瞑っている彼に言った時、何かが繁みをかき分ける音を立てて、彼たちのそばに飛び出してきた。大根だった。元気に尻尾を振り、そして早里の胸に体当たりするような勢いでやって来た。

「お前は無事だったのか！」

早里は犬の首に抱きついた。大根は尻を右に、また左へと振りながら、彼の顔がべとべとになるまで舐めて親愛の情を現した。

「よく来られたものだ、しばらく林の中にでも逃げ込んでいたんだろう。俺たちの匂いを頼りに辿り着いたんだな」

荒東が感心したように言った。

「よかったよ、また会えて」

早里は大根の毛をかきむしるように、頭や首筋それに背中を撫でて、さらに撫でた。

「そろそろ行こうか」

荒東の柔らかい声で、二人と一匹は、家の在る方角に歩きだした。

すぐ近くまで戻ってくると、早里と犬の大根をその場に留まらせた。そうしておいて、荒東だけが姿勢を低くしたまま前に進んだ。周りの木々に紛れるようにして家屋全体が見える林の中から様子を観察した。家の中にも、またその周囲にも人の気配を感じなかった。後方にいる早里に近くへ来いと右手を挙げて招き寄せた。

「誰も居ないのかな？」

早里もまた姿勢を低くして、草むらから頭を出さないように注意しながら、荒東の背中に近づくと小さく囁いた。

「そうだな」

荒東がゆっくりと答えた。

早里と犬を残して荒東が林から忍び出た。つま先部分に体重を掛け家に走り寄っていった。しがみつくような姿勢で、木の皮の壁に耳を当て、内部の様子を窺った。少しの間そうしていたが、やがて心を決めて、背を伸ばしながら家屋の中に滑り込んだ。

しばらくして出てきた荒東は、早里に向かって首を横に振って見せた。

「何なの？」

早里は尋ねながら駆け寄った。大根も彼を追ってやって来た。

「誰も居ないの？」

荒東は口を閉じ、両手こぶしを握り締めていた。

「いったいどうしたの！」

家屋に入ろうとする早里の腕を捕まえ、荒東が行く手を遮った。

「どいてよ！」

「見るな！」

荒東が強い調子で叫び、横をすり抜けようとした早里の襟元を掴んで引き戻した。勢い余って早里は飛ばされるように尻餅をついた。

「痛いじゃないか、何すんだよ」

仰ぎ見上げながら早里が言った。

「いいから、お前は犬と湖畔に戻っていろ」

荒東が左手を腰に当て、右手人差し指を早里の背後を指して厳しく指示した。早里はゆっくり立ち上がり、うつむいて両手に付いた土を払った。

「……分かったよ」

大根の首に手を当て、優しく撫でながら、行くぞと声を掛けた。大根は早里の顔を見て、それから荒東の顔を見て、そして早里の後ろに従った。

荒東は屋内に戻った。わずかに湿った血の臭いが感じられた。そこには亜里の身体が有った。さらに小山が有った。驚くことに小山の妻である阿古《アコ》も有った。小山の妾《ショウ》で阿古の従父妹の小宮《コミメ》も有った。しかし、誰一人として動くことなどなく、また息もなかった。ただ四体の、昨日まで人であった四人の、血まみれの亡骸がバラバラに転がっているだけなのだった。屋内のどこにも血が溜まっていないのは、亜里は戸外で、また小山たちは彼らの家で、殺害されてここに運ばれたからだろう。

荒東は掌で口元を覆いながら、一人一人のそばに寄って覗き込んだ。亜里は胸の辺りにも血が滲んでいたのだったが、顔に傷など無く、まるで眠っているようだった。小山は頭部にも肩口にも大きな傷があり、相当な出血があったらしく生乾きの血糊が黒い模様となっていた。阿古は上半身が剥き出しで、しかも乳房の片方が抉り取られていた。小宮は身に何も纏わず血まみれの全裸なのだった。

「酷いことをしやがる、……」

荒東は、戻しそうになる胃液を堪えて、薄暗い室内から光の有る戸外に戻った。そして静かに深呼吸をした。

「すまないことになった」

背後から声を掛けられた。驚いて振り向くと、そこに立っていたのは志良だった。荒東はしばらく声が出ず、ただ睨んで向かい合っていたのだが、空しくなって視線を逸らし青い空と流れる白い雲を仰ぎ見た。

志良は立ったまま、微動だにせず、荒東を見つめ続けていた。

「本意じゃなかった、信じてはもらえないか？」

その言葉に、荒東はゆっくりと首を横に振った。

「その言葉に嘘がないと俺は信じたい。しかし、何でこうなったんだ？」

荒東がしゃがみ込んで、疲れたな、と言いながら地面に座った。志良は何も言わず地に胡座をかいた。

「……、それで、どう始末をつけるつもりだ？」

「どうすれば良いのか解らん、どうすればいいんだ？　教えてくれ」

荒東の言葉にひどく動揺したのか、目を泳がせながら逆に尋ねた。

「そんなこと、俺にも解らん」

荒東は投げやりに答えながら聞こえるようなため息をついた。

「……、あの子はどうしている？」

「早里のことか？」

「ああ、……」

「あいつなら、いま別の場所に待たせてある。さっきも一緒にここまで来たが、中を見せる訳にはいかないのでそのまま帰らせた」

「そうか、……」

　荒東は志良の言葉が終わらないうちに、せめて二人で四人を葬ろうと言った。

　山の中腹にある風穴の共同墓地まで二度往復して、そこに亜里たちを納めた。亜里を埋めたとなりには、彼の妻である幸《コウ》の墓標が既に立ててあった。モシリの大地に上陸し、ホヤウ湖のほとりに住み処を構えたとき、亜里と早里とで決めた場所だった。暴風雨の中、入水した彼女だったから遺骨すらない墓だったが、父子で墓標を作ろうと考えたのだ。

　そこに今、あの亜里が一緒に眠る。いつでも時間は戻らない。造り終えた四つの土饅頭の一つ一つに花を添え、そして掌を合わせた。

「俺は、早里を連れて、ここから出ていこうと思う」

　顔を上げた荒東が、土で汚れたままの両手を見つめながら、うつむいていた志良に言った。志良は彼を見た。

「そんなことをされたら、死ぬまで後悔し続けなきゃいけなくなる」

　顔を歪めて言った。

「このままだと早里だって平気な訳がない。小宮の妹の宮《ミヤメ》や小山の息子の忍羽《オハ》だって辛いだけだろうし、それより、お互いの諍いの火種になるに決まっている」

　志良は無言で荒東の言葉を聞いていた。

「……それが一番いいだろう？」

　荒東は、その言葉を再び心の中で繰り返し、目の前の亜里の墓標に同意を求めた。

二人は風穴を出て、途中の河原で禊ぎをし、それぞれが戻るべき場所に向かうため、そこで別れた。荒東は、早里が犬と待っているはずの湖畔に向かった。しかし、辿り着いた場所には誰も居なかった。辺りを少し探したが、やはりどこにも早里の姿は無かった。

嫌な予感がした。荒東は、亜里の家に戻って中を覗いたが、遺体を運び出した後のままだ。志良の邑に向かって急いで歩いた。その途中でも早里とは出会わなかった。徐々に小走りになりながら、早く彼を見つけなければいけないと思った。

志良の邑に入ってみると二人の男が道端に倒れていた。それぞれに矢を受け、既に落命している。さらに行くと、今度は家屋の外に女が一人倒れていた。逃げるところを追われたのか、うつ伏せた背中には矢が刺さったままで動かなくなっていた。近くにあった家の中では、大人の男と子どもが重なるように倒れていた。子どもを庇おうとしたのか、子どもの首筋と男の背中に矢があった。近づいたが、もちろん脈などは既に無かった。

外に出て、真っ直ぐに志良の家へ向かった。その途中の一軒でも同様の惨状を見たが、周りに誰の気配も感じられなかったので素通りしたのだ。

志良の家に着いた。遠くに人影が見えた。慌てて向かうと、そこには早里がいた。彼は全身に夥しい返り血を浴びていた。そして、弓と剣を持った手と肩で荒い呼吸を繰り返しながら、早里は別の方角へ向かおうとしているのだった。

「早里、止めろ。もう止めてくれ！」

荒東は大声を出した。彼が振り向いた。頬にも乾きかけた血潮が付き皮膚が斑になっている。

「荒東？」

立ち止まった彼が、林に向かって、そう言った。

「そうだ、お前を追いかけてきた。止めてくれ、これ以上人を殺すな！」

「放っておいて、亜里や小山の家族があんな風に殺されたんだ。納得できない、絶対に許せない。だから、同じようにみんなを殺してやる」

どこからか矢が飛んできて早里の腕を掠めて過ぎた。彼は木の陰に転がり込んだ。二の矢三の矢は、音だけを残し見当違いな所に落ちた。

「誰か！　とにかく待ってくれ！」

荒東はゆっくりと林の外に歩き出て、そして遮蔽する物など何も持たず、矢が飛んできた方角に声を浴びせた。声と同時に矢が飛んできた。それは荒東のふくらはぎを射た。思わず膝を落としたが、かろうじて片手を地につけ、体を支えながら再び叫んだ。

「待ってくれ、頼むから待ってくれ！」

林の中から二人の男が顔を見せた。目配せしながら荒東に近づいたのだが、大木に隠れていた早里が今度は彼らに矢を射かけた。一人は額に、もう一人は胸に、矢が当たって崩れ落ちた。

「早里！　止めろと言ったら止めろ！」

荒東は立ち上がれないままで首だけを彼の方に向けて叫んだ。

「止めるな！　荒東、俺は死ぬまで戦うぞ」

早里は荒東の言葉にも動ぜず、一度も振り向かないで林の奥に走り去った。荒東は太ももから血を流したままで仰向けに転がり、大の字になった。気が付けば朝が広がり、ただ風がそよぐ穏やかな晴天だった。殺し合いなど無関係で、とても綺麗な青空なのだ。

「どいつもこいつも大ばか者だ！」

握っていた拳の土を放り投げながら荒東は叫んだ。

早里は、走って、また走った。襷に架けた木の蔓に、木の皮で編んだ足の深い筒を結わえた矢筒を背負って、走っていた。中には、まだ数本の矢が残っている。右手にも弓と共に矢を二本握っていた。左手には血糊がすでに黒い染みとなってこびり付いた剣をぶら下げている。このまま次の家屋を襲う、そう決めて駆けているのだ。

彼に躊躇う気持ちなど無かった。荒東のような仲間こそいるが、それももうどうでも良かった。たった一人の身内であった亜里が死んだ。失うものなど何も無い。だから、もし討たれて死んでも怖くはない。燃えるような怒りと共に走っているのだ。

「早里、止まってくれ！」

彼が行く先の、その正面に咲良《サラ》がいた。

「どけ、お前も殺すぞ！」

早里は叫んだ。構わず両手を拡げ、彼が立ちはだかっているのだ。早里は、走りながら弓を構え矢をつがえた。引き絞って咲良を狙った。どんどん近づく。弓の弦も一杯に張って、あとは弾けるばかりである。

突然、二人の間に犬が飛び出した。早里に襲いかかろうとして出てきたのではない。主人である咲良を庇うような位置取りで犬が跳ね上がったのだ。早里は、あわてて矢を地面に向けた。仕掛けた弦を戻すような真似は出来そうにもなかったのだ。放たれた矢は、彼の足下近くの地面に跳ねて転がった。そして早里も足を止めた。

「良かった」

咲良は、そう言って一歩彼の方に踏み出した。

「近づくな、お前なんかとは会いたくなかった。その犬がいなければ、俺は、お前を殺していた」

肩で息をしながら興奮して膨れ上がったこめかみの静脈を片手で押さえた。

「大根の母犬だな、そいつは」

「そうだ、お前たちに遣った仔犬の母犬だ。きっとお前のことも覚えていたんだろう」

咲良が言った。

「俺は、俺は……、凄く怒っている。お前にも、お前の邑の者たちにも。たとえ理由があったとしても、どうして四人を殺さなければならなかったんだ!」

咲良は、悲しそうな表情で彼を見た。

「……だから、ここへ人を殺しに来たのか?」

血を流し、足を引きずった姿の荒東が来た。

「咲良、止めてくれてありがとう。……早里、もう止めにしないか? 少しは気が済んだだろう?」

矢は折れ、羽があった部分はちぎれて短くなっていたが、荒東の右のふくらはぎには鏃のある先方が刺さったままだ。

「ひどいな、手当するよ」

荒東に咲良が声を掛けた。早里も痛々しい様子の荒東を見て、何だか急に力が抜けた。

「ひどく、痛むだろう？」

二人のどちらにともなく早里が言った。その言葉の途中で、母犬は嬉しそうに尻尾を振り、早里のそばに寄ってきて、その鼻面を彼に押しつけた。

咲良の家には志良が伏せって休んでいた。早里の矢で肩を射貫かれ、その傷を手当したところだったのだ。

「大丈夫か？」

荒東は、土の間を足を引きずりながらも歩み寄って、彼に傷の具合を尋ねたのだった。

「大丈夫だ、死にはしない」

咲良も早里も無言で二人を見つめた。

「咲良、ありがとう。……、早里、お前は弓が上手いな。俺には、わざと外して肩を射たんだろう？」

咲良から早里に瞳を移して志良が穏やかな口調で訊ねた。早里は答えなかった。荒東は、こいつは亜里仕込みだからな、と代わって答えた。

「さて、振り出しに戻った。今度は早里、お前が命を狙われるぞ」

志良がゆっくりとそう言った。

「分かっているさ」

早里が答えた。

「早里、俺と一緒にどこかへ行こう。すぐにここを離れよう」

荒東は、そう言いながら、傷の痛みに顔をしかめた。

「その前に足の傷を手当しよう。痛いはずなのに、お前は良く我慢しているな」

咲良は立ち上がり荒東の足下に寄って、その具合を確かめた。家屋内には、志良を手当した薬草などの残りがあった。簡単な治療が叶う、と志良が言った。まず、鏃の付いた矢の先頭部分を引き抜く必要がある。

「さぁ、大麻の汁を刺さったところに擦り込むよ。しばらくしたら痺れて楽になる、そうしたら何とかなる」

擦り込んだ白濁の液が効いてきて、荒東は自分自身で感覚の無くなった膝下と、その境目である膝頭を蔓で強く縛った。血の流れが遮られ、またたく間に膝下は白色に変わった。

「それじゃ、いくよ。早里も荒東の足を押さえていてくれ」

早里は言葉に従った。咲良は白く輝く鉄の短剣を傷口に当てた。荒東が自分で折れた矢竹を握り、咲良の短剣使いの呼吸に合わせて引き抜いた。割いた箇所が適切だったこともあって、矢の頭が少しも欠けたりせず綺麗に取り出せた。咲良は傷口を薬草で重ねて包み、蔓でその上下を縛った。荒東は膝に巻いた蔓を自分で解いた。

「これから熱が出るが仕方ない。中には何も残らなかったみたいだから、時間はかかるが、きっと良くなる」

真っ直ぐな短剣を囲炉裏端に置き、立ち上がろうとする荒東に肩を貸した。

「早里、出よう」

痺れたままの片足は力が入り難かったが、そろりそろりと戸外に向かった。

「分かったよ」

早里は応えながら後に続いた。

「後のことは俺が何とかする、……とにかく二人とも元気でいろ。こんな具合になったけど、やっぱり友だちだと思っている。会えて良かったよ早里、もちろん荒東も、それに亜里にも……」

足をぎこちなく引きずりながら、荒東は咲良の言葉に応えるように片手を挙げた。

「志良も咲良も、元気でな」

頼る肩を咲良から早里に代え、荒東が背を向けたままでそう言った。

外に出ると犬の大根も待っていて、二人と一匹で山を下りた。目指すところは上陸した時に何艘かの舟を納めた海岸だった。その舟を使って南下する。あの鉄を鋳造していた対岸の大きな村も越え、見知らぬ土地を求めて南下する。すでに荒東はそう決めていた。

犬同士の嗅覚の賜だったかもしれないが、日が沈む前には小山の長男である忍羽を連れて、大根の兄妹犬である耳耳《ミミ》が彼らに追いついた。小山の家で生き残った宮も一緒だったので四人と二匹が合流した。

「よく無事だったな」

「あぁ、となりに寝ていた耳耳が騒いだので、宮を起こして外に出た」

忍羽は、頬を高潮させ、荒東にそう言った。

「出てすぐ、男たちの様子が見えたから思わず身を潜めたの」

宮が続けた。

「しばらくして男たちは家から出ていってしまったけど、それからも息を潜めたままでじっとしていた。時間がたって、恐る恐る家に戻ったけれど、中には誰も残っていなかった。そして耳耳に引きずられるように二人で歩いた」

忍羽の言葉に、無事で良かった、と荒東は再び言った。

「荒東、その足はどうしたの？」

「いや、……」

宮の問いに答える代わり、一呼吸おいてから、荒東は一連の顛末を語って聞かせた。早里も彼の話を黙って聞いた。

「そうだったか、……」

忍羽は、荒東のこの説明で、小山や阿古と阿古の従父妹である小宮も、この世にもういないことをはっきりと知らされた。ここへ来るまでに宮と二人で歩きながら予感していたことだったと思った。だから、取り乱しはしなかった。そばにいた宮は、固く押し黙ったままで立っていた。

荒東は、二匹の犬がお互いの尻尾を追いかけてじゃれ合う様子を眺めながら、短い日時を想った。元いた邑を出発した三百人が、すぐに二百人と百人に分かれ、嵐の海峡を越えモシリの地に上陸した時には三十人だけとなった。気が付くとバラバラになってしまって、そして今ここに四人だけがいる。そばにいる三人も無言で、夕日が映る湿原を駆ける二匹の犬を見ていた。彼ら以外の人々が志良から許された邑に居残ったことには誰も触れなかった。

「もう少し行けるか？」

荒東は早里の肩を借りながら無理して歩いてはいたのだったが、女性である宮に気遣い彼女と彼女に寄り添う忍羽にそれを尋ねた。

「ええ、大丈夫」

綺麗な白い歯を覗かせながら宮が答えた。

「それじゃ今日は湿原の向こうの森まで行こう。明日の朝、その森を抜けて上陸した浜に向かう。舟の具合を確かめてから海に出よう。ずっとずっと南の地へ舟で行こう」

荒東は並んで歩く三人に向かって、それだけを言った。

七

碧く冷たい海原を南下する途中で、何度か接岸が可能な場所を選んで舟を寄せ、そこで二日あるいは三日ほど上陸して水や果物や木の実などの食料を補充した。半月ほど過ぎて左舷には陸地が、また右舷の遙か遠方には大きな島を眺めることができる海域まで到着した。右舷の島について、荒東《アラト》や早里《サリ》は自分たちが暮らしていた黒河《アムール》を抱く大地が南に至って再び距離を狭めて迫ってきたのかとも考えたのだったが、その島を過ぎる頃には途切れてしまったので見当違いだと気が付いた。

「早里、今度上陸したら俺はちょっと遠方まで足を伸ばしてみようかと思っている」

荒東が腫れの引いた臑《すね》をさすりながら、そう言った。

「俺も一緒に行くよ。荒東はまだ足が本当じゃないだろう？」

「そうでもないさ。これぐらいまで戻れば大丈夫だし、そんな柔なことだと生きてゆけない」

そりゃそうだね、と早里が笑った。

「新しい土地で落ち着いたらまた芋や綿を栽培するぞ」

荒東は、そう言いながら作り掛けた開墾地の様子を想い出した。

「何なの、それ？」

大根《テネ》と耳耳《ミミ》の兄妹犬を連れて彼らのそばにやってきた宮《ミヤメ》が尋ねた。

「食べ物になる木や草を自分で育ててみようと思い、それぞれに荒れ地を耕していた。今回のことがあったから、そのまま放り出してしまったけど、もう種を植えるところだった。惜しいことをした、なぁ、早里」

早里もうなずいた。

「ふうん、そうなの」

宮は、あまり興味がなさそうな返事をした。

「でも、あたしはやっぱり柔らかい鹿の肉がいいわ。ここんとこずっと木の実ばっかりじゃない。あんたたちも男なら狩りをしなさいよ、狩りを。そして、獲物を沢山持って帰ってきて欲しいわ」

座り込んで横に侍る耳耳のフサフサとした首筋の毛を撫でながら彼女が言った。

「宮は前向きで、いいな」

荒東が笑った。

「あっちに着岸できそうな場所が見えるぞ」

舳先《へさき》に立って先を見ていた忍羽《オハ》が艫《とも》に近い一帯にいる三人に声を掛けた。

「そうか！」

早里が一番先に立ち上がって、彼の方に歩いた。大根は彼に合わせて起き上がり、振り返って早里に舳先の忍羽のいる所に行ってもいいかという表情を見せた。

「いいよ、行け！」

大根は大きな体を上下させながら飛んでいった。

「早里、まずはお前が忍羽と様子を見てきてくれないだろうか？」

ゆっくりと歩いてゆく耳耳と宮を眺めながら荒東が言った。

「もちろんだよ」

彼は間髪を入れず右手の親指を立てて見せた。着岸は問題なかった。潮にも風にも恵まれ、新天地を求める旅としては幸先が良いと荒東は感じた。とにかく、近隣の者と争わないことだと自分に言い聞かせた。

早里は、忍羽と二匹の犬を連れて歩き出した。今までの景色とはかなり違っていることに気が付いた。遠方にそびえる山並みは高く、しかも平原が広大なのだ。大地に吹く風も何だか温かいように感じる。この地よりさらに南方は、一体どのような場所で、どんな人々が住んでいるのだろう。不安定な採集に頼ることなく、自分たちで芋や豆や野稲、それに荒東が熱心な綿を植えて育てることで本当に生活が変わるのだろうか。

「どうした？　ずっと怖い顔しているけれど？」

忍羽が話しかけた。

「あぁ、今までとはかなり様子がちがう。これだけ広い草原なら、どこにだって勝手に住んでも文句は言われないよな？」

「そうだと良いのだが……」

遙か遠方に、少数だが人影が見えていたのだ。

男たちばかり三人が近づいてきた。早里は大根を、忍羽は耳耳が、それぞれ暴走しないように牙を剥く口元を握って足元に留めた。彼らは、誰もが顔に模様を描いていた。二匹のオオカミのような犬を認めて、かなり遠方で様子を窺うように立ち止まった。

「お前たちは誰だ？」

男たちの一人が、早里と忍羽の所まで届くような大声を出した。

「見慣れない顔だな。ひょっとして安賀多《あがた》の者か？」

別の男も叫ぶように尋ねた。

「安賀多？　それって何？」

厳つい模様の顔に似合わず案外と気弱そうな男たちだと思いながら早里も大きな声を出した。二匹は、早里たちの指の間から歯を剥き出して見せ、低いうなり声を上げて威嚇した。いつ犬たちが襲ってくるかと身構えた男たちの腰が引けている様子がおかしかった。

「お前ら、本当に安賀多の者じゃないのか？」

別の者はとなりの男と顔を見合わせた。

「俺たちは舟でやって来た。この辺りのことは全然知らない。それに、お前たちに何かするつもりなどないから心配するな。犬も放さないから噛みついたりはしない」

忍羽が呼びかけた。男たちはその説明を聞き、やっと安心したような表情になって今度は好奇な目つきで早里たちを見た。

「久目《クメ》、こいつら本当に知らないみたいだよ。おい、お前ら、それで何しに来た？」

久目と呼ばれた男も先の男に続けて言いながら近づいた。

「別に何も無いさ、ただ俺たち住むところが無いので、もしここが住むのに適した土地であるのなら、暮らそうかなって思っただけだよ。でも駄目なら拘ってなんかいない、舟でまた行くだけだから。それより、その安賀多って本当に何のことなの？」

早里は、近くまで来た男に向かって、穏やかに訊いた。

「みんなが安賀多と呼んでいる。山の裾に在る邑の名前だ。俺たちとは先祖の代から翡翠の出る土地を争ってきた連中さ。交流もないし、ちょっとした遣り取りが原因で、怪我人がでるような戦いも起きる。あっちは邑の境界に沿って長い柵で仕切りをつくり、その中で暮らしている。少し先まで行けばその邑の柵が見えるよ」

久目の説明を聞き、今度は早里たちが顔を見合わせた。

「それでお前たち、これからどうするつもりだ？」

男の一人が尋ねたのだったが、彼が言葉を発する度にその口の回りの模様が、まるで別の生き物かと思わせるような動きになるので、早里は笑いを堪えることに苦労した。

「ここで住むべきかどうか知るためにも少し先まで行ってみる。今から、その安賀多の邑の近くにも行ってみるよ」

忍羽は、しごく真面目な表情で相槌を打つ代わりにうなずいた。男たちは、あまり柵には近付かないほうがいいぞ、という言葉を二人に発した。

その邑の景色が見えてきた時、早里たちは今までにもどこででも眺めたことのない大人の背の高さほどある柵が、長く水平に延びて丘の向こうまで続いていることに驚いた。

「本当だったな」

忍羽も感嘆の声を上げた。

「別に疑っていた訳ではなかったけど、この風景は異様だ」

早里が言った。

「もう少し、丘の向こうまで行って見てくるよ。忍羽は大根も連れて、とにかく荒東の所に戻っていてくれないか？」

「分かった。でも、大根を連れていかないで大丈夫か？」

足下で二匹かたまって座っていた犬たちが、鼻を鳴らして甘えるような仕草を見せた。

「いいよ。かえって何かの時、大根が興奮したら面倒なことになるかもしれないから一人で行ってくる」

早里は、脛に頭を押しつけ、鼻を擦り寄せる大根の長毛の背中を優しく撫でた。

「そうか。くれぐれも無理するな、危ないと感じたらすぐに戻れ」

うなずく彼を見て忍羽は、二匹の犬に命令しながら海岸へ向かう方角に歩き始めた。

早里は丘陵に沿って設置された柵が、思ったより頑丈に設えられていることに感心した。確かに、乗り越えようと思えば難しくは無いだろうが、もしも攻防がこの線で行われるような場合になれば、それなりに防ぐことには有益な物として役に立つはず。

柵が途切れる所から先は、切り開いた様子も無い鬱蒼とした森に続く場所だった。まだ集落の姿を見ていない。ここから相当上がった辺りに家を建てて住んでいるのだろうと思った。

「おい、お前。こんな所で何をしている！」

声は彼の背後からのものだった。振り向くと男たち数人の姿が見えた。彼らは、徐々にとなりの者との間隔を広げ、ちょうど早里を包むように寄ってきたのだった。

「別に何もしてないよ。柵沿いに歩いてきただけだ」

男たちの一人が弓を構え、それに矢をつがえて彼に向けた。

「動くな！　そのままでいろ」

違う男が言った。早里は男たちに取り囲まれても、暴れれば何とかなるかもしれないが、下手に動くとお互い怪我をしそうに思った。様子を見るつもりで動かずにいた。

「見かけない顔だが、どこの者だ？　何をしに来た」

「さっきも言っただろう、何もしてない。柵沿いに歩いてみただけだ」

早里は答えたが、その返事にも構わず男たちの一人が、腰に提げていた葛木の蔦をより合わせた紐で早里の腕を後ろに回させてきつく縛った。

「一緒に来てもらうぞ」

男たちの真ん中にいて、彼を正面から見ていた男が言った。

森の中を少し通り、再び平地に出ると二十軒ほどからなる邑の中心部が見えてきた。柵からかなり離れた所だ。

「どうするつもりだ？」

早里が、彼を後ろ手にして縛った蔦の端を持つ男に言った。となりを歩いていた男は、黙って歩け、とだけ言って彼の肩をつついた。そして、群れの真ん中にあって、二軒分ほどもある家屋の前まで連れてこられた。

「そこに座れ」

蔦の端を持つ男が、乱暴に彼を押し出した。

「痛い。何をする、俺は何もしてないぞ」

前のめりになりそうになりながらもバランスを保って堪えた早里は、一呼吸を置いて、それから自分で着座した。

前方の家屋から、装飾品であり貴重石である珠を多数連ねた首飾りをした男が出てきた。先程からの男たちもそうだったのだが、この地で初めて会った人たちが入れ墨を施していたこととは対照的で、この男にも模様などなかった。

「お前か、安賀多の入口で何をしていた？」

この連中の主らしく横柄な態度だった。

「何もしてない。歩いていたら男たちと会って、彼らが長い柵で土地を囲っている安賀多という邑が在ることを教えてくれた。どんな所だろうと思って見に来ただけだ」

「伊波城《いばき》の者に頼まれて、ここに来たのだろう？」

「そんなもの知るわけない。今日、海からこの地に始めて降りた者だ」

ここの主らしい男は、そばにいた男と耳打ちしてから再び早里の方を向いた。

「こいつは関係ないらしい。丁度良い、楽浪《らくろう》への奴《ヌ》に加えてしまえ。奥の石牢に入れておけ」

指示を受けた男が早里の後ろに回って、蔦の紐を掴んでせき立てた。

「痛いな。自分で歩くよ」

早里は、肩で男の手を払い立ち上がった。こんな蔦の紐はその気になればいつでも解ける、そう考えていた。

早里のことは未熟な若者として考えていた様子で、邑の外れの牢屋らしき建物が在る場所へは、男が二人だけで引き連れてきたのだった。

「お前、運が悪かったな。暫くはこの中が住まいだ。次の商団が来たときには出してやる」

「それからどうするっていうんだ？」

首を傾げながら早里は尋ねた。

「そうさな、楽浪の地のどこかで奴として生きてゆくんだろうな」

男の一人が意地悪そうな笑みを浮かべて言った。

牢に近づくとその中には数人の男がいた。少し離れた別の牢には女が十人ほど閉じ込められているのが見えた。

「この人たちは？」

「あぁ、あれは越《えつ》の男女だ。戦勝の人質さ」

「どうするの？」

「お前と一緒だ」

早里は改めて牢獄の中の人々を見た。血色の悪そうな表情の者がほとんどだった。他人のことは言えた義理ではなかったのだが、彼らは食べ物も十分貰ってはいないのだろう。

あまり太くない栗の木で組んだ牢屋の前には見張りをする者などもいなかった。早里を引き連れてきた男が二人だけだ。早里はしゃがみ込んでから伸び上がるようにして身近にいた一人の顎を目がけて頭突きをくれた。顎から上部に掛けて命中したので男は鼻血を吹き出しながら悲鳴を上げた。彼は後ろ手のまま摺り足で接近して、他方の男の足を払った。男は慌てながらも応戦するため両手を中段に構えていたが、足下への注意が不十分だったので彼の足払いが見事に決まった。後頭部を地面にぶつけながら転倒した。

早里は後ろ手のまま蔦の紐から片手を抜いた。自由になった手で他方を縛っていた紐を外し、鼻を押さえてうずくまっている男の髪の毛を掴んで引っ張った。再び男が悲鳴を上げた。

「おい、悪く思うなよ」

そう言いながら早里は、顎の上がった男の顔面に思いっきり膝頭を叩き付けた。男は失神して転倒した。さらに先ほど足払いで倒れて脳震とうを起こしている男にも、念のために踵で二度三度と蹴りを加えた。早里の暴力に頭を両手で抱え、丸く横臥したまま反抗もできなくて、ただ苦しそうなうめき声を上げるだけだった。

ぐったりした男にもう一度蹴りをくれて、それから早里は牢屋の入口に掛けられた閂を外した。

「外に出ていいぞ」

次に、女たちのいる牢も同様に閂を外した。二十人ほどの男女が、早里を恐る恐る見ながらも外に出た。

「俺たちをどうするつもりだ？」

男の一人が言った。

「どうもしない。俺はここから逃げるが、一緒に来るか？」

牢屋の外でたたずむ男女の群れは、お互いに顔を見合わせて躊躇した。

「一緒に来なくてもいい。早くどこかに逃げろ。すぐに人が来るぞ」

早里もいつまでも留まっていては危険だと思ったので、彼らに向かって呼びかけてから構わずに駆け出した。早里の様子を見ていた男女が、彼の後を追いかけるように走り出した。

男の一人が駆ける早里の横に並び伴走しながら自分は千久《チク》だと名乗った。

「そうか、俺は早里だ。これから仲間の待っている海岸まで戻って舟を出すよう報告するつもりだ。お前たちもここにいたら奴らにまた捕まってしまうだろう、一緒に好きなところまで乗っていけばいいさ」

千久だと言った男は、走りながらうなずいた。

海岸では荒東と忍羽と宮、それに二匹の犬は舟を着けた泊の浜で火を熾して暖をとっていた。

「ちょっと下手をした。すぐに出港しよう」

早里の後ろに多数の男女が従っているのを見て、荒東は何があったのかと訝りながらも忍羽と宮には舟に乗るよう命令した。

「おい、遅いと思ったらいきなり人を連れてきて、何をしてきた？」

忍羽が尋ねた。

「柵伝いに歩いていたら安賀多の連中に挙動不審で捕まっちゃったのさ。牢屋に入れられそうになったから逃げてきた。そこの牢屋にいた連中が彼らさ」

早里は舟を押し出しながら、となりで一緒に作業する忍羽に片目を瞑りながら答えた。

「何だか良く解らない話だな。でも、まぁ、いいか」

忍羽は頭を掻きながら集団を見た。

舟は、二十人余りの男女と二匹の犬を乗せ再び離岸した。宮は、今回の上陸では、また目当ての肉を獲得できなかったことに不満そうだった。

半日ほどして、舟の中で越の男たちが騒ぎ出した。

「一体どうしたんだ？」

早里は千久のそばによって話しかけた。

「俺たちの邑の近くだ」

千久は興奮しながら彼に答えた。

「そうだったのか」

早里は、荒東や忍羽にこのことを伝えた。

「適当な場所で彼らを降ろして、邑に帰らせてやろうよ」

荒東が許してくれたので、すぐに早里は千久たちに話をした。千久のとなりから吾原《アバル》という男が帰りたい、と言った。他の男たちも彼に感謝した。そして、吾原は早里たちを歓待したいので邑に少しは留まってほしいとも言った。

「お前、この人たちの恩人らしいな」

荒東は、どうやら早里の活躍を誰かから聞いたらしく、笑いながら話しかけた。

「一歩間違えば危なかったのでしょう？　あまり無茶をしないほうが良いと思うわ」

荒東のそばにいた宮が早里に言った。

彼らのいう越の地の邑は、泊から遠くない場所に在った。邑の背後は森が山につながり、さらに遠方では上部に雪を抱いた高い山並みが幾重にも続いている。吹き下ろす風は適度な湿気を帯びて、陽が沈むと肌寒いくらいだった。

早里たち四人は、邑の首長である初老の男性に引き合わされた。彼は交倶《カワク》といったが、初見の四人を下にも置かない丁寧な態度で、邑の若い男女の多数を無事に連れ戻してもらったことに感謝した。吾原に連れられ、戸外に作った大きな地火炉《ぢかろ》に案内された。すでに沢山の男女が集まっていた。火が熾きた中央には鹿の肉や猪の肉、それに幾種類かの魚などの食べ物が木の枝を櫛にしたものに刺してあり、すでに良い色と匂いを醸している。戸外の炉端に集まるのは特別な行事の時だけだと胸を張った。また、この大きな炉は『比多岐《ひたき》』と呼んでいるのだとも四人に説明した。

無用に吠えることなどなく彼らに大人しく従ってきた大根と耳耳の兄妹犬は、比多岐から少し離れた大木の根元まで行って、二頭揃って前足を伸ばし座り込んだ。宮は目の前の鹿肉に瞳を輝かせていた。

「宮より大根たちの方が大人だな」

荒東は彼女にそう言って笑った。彼女は、口を尖らせて文句を言いたそうにしたのだが、途中で諦めて口をつぐんだ。

「早里、ここはどの辺りだ？」

忍羽が言った。早里も彼の言いたいことはすぐに理解出来た。同じ疑問を抱いていたからだ。生まれ育った地から邑人三百人で河口に下り、対岸のカラ・プトゥまで海峡を渡った。そこから、さらに南にあるモシリの大地まで移動した。やっと辿り着いて、一時はその奥の静かな湖畔で落ち着きはしたが、『丹《に》』を巡る争いで逃避し、着岸した所での小競り合いから再び南に来た。どこまで行けばこの地の果てになるのか、何よりも最も望ましい居住地はどこに在るのか。

「俺たち、この先どこへ行くんだろう？」

早里は、炎に照らされ赤く染まって見える忍羽にではなく、自分に向かって呟いた。

酒宴は夜遅くまで続いた。みんなで笑い、食べて、そして呑んだ。米を茹でて発酵させた酒が振る舞われた。先の戦いに紛れて連れ去られた男女も戻り、その安否を心配していた家族たちが、次々に亜里と忍羽のところに来て感謝した。宮も食べたかった鹿の肉を十分に腹に収めて満足気だった。宴はますます盛りである。

「お注ぎします」

忍羽は、今日初めて会った邑の人たちからも次々と勧められて、すでにかなりの酒を呑んでいたのだったが、若い女が来たので姿勢を正した。

「主《シュ》さま、どうぞ」

女は忍羽と早里の間の少し後ろに小さく座ると、可愛らしい笑顔で酒を勧めた。忍羽は、少し照れながら、舟の中から気になっていた娘だったので嬉しくなった。

「舟中、大丈夫でしたか？」

ひときわ美しい顔立ちの娘が目の前にいる。張り裂けそうになる胸の内を隠し、わざと何気ない風を装った。

「真丹《マニ》といいます。助けていただいて、本当にありがとうございました」

豊富な黒髪を後ろに流していて、顔がさらに小さく愛らしかった。両眉から上部は、綺麗な山の形をした額があった。整った鼻筋と艶やかな唇、そして微笑む口元から覗く白い歯。ただ、近くで見ると、まだあどけなさの残る少女であることが早里にも判った。

「いや、みんなを助け出してきたのは早里だから……」

忍羽は、早里に顔を向けて彼女に示し、本当の恩人は彼だと言った。

「もちろん命の恩人です。でも、舟の中では主さまに優しく声を掛けていただきました」

愛らしく笑った。

「お前、この人に何を言ったのだ？」

早里が忍羽をからかって訊いた。早里の言葉に、何も特別なことなど言っていないと慌てて打ち消した。

「閉じ込められていて、さぞ苦労されたでしょう、と言ってもらいました。捕らえられてから緊張ばかりの毎日で、ほっとしたのと重なって、泣きそうになるほど嬉しかったです」

真丹は、えくぼがきれいに浮かぶ顔を二人へ交互に向けながら、そう言った。忍羽は、見つめられると頬が熱くなるのを感じ、あわてて彼女の注いだ酒を飲み干した。

「せっかく注いでくれた酒だ、ゆっくり呑め」

早里は二人の様子が何だか羨ましく思えた。真丹のことは可愛いいい娘だと思う。だが、忍羽と争いたいというほどでもない。ただ、真丹も含めて、異性である女性というものに惹きつけられる。こんな気持ちは初めてだった。酔いも手伝って最高に気分が良かった。夢見がちのまま目線を上げると遠くに荒束が見えた。彼はずっと交倶のとなりに座っていた。比多岐の向こうだ。その二人の背後、森影の遙かな上空に無数の星々が輝いている。いつもの見慣れた夜空の星々ながら、今夜はとても美しいと早里は思った。

いつの間にか眠ってしまって、輝く陽の光で目が覚めた。天に昇る日は今やっと山の端を越えたばかりで、辺りはまどろむ夜と清々しい朝の狭間に在るのだった。周りには雑魚寝のままで目を醒まさず伏した男女が沢山いた。早里も腕枕をして遠方を見た。そばにある比多岐とは別に、少し離れたところにも小さな炉があったが、二〜三人の女が瓶に入れた水を沸かし始めている様子だった。湯気が立ち始めた物もあった。良い香りが漂ってきたから、早里は起き上がり歩いていった。

「これは何?」

平たい口の瓶《びん》では湯が白濁し、グツグツと泡を立てていた。

「麦です」

「麦?」

「そう、麦を茹でているのです」

一人が答えた。また別の女は、平口の瓶を火から下ろし、竹で編んだ大口の笊《ざる》に湯を湯と共に茹で上げた麦を移していた。熱湯だけ流れ落ち、笊には黒っぽい粒だけが湯気に見え隠れしているのだった。早里は、荒東の言っていた人の手による食べ物の計画的な栽培が、この地では行われているのだと感心した。

「早里、早いな」

すぐ後ろで、荒東も立ってこの様子を眺めていたのだ。早里は、さっそく『栽培』のことを話題にした。

「そうなんだ。俺の考えていたのは、こういった景色だった」

野に自生しているものではなく、麦や粟、稗、黍さらに陸稲を計画的に栽培して蓄える生活だった。それらは主食として、人々の期待に十分応えてくれる。

亜里は冷めるのを待ち、分け与えられた麦飯を木片の匙を使って食べてみた。副菜には焼いた魚のほぐし身が出た。麦飯は、ぱさぱさとはしているが口応えも優しく、また噛むほどに甘かった。

「この邑の名は、越の地の日美泊《ひみのとまり》の邑というらしい。また、昨晩の酒もここで育てた米を茹でて発酵させたものだそうだ」

となりに座った忍羽が、得意げに説明した。

「誰かに教えてもらったのか？」

早里が、笑いながら言った。忍羽は、少し頬を赤らめてうつむいた。

「解りやすい奴だな。早里は冗談を言ったんだ、冗談」

荒東がそう言うと、気付かぬ間に来ていた宮が、「何のこと?」と口に物を入れたままで尋ねた。

「お前なぁ、しゃべるか食べるか、どっちかにしろ」

早里は、宮を肘でこづいた。

「痛い、何すんの！」

口をとがらせて早里を見た。

朝食の後、四人は邑の敷地を案内された。あの鉄を生産していた村とは全く異なって、広い敷地の大半は穀物を栽培する畑が主の邑なのだ。人々が開墾した土地が終わっても、さらに広い平野は繋がっていた。遙かに遠く、山上に雪を頂く山々が幾重にも見える。広葉樹林の林が途中に在るが山岳地帯の裾まで平地なのだ。

他方では海が平地の奥深くまで丸く切り込んでいて、壮大な規模で緩やかな曲線の海岸線を形作っている。西方には半島部分の切り立った岸壁が沖遠くまで続き、海と空と陸を仕切っているのでとても雄大で穏やかな海原の景色だった。

「いいな」

潮風に髪をなびかせながら荒東が言った。

「ほんと、とても綺麗だわ」

宮も頬に海からの風を受けながら素直に明るい声で言った。

邑の長がいる家まで戻ると、その屋内には数人の男たちが集まり声をひそめて相談をしていた。何だか物々しい雰囲気が漂っていた。彼らが戻ってきたことに気づいた邑長の交倶が、顔を上げて彼らを見やった。

「どうかしたのですか？」

荒東が、中央に座っている交倶に尋ねた。

「すぐ先の林近くで安賀多の連中の姿を見かけたらしい。みんな武器を持っていたそうだ」

となりで聞いていた早里は、痛めつけたあの男たちだと直感した。邑の男女も連れ戻したのだったから、ここを目がけて仕掛けてくるつもりだろう。

「俺のせいだ。出ていって話をしてくるよ」

彼は、その場にいた男たちに説明した。

「早里、そんなことをしたら余計ややこしいことになるんじゃないのか？」

荒東は、太い眉を寄せて耳打ちした。

「そうかもしれないけど、結局は同じことだろう」

交倶が、野太い声でポツリと言った。

「奴らはこの日美泊近くの山で掘れる玉石を狙っている。不意をつかれて散り散りに逃げたが、奴らは邑から物品を略奪して逃げ遅れた人も連れ去った。今回のことがなくても、そのうち再び玉を狙いに来るだろう。避けられない諍いは受けて立つか邑を捨てて逃げるかのどちらかだが、誰も離れるつもりなどはない。そもそも他所の物を横取りしようなんていう強欲な奴らに非がある。今度こそ叩きのめして、二度とやって来ないように懲らしめなければダメだ」

他の男たちも同じ表情で交倶を見ていた。

「やっぱり俺も手伝うよ。どのみち二人を怪我させたから狙われることには間違いない」

早里は、改めて意を強くして彼らに言った。

斥候に出ていた男二人が戻ってきた。その者たちの報告を聞くと、どうやら邑の境界近くの森林に留まっていて、後続の仲間の到着を待っている様子らしいのだ。今日から明日にかけて、そこで露営するつもりなのかもしれなかった。この邑への襲撃は明日になる。

「暗くなって、火を使い始めたら、こちらから急襲しよう」

吾原が、一同を見て言った。

「そうだ、それしかない」

千久も直ちに賛同した。

陽が落ちて夜の闇が覆い始めた。日没前に邑を出た一同は森林手前の草原を進んでいた。視線の先の空低くに、いつもの星が煌いている。早里は目当ての場所に向かいながら、星々が視界から外れなかった。

先鋒隊には、もちろん荒東や忍羽は加わらなかった。交倶は、初めは自分たちの邑の問題だと早里が同行することにも反対した。出来れば四人とも早々に、この地から離れて関わりにならないことを勧めた。しかし早里は、自分の責任も十分にあると意見を押し通した。交倶も最後には折れたが、彼以外の三人は日美泊の邑と交誼ある邑まで舟で避難し、そこで落ち着くまで滞在させてもらうことを提案した。日美泊から西方に伸びる半島を北から迂回し、無数の泊の在る浜の邑、太迩《たに》という名前だった。

夜陰にまぎれた男たちは、早里を加えて二十名余りだった。安賀多の連中が何人なのかは判らない。既に後続の人数が合流しているかもしれなかった。しかし、休息の隙を狙えば人数などは関係しないはず、それが話し合った結果の作戦である。ただし、優勢になれば無用に殺傷しない、これも邑を出るときに申し合わせた。出来るだけを捕虜とする。事後に話し合いで事を収める、これもみんなで決めたことだった。

森に入ってからは三方に分かれた。二人一組また三組あるいは四組ほどが行動を共にする。相手に掛かるときは二人で向かい、また複数の相手ならば二組ほどで左右から仕掛けるつもりだ。

「おい、あそこが仄明るいぞ。火ではないか？」

早里と共に組んだ千久が声をひそめて早里に言った。同道している者たちにも彼が指さして教えた。別の者たちも判ったらしく、それぞれの方向から目印の箇所に近づいた。距離が近くなるにつれて速度を弛め、誰もが出来るだけ物音を立てないように注意した。やがて先方の人数が三十人ほどであることが判った。

「どうする？」

「どうもこうもない」

千久の質問に早里が答えた。千久は、三方に分かれた仲間たちに向かって、一斉に攻撃せよと腕を高く掲げて合図を送った。

草むらを駆け、三方からなだれ込んだ。不意を突かれた男たちは暗闇の奥の物音のする方を見た。獣でも襲ってきたのかと思い火の点いた枝を振り回した。しかしそれが人であり、早里たちであることを理解し、慌てて地に置いていた長剣を持とうとした。すでに早里たちは殺到していた。二人一組の原則を守りながら安賀多の連中たちを殴り倒し、蹴り倒した。出来るだけ矢や剣は使わなかった。三十人ほどが三方から攻撃を受け、あっけなく圧し伏せられた。時間もなだれ込んでから少ししかたっていなかった。何よりも双方に死人などは出なかった。

「おい、二人ずつ縛れ！」

吾原が一同に向かって叫んだ。早里や千久たちも興奮が冷めず、それには大声で応えた。鼻血を出すやら頭を抱えてうずくまる男たち二人ずつを引っ立て、片足ずつと片手ずつを細い蔓で幾十にもして縛った。縛られた方は歩くこともままならない。

そして安賀多の連中が周りに落とした剣や弓矢を一カ所に掻き集め、それらを林の闇に捨てた。丸腰の彼らを剣で脅して邑へ連れていくのだ。

「交倶の立てた作戦どおりだな」

早里は、千久に手を差し出した。

「さすがだ、思ったより上手くいった」

千久が笑って応え、早里の手を強く握って称えた。

邑からの奇襲隊が安賀多の連中を捕虜として連れ凱旋すると、交倶は準備していた巻《カン》という若い男を安賀多へ使者として送り出した。巻は安賀多の邑に着くと首長の真岐《マク》に会い、人質を預かっているので彼自身が引き取りに来るよう交倶が希望していることを伝えた。日美泊の邑を襲撃しに出掛けた男たちからの報告を待っていた真岐は、その言葉を聞くと目を剥いて驚いたが、使者である巻には夜が明ければ引き取りに行くことを約束した。

太陽が天頂に届く少し前、真岐は三人の配下らしい男と一緒にやって来た。交倶が彼を迎え家に招き入れた。そこには数人の邑の男たちが左右に分かれて座っていた。交倶は中央に座って正面の真岐を見た。

「今度は思惑違いだったな、真岐よ」

貴重石である珠を多数連ねた装飾具身につけた真岐は、交倶のとなりに座っている早里を見つけて不満そうな表情をした。そばにいる三人の男たちは、早里が怪我をさせた二人ではなかった。彼らは麻衣を体に着て、それを腰紐で縛っているだけである、もちろん輝石など帯びてはいなかった。四人の持参した鉄剣などは入口で取り上げられている。

「前回同様また卑怯な手で我々を襲おうとしたが、天は今度は俺を選んだ」

真岐は、肥えて下ぶくれている頬を引きつらせながら交俱を睨んだ。

「さっさと人質を返す条件を言え」

怒りでこめかみに血管を浮かび上がらせながら、真岐がそう言った。

「興奮するな、みんな無事に返してやるさ。これで、この男が、奪い返した日美泊の邑の者のことは相殺だな」

交俱が、早里の方を見てから真岐に言った。

「もう邪な気を起こして邑にやって来るな。二度と敷地の中に入るな。そもそも、こっちから、お前たちに何か悪さをしたことがあるか？　奪わず、傷つけず、静かに暮らしてきた。それなのに、お前たちは、ここで採れる翡翠が欲しくて争いを起こした。これに懲りて二度と来るな。これが、お前の邑の者を返してやるための最低限の条件だ」

同行してきた者たちが怒りに震える真岐をなだめた。

「約束しろ、真岐。ここにいる俺の仲間や、お前たちの配下のいるところで、もう二度とこんなことはしないと誓え」

横に座っている三人に促され、しぶしぶうなずき、交俱が言ったことに承服した。

「よし、忘れるなよ。ここでの誓いは、ここにいるみんなが証人だからな。お前のところの男たちを返してやる」

交倶は、吾原と千久に真岐たち四人を捕虜がいる場所に案内し、閉じ込めている全員を解放するよう指示した。彼ら二人は牢に入れていた三十人ほどの男たちと真岐とを会わせた。そして武器を取り上げた彼らを彼らの邑の近くまで送り届けに出ていった。

交倶の家では、集合していた男たちが各々の家に戻るために散っていったので、早里だけが交倶のそばに残った。

「これで本当に小競り合いがお終いになるのか？」

「分からん。多分、またいろいろと問題は起こるだろう。仕方ないな」

白髪の混じった眉を寄せ、ため息をつきながら交倶が言った。そうか、と早里はそれだけを答えた。

「交倶、いろいろと世話になった、ありがとう。名残り惜しいが、そろそろ行くよ。荒東たちが避難した先で合流する」

立ち上がって交倶に握手を求めた。

「元気でな。お前はちょっと短気だが、今に立派になる男だ。傲慢にならず、どこへ行っても縁を大事にしろ。恩義を軽んじることは自分をも蔑むことだと肝に銘じよ。そうすれば、きっとみんなが助けてくれる」

交倶も立ち上がって彼の手を握った。

「これからは鉄の交易が普通になって、陸では栽培を計画する時代に変わるんだろうな」

「あぁ、多分。だが、富める者とそうでない者をつくり、際限のない欲が人を惑わす世の中になることなのかもしれん。ただ、お前は、どんな時でも自分が正しいと信じられることを見極めて前に進め」

ありがとう、と手を挙げ、早里は交倶の家から出た。外はすでに空気も暑く、眩しく白い太陽が天頂に輝いていた。

八

越《えつ》の地の日美泊《ひみのとまり》の邑に背を向けて、遠くに見える山麓の裾野から広がる平野を南に下り、宇砺《うと》と呼ばれる地から西に山間の峡谷を通って抜け、一日かけて日美泊から見えていた西側の半島の裏に出た。そこは海につながる大きな湿地帯が延々と南に続いていた。交倶《カワク》から教えられた道程をたどれば、明後日の夜までには仲間が身を寄せた邑に着くはずだった。航路を選ぶより返って時間的には近道なのだ。

歩きながら早里《サリ》は無性に飼い犬である大根《テネ》に会いたいと思った。荒東《アラト》や忍羽《オハ》たちではなく、真っ先に思い浮かべたのは犬だった。いつも彼に対して従順な犬が、唯一の家族みたいな存在になっていたことに改めて気が付いた。珠里《シュリ》、幸《コウ》、亜里《アリ》、それに生き別れとなった鈴加《スズカ》と飼い猫の巳《ミイ》、あっという間に誰もいなくなったのだから寂しいと感じることも当然だったが、それを話す相手すら既にいなくなっていた。

「鈴加と巳は、どうしているかな?」

呟いたことで、彼は自分でも可笑しくなって苦笑いした。海岸に沿って西の山地を目指した。目の前に遙かに広がる碧色の沖合から、山型の白い浪に姿を変えて次々に打ち寄せる海の様が荒々しかった。日美泊の穏やかさは特別のものであり、彼の地は本当に素晴らしい場所だったと思う。

山間に近づくにつれて大小の湖が点々と現れ始めた。海岸から湿地そして幾本もの川はいくつもの湖につながっているのだ。始めて見る景色だった、生まれ故郷の黒河《アムール》（サハリャン・ウラ）の近辺には少なくとも無かった地形である。道選びを間違うと葦の林のぬかるんだ地に足を取られるようになるので、早里は日当たりの良い南に開けた経路を辿った。

小さな湖のひとつの畔に人家があった。集団がある様子ではなく、本当に藁葺きの家屋が一軒だけポツリとそこに在るのだ。早里も久しく見つけた人家だったので人恋しくはあったのだが、見知らぬ男が無用に尋ねれば警戒心を仰ぐだけだ、と思い留まって近付かずに進んだ。そこからすぐに湖沼地帯になった。山中に入る手前で深い森の鬱蒼とした景色が広がっていた。ただし低木が多いこともあって仰ぎ見ると日の光を遮るほどでもない。前方に目を凝らすと、それら低木が群生する一角に花が咲いていていた。その木々の枝は細く、その花は小さな薄い黄緑色なのだった。

「もしかして道にお迷いでしょうか？」

背後から声がしたものだから思わず脇に飛び退いて身を低くした。そして、背中に担いだ弓矢に手を添えた。

「誰？」

「この辺りで暮らす子市《シフツ》といいます」

初老の男性が穏やかな口調で返答した。見事な白髪なので、てっきり年老いているのかと思ったのだが肌の色つやは若々しく壮年と言っても見当違いではないことに気が付いた。

「さきほどの家人か？　……」

早里の驚きの様子にも子市は柔らかな視線で応えた。

「……すみません、特に用事があるということではないんです。昨日まで海沿いに歩いてきて、今からこの山間を抜けて南下し、再び海岸まで出るつもりでした。……、もし何かの邪魔をしたのだとしたら謝ります」

早里は弓に触れていた手を下ろし、そして頭も下げた。

「いえ、わたしも他意などありません。もしや道に迷われたのだったら、お困りではないかと考えただけで、邪見かとの心配なら無用です」

それでは、と早里は言って歩き出した。

「ちょっと待ってください。お見かけしたところ稀有な人相だと感心しました。今までこれほど明らかな相の方にはお目にかかったことがありませんでしたが、いわゆる覇者のものです。将来あなたは大勢の人の上に立って、みんなを束ねる立場になられるのでしょう。ひょっとしたら国を建てられるのかもしれない」

彼は、足を止めて振り返った。

「俺が？　しかし、そのクニってのは何？」

子市は手招きした。

「邑がすごく大きくなったものですが、これだけでは解りませんね？」

「邑にもいろいろあるだろうけど、どれくらいなら大きいと言えるの？」

「そうですね、……大小だけでは確かに区別し難い。千人だって五千人だって大きいとも言えるし小さいとも言える」

余計に解らなくなって早里は唸った。

「しかし食べ物を追って人々が絶えず移動するのではなく、そこで穀物を育てて収穫したり、また他の国と取り引きして不足の品物を手に入れたりしながら変わらぬ場所で住み続ける。そんな場所を他者から守って維持し、多数の人々が暮らす大きな邑あるいは村のことだと考えればどうですか？」

早里は、彼の説明が漠然とし過ぎてまだ十分に理解できなかった。

「そこには人々の暮らしを守る地の主《しゅ》、首長《しゅちょう》がいます。その地を国と呼べば国主《こくしゅ》あるいは国長《くにおさ》と言っても良いでしょう。仲間を多数引率したり指導したりして頑張っている。他邑から攻められたら自分たちの命と暮らす場所を守るための力がなくてはなりません。国主の指示で闘いを専門に行う集団が組織される場合もあるでしょう。そして、それらの庇護を受け、安心して穀物栽培に専念する人たちが大勢住んでいる、それが国というものです。どうでしょうか、これで国というものが何となく解りませんか？」

「私が、その主になるとおっしゃるのですか？」

「そうではなく、持って生まれた器量が人相に現れていると言っただけです」

早里は首を二～三回振って、ありがとう肝に銘じておきます、と言った。

「私の祖父は、広い大陸の中央から、この大きな島にやって来ました。大陸に生まれ、薬草の知識や占星術を学んだ方士《ほうし》という職業だったそうです。広い領地を統べる同族多数の人たちの一人の指導者である国の主とその親族に仕えて、祖父は生きていたそうです。私は、その祖父や父と一緒にこの地に渡り暮らしてきた人たちから薬草のことや人相のことを教えてもらったのです」

早里は、ほのかに黄色く色づいている花が咲く低木に目を移した。それに気づいた子市は、烏薬《うやく》になる薬草だと言って、その根が疲労回復に効くのですと説明した。

「少し試してみませんか？」

彼が言った。

「それに、行く先までまだ相当の道のりみたいですから、どうです？　粗飯など差し上げても良いですが……」

早里は、急に空腹であることに気が付いた。それに、彼が悪人のようには見えなかったので、素直に誘いに応じることにした。二人で先ほどの家まで戻った。その途中で、子市は早里に山の斜面に作った黒っぽい畑を紹介した。急な斜面だが、たくさんの段々畑を造り、陸稲という米を栽培していると も説明した。その畑を越えた山間には一族の一部が居住しているということらしい。

「私の祖父は徐市《ジョフツ》と言いますが、ある時に主から不老長寿の薬草を方士なら見つけてくることができるだろうと命令されました。でも、祖父は、世の中にそんな物があるとは信じていませんでした。かたちあるものはいずれ滅する、誰も彼も時が来れば必ず死ぬものです。長生きさせる術はあるけれど死ななくて済む術など無い、そう解っていた祖父は主から逃げました。単に逃げると親族が被害を受けるので、身近な人々と家の者を六十人ほど連れて、東方の三神山のひとつの東瀛《とうえい》に不老長寿の薬草を採りに行くと許しを得ました。つまり、この地へ舟で逃げてきたのです。家の者と言ってもいろいろな技術を学んだ者たちです。また、人と協働できる家畜と食べ物やその種などもかなりの数を持ち出しました」

炉に掛けた口の広い器の上部を開けた。日美泊では麦だったのだが、ここでは真っ白い米が竹で編んだ物の上で蒸され湯気を立てていた。少し冷めてから指で掬って口に含んだ。その感触は、粘り気があって麦とは全く違ったものだった。副食は赤い汁に漬かった魚のほぐし身だった。白い米と共に食べた。魚の身は適度に塩辛く弾力のある米と口の中で溶け合ってとても美味かった。

「この汁も大陸から持ってきたものですか？」

「向こうでは昔から使っているものだそうです。魚を煮詰めて放置し、その上澄みを集めたものです。魚醤と言います」

早里は、魚をつまんだ指に鼻を近づけた。なるほど、と思うような円やかな香りがした。

「あなたを何と呼べば良いでしょうか？」

彼はまだ名乗っていなかったのだ。

「早里といいます。すみませんでした」

「いえ。それでは、私の国の言葉で早里先生《さん》と呼ばせてもらいますが、早里先生はどこへ行く途中だったのですか？」

彼は、どう答えようかと迷った。

「いや、もし不都合があるなら無理に言う必要などありません」

「そうではないのです。ここへ来る前にちょっとした諍いを起こしてきたものだったから、俺の話で後々面倒なことになったら申し訳ないと思っただけです。越の地に在る日美泊の邑を出て、これから太迩《たに》という地まで行くのです。先に仲間たちが行っているので追いかけていました」

「その方々は、日美泊の人ですか？」

「いや、元々は俺も大陸で生まれました。もっとも、子市先生《さん》のような大陸の中央ではなく、ずっと北の方を流れる黒河の上流ですが、そこから父と母と邑の大勢とでここへ渡ってきました。途中いろんなことがあって散り散りになり南に下ってきたのです」

子市は彼の話に耳を傾けながらも、炉の端に寄せてあった小さな磁器から烏薬になる草の根を溶いた湯を手のひら大の器に少し注いで手渡した。

「これが、国主のいう不老不死の薬です。永遠の命を与えるのではなく、体を内から丈夫にするという意味で不老長寿の妙薬だそうです」

「それでは、これを大陸で待つ主に持ち帰ろうと思わなかったのですか？」

とても苦かった。早里は、遠慮気味に小さな器を膝元に置いた。

「永遠の命を得られるものでないと我々の命が即座に無くなるわけですから、祖父も二度と再び戻るなんてことは考えてもいなかったのでしょう」

早里は無言のまま聞いていた。

「ところで、早里先生は今いる島のことをどの程度知っていますか？」

ほとんど何も知らない、と早里は器の薬湯をさらに一口試しながら素直に答えた。子市は、彼に対して自慢ではなく見聞きした地勢について、あなたに話したくなったのだと前置きをした。

「この島は、大陸とは黒い色の海を隔てて並ぶように南北に長くつながっています。南の端には大きな島地がありまして、その南端に行けばさらに南方の島々が延々と連なっていますが、その島々からも舟で渡来した人々が住んでいます。その大きな島は、北西の地で大陸との距離がとても近くなって、狭い海峡があるだけですから逆に大陸から南に突き出た半島で暮らす人々も行き来しているほどです。私の祖父もその海峡を渡り、仲間を連れてきました。でも、私たちの種族とは大陸でも敵対していた種族だったそうでして、祖父たちはそこで永住するのではなく、さらに海を東行して海辺から近い大きな水海《みずうみ》の東に上陸しました。そこでは半島で暮らしていた人たちもいなかったのです。この島に昔から暮らしている人々が、広い地域に点在して暮らしていただけでしたから祖父たちは安心して留まりました。その地には名前がなかったので、自分たちの旅も終わったという意味の意恵《おえ》と名付けました。生活が安定すると、祖父と一緒に来た者たちは、鉄造りや家造りの技術を持っていましたからその技術をもって別の邑の人たちとも交易をするようになりました。早里先生が来た日美泊の邑とも交流しました。また、さらに北の邑々とも交流して必要な物を手に入れることができるような邑になったのです」

話を聞きながら早里はまだ見ぬ西の地を想像した。

「その水海で隔てられた西岸には、祖父たちより前に移植してきた違う種族の大きな邑がありました。半島で起こった争いに破れて逃げてきた人たちの邑でしたが、性格が乱暴というか闘争を好むというか、私たちとは相容れないところがあるので、出来るだけ交渉しないように避けて暮らしていました。しかし、祖父たちが水海の東岸に住み着いて遠方とも交易を盛んに行うようになると、それが気に入らなかったのか豊かになってゆく私たちの生活が妬ましかったのか、何度も領地を侵して争いを仕掛けてくるようになりました。父の代に激しい戦いが起こり、そして負けました。負けて東の海岸地帯まで散り散りに逃げたのです。今も仲間の多くは去場《いぬば》と名付けたその海岸近くの地所に邑を再建して住んでいます。私と少数の者は、さらに東進してここに辿り着いたのです」

早里は、みなさんと離れて一人で暮らしているのですか、という最初に感じた疑問を口にしてみた。

「そうです、今は一人。息子と娘が二人いますが、上の娘は山向こうのみんながいるところで母となっていますし、下の娘は去場の邑で息子や仲間たちと一緒に暮らしています。上の娘や娘の夫は、猟で得た肉を干した物や自分たちが作った器などを持ってきてくれます。私は、ご覧のとおり祖父の形見である鳥薬を栽培しているのですが、この木はここの環境でしか上手く育たないのです。この薬は、私たちの大切な交易の品の一つにしているので、作り方も含めて私が管理しています」

早里は、彼がなぜそんなことを話しているのか、やはりその目的が解らなかった。たまたま訪れた旅人に世間話の延長で身の上話を語っているのかとも思った。

「早里先生、あなたはこれから太迩という邑に行くというのだから、出来たら更に西に在る去場を訪ねてもらえないでしょうか？　息子に渡して欲しい物があるのです。あなたになら安心して託せる気がしています。どうでしょうか？」

「息子さんは争いを続けているのですか？」

「ええ、他の仲間と共に意恵の地を奪回しようと留まっています」

早里は、子市の意図がやっと理解できた。

「……、それで何を預かれば良いのでしょう？」

子市は、奥から小さな金色の銅剣を持ってきた。

「徐市が父に、そして私に譲った伝家の神剣です。見込んでお願いする気になりました。その御礼として早里先生には私の手元にある鉄の剣を差し上げます」

再び奥に行き、そこから取り出した白銀色に輝く長剣を両手に捧げ持って差し出した。

早里は日美泊の邑での戦いで交倶が授けた短剣を腰に穿いていた。組み手ほどの接近戦では役に立つが、一定の距離から相手を狙う武器としては小さいものだった。それに比べてこの剣は十分な長さを持っていた。子市から両手で受け取りながら駆け寄って闘うには最適な代物だと思った。

「その人の名は？」

「継市《ツグツ》といいますが、早里先生より少し上でしょうが同じ年頃なのできっと気が合うと思います。向こうで、一度ゆっくり話をしてみてください」

出掛けるに際し烏薬の根も一包み持たされた。これは息子の継市にではなく、早里が合流する仲間への土産という心遣いなのだった。

山を抜けて海岸線が望める所まで来ると近景には大小多数の湖が点在し、さらにそれらが遠くの海辺まで続く風光明媚でのどかな景色の道となった。交倶がくれた地勢図では、あと一日もかからない距離だと思えた。ただし、携えた銅剣と長剣がかなりの重さだったので汗を流すため小川へ差し掛かる度に水を被った。照る日差しは強くて、もうすぐ夏になることを感じさせた。

目的である太迩の邑は、海岸近くにあって迷いなく判った。海岸線を歩いてきたものだったから泊に停泊させてある見慣れた一艘の舟を見つけて早里の心も逸った。急いで海岸から内地を目指すとすぐに邑の敷地に到着した。狭い地域に密集したかなりの規模の集落であり、戸数も五十を優に超えている。

「早里、思ったより早く着いたな。無事で何よりだ」

戸外で竹の皮で籠を編んでいた荒東と宮《ミヤメ》が彼に気が付いた。

「あの邑の交俱が指示した戦法で夜襲を掛けたらあっけなく決着が付いた。だから、どちらにも大きな怪我はなかったし、その捕囚を先方との手打ちに返還したから当分争いも治まるだろうって交俱も言っていた」

よかったじゃないか、と荒東が立ち上がって伸びをした。

「早里、その手にしている物は土産か？」

籠を編む手を止めた宮が、好奇の目で彼を見ていた。長剣と銅剣と薬の包みを両手に提げていたからだった。

「そうなんだ。でも宮にやる物はこれだな」

烏薬の根が幾つも入った包みを差し出した。

「何？」

「大陸から不老不死の薬を探しに来た人たちが、この島で見つけた妙薬だそうだ。でも、不死の効能などないから期待するな、胃腸は爽快になるみたいだけど」

宮は、受け取ると包みに鼻を近づけて匂いを嗅いだ。

「あまり匂いがしないけど？」

「湯に溶かして呑む。試したけど結構苦かった」

彼女は彼の手にある長短二本の剣を見つめた。

「預かり物だ。まだ先の地にいる人に届けて欲しいと言われている。だから銅剣は俺の物じゃない」

「見せてよ」

彼女が言うので金色の短剣を差し出した。

「綺麗ね」

全体に厚ぼったくて刃の部分が鋭くはないので、これで大きな怪我をすることは無い。

「あの人に頼まれたの？」

日美泊の交倶を指して言ったので否定した。

「そうじゃなくて来る途中で会った人に頼まれた。ここからまだ西方の地にいる息子に渡してもらいたいそうだ、その代わりに剣を貰った」

鹿の皮と猪の皮とで二重にした袋に収めていた長剣を抜き出して二人に見せた。白銀の輝きが日光を映して輝いていた。

「触るな、怪我をするぞ！」

彼女は、慌てて手を引いた。

「鉄か？」

荒東も真剣の輝きに見とれて尋ねた。

「大陸の南から渡ってきた一族らしい。ここからだと東方にある角額《つぬが》の湖畔に暮らしていた。他にも仲間がここから西の去場の地に住んでいて、いろんな技術を持っているみたいだ。この長剣も誰かが鉄を溶かし固めて造ったのだろう。確かにモシリの咲良《サラ》の一族が交易していた村でも鉄器を造っていたというから、俺たちが知らなかっただけで鉄を造る者は各地にいるということだな」

「イヌバ？　そこへ行くの？」

宮の言葉に彼はうなずいた。

「何日か休んだら出掛けるよ。それよりここはどうだ？　親切にしてくれるの？」

荒東は、日美泊の邑の交倶と兄弟関係にある首長が気を遣ってくれているので、快適な暮らしをさせてもらったと答えた。

「忍羽や大根、耳耳《ミミ》はどうした？　どこにいる？」

「山に行っている。もうすぐ戻るだろう」

「そうだったわ、思い出した。朝に忍羽が出掛けるとき、きっと獲物を持ち帰ると約束していたの。火の準備をしとかないとね」

宮は作りかけの籠を荒東に押しつけ、早里に片目を瞑って見せてから笑顔でその場を離れていった。別の場所に在る炉に向かったのだろう。

「早里、ここの首長に挨拶しておけ。今から連れていってやる」

「そうだな」

引き合わされた邑の長は、恰幅が良いだけで老醜のにじむ男だった。野を駆ける男たちとしては似合わない体格で、また名前を小野《ショウノ》といった。

「良く来たね。早里のことも交倶の使いから聞いているよ、好きなだけ滞在すれば良い」

彼は、早里に右手を差し出した。

「早里、握手だ。友好のしるしに右手を握り合うんだ」

そのような作法など知らなかった早里に荒東がささやいた。早里は右手を差し出し、邑長の手を握った。男の手のひらは柔らかかった。

「俺のことが不思議か？」

早里は、言い当てられて戸惑いながらも首を横に振った。

「無理に嘘をつかなくてもいい。お前の顔に書いてあるぞ。何をしている者なのか判らないのだろう？」

何と答えて良いか判らない。

「俺は、いつも、ここに座って邑のみんなに指示をする。穀物の栽培も狩猟漁労の差配も、そして余った物の保存や交易品の選別、他所の邑との諸々の交渉の段取りを指示する、それが俺のすることで力仕事は一切しない」

そういう役割もあるのだと早里は知った。みんなで狩りや漁をして捕れた獲物や採れた果実を平等に分配する、そんな生活しか知らないからだった。

「ところで、荒東から聞いたけど、これから西にある去場の邑を訪ねるそうだな？」

早里がうなずいた。

「あの邑とは交流がある。そう遠くはないし、舟で行けばすぐだから、行ってくれれば良い。それに、この邑からも用事があったのでちょうど良かった」

「どんなことですか？」

「いや、大したことじゃない。先日の取り引きで、未払い分の砂金を届けて貰いたいだけだ。もちろん邑からも責任者が一緒に行く」

それなら良い、と早里は引き受けた。

忍羽は、二匹の犬と共に獲物を携えて日が落ちきる前に戻ってきた。彼自身は中型の鹿を担ぎ、また二匹の犬たちはそれぞれの背中に山鳥を括り付けて帰ってきた。宮は、駆け寄ってきた犬たちの頭を胸に抱いて撫でた。そして彼らを褒めてやりながら、その背中に括られていた蔦を解いて合計三羽を手に提げた。

「凄い収穫じゃないか？」

荒東も忍羽に労いの言葉を掛けた。

「今日は運が良かった。おや、早里か？　やっと着いたな」

仕留めた鹿を背負ったまま、笑顔で早里に片手を挙げた。

「手伝うよ」

彼は傍に寄って、毛並みの美しい鹿を両手で受けた。

「こっちよ」

宮が、早里に捌く場所を顎で知らせた。

「俺も行くよ」

忍羽も二人に続いた。早里にじゃれついて、彼の足首などを甘噛みしていた大根と耳耳も一緒に行こうとした。

「おい、危ない。踏んじゃうじゃないか」

早里は目の前に鹿の半身があったので足元が見えにくく、よろけそうになった。荒東が二匹を呼び戻した。叱られたとでも思った二匹は、少し頭を下げながら尻尾も丸め、荒東の足元まで戻ってきた。

宮は宮で鼻歌を歌って調理をした。忍羽と早里は、傍の清水の湧き出る水たまりで手を洗ながら、彼女の様子を窺い見て笑った。

「ところで早里、聞いたか？　ここと西の方の邑とが、大陸との交易の主導権を巡って諍っているってこと。いつ戦いが起きても不思議じゃないそうだ」

忍羽が、手を空に振って水を切りながら早里を見た。

「知らん。第一その邑ってどこのこと？」

「去場という地にある邑だそうだ」

早里は驚いた。この邑長に、その去場へ未払い分の砂金運搬を頼まれたばかりだ。それに出会った子市の子息がそこにいて、しかも彼に剣を渡す役目も引き受けている。

「俺が、これからそこに行くんだよ」

彼は、忍羽に経緯を話した。

「臭うな。俺はあの親爺が好かない。威張ってばかりで何もしない。その砂金を持っていくことだって、裏には何かがあるかもしれんし……」

「ただ、根拠が無いものを無闇に疑うこともできないけれど……」

早里が、表情を曇らせた。

「まぁ、いいか。それより今日は、宮が煮炊きした旨い物食って、久しぶりの再会を祝おう」

言い終わると忍羽は、水場の横に置いていた石の小刀を取り上げた。

「何か言った？」

遠くから宮が二人を振り返って見た。

荒東が、鹿肉の三分の一を酒と穀物と果物に交換してきたので、四人の囲む炉にはご馳走が一杯となった。宮と犬二匹は鹿肉を、男三人は鶏肉を、それぞれ貪るように食べた。米を原料とした発酵酒も呑んだ。宮が茹でた米もモチモチして美味だった。今が旬の桃も食べた。

「二〜三日したら、その邑へ舟で出発しようと思っている。さっきは荒東にも忍羽にも説明したが、宮にはまだ言ってなかったから言っておくよ」

結構な酒量を過ごしていたので、早里のろれつも怪しいものだったが、宮は更にふらふらとしながら早里を見た。

「どこへ行くって？」

「ここから西に在る去場という所の邑だ」

「私も？」

早里は言葉に詰まった。宮はもとより四人が出掛けるのかどうか相談していないことに気が付いた。

「みんなで行ってみようよ」

背中から忍羽が言った。宮と早里のやり取りを聞いていて割り込んで言ったのだ。

「なあ、荒東、四人で行かないか？」

忍羽が荒東に同意を求めた。そうだな、と荒東がどちらともとれる答えを返した。

「俺は何となくだけど、ここに長居するのはマズイ気がしていた。早里は用事があるんだし、この際それを理由に、出ていった方が良いように思える」

「どうしてそう思うんだ？」

荒東は、酒で赤くなった顔を忍羽に向けた。

「だから何となくと言ったじゃない」

忍羽がムキになりそうなのを判ってか判らずか、彼を留めるように、宮がみんなで一緒に行こうよと陽気に叫んだ。

「そうだな、そうしようか」

早里は、忍羽の言った言葉を想い出していた。みんな揃って舟に乗れることが分かるのか、嬉しそうに大根と耳耳は早里に甘えてじゃれついた。

太迩の邑長である小野が、責任者を同行させると言っていたが、四人と一緒に高谷《コウヤ》という二十歳過ぎの男が舟には乗り込んだ。四角い輪郭の面立ちで、目の細い顔がひどく狡猾そうだと早里は感じた。

「この男、剣だけ穿いているが、向こうへ持っていく荷物は何も無いのか？」

手ぶらで乗り込んだ高谷を見て、忍羽が早里に耳打ちした。早里も違和感を覚えたが、俺たちとは関係ないことだ、と小さな声で答えた。

西行きには好都合な風向きで、また思いのほか波は穏やかで順調な航行だった。二匹の犬たちも大人しく舟の中央に座り、潮風に顔を向けて心地よく思っている様子だ。舳先《へさき》に高谷が、艫《とも》付近には早里たち三人がそれぞれ腰を下ろし、また舵取りを荒東が行った。

「宮、お前の見立てでは、この先どうなる？　俺たちは、どこまで行けば落ちつけるのだろうか？」

早里は、巫女としての彼女の直感が聞きたくなった。

「だめね、しみじみとした住み処なんて目に浮かばない。わたしたち、きっとこの先もバタバタだわ」

彼女は、占ってもいないのに、早里に向かってあっさりと答えた。

「本当なのか？」

横にいた忍羽も胡散臭そうな目で彼女を睨んだ。

「そうよ、そんな気がするの。別に鹿の骨を焼かなくたって、頭の中に浮かぶときはあるのよ。こう見えたって、わたしはとびきりの巫女よ」

「明日は明日の風が吹く、っていうやつか？」

「早里、またそんな気楽なことを言って、お前が暴走するから今までも落ち着けなかったんだからな、そこんとこ良く肝に銘じておいてくれよ。ややこしいことに関わらず、穏便に済ますときは、黙って大人しく見過ごすことも忘れないでくれ。くれぐれも頼むよ」

早里は、海原の方に視線を移して茫々とした髪の毛を手櫛で掻いた。

「宮、ちょっと来てくれ」

船尾で舵を取っている荒東が呼んだ。彼女は、立ち上がって揺れながら彼のそばへ行った。

「何？」

「あぁ、俺の荷物の中から包みが七つあるから出してくれ。出てくるときに昨日の夜の飯を竹笹に包んだのを入れといた。みんなに配ってくれ、朝早くの出発だったから、とにかく飯を食おう」

宮は、取り出した竹笹の包みを配って回った。船首にいた高谷にも渡してから、大根と耳耳の二匹のためにも包みを開いた。中には飯を寄せて固めたものと干した小魚を焼いたものとが一つずつ入っていた。彼女は、それを犬たちの目の前に置いてやった。彼女が用意している途中から尻尾を激しく振り、体をぶつけるように擦り寄っていた二匹は、食べていいよと彼女が言うと小魚から貪り食った。それを見届けてから、宮は自分の分と荒東の分の二つの包みを持って船尾にいった。

「朝飯なんて気がきくわね」

「当たり前だ、抜かりはないさ。とにかく食おう」

櫓を太ももの下に挟んで固定し、竹包みを開いて食った。塩気のある小魚の焦げた苦味が、茹でた米のおかずにちょうど良かった。

「宮も、そろそろ夫を貰わないとな。家族同士仲が良かったのだから忍羽と一緒にならないか？　良かったら、向こうに着いたら話をまとめてやるぞ」

太ももの上で開いた竹笹の手を止め、まんざらでもなさそうに宮が頬を赤らめた。

「お前、忍羽のことはどうだ？」

宮は、さらに顔を真っ赤にしてうつむいた。

「おい、荒東！　高谷が対岸に目的地が見えてきたと言っているぞ」

いつの間にか早里が船尾近くにいて、後方の二人に叫んだ。

「分かった、早里。岸に向かって舵を切るから、時期と方向を合図してくれ！」

彼は手も振りながら、もう少しとかまだ先とか、太迩の高谷の指示を船尾の荒東に伝えた。

どこにも似たような泊があるものだ。二十人程度が乗る舟の停留所としては相応しい所に入った。

遠浅の海岸とは真逆で、海岸近くまで舟底が海底を擦らない深さがある河口に横着けにした。

「何回か来ている、ここから先の道は分かるよ」

高谷という男が先頭で歩き出した。やはり彼の手には何も無い。早里は、皮袋に納めた銅製の剣を背中に括り付けて担いだ。荒東は何が入っているのか解らないが結構大きな麻地の袋を担いで歩いた。忍羽と宮も干した肉や魚を少々手に持っている。

「遠いのか？」

荒東が、高谷に尋ねた。

「そうでもない、半日はかからない。夜までには着けるはずだ」

彼の答えを聞いてから荒東は忍羽に並びながら歩いた。宮は舟中で荒東から持ち出された話があったので、二人からは遅れるように歩調を緩め、最後尾の早里と並んで歩いた。

「ここで落ち着けるようなら、宮を妻にして暮らしたらどうだ？」

忍羽は唐突な申し出に驚いた。

「それほどのことでもないだろう？　宮もお前も若いけど、夫や妻になっている例は沢山ある。それに宮は、お前のところの妾の妹で、もともとは家族だったわけだから、お互いに良く知っている。どうしても嫌というのなら仕方ないが、俺は二人が一緒になっても悪くはないと思うけれどな」

「妻を娶るというのなら荒東こそ先だろう。それに、宮は、荒東を慕っていると思っていた……」

「年が違い過ぎて似合わないさ。それに、俺も落ち着いたら、迎えに行きたい人がいるのさ」

忍羽は、再び驚いて誰のことかと訊いた。

「小根《オネ》と手古《テコ》を引き取りたい」

沙寿《サシュ》の妻だった小根とその娘の名前が懐かしかった。沙寿は、移動途中で矢に倒れたので、みんなで助け合ってモシリの邑まで来た。

「亜里《アリ》と幸《コウ》を頼っていたけど、幸が海でみんなを助けるために飛び込んだ後、その亜里もモシリの邑での争いで殺されてしまったからな。俺たちは仕方なく逃げ出してきたけれど、きっとあそこで、母娘が心細く暮らしているんだと思うと悲しくなる。だから、できるだけ近いうちに迎えに行きたいと思っていた」

荒東の気持ちを知って、忍羽も母娘の顔を想い出した。彼にも忌まわしい思い出だから、出来れば忘れようとしてきたので、本当に久しぶりの二人の名前なのだった。

「早里はまだ一人でいいの？」

「あいつはお前より下だろう？　もう少し先で良いさ」

荒東は、それで良いな、と改めて彼に訊いた。忍羽も照れたような表情を浮かべながらうなずいた。

「良し、決まりだ。後は、全て俺に任せろ」

笑いながら荒東は、忍羽の背中をポンポンと叩いた。

去場の邑には日が落ちる頃ちょうどに到着した。かなり山間を入った地点で、知らない者は迷いそうな地形の中にある集落だ。入口には警備の者が二人立って篝火を焚いていた。邑を訪れる人間を選別すると共に、害獣を寄せ付けないよう工夫している。

高谷は、顔見知りらしい警備する者に声を掛けた。立っていた一人がうなずき、五人とも敷地の中に通された。勝手を知っていると言ったとおり、彼は邑の中央の首長の住まいに歩いていって、入口から中に声を掛けた。

「太迩の高谷だ、小野の使いで来た」

戸口の外に一人の女が出てきた。一言二言言葉を交わしてから女は中に戻った。程なくして、再び同じ女が出てきて、彼だけが中に招き入れられた。

「俺たちはどうしたら良い？」

途方に暮れそうになり、荒東が小声で言った。また、女が出てきた。

「みなさんは、どうかこちらに」

彼女が別の家屋に彼らを案内した。

「しばらくお待ちください」

帰ろうとする女に早里は声を掛けた。

「継市という男に会いたい。彼の父から預かってきた物を渡したいのだ。そう言ってくれないか？」

女は立ち止まって、しばらく考えてからちょっと待っていてください、とだけ答えた。少ししてから若い男が入ってきた。その男は、無言のまま早里の正面に胡坐をかいて座った。

「角額で子市という人物から預かってきた。だからこれを渡す」

早里は、背中から銅剣の入った革袋を外し、両手で押し頂いて差し出した。男は無言で受け取って、袋の口から中身の頭部分だけ取り出し、丁寧に袋にしまって右脇に置いた。そして早里に両手をついて、深々と頭を下げた。

「これは失礼しました。私は嗣子《しし》の継市ではありません。嗣子に仕える酒寄《シユキ》といいます」

早里は、すぐには事情が理解出来なかった。そんな彼を見て、横合いから荒東が、それなら今度こそ引き合わせをお願いしたい、と申し出た。酒寄と名乗った男は、しばらく待っていてもらいたい、と言って銅剣の袋を携えて出ていった。

しばらくすると、先ほどとは違う若い男が早里の渡した革袋を携えてやって来た。長髪を後頭部で束ねているので額が広く見えた。そのことが、さらに面長で色白の顔を引き立たせているのだった。少し神経質で繊細そうな好男子だった。

「父から預かってきた物を届けていただいてありがとう。お手数をお掛けしました。また、先ほどは直接出向かず失礼しました。継市です」

若い男はストンと腰を下ろして早里に正対した。

「別に。ご馳走になったし、この長剣も貰ったから運んできた」

早里は、彼の父から同年配だと聞かされていたので、忍羽に対するのと同様の言葉で話しかけた。それでも継市は年配者に対するような調子の丁寧なしゃべり方をした。

「父は元気そうでしたか？」

「あぁ、薄い黄色の花が咲いた低木を世話していた。それから、家の中に招かれて白い米の飯を食べた。他の人は誰もいなかったよ」

「それは烏薬です」

「少し飲んだけど苦かった。あれって、本当は不老長寿の薬なんかじゃないんだろう？」

「父が何か言いましたか？」

早里は子市から聞いたその家系の数奇な運命を想い浮かべた。

「父からお聞きかもしれませんが、私たち一族は、大陸の南端にある半島よりも北にある地域から海を渡って移民してきたのです。曾祖父たちは海を東行して、神門水海《かんどのみずうみ》と呼ばれる大きな水海のそばに上陸しました。一緒に来た者たちは、ある者は鉄を造り、ある者は床のある家を造る技術を持っていましたから、半島に近い泊など遠方で暮らす別の邑の人たちとも交易をするようになりました。その湖の西岸には曾祖父たちより前に移植してきた部族の大きな邑がありました。この部族は、半島で起こった争いに破れて逃げてきた人たちでしたが、私たちの民族とは生まれも育ちも違って相容れないところがあるので、出来るだけ交渉しないように避けて暮らしていました。しかし、曾祖父たちが住み着いて他方と交易を盛んに行うようになると、我々が妬ましかったのか、何度も領地を侵して争いを仕掛けてくるようになりました。ついに激しい戦いになって我々は負けました。そこで、さらに東の海岸地帯の、今いる山間まで逃げたのです。やっとこの地に邑を再建して住めるようになりましたが、水海《みずうみ》のほとりの地は交易にも最適な場所だったと今でも思っています。だから、彼の地に戻りたいと考えています」

継市は息を継ぐように言葉を止めた。土間に突き刺した松明の火が、揺れて彼の綺麗な顔の陰影を濃くした。

「今し方、あなた方と一緒に来た太迩の邑の使いの者ですが、私たちに宣戦布告を告げて消えましたよ」

「どういうこと?」

宮が二人の会話に割り込んだ。その声は、深閑とした室内にかん高く響いた。

「本当は取り引きの対価である砂金を貰う約束だったのだけど、それを持参したのではなく、闘いを布告して降伏を勧めに来たらしいのです」

継市は、宮に目を向けたまま説明してから吐息をついた。

「向こうでもその噂は聞いたことがある。あなたたちを使役して、富を得るための優れた品々を造らせたいという話だった」

忍羽が言うと荒東も続けた。

「太迩では相当な用意をしているのだろう。たぶん、あなたたちの元いた土地を占拠した西の部族も息を合わせて襲撃してくるんじゃないのかな?」

「挟み撃ちにされる、という訳ですね」

彼がひとり呟いた。誰もが黙ったままでいた。

「あなたたちは関係ないのだから早々に逃げてください。ここにいたら巻き込まれてしまう。すぐに去る方が良いでしょう」

しばらくして、色白の面を上げた継市が言った。

「お前たちは闘うのか？」

早里が尋ねた。

「そうなると思います」

「ここには何人いる？」

「おおよそ百五十人。そのうち武器を扱って戦える男は五十人ほどです」

「太迩には二百人くらいの人がいたぞ、もちろん、全部で襲ってくるとは思えないが。しかし、西からも来るだろうから相当な人数を相手にすることになる」

早里は他人ごととして勘定した。

「どうだ、降伏したら？　それなら俺たちで橋渡しぐらい手伝えるけれど……」

「ダメです。ここに住んでいる者がみんな奴隷とされてしまうでしょう。曾祖父の思いもここまで来た先代先々代の思いも、すべてを台無しにすることなどは出来ません」

「それじゃ、みんなで逃げよう。しばらく別の場所に移って、そこで暮らせば良いじゃない？」

早里の言葉が理に適っているので、彼は何とも答えられなかった。

「お前の父子市がいる角額まで行こうよ、そうしたらきっと何とかなるさ」

少し間があって、一人では決められないことだから、と彼は言った。そして、ゆっくりと立ち上がり、四人の元を離れて出ていった。

「早里、俺たちも用意しよう？　早速ここを出ようぜ」

忍羽だった。

「待てよ、彼らはきっと逃げないよ。ここで闘うつもりに決まっている。放っておいても良いんだけど、やっぱり何とかしてやりたくなった」

「そんなこと言ったって何ともならないでしょう」

宮が言った。

「お前、また何か考えているな？」

荒東が、舌打ちしながら早里を見た。

「あぁ、騙し討ちさ。降伏すると言って和議に誘い、集まったところで主要な奴らを討ち取れば、勝てるかもしれないだろう？」

「また無茶なことを言う」

忍羽も呆れたようにため息をついた。

「あいつの父さんはすごく優しかった。何だか珠里《シュリ》を想い出しちゃった。だから、あいつを助けてやりたくなった」

荒東は、早里の真剣な表情を見て黙った。

「あたしたちはどうなるのよ？」

宮が、さっきよりもかん高い声で、周りの三人に訊いた。

「どうもしないさ。また、舟で暫く逃げていろ」

「今度は、どこに行けば良いの？」

早里の無責任な言い方にイライラをさらに募らせ、小さな口を尖らせた。

「そうだ荒東、俺たちは、宮も犬たちも、この機会だからあのモシリの邑に行ってこようよ。志良《シラ》や咲良《サラ》に会いに行こう。そうしたら、……」

忍羽は、二人を見て口にしたが、小根と手古を連れてこようとは言い切れなくて語尾を曖昧にした。それを察した荒東が、早里は決めたら誰が何を言っても聞かないのだから仕方ない、そうするかと忍羽に応えた。

「そうしろ、しばらく離れていれば良い」

早里が言い終える頃、最初に応対した酒寄と継市それに加えて二人の男が入ってきた。

「あなたの提案はもっともだけれど、この地に来た曾祖父である徐市に顔向けできないことは死んでもしたくない。ここで闘うこととしました。お前たちは早々に立ち去ってください」

継市は、綺麗な顔で表情を余り変えることなく四人に言った。

「そうする。さっき、みんなでそう決めたから出ていくよ。俺たちの舟を停留しているから三人はすぐに発つ」

「三人？　四人だろう？」

継市のとなりにいた男が訊き返した。

「いや、俺はここに残るのさ」

男たちは彼の言葉が理解出来ず、となりの者と顔を見合わせた。

「何で？」

「何でも。継市と一緒に闘いたくなったから。それに、お前の父さんから長剣を貰ったり、飯を食わせてもらったりした義理もあるしな」

早里は、背中に背負った革袋を指で弾いて見せた。継市は、信じられないというように頭を振って彼の顔を見た。

「ひとつ聞かせてくれ。降伏するなら手伝うと言ったそうだが、間に立って調整するというつもりだったのか？」

男が、早里にそう言ったので、継市が彼は首長の籬《リ》だと紹介した。

「そのつもりだった。日美泊の邑長から太迩の邑長を紹介されたし、まんざら知らないこともないので言ったが、今は違う意味で中継ぎをしてやる」

早里は、紹介されたばかりの籬の目を見た。

「お前、何を考えている？」

その籬の質問に、早里は謀るつもりだ、と答えた。

「話を聞こう」

そう籬が言ったので、まず三人を出発させてもらう、と早里が言った。そして、荒東や忍羽、宮それに二匹の犬を追い立てるように戸口まで押し出し、彼らを見送ってしばらくしてから戻ってきた。

「本気で残るつもりなのか？」

継市は、少し呆れたような表情で腕を掴んだ。

「当たり前だろ。それよりも俺に考えがある。まぁ、座って話そうや」

早里は、彼に腕を掴まれたままで一同に声を掛けた。継市も仕方なく手を離し、早里のそばに腰を下ろした。

「降伏、いや、和解すると申し出ろ」

彼に向かって早里は言った。

「降伏する？　何を言っているのだ」

四人目の男が、怒るように髭面の目を剥いた。まぁ、待て鹿目《カノメ》、と籬が彼を制した。

「どういうことだ？」

「太迩は相当な用意をしているだろうし、西の部族も攻めてくるだろうから挟み撃ちにされたら万に一つも勝ち目が無いよ。だから条件を呑むから和解する、と誘き出そう。酒席を設けて和解条件を話し合おうと言うのさ」

継市の質問には何のことも無い、と答えた。そして、他の三人にも笑顔を向けた。微笑むとえくぼが出来て、早里をさらに幼く見せた。

「そんなことで、上手くいくだろうか？」

「判らん」

そんな無責任な、と誰かが言った。

「そのとおりだ。だけど、まともに闘っても、結局は負ける公算が大ならば、本気で和解する手もある。また、彼が言う方法も一計だ」

籬は、そう言いながら継市の顔色を見た。継市は色白の面をさらに蒼白にして正面を見つめていた。

「そんなに難しく考えるな。気にせず、とにかく降伏してみよう。乗ってくるようなら俺たちにも勝機があるっていう訳さ。それが嫌なら、早々にここを引き払って、どこかに逃げるしかない。でも、逃げるのは嫌なんだろう？」

その言葉が、その日の結論となった。三人は継市のそばを辞し、それぞれの所へ戻っていった。

「早里、今日会ったばかりなのにいろいろと迷惑かけた、すまない。でも、そのことで、何だか昔からの友人に会っているような気がしている」

「そうか、俺は、深い意味など考えてはいないけど。まぁ、お前がそう思うのなら、それで良いよ」

家屋の中に二人の女性が入ってきた。

「真登《マト》、早里だ。挨拶してくれ」

妹だと紹介した。父の子市からの届け物を運んでくださり本当にありがたいと両手を合わせて頭を下げた。後ろに従っていた娘が、二人の膝元に酒と肴を揃えて置いた。

「この人も妹？」

継市は笑いながら、真登に仕える一族の娘で名前は与麻《ヨマ》だと説明した。紹介された娘が、二人のやり取りに自分のことが話題になっていることを聞いて、恥ずかしそうにうつむいた。早里は、彼女が微笑ましくて、暫くはなんだか目が離せなかった。

翌朝は、首長である籬の家屋に、継市はもちろん早里もその他の男たちも集まった。

「俺たちは降伏するのか？」

男の一人が言った。

「降伏というより和解するということだ」

籬が、男に答えた。

「闘おう。彼らの風下に立って、好きなように使われるくらいなら、決死の覚悟で闘う方が潔い」

違う男が言った。

「ここに住む多数が犠牲になるぞ。彼らも無傷では済まないが、女子や子どもも含めて、大半が被害に遭う。それでも良いのか？」

籬の言葉を聞き、室内にいる多数の者が、周囲やとなりに座っている者と口々に意見を言い合った。

「降伏ではなく対等な和解に持ち込む。多少不平等な条件を呑むことになっても我々の矜持は守る。そのための方法だ」

籬と並んで多数の者と対峙する席にいた継市は、立ち上がりそう発言した。

「嗣子、みんなで逃げればどうでしょう？」

また、別の一人が言った。

「それも考えた。しかし、どこへ逃げるつもりだ？」

「子市王のいらっしゃる角額ではどうですか？」

「それもあるが、彼らは我々の持っている知恵と技術が欲しいのだ。だから、遠方に行っても、何度でもどこまでも迫ってくるだろう」

　継市の説明に一同が沈黙した。一呼吸置いて籬が立った。

「そこでどうだろう。女子どもの多数は、一時角額に身を隠す。そうしておいて、残った男で和解を進める。ただし、決裂したらここが戦場になるはずだ。そこを承知してもらいたい」

　籬を見上げているどの顔にも不安と同意の表情が浮かんでいた。

「また、和解の使者は、まずこの早里にお願いしたいと思っている」

　彼の紹介で早里が立ち上がった。

「昨日の夜に、その太迩から着いた一人だ。事情があって遠方から太迩に来て仮住まいしていた、しかし太迩の者ではない。そういう意味で太迩の小野に面識はあるが、どちらの者でもなく中立の者として、まず使者に立って貰おうと考えた」

　籬の説明に信じられる男かという発言もあったが、角額の子市から継市への届け物を運んできたことなどの事情や、自分から使者の任を申し出てくれたことも継市が述べた。

「細かいことは、嗣子と鹿目と酒寄などに相談して決めさせて貰う。お前たちは、すぐに戻って女たちを逃がす段取りを急いでくれ」

　長である籬が言ったので、それぞれの家に戻るため男たちは解散した。早里と四人の男だけが残った。

「大役をお願いする。向こうには、この酒寄が一緒に行く。くれぐれも言っておくが、何かが起これば命が無くなることになるぞ」

それは承知だ、と早里が応えた。

太迩へは去場の邑が所持する舟で向かった。舟中で、酒寄は早里の計画について、改めて質すように尋ねた。

「招いた宴席で、事を起こすまで身内にも事情を明かすこと無く秘匿しなければ成就しないけれど……、本当に和解すると欺くなんて出来るものだろうか？」

「あぁ、このことは嗣子と籬と鹿目だけの承知さ。心配するな」

舟を降りて太迩の邑へ入った。早里は、あの時に荒東に案内された小野の家屋に直行した。入口には二人の男が立っていたが、邑の雰囲気は戦いを準備するなど、特別な様子があるようには見えなかった。早里の顔を覚えていた表にいた男が気楽な態度で彼に尋ねた。

「後ろの男は誰？　見かけない顔だけど」

「こっちは去場の酒寄だ。俺と一緒に行った高谷が、去場で言ったことの返答に来た。俺はそれに付いてきた。小野につないでくれ」

早里の言葉に疑いを感じる風でもなく、そうか、とだけ言って入っていった。男はすぐに出てきて二人を中に入れた。すぐそこに、小野がいた。

「命乞いにでも来たのか？」

下膨れの顔の表情が、外から漏れ差す日差しだけの室内では暗く、読み取り難かった。

「邑からの使者として太迩との和解を提案しに来た。お互いの条件を話し合いたい」

早里は、酒寄の横にいて静かに二人のやりとりを聞くだけだ。

「条件？　攻めればすぐに潰れる邑から、命乞い以外を聞く耳などは持たない」

「ほう、必ず勝てるとでも考えているのだな。ただ、こっちも全員が一人残らず死ぬまで闘うつもりだ。お前のところにも相当の被害が出るだろう。それに何より、お前たちが望む伝来の技術など何一つ手には入らなくなることを承知で言っているのだな？」

酒寄は、継市同様に髪の毛を後ろで束ねた面を真っ直ぐに向け、背筋を伸ばして激することなく淡々と応えた。

その言を聞き、しばらく沈黙していた小野は、戸外に向かって高谷を呼べと言った。程なく高谷が入ってきた。彼は、酒寄と早里が一緒にいることに驚いて立ち止まったが、すぐに思い直して無言で小野のとなりに座った。

「高谷、去場は、お前の口上に対し双方の和解を提案してきた。条件を話し合いたいということだがお前はどう思う？」

「対等にものが言えるとでも思っているのでしょうが、何を言っているのか理解出来ないですね」

「そうだろう、俺もそう思う。しかし、闘うとなったら最後の一人まで闘う覚悟だそうだ」

やっと意味が分かり高谷も黙った。

「条件と言ったが、お前たちは何を差し出すというのかな？」

小野が、平静を装うように尋ねた。

「お前たちが望む鉄の製錬、鋳鉄の方法、床式家屋並びに重層建物の建築方法、丹から水銀朱にする方法、その他も知りたいことが沢山あるのだろう？　その全て教えても良い。ただし、隷属されることは断る、これが条件だ」

酒寄が答えた。しばらくして、双方の沈黙を破ったのは早里だった。

「お互い利得があるのなら、それも見識だね。死傷者などつくらず、手打ちをして、仲良く協働したらどうかな？　その方が、よっぽど楽で賢いと思うけど」

小野と高谷は、顔を見合わせた。そして、思い切ったように小野が言った。

「そうしても良いが、その証にまず人質を貰おう。そうだな……」

「継市の妹の真登媛《ひめ》はどうですか？」

「そうだ、それが良い。おい、その真登をここに連れてこい」

妙案だと高谷を褒めてから、小野は正面で睨んでいた酒寄に向かって命令した。酒寄が表情を曇らせた。早里の方をちょっと窺うように見て、そして目を瞑り、やがて小野と高谷を交互に見据えて、承知すると答えた。

「去場の継市は、意恵の地にいる人々や神門《かんど》の西岸の部族たちとも、出来ればこの機会に手打ちをしたいと言っていたぞ」

早里が、小野たちにも聞こえるように酒寄を肘で突いた。そうだな、と彼は言いながら再び小野と高谷を見た。

「いままで長く意恵の者や水海の西の部族とも争ってきたけれど、太迩に口添えをして貰って、今回いっぺんに手打ちがしたい、どうだ？」

高谷は、自分たちが酒寄の言う西方の者たちと示し合わせ、去場を挟み撃ちにしようと考えていたことなどおくびにも出さないよう、彼の言葉を素知らぬ顔で聞いていた。早里は、そんな彼の様子を見て、小賢しい奴と吐き捨てたいような心地になった。

酒寄は早里と戻ると、すぐに籬の家屋へ主だった者たちを集めた。

「小野は、和解の提案を承知した」

まず一言だけ酒寄が言葉を発した。集まった者からは、どよめきの声が起こった。

「早里がいてくれて助かった」

そう続けて言うと、継市が早里を見て頭を下げた。早里は目礼を返した。

「彼が提案してくれたので、意恵を占拠した神門の部族とも手打ちすることになった」

そうか、と籬は相づちを打ちながら、酒寄の表情が冴えないことを見て気になった。

「他に何かあるのだろう?」

「実は、条件として一つ、勝手に約束してきたことがある……」

酒寄の言葉に、どうしたのかと鹿目が尋ねた。

「……、和解のしるしに人質を寄こせと言われて承知した」

「仕方ないことだな、勝手に約束したなどと自分を責めるな」

籬は、労いのつもりで、ポンポンと彼の肩を叩いた。

「その……、その人質だが、あいつらは真登さまを名指しした」

継市が、天を仰いだ。

「何だって!」

鹿目が叫んだ。籬も表情を一変させ、眉をしかめて酒寄を見た。

「みんな深刻だな。心配するな、誰か代わりを送れば良い。顔は、知られていないのだろう？」

早里が、平然とした顔で、男たちの顔を順番に見た。みんなが早里の提案に絶句した。しばらくして、籬は酒寄を覗き見た。

「それは……、そんなことしても大丈夫か？」

酒寄は、少し救われたような表情で、口ごもりながら早里を仰いだ。

「大丈夫だって。あいつら、直接には会ったことなどないのだろう？　ただし、奴らを残らず仕留めなければダメだ。そして、人質を太迩から救出する手段は用意しておかなければいけない。宴席での異変が知られたら、人質が本人だと信じて生かしてはおかないだろうから」

早里は平然と言った。

「……身代わりは、侍女の与麻にするか……」

籬が呟いた。継市は沈黙したままだった。

「与麻と媛《ひめ》には俺から説明する」

「籬と一緒に行くよ。どのように助けるかも彼女たちの所に行ってから相談しよう」

早里の申し出を聞き、酒寄が申し訳ないと頭を下げた。

みんなを残し、籬と早里だけが継市の住まいに出掛けた。そして、真登と与麻を呼んだ。

「兄は、まだ向こうですか？」

「はい、お願いがあって、私が先に伺いました」

真登は、早里も同席していたものだから不思議そうに二人を見つめた。

「太迩とは和解が適いそうなのです」

それは嬉しい、と彼女が手を打って微笑んだ。

「……しかし、それには条件がありまして、……実は、媛を人質に差し出せと言っているのです」

真登と与麻は、顔を見合わせた。

「そこで、与麻に媛として太迩に渡って貰いたいと考え、先にお願いに上がりました」

「どういう事ですか？」

「向こうは媛の顔など知りません。だから、与麻を真登媛に仕立てて人質に差し出すというものです」

「偽る、ということですね？」

「そうなります、心苦しいけど仕方ありません」

「……しかし、与麻を犠牲にするなんて、兄は承知なのですか？」

籬は、言葉に詰まった。

「この相談のとき、継市は終始無言だった。心の中では承知なんかしていないだろう。でも、和解のために仕方ない、解ってもらえないだろうか？」

籬に代わって早里が言った。

「人柱みたいに死ぬわけじゃない。和解が進めば、それこそ大切に扱ってくれるはず。つらいだろうけど、邑のためしばらく我慢して欲しいということだ」

さらに早里が言葉を足した。聞いていた真登は、うつむいたままの与麻を見て、それから籬を睨んだ。

「与麻の家は、娘一人だから父母の芦品《アシナ》と手名《テナ》が決して許さないでしょう」

「一人娘とは知らなかったな……、でも、だから、俺が一緒に来たのだけれど、彼女さえ良かったら妻に貰うつもりだ。それを約束してから向こうに渡ってもらって、戻れる時が来たら改めて夫婦になる」

与麻は、ビックリして顔を上げた。真登も早里の顔を見た。

「いまから与麻の父母に会う、いいだろう？」

彼女は、顔を真っ赤にして、うつむいたままでうなずいた。

早里と与麻が出ていった後、二人になった籬が土下座して真登に詫びた。

「どういうことなのでしょうか？」

「酒寄が太迩に行ったのはご存じのとおりですが、和解を纏めるための条件として先方の首長が媛を差し出せと言いました。ここまでは先ほどの話です。和解のための宴に多数を招いて席を設けますが、そこで、彼らを全て仕留めるつもりです。太迩から与麻を救出する手段を相談しよう、と早里が言いましたので一緒にやって来ました。人質の救出に責任を持つため、最初から与麻を自分の妻にする覚悟でいたのでしょうが、嗣子も誰もそのことには思い至りませんでした……」

彼の覚悟をいま知りました、という籬の言葉に、真登も早里の気持ちを察して小さく息を吐いた。

「お前を必ず救い出してこの邑につれて帰る。約束はきっと守るから信じてくれ」

早里は、歩きながらこれからの覚悟を語った。

「それに、俺も将来妻を迎える、それならお前を迎えたい。初めて会った時そう考えた。だから、今回の人質の件も、俺から身代わりを提案した。申し訳なかった。でも、自分の大切な女として、何としてでも、きっと救い出してみせる、信じてほしい」

自分でも赤面するような、こんな言葉が言えるなんて今まで思ってもみなかった。与麻は、彼の申し出を恥ずかしく感じながら、でも何だか嬉しく思えた。そして、主の真登に代わり人質になることにも勇気が湧いてくる心地がした。

与麻の家は邑の中心から少し離れた場所にあった。彼女の両親は、家の周囲に造った畑での作業をしていたらしく戸外にいた。

「お母さん、お父さん、ちょっと話を聞いてください」

普段なら娘が戻ってくるような時間でもなかったし、また見知らぬ男を連れての帰宅だったので、二人とも手を止め、驚きながら与麻のそばに来た。

「この邑と太迩が戦いになりそうだったけれど、和解を進めることになったそうなの。でも、向こうは真登さまを人質に出せと言ったものだから、みんなが困った末に私を身代わりにしたいと聴かされた。ただし、この方が救い出してくれると言ってくれているの。嗣子様のお父さんから宝剣を預かってこられた人です。人質として向こうに渡る前に、私と夫婦になる約束をし、無事に連れて帰って正式な夫になると言っています。そのために、お父さんお母さんに会いたいというので案内してきました。早里といいます」

与麻は、誇らしげな表情すら浮かべ、二人に早里を紹介した。

「夫婦の約束は嬉しいことだけど人質になるなんて……、お前は、本当に大丈夫だろうか?」

母親である手名が言った。父親の芦品も娘のことを心配そうに見つめ、並んで立っている彼女の言葉にうなずいた。

「とりあえず中に入りなさい。そちらにも入っていただきなさい」

彼女が、娘と早里に言った。そこで、四人は場所を移した。

「うちは、男の子には恵まれませんでしたが、この子の上にも娘が二人おりました。しかし意恵の地を追われここに逃げてくるまでに上の二人が亡くなって、今では与麻たった一人になってしまいました。もし、この子がいなくなったら、生きていく希望もなくなります」

手名が言った。

「俺との婚姻を許してほしい。きっと無事に連れ戻し、ここで妻にする。決して三人を裏切るようなことはしない、だから信じて任せてほしい」

早里は言い終えると、横に座る与麻を真剣なまなざしで見つめ、うなずきながら口を閉じた。彼の言葉に父親である芦品は、必ず娘を助けてください、と頭を下げた。

九

もともと十人以上が乗れる頑強な舟だったので、荒東《アラト》、忍羽《オハ》、宮《ミヤメ》と二匹の犬の大根《テネ》、耳耳《ミミ》だけではみんなが横になっても余り有るほどだった。

　再び航海に出て半月が過ぎた。荒東と忍羽は、今までに滞在したことのある場所は避けながら、三日程に一度は上陸して、食料を入手するなど北上を続けた。目的であるモシリは、この海峡を越えた先の大地だったはずだ。

「お前たち、バタバタとこんな具合になったが、出発前に話した夫婦になる話のことだけれど、モシリの邑に着いたらちゃんと纏めるから心の準備をしておけよ」

　忍羽は、まだ恥じらうように顔を赤らめたが、宮は平気な様子で彼を肘で小突いたりしているのだった。

「でも私たち、どこで住めば良いのよ？」

「モシリに着いたら志良《シラ》や咲良《サラ》に相談してやろうか？　よかったら、あそこで暮らすのも悪くはないだろう」

　宮の言葉に対して荒東の返答は、この場での思いつきや冗談でもないような調子だ。

「……もう時が経ったけど親父が殺されたことだし、宮だってあそこで姉の小宮《コミメ》が殺されてしまったからな……」

　良い思い出が残っていない場所ということか、と最初は二人に勧めた荒東だったが、急に亜里《アリ》の亡骸を山の風穴に埋葬した日のことが思い出された。

「とにかく荒東、モシリで小根《オネ》と手古《テコ》を探そうよ」

「どういうこと？」

舟べりに背を着けて、前屈みで足元の二匹の犬の首筋を交互に撫でていた宮は、手を止めた。

「まだ言っていなかったっけ？　実は、荒東が小根と手古を家族に迎えたいそうなんだ。母娘は沙寿《サシュ》が矢に当たって亡くなってから、亜里と幸《コウ》を頼っていたけど、幸も海で亡くなったし亜里も倒れたから、きっと心細く暮らしているんじゃないのか、と荒東はすごく心配なんだって。もちろん小根の意向は、会って訊いてみないと判らないけど……。ねぇ、荒東？」

忍羽の説明に、宮は興味津々の瞳を荒東に向けた。今度は、彼が年甲斐もなく顔を赤らめた。

「……からかうな」

体に似合わずボソッと呟く彼の様子を見て、宮が大きな声を上げて笑った。

モシリの邑に行くため、荒東たちは海峡を渡って島の南側に回り込んだ。この近辺は、かつてモシリから交易のため千人程が住む村へ渡った時に通った海域だ。速い潮の流れに注意しながら、しかしモシリの人々が舟をつないでいるはずの泊よりかなり手前の海岸に舟を着けた。彼らも、先の丹の騒動があって、全てが小山の息子である忍羽やその親族の宮に好意を持っているとは限らない、と心配したからだった。だからこそ荒東一人が密かに入り、まず志良か息子の咲良に会おうと考えたのだ。

「お前ら、二匹と一緒に舟の中で待っていてくれ。もし、何か問題が起こりそうなら、二人ですぐに舟を出せ。沖まで出たら多少の災難からは逃れられるはずだからな」

荒東は、そう言い置いて森に入った。彼は、馴染みの無い道だったが太陽の方向と遠方の山の景色から目的の邑の位置を推測して先に進んだ。夕方に浜から上がったものだったから、すぐに夜がやって来た。彼は火を焚くのではなく、目の前の幹も太く立派な大木を登り始めた。地上から遙かな高みに達してから、枝葉の密集している所で体を預けても安定した部分を探した。見つけた場所は、幸い大型の鳥の巣なども無くて安全そうだった。これだけの高さに登れば、地上を徘徊する夜行動物からも身を守れる。今晩はここで休み、明朝早くに邑への道を進むつもりだ。

日は西の海に落ち、夕焼けの周辺から青天井には闇が浸食して、急速に夜がやって来た。晴れているから満天の星である。東の地平線近くの空には、白く長い無数の星の帯がくっきりと姿を現した。やがて月も昇ってきた。月明かりが照らす周囲は、かなりの明るさだった。多少の空腹などは気にならない。

まだ辿ることであろう遙かな先も分からず、邑を捨てた一行が移動し始めた夜だった。満天の星空の下、早里がとなりを歩く亜里を見上げ興奮していた景色を、少し後ろから追いながら聞いた会話を、荒東は思い出していた。天頂から小さな星が、再び幾つも連なって流れ落ち始めた。それは、星と星との間にある闇の中から突然に溢れ出し軌跡を描いては消えていく、あの時もそんな景色だったと考えながら荒東は深い眠りに落ちていった。

尻の下方で小鳥たちが、さえずる声で目が覚めた。舟上にいるのかとも勘違いしたが、大木の中ほどにいる自分に気付き、上陸後のことを思い出した。久しぶりの地上で、波に揺られることもない静かな睡眠から醒め、爽快な青空が目に入った。そして、高い木の上からの地上の風景も見渡せた。そろりと伸びをして左右の枝を掴みながら起き上がった。よし、と自分に声を掛けてスルスルと地上に下った。今朝も目の前に続く森の中はとても明るかった。

所々では朝靄が立ちこめていた。雲間から日が差し込む時のように、光線の筋がたなびく景色の中を幾つも通り過ぎた。目指す邑の確かな情報は、覚えのある山の景色だけだった。荒東は懸命に記憶を手繰り寄せ、なるべく道らしい場所を選び、太陽の在る位置を確認して方向を間違わないよう先を急いだ。

急な勾配の山肌をしばらく登り、その終点に息を切らせながら辿り着くと、突然に空が大きく拡がった。眼下には、この足元から続く森の終わりとさらに先に拡がる平地が眺められた。荒東は、張り出した山腹に出たのだった。

広い平原の途中には、人家が疎らに在った。先で離れた場所の家を呑み込み、再び森が形成され遙か遠くの山脈に繋がっている。記憶では、その山並みの向こうに、懐かしいホヤウ湖が在る。そして、点在している家々が、志良たちの邑なのだ。やっと探していたものが見えたことで荒東の中での緊張が少しほぐれた。

坂を駆け下りて、険しい斜面は迂回し、森を抜けて平坦な地に出た。背の高い草木はまだ続くが、先には目的の人家がある。ただし、志良の家は先の森を入った所だから、半円を描くように大きく回り込みながら近づいた。

「おい、荒東じゃないのか?」

背後から突然声がしたので、彼は思わずしゃがみ込んで振り向いた。具視《グシ》と耳砂《ミジャ》だった。彼らとは交易の村にも同行した仲だった。荒東は、ゆっくり立ち上がった。

「びっくりさせるな、誰もいないと思っていたよ」

志良と親しい男たちは、逆にコソコソと隠れるように歩いていた彼の態度が理解できないという表情をした。

「……あの後、俺が、小山《コヤ》の息子も亜里の息子も連れて急に消えたから、……だから、今どんな具合になっているか心配で、志良の家に着くまで誰とも会わないつもりだった」

荒東は、少し多弁になって、旧知の二人に手振りも交えて説明した。

「そうか、分かった。でも心配するな、大丈夫だ。俺たちも夜になったら志良の家に顔を出すよ」

何かの調達の途中だったのだろう、二人の男は笑顔を残して草むらの向こうに消えた。何だか懐かしい匂いがした。本当は自分たちの土地でもないのに本当にそんな気がしたのだった。初めてここを訪れて志良の家に案内されたのは、朝早くから亜里と小山と早里と忍羽の五人で山を越えてきたあの日だった。途中の山中で獣のような咆吼に驚き、林の間から足下の周りにからむ二頭の狼犬と共に現れた髭の濃い男。彼に案内され栗林を抜けた場所に在る家々の一軒が、ここだったのだ。遠くに清流が見えた。あの時も、まるで自分たちの故郷を思い起こさせるような風景だったが、やはり今も同じ気持ちになる。

家の前まで来たとき、数匹の犬たちが一斉に寄ってきた。荒東の匂いを覚えていたのか、彼の足元で飛びはね、そしてじゃれついた。犬たちの騒がしい様子に気づいて女が一人顔を出した。

「どなた？　……、まぁ、荒東？」

親しげに彼の名を呼んだ。志良の後妻であり咲良の実の母親ではなかったので、そんなに面識は無かったのだったが、彼女は荒東を覚えていたのだ。

「水季《ミズキ》？」

名前を間違って覚えていないか心配しつつも彼女の名前を口にした。彼女は、ハイと答えた。彼女の腰には、小さな女の子が、後ろに半身を隠すように抱きついたまま彼を覗き見している。

「お嬢ちゃん？　俺、まだ会ったこと、なかったよね」

「上季《カミキ》と言います。ほら、御挨拶なさい」

彼女は、後ろでしがみついていた娘を、前に押し出して言った。

どちらかというと強面である。それは自分でも分かっている。また、志良ほどではなかったが伸ばした髭も、怖そうで子どもには好かれないことも自覚していた。だから、多少無理をして造った満面の笑みを湛えて彼女の頭を撫でた。

「お幾つ？」

小さな女の子は再び母親の後ろに隠れた。

「ほら、上季。三つでしょ？」

水季は荒東に人見知りが激しくて、と娘のことを詫びた。

「いや、そんな……」

「志良はすぐに戻ります」

彼女が言い終わらないうちに、手に野草の束を持った彼が帰ってきた。

「おう！　荒東じゃないか」

彼は、草を手にしていない方の手を挙げ、左右に振って荒東の名を呼んだ。二人は近づいて、互いの無事と再会を喜んだ。

「早里の矢で、肩を射貫かれた傷は大丈夫なのか？」

「荒東、お前こそ膝を射られた傷はどうだ？」

「あぁ、もう平気さ」

矢を抜くため肉を削った跡が、引き攣ったようになっている足の部分を志良に示して見せた。

「痛々しいな」

「お前は？」

荒東の質問に志良は薬草の束を持ち上げて見せた。

「正直なところ時々まだ痛む。特に、雨の降る前はきついよ」

苦笑いする髭面に荒東も苦笑いを返すしかなかった。

「まぁ、遠慮せず中に入れ」

招かれた屋内は、何一つ変わりがなかった。

「咲良は？」

あれからしばらくして、お前たちが居た湖のそばで住むようになった、と答えた。荒東は、そうか、と言った。

「今は、どこに居るんだ？　早里は元気か、どうしている？」

「それなんだ。あれから南に下って越《えつ》の地に辿り着いたのだが、早里の奴、そこで近隣の邑から囚われていた男女を助けて争いを起こした。俺と忍羽と宮は、そこの人たちの邑と交誼ある西の地に一時避難したけど、そこが今度は、近くの邑々と利権を争って、正に争いの渦中なので三人だけが逃れて出てきた。ここへ来た舟でまた戻るつもりだが、二人は南の海岸に舟を着けて待っている。俺だけが会いに来た」

「とても遠くの話で、俺の頭では上手く想像できないが、とにかく四人とも無事で何よりだった。しかし、早里はどこでも喧嘩っ早いな。あの時から急にそうなったのかな？」

「何だか良く判らん。やんちゃ過ぎるのは確かだ。小さい時は気弱過ぎて心配したものだけれど……」

「そうか、それなら俺の責任かもしれん」

志良は、考え込むように黙った。

「ところで、ここに残っている俺たちの仲間はどうしている？　この頃は、もう疎遠になってしまったか？」

荒東は、小根や小根の娘の手古のことが知りたかったのだが、まずそのように切り出した。志良が現実に戻ったように面を上げた。

「おぅ、それよ。疎遠どころか親密さを増したなぁ。あれから、諍うこともなく、お互い穏当に暮らしている。咲良だって、あっちに移って、お前たちの仲間と一緒に住んでいる」

「そうか、それなら良かった。ちなみに置いていってしまった一人だが、亜里を頼りにしていた小根と彼女の幼娘がどうしているのか知らないか？　バタバタとあんなことになっただろう、心残りだったのだが連れては行けなかった。それが心配で、この機会に連れていこうかと思ってやって来た」

荒東は、やっと言いたいことが言えた。

「それだけど、咲良は小根や娘の手古と一緒に暮らしているんだ。いつから親しくなったのか知らないが、あれからすぐ夫婦になった。それで、お前たちがいた邑に一軒を構えて、今では三人仲良くしているよ」

荒東は、殴られたような思いだった。目の前が真っ暗になりそうで、腰砕けになりそうになったのだった。だが、意地でも気取られるまいと言葉に詰まりながら、そうか、と笑顔を造った。

「お前は、いつまで居られるんだ?」

あぁ、とだけ声を発した。

「どうした?」

荒東は我に返って、忍羽と宮が舟で待っているからもう帰る、と言った。

「……、そんな。もっとゆっくりしてゆけ。二人も呼べよ。あの時の事は終わったことさ、今生きることが精一杯だから多分みんなも忘れている。心配するな」

志良が笑った。

「そう言ってくれて嬉しいよ。ありがとう。これで、心残りが一つ無くなった」

荒東は、早々に彼の元を辞して外に出た。忍羽と宮が待っているのだと自分に言い聞かせながら早くこの地を出よう、と彼は思った。

舟の外で火を熾し、二人は魚を捕りながら待っていた。

「戻ろう。首を突っ込んだ早里のいざこざも、そろそろ片付いている頃だろう」

彼らの姿を見て、荒東はそう言った。

「どうした。早かったね」

忍羽の言葉に、もう四日もたっているじゃないか、と彼が答えた。三人は、再びの乗舟に備えて近場から当座の食料となりそうな物を探してきた。そして、元の南に向かって出航したのだった。

「どうだったの？」

忍羽は荒東の表情と態度から、その想いが不首尾に終わったことを分かりながら、やはり聞かない訳にはいかなかった。

「元気だそうだ。志良に聞いた」

「志良と会ったのか？」

「あぁ、志良の家を訪ねて彼と彼の妻と幼児にだけ会った。あの時のいざこざも今では誰も何も言わないらしい。だから、もしこの先、お前たちが訪ねていっても平気だそうだ」

付け足すように、小根と手古とを連れてこなかったのか、と忍羽が尋ねた。

「そうさ、彼女たちは、いま咲良と三人で住んでいるそうだ」

荒東は、艪《ろ》を沖に向けながら風の方向、潮の流れを選んで、舟の進路を南向きにした。

「荒東は良いの？」

宮が、優しげな眼差しを彼に向けて言った。

「これで良いんだ」

答えてからも繰り返すように、これで良かったんだ、と独り呟いた。忍羽は、舟べりに背を預け、黙って二人の遣り取りを聞いていた。

早里《サリ》は与麻《ヨマ》に付き添って太迩《たに》の地を再び訪れた。去場《いぬば》からの正式な使者としては酒寄《シュキ》でなく、長である籬《リ》が立った。三人は、舟を降りてすぐに太迩の男たちに囲まれた。舟着き場には、先日とは違って警備のための兵士が配置されていたからだ。

邑の入口では船着き場からの伝令がすでに届き、高谷《コウヤ》が立って待っていた。彼は、三人がそばに来てもしばらくの間無言で、真ん中を歩く女を食い入るように見つめた。そして、少し首を傾げるような仕草を見せたが、何も言わずに小野《ショウノ》の元へと三人を先導した。

「真登《マト》を連れてきたそうだな」

女の顔を見るとすぐに小野が言った。

「継市《ツグツ》は可愛い妹に付き添って一緒に来なかったのか？」

うつむきがちな与麻の全身を舐めるように見てから尋ねた。

「嗣子《しし》が来るはずもない」

ぶっきらぼうに籬が言った。

「お前は？」

初見の彼を見て、腹を突き出しながら再び尋ねた。

「俺は籬だ。邑の長だ」

その言葉に彼が早里を見た。早里は無言でうなずいた。早里の表情に得心したらしく、彼も一人でうなずいた。

「行きがかり上、今回も俺が立ち合わせてもらうことを継市から言付かった」

早里の言葉に、そうかと小野が応えた。

「女、顔を上げろ」

人質に対してそれらしく与麻に指示した。彼女は、ゆっくりと顔を上げて彼を正面に見据えた。

「綺麗な顔立ちをしている。さすがは高貴な血筋の娘だな」

ゆがんだ笑みを浮かべて彼女を手招きした。与麻は戸惑った。

「何を言っている。媛《ひめ》は奴隷じゃないぞ」

籬は、顔色を変えて腰を浮かした。三人のとなりに座っていた高谷は、彼の前に片手を拡げて制止し、それからゆっくりと押し戻した。

「お前こそ何様のつもりだ。人質は服従の誓いで、勝った部族の女になるのは当たり前。ここで子どもを産み、裏切らない証となるのが当然じゃないか」

籬は、歯を喰いしばって膝に置いた拳に力を込めた。

「日美《ひみ》から来た早里が仲立ちだから殺さずに許してやる。お前たちの一帯をこの太迩に取り込み、意《お》恵《え》の者たちと神門《かんど》の部族と共に俺は一大国を造る。これからは、俺に去場の知恵と技術と人力の全てを惜しまず差し出せ。いいか、お前は、帰ったらこのことを継市にちゃんと言っておけ」

小野は立ち上がって、そして与麻の手を掴み引き寄せた。

籬と早里は邑に戻り、すぐに継市をはじめ鹿目《カノメ》と酒寄を呼んだ。そこには、継市の妹である真登も加わった。

「手打ち式は明後日の日没後すぐ。ここに来るのは、太迩の小野と高谷、意恵の首長の洪打《ホンプ》と副長の太民《タミ》、神門の部族長の佐尾《サビ》と配下の輪黄《ワキ》、多比《タジ》、茉利《マリ》の八人だ。俺と嗣子《しし》がこれからの服従を誓う者として宴を設けるよう言い渡された」

籬が、それを一息で言った。

「それぞれの頭首だな。全部が揃うのか？」

酒寄が尋ねた。

「判らん、でも決めていたのだろう。すぐに小野が諳んじたぞ」

「急いで酒と肴を多量に用意する必要がある」

籬の答えを引き取って鹿目が言った。

「与麻は大丈夫でしょうか？」

真登は情けなさそうに口ごもった。籬も返事に窮した。やがて早里は、連れ戻すことを本人にも約束したから、何とか耐えてくれるに違いない、と自分にも言い聞かせるように彼女に言った。

「申し訳ない。俺が不甲斐ないから、みんなに辛い思いをさせている。与麻にも詫びても詫び足りない」

継市が床に両手を突いて頭を下げた。早里は、彼女との約束の全てを必ず守らなければいけない、と強く想った。

邑人たちから集めた酒を幾つもの大きな瓶に満たし、肴も各種の肉や海と川の魚を手分けして揃えた。籬の家屋中央に幾種類もの肴を盛った器を八人分並べ、酒の大瓶を運び込んで準備を整え終えたのは、陽が傾き始めた頃だった。

真登は、避難する者たちと共に、すでに角額《つぬが》の子市のところに出発していた。残っているのは本日の酒席を手伝う邑の女数名と成人男子だけだった。早里も残った者の中にいた。

継市の邑の入口には武器など持たぬ男四名だけを立たせていたが、やがて、その者たちが小野を含む首長八名と随行者六名を案内して籬の家にきた。

籬の家屋は、十数名が十分入れるだけの広さがあったが、籬と継市と早里と世話をする女たちだけが中に入った。入口近くの戸外には鹿目と酒寄、それに男たちに随行してきた六名が左右に分かれて立っていた。邑に住む男たちは、家で待機するよう籬が指示していたので、邑内は静か過ぎるぐらいの静けさだった。

小野たちは、床中央に器を並べた席に来ると手にしていた剣を脇に置いて着座した。対面する場所に籬と継市と早里の三人が座った。籬の後方の壁一列に並んでいる女たちは、両手で大瓶から移した酒の小瓶を抱き、彼からの指示を待って立っていた。

「邑の中だが、静か過ぎないか?」

座ったまま、高谷が早里に尋ねた。

「みんなには不要な外出はするなと言ってある」

籬が答えた。

「継市、どうした? 何だか、顔色が悪いな」

皮肉を込めたつもりだった小野が、笑みを浮かべて正面にいる彼に言った。継市が答えようとするのを見て、あわてて籬は後ろの女たちに「酒を差し上げろ」と号令した。

早里は、入ってすぐ、薪を積み上げている隅の、その後ろに長剣を忍ばせていた。他の二人の剣も同じく重ねて隠してある。今日は、特に手前に大瓶が幾つも置いてあったので、八人が入ってきた時にもそんなこととは気付かれずに済んだのだった。

八人は、女の酌に気分を良くして、次から次に酒を呷った。籬は、八人以外にも随行する男たちがいるものと想定して抜かりなく酒を用意させていた。だから、戸外の鹿目と酒寄を含む八人にも酒を振舞った。鹿目と酒寄の二人は、戸外に女気がないことを詫びながら、六人の男たちには強引と思えるほどに酒を与えた。

酒が進むほどに宴が盛り、やがて小野たちも継市や籬に逆らうだけの勢いが無いと思い込んだのか、緊張もほぐれて雑然とした雰囲気に変わっていった。太迹の二人だけでなく、意恵の首長の洪打も、また神門の佐尾たちも、酌婦となっている女たちに卑猥な言葉を投げ掛けながら尻や胸を触るなど好き勝手を始めた。

早里は、籬に目配せをした。彼は周囲に気付かれないよううなずき、そして継市の肩を支えにして、少しふらつきながら立ち上がった。

「小便をしてくる」

彼は、誰にともなく大声で言った。高谷は振り向いて声の方を凝視したが、足元の危うい籬の様子を認めると視線を戻して再びとなりの女に酒を強いた。

彼は外に出た。八人の男たちが小枝を重ねて火とした周りに円座して、酒を酌み合っている姿を横目に、草むらへ向かい音を立てて放尿した。腰を振って小便をし終えると彼らが酒を呷るすぐ横を通った。ふらつき加減を装った足取りのまま、目の合った酒寄に合図を送った。

入口から戻ってくる彼を、男たちが一斉に注目した。それには構わず、今度は早里が立ち上がって、小便だと叫んだ。その声で安心したのか、また小野たちは視線を女に戻した。二人は宴席の手前ですれ違がったのだったが、素早く大きな瓶のそばに行って奥を探った。それぞれの長剣を手に取った。早里は継市のため、加えてもう一振りの剣も片手で掴んだ。

二人は低く呻きに似た声を上げ、そして同時に宴席に飛び込んだ。走りながら早里は、継市に剣を渡した。すぐに早里は、空いた片手を剣に添えて、目の前の男の一人を上から下に切り下ろした。叩きつけるような一撃を受けた男の鮮血が辺りに広く飛び散った。

籬は、一番奥に座っていた意恵の男の一人に駆け寄って、首を正面から突き刺した。男は、たまらず仰けに反り、そのままドッと背後に倒れた。女たちは悲鳴を上げ、となりの男を踏みつけるようにして逃げ出した。早里は、逃げ惑う女に邪魔されながらも、剣に手を伸ばそうとしている高谷の脳天を目がけ鉄剣を力任せに叩き付けた。彼が、もんどり打ってひっくり返った。続けて早里は、となりの神門の長である佐尾を足で蹴り上げ、海老反りになったところの首を刎ねた。早里に並んで突進するように、継市は小野の顔面目がけ体と共に剣を突き出した。眼孔を入口にして、切っ先の全てが入った後、彼は素早く剣を引き抜いた。顔面からは大量の血しぶきが噴き出し、継市の胸元まで泥のように飛び散った。

籬が間を置かず、重なるようにとなりにいた意恵の男の一人を横から払って切り捨てた。早里は、死体となった高谷を踏みつけ、踏み越えて後ろに回り、立ち上がろうとする神門の男の太ももに斬りつけた。そして、男がよろけるところの体を、下から上に突き上げた。最後の一人になったことを知った男は、出口に向かって逃げようと駆けたのだったが、継市が追いかけて飛び蹴って、男が倒れた上から串刺しした。

戸外でも鹿目と酒寄は、家の中から女たちの悲鳴が聞こえると、それを合図に草むらに駆け、隠して置いた剣を取った。何が起こっているのか解らずオロオロし、また、したたかに呑んで酔っている戸外の男たちを次々に刺し殺した。

早里は、手早く小野の頭部を切り落とした。片方の眼窩が潰れていた。血が乾いていない生首の髪の毛をたくし上げ、それを紐として木片に縛ってくくり付けた。そしてそのまま、その首を下げて海岸に走った。後ろから少し遅れて籬が付いてきた。二人は無言で舟を押し出した。太迩に向かうため海に出たのだ。

与麻は、部屋の隅で壁に向かって座っていた。彼女の半身ほどある大きさの毛皮にくるまり、その中で膝を抱え小さくなっていた。吐きそうな気分と、二度と取り返しの付かない後悔で一杯だった。もう早里に会わす顔がない、この二日間ずっとそう思い続けていた。

突然に複数の男たちの声が近付いてくるのが聞こえてきた。怒号が飛び交い、すぐ外が騒がしくなった。彼女は、恐怖が甦ってきて両手で思わず耳を覆い、さらに体を小さくした。

扉が開いて誰かが入ってきた。たった一人の足音だった。外の怒号は続いているが、足音の主は静かにゆっくりと彼女の近くにやって来た。

「与麻、迎えに来た」

少し高音の声色は早里のものだった。そのことが分かると彼女は、一層身を縮めて丸くなった。となりで立ち止まった彼が、その小さな肩に手を触れた。彼女は反射的にその手を払った。

「もう大丈夫だから」

早里は言った。そして、目線が合うように跪き、彼女の髪を静かに撫でた。

「わたし、汚れてしまった」

与麻がうつむいたまま、消え入りそうな声で言った。

「汚れてなんかいない。俺は、あの時に言ったとおりだ。却って辛い思いをさせて本当にすまなかった」

早里は、彼女の肩を両手で引き寄せ、包むようにそっと抱いた。彼女の頬からは涙が溢れ、頬を伝って膝に落ちた。

「ごめんね」

両腕でさらに包み込みながら、こんな思いなんて二度とさせないから、と耳元でささやいた。与麻は、その言葉で涙が止まらなくなった。恐る恐る細い両腕を背中に伸ばして彼にしがみついた。早里も長い黒髪と小さな肩に頬を押し当てながら抱きしめる腕に力を込めた。

しばらくして、落ち着いてきた様子の彼女を立ち上がらせ、部屋にあった毛皮を宛てがって腰に巻かせた。さらに目に止まった麻の布衣を取って戻り、彼女の背中から被せて着せた。そして、抱き上げるようにして、二人で外に出た。人が集まって籬を囲んでいるのが見えた。彼が手に提げた木片の先、首だけになった小野の姿が、人々を驚かせていたのだ。

「もう、小野も高谷も死んだ。俺たちは、これ以上誰も傷つけるつもりなどない。ただ、共に協力して平和にやっていきたい」

その場にいる者たちは、口々にとなりの者とささやき合った。

「先に行くぞ」

与麻の姿を人々からなるべく見えないよう庇いながら、早里は籬に声を掛けた。二人を認め、彼は目前の人々を掻き分け出てきた。

「そんなもの捨ててしまえ。早く戻ろう」

籬は小野の血にまみれた頭部を、彼の住居だった家の戸口の前に放り投げた。さすがに気の毒に思い、早里は一度正対して両手を合わせた。

舟が在るところへ戻る途中で、早里が案内して小川に寄った。この川は、中央部から温泉が湧き出ている。水と湯が程よく混じる辺りを足で探り、その場所で早里は、与麻を手招いて湯浴みを薦めた。彼女は、言われるとおりに身体を湯水に沈めた。

早里と籬は、彼女の姿が小さく見える程の場所まで離れて、その河原の砂利に腰を掛けた。

「これからどうする？」

「意恵に行って洪打と彼の片腕だった太民が死んだことを伝え、太迩と同じく共に協力して平和にやっていきたいことを説明してくる」

上手く治まると良いな、と早里は言った。

三人は邑に戻った。与麻は早里に耳打ちして、すぐに両親のもとへ行きたいと言った。無事な顔を見せて安心させたいことは痛いほど判ったので、彼は同行せず幾日か置いてから挨拶に行くことを伝えてもらうこととした。ただ別れ際には、この何日かの出来事は何も無かったのだから、きれいに全てを忘れよう、とだけ繰り返した。

籬の計らいで、早里は酒寄の家の居候となることとした。太迩からの帰りに話した意恵には籬と鹿目が行くこととし、酒寄は残ることとなったからでもあった。

酒寄の家は子沢山なのだそうだが、今は真登たちと角額の子市の集落に行っており、屋内はとても寒々としていた。

「まぁ、好きなところを自由に使ってくれ」

彼は、二人分の酒と肴を持ってきて、早里と自分の前に置いた。自分も座って、同じ物を食べるつもりだ。

「角額には、誰か連絡に走っているんだろう？」

「そうさ、籬が伝令を送った。でも暫くは戻らん。まだ、意恵や神門との事があるから、戻るのは先にしろと言ったそうだ。しかし、たまには一人で過ごすのも悪くないな」

干し肉を口で引きちぎり、酒を一口飲んで酒寄が笑い、そして早里も笑った。二人で談笑していると、ここに居ることを誰かに訊いて与麻が訪ねてきた。

家で衣服を着替えたらしく苧麻《からむし》で編んだ一枚布から首と肩から腕を出し、腰を染色した麻紐で縛った格好だった。髪も櫛で梳かし、後ろできれいに束ねていた。

「父と母が、是非お越しくださいと言っています。他の方々が戻るまで、ずっと私の家にいてください」

彼女は言ってから酒寄の視線を感じてうつむいた。

「美しい。いつも真登媛のそばにおられたので、こんなに美しい娘だとは今まで気が付かなかった」

酒寄は、酒で顔が少し赤かったのだが、言葉は嘘ではない様子だった。

「分かった、行こう」

早里が答えて立ち上がった。

早里と与麻とが突然やって来て、ビックリするような申し出をした初見の時には、娘はもう駄目なのかもしれないと半信半疑だった芦品《アシナ》と手名《テナ》であったが、早里が約束したとおり無事戻り、更に彼が誠実そうな男子であることを娘から聞くに及んで、父母としては婚姻相手が見つかったことを実感したのか、却って彼を下にも置かない歓待ぶりなのだった。

「こちらへお座りください」

芦品が言った。

「さぁさぁ、どうぞどうぞ」

手名も早里の背中を押して、炉の中央の上席に彼を誘った。

「狭いですが、みなさんが戻られるまで、ここを我が家と思って留まってください」

芦品はとなりに来た彼に、米を発酵させて造った酒を注ぎ、手名の用意していた魚の蒸し物を勧めた。

「ほら与麻、食べやすいように骨を取って差し上げなさい」

彼女は母親に背中を押され、早里のとなりに座らされた。

「けじめとして、もう一度お願いしておかなければいけません」

彼は正座に直り、二人を交互に見た。

「与麻を妻にします。今まで仲間と一緒に棲む場所を探してきましたが、この近くに家を構えて彼女と暮らしていこうと思います。それを許してもらえますか？」

早里は丁寧な口調で、しかも一言一言はっきりと言った。

「ありがたい、ありがたい。あなたさまのおかげで与麻の命も助かった。どうか娘のことを末永く宜しくお願いします」

両手を擦り合わせるようにして手名が彼を拝んだ。

「この邑は、俺が乱暴を働いたこともあって、今も厄介なことに巻き込まれています。だから、本当の意味で二人が落ち着けるのは、まだ少し先のことになるかもしれませんが、それでも大目に見ていただけますか？」

手名は芦品のとなりに行き、夫を見て、娘を悲しませるようなことにならないよう、どうかご無事にお過ごしください、と再び彼に向かって掌を合わせた。

邑に戻ってから三日目の太陽が真上に届く前になって、籬と鹿目が意恵の地から戻ってきた。継市のところには、これを聞いて、酒寄はもちろん早里や邑に残っている男たちの多くが集まった。

「意恵は、ほとんどの者が引き払ってしまっていた。残っていたのは老人たちだけで、彼らが言うには若い者たちは元々の領地である神門まで戻ったということだった」

籬が、見聞きしてきたことを説明した。

「意恵の洪打や太民、それに神門の佐尾や彼に仕える主だった三人を我々が討ったことは、向こうじゃ既に知っていたのだな」

酒寄が身を乗り出して籬に尋ねた。

「意恵から神門まで撤退した訳だろ。それじゃ、いま彼らは、何を考えているのだろう?」

「たぶん、俺たちとの戦いを準備していると思う」

継市は、首を傾げた早里の真意を量るように、彼の目を見て答えた。

「でも、四人はもういないんだぞ。そんな指導者が、まだ残っているのか?」

早里は継市に訊いた。

「神門の佐尾には息子が三人いる、きっと彼らを立てて、巻き戻しを企てることだろう」

継市が、早里だけでなく、集まった男たちに向かって答えた。

「それで、俺たちはどうする?」

男の一人が言った。

「今度こそ、本当に和解を申し出るべきだと思う」

早里は、呟くような声で言った。

「そんな事が出来るのか？」

早里のとなりにいた酒寄が、彼の肩を揺すった。

「いや、それこそ正解だと思う」

籬が、継市に向かって言った。

「でも、今さら俺たちのことを奴らが信じるか？　難しいだろう、和解しようと言って、呼んで殺したのだぜ」

鹿目の言葉に、何人かの男たちがうなずき、口々にそうだ難しいと言った。

「……分かった。それじゃ俺が、その三人に会いに行って、説得できるかどうか試してみよう」

今度は早里が、大きな声でハッキリと言った。対話で和解できるのなら、それに勝るものはない。誰も彼も、自分が死ぬかもしれないというのは理屈抜きに怖いのだ。できれば、穏当に変わらぬ暮らしを続けたい。今日ある物が明日もあって、今日いる人が明日もいる。そんな生活に落ち着きたいのは早里も同感なのだが、理由もなく何かの拍子にバランスが崩れると自分の感情を制御できなくなるところがある。そんな激情的なところは良く解っているつもりだったが、その一線を越えるか越えないかという境目では、いつも過激な方向に走ってしまう自分もいた。今回も黙っていられなくなって、感情に任せて発言し、あげくの果てに自分が先駆者となることを約束してしまったのだ。何だかひどく後悔している。重い足取りで芦品の家に戻ってきた。

「また俺から継市に進言して、神門へ出かけて和解を申し入れることになった。相談もせず勝手にやってしまった、ごめんな」

家屋の外に与麻を連れだして説明した。彼女は、大きな息をついた。そして、自分から歩み寄って、彼の胸にすがりついた。突然のことに戸惑いながら、早里も彼女を包むように手を伸ばして抱きしめた。早里の鼻孔のちょうど下には彼女のうなじがあって、若い女性の髪の毛と生肌の醸す柔らかくて甘い匂いを感じた。息を吸うたびに安らいだ心地が拡がった。

「おやおや、明るいうちから仲が良いこと」

外から帰ってきた手名が、二人を見つけ口元を押さえながら笑った。

「違うの。早里が、今度は神門へ、和解の交渉をしに行くことになったの」

彼女の言葉に、手名も事の重大さが理解出来たのか、浮かべていた笑みが消えた。

三人で家に入ると早里が芦品に説明した。二人は不安そうな表情で見つめていたが、芦品は話し合いで解決できる方法に心当たりがあると言った。

「何なの心当たりって？　どうしてそんなふうに冷静なの？」

与麻が身を乗り出した。

「どのような状況になっても剣を使わないと約束してもらえませんか？　佐尾の長男は、父親より乱暴者らしいのですが、しかし男気は人一倍ある奴ともっぱらの評判です。傷付けたり殺したりすれば収まるものも収まらなくなるでしょう。斬り合いさえ避けることができれば、お互い手打ちも適うかもしれません。武器は捨てて素手だけで向かうことです。そうすればどちらも死ぬようなことまでにはならないでしょうし、彼の男気も動くと思います。

また収めるならば、鉄造りなどの全てを伝授すると言うのです。神門は、昔から我々のそれが欲しくて仕方なかったのです。意恵にいた私たちを襲ったのもそれが第一の目的でした。それを自分たちの物にしたかったのでしょう。鉄器は、それまでも交易によって入手出来ていましたが、彼ら自身では造ることが出来ずに嫉ましくて邑を襲ってきました。だから、それを条件にして、交渉してみたらどうでしょう?」

早里は、奥に置いてある子市から貰った白銀の長剣を取り出してきて眺めた。鉄器や鉄の剣は強靭で素晴らしいとは思うが、彼らが熱望する程のこだわりが彼には無い。

「分かった。持っていっても決して抜かず、そのまま三人にくれて遣る。また、そのことも言ってみる」

無事に戻ってくることが出来るのかどうか、女二人は悩ましそうな表情で見守りながら男二人の会話を聞いていた。

神門の邑までは籬と早里で来た。意恵の地を過ぎ、巨大な水海《みずうみ》の外周を東から西に回り込んで引佐《いなさ》と呼ばれる砂浜地帯手前の泊を選んで舟を上げた。その引佐から山地に入った辺りに神門の邑がある。

今度は、仕留めた佐尾たちの首など持参していない。この後、事と次第によっては、継市たち去場に残った者の手で、取り引きに使うこととなるかもしれなかったからである。

山に入り、辺りは鬱蒼とした広葉樹林がひしめく空間となった。どこからか弓矢で狙われれば、二人はきっとひとたまりもないだろう。籬は、責任者として同行してきたが、少しの物音でも心臓が口から飛び出しそうだった。鼓動が早くなっているのを感じながら彼は歩いた。しかし、早里は度胸が据わっているのか自信があるのか、それとも鈍感なのか、平然とした様子で辺りの景色を楽しむ雰囲気すら漂わせて進んでいく。

「よく平気な顔をして歩いているな」

籬の言葉が終わらないうちに木々の揺れる音がした。

「待て、お前たちは誰だ？」

叢の向こうからの声に続いて、バラバラと男たちが二人の前に飛び出してきた。

「俺たちか？　俺は早里、こっちは籬だ。去場から神門の佐尾の三兄弟に会いに来た」

眉一つ動かさずに姿勢だけは正して言った。

「ほう、去場の者か。どんな用事だ？」

「会ってから話す。そこを開けろ」

早里は、背筋を伸ばしたままで男を叱った。

「俺がその振武《シンブ》だ。ここで、その話というのを聞こう」

一人の長身の男が、一歩出て早里の前に立った。

「分かった、でも一人だけじゃ駄目だ。三人に揃って会いたい。お前が俺たちを連れていってくれ」

早里が振武にそう言うと、男たちは、バカかこいつは、という顔をした。そして、振武と男たちは
二人を見張りながら集落の入口までやって来た。そこまで来てから早里が、俺一人で中に入るので籬は外で待っていてもらう、と振武に告げた。彼も良かろう、と言って男三人を籬と共に残し、振武と早里、それに男二人で敷地を進んだ。

「ここだ」

顎で示したので、早里もうなずいた。

「剣を預からせて貰おう」

振武は手を差し出した。

「良いよ」

早里は、剣の入った革袋を目の前に突き出した。彼は受け取りながら、やっぱりお前はバカかという表情でほくそ笑んだ。

「お前が父を殺したのか？」

連れてこられて長男の貫武《カンブ》が、まず早里にそれを尋ねた。早里は、彼の口調が思っていたより淡々としていることに、少しは勝機があることを感じた。

「そうだ、俺がやった。ただ正確に言うと、太迹の小野と高谷の理不尽が許せなかった。お前の父や意恵の洪打は、二人に肩入れして俺たちの怒りを買った。手に掛けた八人のうち、本当は話し合って済ますことができた奴がいたかもしれなかったが、やらなけばこっちがやられていた」

早里は、貫武の目から一度も視線を外さず、ゆっくりと語った。

「それだけか？」

彼が言ったので、今はそれだけだ、と早里が答えた。

「これではっきりした。こいつが親父を殺したのだ」

貫武のとなりに座っていた振武が、長兄に顔だけを向けて言った。

「そういうことだな。しかし……」

「しかし？　何だ？」

「俺も前から、あの小野という男は大嫌いだった」

二人の会話に割り込んで、佐尾の三男である巽武《ソンブ》が言った。

「そうだ、顔を見るのも胸糞が悪かった。自分だけ楽をすることと卑怯な方法しか考えないアイツとは、ずっとそりが合わなかった。働きもしないで周りの者から何だかんだと言って物を取り上げる。押さえつけられていた太迩の者たちが可哀そうだったよ。それを良いことにして、居丈高に理屈っぽく物言う高谷も下種野郎だ。だから親父に、太迩と手を組むのは止めろ、と何度も言った」

貫武が、三男の意見を引き受けるように言い捨てた。見知らぬ早里に上と下の二人が同じ意見を吐露したものだったから、振武は不満気な表情で土を蹴った。

「本当のことを言うと小野や高谷は、俺がこの手で殺してやりたいほどだった」

貫武が構わずに続けた。

「でも、意恵の洪打や太民、親父の片腕の輪黄と多比それに茉利をこいつは殺したんだぜ。それはどうする？」

振武が、大きな声で言った。

「そうだ、そこでだ……」

早里は、次に何を言い出されても甘んじて引き受ける覚悟だった。

「どうしたら手打ちになる？　でも、去場の者が元々住んでいた水海《みずうみ》の東の意恵だけは還してもらいたい。それだけは俺たちも譲れない唯一の条件だから承知してくれ、どうだ？」

次男の振武が、目を吊り上げて早里を睨んだ。

「ほう、どさくさ紛れに好きなことを言うな？　俺たちとの手打ちだけでなく意恵も寄こせってか？」

貫武が、怒鳴る振武を手で押さえた。

「寄こすもなにも俺たちは既に意恵に入って占拠した。仲間は、ここでの成り行きやお前たちの動向の報せを待っているだけさ。だから俺と籬がここに来た、一応の筋は通すつもりでな」

早里は怒鳴り声を物ともせず、しごく当然だという口調で彼に向かった。

「まだ戦うというのなら仕方ない、徐市《ジョフツ》の子孫である継市たちが受けて立つだろう。俺は彼の縁者でも何でもないが、ちょっとした縁で助力した。ついでに、今もこうして両者の仲裁を買ってきた。だから大人しくこんなふうに言っているけど、お前たちはきっと皆殺しの目に遭うぞ。去場も相当な被害を出すかもしれんが、つまり共倒れになるということだ」

早里の言葉には貫武が黙り込んだ。次男と三男は心配そうに長兄の顔色を窺った。

しばらくして振武が、顔を紅潮させて言った。

「しかし、このまま言うことを聞いて、曖《ハイ》そうですかってなったんじゃ、今度は俺の顔が立たない。……分かった、俺とお前で勝負しよう。勝った方が神門水海《かんどのみずうみ》の全部を治めるという勝負だ。去場が俺たちに従うか、それとも俺が負けて神門が継市の傘下になるか、二つに一つ、どうだ？」

「良いよ、それで。その代わり、お互い結果については恨みっこなしだ。もしも負けたからって、やっぱり我慢できないと斬り合いを始めるのは、結局は命を粗末にすることで大バカ者がすることだからな」

早里は、さぁ、約束しろ、と三人を睨んで宣告した。

「ほざくだけほざいたな。おせっかいなお前こそ死んでも俺たちを恨むなよ」

貫武が表へ出ろと言った。

「……、貫兄ぃ」

心配そうに三男の巽武が長兄の腕を掴んだ。

「騒ぐな、お前たちは手を出すなよ。それに決着がついたら、さっき俺が決めたとおりにしろ。絶対だぞ、巽武」

貫武は、弟たちに言い放った。そして、戸外に出て貫武は自分の剣を取った。それから振武に、武器を還してやれと命じた。彼は手にしていた長剣が入った袋を早里の足元に投げて寄こした。

「俺は要らない、そんなものは使わないさ」

早里は、芦品が言っていたとおりに革袋に近寄って、草むらの方へ蹴り飛ばした。

「生意気な」

貫武も手から剣を放り出した。早里は、雄叫びを上げながら突進した。彼も迎え撃つよう腰を落とし、握った両拳に力を込めた。早里が飛び蹴る仕草を見せた。それを受けるよう両手を前面で交わす貫武に対し、早里は飛ぶことを止め、下から膝を彼の腹にぶつけた。構える両手の下から彼の下腹に直撃させた。貫武はのけぞった。その怯んで両手を開いた隙に、首を掴んで腰から落とした。ただ引きずられ、早里も一緒になって地面に倒れた。下になった貫武が、早里を蹴り上げた。蹴り飛ばされて宙を舞い地面に背中を打ちつけた。のろのろと、二人はそれぞれ立ち上がり、そして素手で相手を打った。早里が殴った。貫武が殴った。とび蹴り、足払いを喰らわせて倒れては起き上がり、押しつぶして血飛沫が飛び散った。

お互いに顔をボコボコにして再び土の上に倒れこんだ。腫れ上って、早里も片目が開けられなかった。しばらくして、貫武が口の端を手の甲で拭いながら立ち上がった。

「……お前には感心した」

仰向けのまま荒い息をしている早里の様子を上から眺め、穏やかにそう言った。

「振武、巽武、お前たちが証人だ。見ていたとおり引き分けた。だから、去場で八人が殺されたことは忘れることにする。いいか、お互いに非があったための不幸な出来事だったと心得えろ。意恵の地も彼らに還す」

無理やりに承知させる口調で二人に言って、そして寝転んだままの早里に手を差し出した。

「誰か、邑の入口で待っている男を呼んできてくれ」

貫武の手を借りながら立ち上がり、そう早里が言った。

神門邑の男の一人に伴われながら籬がやって来た。早里は、重い瞼の隙間から、継市たちに和解が叶ったことを伝えて欲しいと彼を見上げた。貫武と早里の傷ついた顔を見て、何かを言い出そうとしたが、その言葉を飲み込み、そしてただうなずいた。

再び籬が継市たちと共に神門の邑を訪れたとき、そこからはすでに早里の姿が消えていた。貫武は、彼がお前たちを迎えに一度帰ったのだと思った、と言った。それから程なく、継市たちが到着したものだったから、あいつはどこへ行ったんだろうと反対に尋ねた。

「俺はあいつが気に入ったので、義兄弟になって神門に留まって欲しいって話していたところだった」

籬は、早里が去場へ初めて来た時のことを思い出した。フラっと来て、応接した酒寄に子市から託された家宝である銅剣を渡し、休む間もなく邑の困難を知ると構わずおせっかいにも首を突っ込んできた。勢いだけで突っ走るところがあるが、ただ暴れだすと鬼神の如くに容赦なく振る舞う彼のそんな姿を脳裏に浮かべた。

「聞くところによると、仲間たちを残してきているそうだから、ちょっと会いに帰ったのだろう」

貫武が、継市や籬、それに鹿目や酒寄の顔を見て言ったが、ひょっとしたら二度と戻っては来ないような気もして泣き笑うような表情になった。

「早里にはやっぱり敵わないな。……今度のことでよく分かった」

彼こそが主の器だと継市が呟いた。

「嗣子《しし》、……」

鹿目は、何かを言おうとしたが、上手く言葉が続かなかった。

「主早里《シユサリ》、か？」

酒寄が言った。

「お前たちが主に仰ぐと言うのなら、俺も共に彼を担いで生きてみたい気がする」

貫武が言った。

「主早《シユサ》、スサ……」

語感を確かめるように籬もつぶやいてみた。

その頃、早里は、一人で気ままに神門水海のど真ん中に浮かんでいた。無断で小舟を拝借してきたのだ。意恵に向かって外海に出て、それから岸に沿って去場まで戻るつもりだった。

照り返しの輝きが、水面をゆらゆらと漂っている。波も無く、静かで大きな籠の中にいるようだ。なんだか全身から力が抜けてとても心地良くなった。手にしていた櫂を舟に上げ、人ひとりと同じ程の広さの舟上に寝そべって両手を伸ばした。目を瞑るとそこには眩しい程に真っ赤な景色が拡がっていた。

「生き返るなぁ、いい気持ちだ」

あくびをして、そしてまどろむうちに彼は穏やかな眠りの中に落ちていった。

十

早里《サリ》は、一人でのんびりと舟を漕いで、神門水海《かんどのみずうみ》の幾筋にも複雑に分かれる水路を渡った。そして外海に出てからは意恵《おえ》の地を横目に、その海岸線に沿って去場《いぬば》の泊《とまり》に戻ってきた。すでに、月が中天を占める夜半になっていた。

「途中の午睡が長すぎたか」

眠気に負けて、落ちる時は何とも気持ちよかったし、目覚めてからは疲れの溜まった体も頭もすっきりとして爽快な気分になれたのだった。しかし、空腹が身に染みていた。

芦品《アシナ》と手名《テナ》の家は、中心の炉に仄かな火が残っているだけで、ひっそりとしていた。彼の入室に、横になっていた与麻《ヨマ》が、まず気付いて半身を起こした。

「早里！」

彼は、自分の唇に人差し指を当て、彼女の父母を起こさないよう悟らせた。

「真登《マト》さまから首尾を聞いていたから、今か今かと帰りを待っていたのに、一向に戻ってこないから心配したわ」

薄明かりの中、彼のそばまで来てささやいた。

「ごめん、神門の貫武《カンプ》に引き留められて、ずるずると今日まで留まってしまった。継市《ツグツ》が改めて神門《かんど》にやって来たから、やっと抜け出してきた」

早里は、与麻の細い肩を引き寄せ、柔らかに抱擁した。

「心配したわ。籬《リ》も無事を報せに来てはくれたけど、それからの様子が判らず、堪らなくて、不安で、すぐにでも会いたくて、とにかく気が気で無かった」

彼女も近寄って彼を強く抱きしめた。顔を胸に押しつけながら涙ぐみ、終いには泣き声になった。

「ごめん、ごめんよ。もう、二度と心配を掛けないから」

細く柔らかい彼女の髪に、そっと唇を寄せた。そして、実は腹ぺこなんだと言った。早里の胸元から顔を上げ、手の甲で涙を拭って彼女が笑った。

「分かった、ちょっと待ってて」

与麻は戸外に出て、一連にして吊り下げてあった干し魚を持って戻った。

「炉に火を熾すから、とにかく炉端の枝にこれを差して炙って」

彼に数匹の小魚を渡してから家内に積んでいた木片を炉に足した。さらに陶器製の平鍋に瓶からの水を差し、麦を一掴み入れて炉端に置いた。

火の勢いが増し始めて、奥に並んで横になっていた与麻の父母である芦品と手名が目を覚ました。

「無事に戻ってきたのか？」

芦品が言った。

「良くぞご無事で」

手名が言った。

「勝手してすみません、ご心配をお掛けしました。言われたとおりにしたら、上手く収めることが出来ました、ありがとうございました。しかし、もっと早くに戻るべきでした、遅くなって本当にすみませんでした」

奥にいた二人も炉端に来た。与麻は三人の会話を聞きながら、早里が炙りかけた小魚の焼き具合を確かめ、さらに鍋を火に掛けて麦を茹でながら涙を拭った。

翌朝は、与麻と二人で継市の家を訪ねた。もちろん、継市の妹である真登しか居残っていないことは承知だ。

「神門とのことはみんなも感謝しています。何と御礼を言って良いのか分かりません」

開口一番、彼女は彼に頭を下げた。それから侍女であった与麻に向き直り、身代わりになどさせて申し訳なかったと言った。

「媛《ひめ》さま」

与麻は、涙が溢れそうになって、目頭に手を当てた。

「ところでみんなは、この去場から元の意恵に戻って住むことになるの？」

早里は、聞きたかったことを尋ねた。

「それなのです。みんなは喜んでいるのですが、私はこの地が却って気に入っています。出来れば残って暮らせないかと兄が戻ってきたら言うつもりです」

真登が、どう思いますか、という顔をした。

「継市は、きっと一緒に来いと言うだろうね」

「でも媛さまのお気持ち、何となく私には解るような気もします」

早里と与麻が、そうお互いに言ってから顔を見合わせた。真登が二人を見て笑った。

「ずいぶんと仲が良いこと」

「そんなんじゃないんですよ」

早里は慌てて打ち消したが、与麻は頬を染めてうつむいた。

「とにかく、この去場も子市王《シフツ》や継市嗣子《しし》たちが元々住み始めた意恵の地も全部が安堵した。神門もこれからは友好的に共同すると約束したし、去場から神門水海の東西両岸である意恵と神門に架けて小さくはない村となるはず。多種の交易品も扱えるし、あの鉄の生産も可能になるのじゃないかな？」

早里は、漠然と思っていたことを口にした。

「……早里の言うことは分かります。確かに私たちは製鉄の知恵を持っています。特に先代先々代から伝授された専門の者もいます。……しかし、鉄を造るということは争いを助長するということ。それは人々に殺し合いをさせるということにはなりませんか？」

それが私には恐ろしいのです、と真登が言った。

「武器を造って交易するということは、人として間違っていると思うのですね？」

真登は、ゆっくりとうなずいた。

「ところで、ちょっと回りくどくなってしまったけど、媛が元のところに移られるかもしれないのと同じくして、俺も神門の邑で住まないかと言われた」

「そんなこと、私は聞いてないわ。どこの誰が言っているの？」

与麻は、彼から出たいきなりの言葉に声を上げた。

「ごめん、いま初めて言った。でも、それを二人に相談したくて、さっきから違うことを話題にしていたのだけれど、本当は俺自身のことを相談したかった」

「神門が来いと言っているのでしょうか？」

真登が、怒り出しそうな雰囲気の与麻の手に手を重ね、彼女を制しながら尋ねた。

「それは強制じゃない。神門の長だった佐尾《サビ》、俺が殺しちゃったけど、その長男の貫武《カンブ》と殴り合った。二人とも立てなくなって引き分けた。その後みんなで手打ちしたが、思いっきり酔って意気投合し、どんどん話が弾んで、これからは一緒に神門を盛り立てていかないかって言われた。だから、どうしようかって迷っていて……」

与麻も夜が明けて、彼の目の縁に青い痣があることに気付いていた。それが気にはなっていたのだったのだが、今はそれどころではなかった。

「私たちは、それでどうなるの？」

今度は、真登も彼女を止めたりしなかった。

「もちろん、行くなら一緒さ」

ためらいながら言う彼に与麻は黙った。

「神門で早里は長になるのね？　ねえ、それも悪くないんじゃない？」

真登が、考え込んでいる与麻へ、同意を求めるようにそう訊ねた。

早里が戻って三日目に、荒東《アラト》、忍羽《オハ》、宮《ミヤメ》と二匹の犬の大根《テネ》、耳耳《ミミ》が去場に帰ってきた。

彼らは状況が判らなかったので、まず出帆前に謁見し、慌ただしく後にした長の住まいを訪ねた。

だが、主《あるじ》である籬が不在だったので、応接に出た花卯《ケウ》という女が、早里の居る芦品の家に三人を案内して連れてきた。家の近くまで来ると匂いを嗅ぎ付けた大根が猛烈に駆け出した。激しく尻尾を振り、その戸口を前足で掻いて甘えた声で吠え続けた。

扉が開き、早里が出た。

「おう、大根、久しぶりだな」

彼は、大きな犬の首を抱きしめ、顔中を舐められるのも構わず、その長い鼻に頬擦りを繰り返した。

「おい、帰ったぞ」

やっと追い着いた荒東が笑顔で言った。

「おぉ、荒東、それに忍羽、宮、無事に戻ってきたな」

「お前こそ無事だったらしいな。死んでいたら、どうしようかと思ったぞ」

　忍羽が言った。彼の後ろで耳耳と一緒に立つ宮が頭を下げた。案内してきた花卯が、早里に挨拶をして帰っていった。

「みんな良かった。狭いところだけど、まぁ、中に入ってくれ」

　早里が一同を中に招き入れた。入ってすぐに与麻が立っていた。

「狭い家で、本当に悪かったわね」

　彼らの会話が聞こえていた彼女が言った。早里は、右手で拝むような仕草をして、えへへと笑った。

「みんな聞いてくれ、俺も妻を貰った。引き合わせるのは初めてだったから、紹介する。ここの真登媛に仕えていた与麻だ」

　彼女は、早里に一人一人の名前を教えてもらいながら挨拶を繰り返した。与麻の父母である芦品と手名も戻り、男女三人と二匹の犬を加えた晩餐は賑やかに、和やかに、そして楽しく過ぎていった。みんなが、まるで旧知の仲の者のような雰囲気を醸し出せたのも芦品と手名、それに与麻の人柄の賜物なのかもしれなかった。

「志良は元気だったぞ。お前が暴れたことなんかも全然気になんかしていなかったし、またモシリの邑の者たちも、お前のことは遠い昔の出来事だという様子だ。だから、もし将来、お前が訪ねたとしても、きっと拘りなんか何も無いさ。それが判っただけでも行ってきた甲斐があった。それから、何よりもビックリしたことがあった。志良の息子の、あの咲良が小根と娘の手古と三人、俺たちが居たホヤウ湖の近くで一緒に住んでいるそうだ、人って判らないもんだな。なぁ、早里？」

以前、忍羽から荒東の気持ちを聞いていただけに、早里も荒東の想いは複雑だっただろうと感じた。

しかし、感情を表に出さないよう無言で応えた。

「もう一つ大切な報告がある。お前たち同様、この忍羽と宮も一緒に暮らすことになった」

誰もがしばらく沈黙した。耐えきれなくなった宮が、そういうことなの、と両手で顔を覆った。

「忍羽、良かったな！　おめでとう、宮」

早里は、上ずった声で言ってから、となりの与麻と見合わせた。

「荒東だけ一人じゃない。いつまでもそのままでいる訳にはいかないよね？」

そう言ったのは忍羽だった。

「俺？　俺は、いいんだ」

荒東は、ちょっと泣き笑うような目線で、それだけを言った。

「早里、あんたの武勇伝を聞きたいわ」

宮が、話題を変えようとして言った。

「そうだよ。とても無事ではいないと思っていたぞ」

荒東は、是非とも聞きたいと付け加えた。

「手打ちだといって宴席を設けたが、来たのは太迩《たに》の小野《シヨウノ》や意恵の者、それに神門の佐尾と配下たちの八人だった。こっちは俺と継市と籬の三人だ。その八人には手打ちだと言って、思いっきり酒を飲ましたさ。最初は警戒していたのだけれど、そのうち安心して飲み食いし出した。彼らが酒に酔って乱れ始めた頃合いを見計らって、まず籬が小便に立った。戻ってきて代わりに俺が小便をしに出る振りをして入口付近で入れ違った時、置いていた酒瓶の奥に隠していた剣で斬りかかった」

「表にも太迩の者が来ていたのだろう？」

荒東が尋ねた。

「そうだよ、でも彼らにも、戸外だったけど酒肴を振る舞っていたから、同じように酩酊し始めていた。騒ぎが外に洩れる前に、とにかく迅速にやるしかなかった。三人が剣を手に、めちゃくちゃに斬りつけたら案外すんなりと片付いたのさ。騒ぎに気付き始めた外では鹿目《カノメ》と酒寄《シュキ》が、八人の供として来ていた六人を片付けた」

「早里は、モシリでの時のように、やる時は徹底的にやるからな。しかし去場の連中も、お前に負けず酷いことするね」

忍羽が、ため息交じりに呟いた。

「お前たちが聞きたいと言ったから、話しているんじゃないか。話すの止めるか？」

ふくれっ面になった早里を荒東が宥めた。

「そのモシリでのこと、というのは何？」

与麻が、丸い瞳で早里を見つめた。

「あぁ、あ……」

黙ってしまった彼に代わり忍羽が続けた。

「早里の親父、亜里《アリ》と言うのだが、ここへ来る前にそこで殺された。それに激怒して、早里は亜里を手に掛けた連中を皆殺しにしたのさ。もともとは、俺の親父が原因で亜里が巻き込まれ、その二人と同じく俺の母さんや宮の姉さんも殺された。だから、荒東と四人でそこから逃げた」

少し困ったような表情になりながら、忍羽が与麻に説明した。彼女は、忍羽、宮そして早里の顔を順番に見た。

「与麻にはまだ話してなかった、ごめんよ」

彼女は黙って静かに首を横に振った。

「さっきの話の続きだけど……、まず意恵の様子を籬と鹿目が見に行ったんだが、すでに洪打《ホンプ》と太民《タミ》の死を聞いたらしく、元々いた神門に逃げて人がいなくなっていた」

与麻が、太迩《タニ》で人質に捕られていたことにはひと言も触れなかった。彼女は気遣ってくれる彼に胸の中で手を合わせた。

「そして、籬と二人で神門水海の西にある神門の邑まで、今度は本当に和解の申し出をするため行ったが、そこには佐尾の息子たち三人がいた」

「しかし、お前は怖いということを知らないのか？　みんなのために一肌脱ぐという男気は認めるけれど……」

荒東のため息が大きかったので宮も忍び笑った。

「とにかく、その次男がだな、和解などもっての外、俺たちを許さんと言う訳さ。でも、長男と三男は話を聞いてくれる雰囲気だった。そのうち、長男の貫武が一対一で決着を付けよう、勝った方がこの神門水海全域を治める。去場が負けたら神門に従う、神門が負けたら継市傘下になる、って言い出した。彼は力がありそうで、ちょっと拙いと思ったから、長剣は放り出した。素手の方が、怪我だけで済むと思ったからな」

「それで殴り合った訳だ」

忍羽だった。

「そのとおり」

早里が、目の縁の青痣に手を当てた。

「手打ちが整った、ということだな」

荒東が言った。

「その後、貫武が留まれと言ったから、食事して寝て食事して、ダラダラと過ごしていたんだ。もっとも、瞼も腫れ上がって前を見るのも不自由だったから丁度良かったのだけれど、帰ってくるのが遅くなったという次第です」

となりの与麻への言い訳がましく、荒東たちが北行している間の話をそれで締めた。

「そうか」

忍羽が言って、宮はお疲れさまでした、と手を叩いて早里を労った。

「ここから相談なんだけど、その貫武が神門水海の西の邑に越してこないかと言っているんだ。与麻とはすでに相談したが、もし行くとなったら一緒に向こうで落ち着かないか？　もちろん、この去場が良いなら継市や籬に頼むから、とにかく長かった俺たちの旅も、この辺りで終わりにしようよ」

「最後のその言葉、俺もそれには賛成だ」

荒東が即答した。

「そうだな、別に宛てがあるわけじゃないし」

忍羽だった。

「その神門の邑って、良いところなの？」

宮が、興味津々な表情の目をした。

「そうだな、景色は日美《ひみ》の邑と良い勝負かな。海も水海もあって、夕日が海の向こうに落ちてゆくのは美しい。魚は日美も豊富だったから、食べ物は同じくらいかな。とにかく他所との交易が盛んな邑だよ」

「早里は、神門へ行って何がしたいの？」

与麻は、尋ねたかったことを口にした。

「神門から出す交易の舟に乗って、いろんなところに行ってみるかな。与麻も良ければ俺と一緒に出掛けようよ」

継市や真登、そして自分の先祖が住んでいた大地、さらにまだ見ぬ他の地など、それが目の前に浮かぶように思えた。早里の言葉に、何だか彼女も彼と同じ夢を見ることが出来る気がした。

十一

漢が韓半島中北部を占拠したので混乱が起こり、それまで暮らしていた韓民族が南部へ逃避するため移動した。そうなると南部を拠点としていた小国群の意富駕洛《オホカラ》、金海駕洛《キムヘ》など古からの駕洛民族は、さらに南端へ追いやられ、独島《つしま》を含む海岸・海洋地域でひしめき合うしかなくなった。

「お前たちは、早く母さんと行きなさい」

意富駕洛の一部族の長である金贊宇《キムサンウ》が、新たな拠点を求める移動を始めるところだった。

「硫砒《ロンヒ》小父さんが、私たちと一緒なんでしょう?」

贊宇の長女の與明《ヨミ》が訊ねた。

「あぁ、先に出発してくれる約束になっている」

彼は贊宇の筆頭組頭で、今回も護衛の役目も兼ねて贊宇の家族や部民の女子どもと共に先発する。

秦韓《しんかん》が建ち、その境界に接する地域に住む金海駕洛の部族が、さらに南に押しやられつつあった。

そのため、玉突き式に彼らの邑への侵攻が、日に日に激しくなってきた。

『今度は、とうとう故郷を離れることになってしまった』

贊宇はこの数日来、一族の多数で話し合った結論、南端の先に在る離島を住まいにすることに至ったことを思い返してはため息をついた。

「ご先祖様に顔向けが出来ない。きっと、いつの日にか、この墓所の在る地に戻ってくる」

事実、彼の代になってから今回で三回目の南下だ。しかも、とうとう海を越えなくてはならなくなるのだ。

與明たちが先発した。彼女たちが森から海岸に出る頃合いになって、母親である采明《ハンミン》が、顔色が悪いけど大丈夫かと娘に声を掛けた。

「ええ、歩くのはどうってことないけど、さっきから凄く頭が痛くって仕方ないの」

與明は、大きな岩の近くで腰を下ろした。その様子を見て、硫砒が五十人ほどの一行に休憩を告げた。海岸に出る前、外敵から身を隠せるとしたら、ここが最後の場所でもあったからだった。

「小父さん、さっきから痛みと一緒に変な光景が頭に浮かぶの……」

彼女は気遣ってそばに来た硫砒を見上げ、どう思われるかも構わず正直に言った。

「何が見えるというのか？」

「舟が燃えているの。黒い煙を上げ、燻っている様子が目に浮かぶのです」

彼は嫌な予感がしたので、同行してきた男の一人である犀梨《サイリ》に、脱出のために用意した舟を隠して停泊させている場所の様子を見に行かせた。海岸の先を回りこんだ小さな泊《とまり》にそれらがあるのだったが、しばらくして犀梨が血相を変えて戻ってきた。

「大変だ、一艘が燃えていた。周りに五人の男たちがいて、離れた二艘も燃やそうとしている」

「何てことだ！」

彼は、後から来る賛宇の指示を仰ぐ時間的な余裕がないと考え、護衛でいた犀梨を含む五人の男たちを集めた。

「船着場に先回りした奴らがいる。俺たちの舟に火を点けている。向こうは五人らしいから、とにかく俺たちで何とかしよう」

一緒に来いと男たちに声を掛け、手に弓矢と長剣を持って、硫砒が走った。奥まった泊を見渡せる森の崖まで来ると、そこで腹ばいになって下の様子を覗き見た。

確かに五人の男がいた、服装と装飾品から金海駕洛の男たちだった。しかし一艘の燻ぶりも収まって、黒い焦げ跡を残している程度なのだった。他の二艘はまだ無傷だ。どうも舟材が湿っていて、上手く炎上しなかったみたいだ。それでも火を点けようとしているらしく、浜では男たちが話し合っている。

三人が一組になり二手に分かれることとした。左右から一斉に射掛けるつもりだ。山の斜面を迂回して、浜に続く木々と草むらに身を隠しながら慎重に近づいた。仲間が揃った時期を見計らって硫砒は片手を挙げて合図を送った。

小さな浜辺だったから、彼らも身を隠す場所などは無かった。双方から六人が放った矢は、男たちの体に次々と命中した。一人は胸に、一人は顔に、鉄鏃の矢を受けて、もんどりうって地に倒れた。足や肩に当たっただけで逃げ惑う者たちを目がけ、硫砒は剣を手に駆け寄った。別の三人は、さらに弓を射掛けて二人に命中させた。残った一人の男の首筋に彼が剣を叩き付けた。線を描いて鮮血が迸り、為す術も無かった男がその場で倒れた。その男に剣先を突きつけたが、既に絶命していて身動き一つしなかった。犀梨たちが倒した男たちも息のある者は一人も無かった。

硫砒は、男二人を女たちのそばに戻した。あとの二人は、周辺に怪しい者が残っていないか哨戒させた。それから彼は、犀梨と二人で舟の具合を確認した。

「一艘は駄目だな」

彼の見立てに犀梨も同意した。そばに在った二艘は無事だが、これだけだと全ての者が舟には乗れない。

「とにかく後続を待とう」

五十人の男女は海岸近くの岩陰で待機した。ただし、後発の男たちが追いついたのは日も落ちてからだった。

「どうしたものか？」

到着した賛宇は、硫砒から舟の状況を聞いて、主だった男たちを近くに集めた。

「二回に分けて海を渡るか」

組頭の一人である金柑玄《キムカンゲン》が言った。

「後方の具合はどうだ？」

硫砒が血走った眼で尋ねた。

「追手も途中で引き返した様子だ。もし、しばらくここで滞在することになっても大丈夫ではないか」

後駆《しんがり》を務めてきた柑玄が言った。

「少人数だったとはいえ、先回りした連中が舟を燃やそうとした。あいつ等の意図が解らん」

賛宇が呻いた。

「それだ。俺たちと徹底的に戦うつもりなのか」

柑玄も首を捻った。

夜が明けて、與明は父親に、自分たちが火中を逃げ惑い、叫んでいる夢を見たことを打ち明けた。舟での顛末があったので、賛宇は背筋が凍るような心地になった。

『それが正夢だったら、大挙してここが攻められる。何か手を打たなければならない』

すぐに硫砒を呼んだ。

「あいつら、手を引くつもりなど無いのかもしれない」

「人を揃えて襲ってくるつもりだろうか……」

賛宇の言葉に硫砒も相づちを打った。

「どうする、迎え撃つためここを固めるか？」

賛宇は宙を睨み、硫砒に言った。

「得策じゃない。まともに遣り合えば多数の死者が出る。襲ってくるより前に二艘だけ出航させよう。そして、誰も残っていないように見せるのはどうだ」

「どういうことだ？」

視線を戻して硫砒に尋ねた。

「舟に乗れるだけ乗せて出帆する。そして沖合から煽るんだ。そんな様子を見せれば、彼等も勘違いするだろう。乗れなかった者たちは、男たちが諦めて引き返すまで隠れていることにする」

硫砒の提案は魅力的だった。

「もう一度みんなを集めろ、すぐにも人を二手に分けて備えよう」

太陽が中天に届かぬ前に、金海の大群が攻めてきた。浜に到着した彼らは舟を見つけて悔しがった。しばらくは沖合に浮かぶ二艘を目掛けて届かぬ矢を放つなど、彼らが浜で地団駄を踏む様子が眺められた。

「良かったな、間に合って」

高台から見下ろした賛宇は、となりで背を低くして眺めていた硫砒に言った。

「本当に間一髪だった。あれからすぐに二艘を出して良かったな」

女と子どもを中心にして二十人ほどずつ分乗させたのだったが、残った男の四十人ほどが、この高台にいたのだった。

「あの舟が対州《たいしゅう》の独島に上陸して、折り返して戻るまで十日ほど我慢しなくちゃいけないな」

硫砒が、声を潜めて笑った。

「それにしても、媛《ひめ》の力は不思議だ」

幼い頃からそうだったのだろうか？　賛宇は采明からも娘のことで、こんなことは聞いた覚えが無い。

「巫堂《ムーダン》の素質があるのかもしれん」

硫砒も感嘆して、彼女のことをそう言ったのだった。

後発も無事に出港して、多くの女たちが待つ独島に入った。島では東側の無人地帯の浜に舟を乗り上げて留め、これから先、自分たちが本当に落ち着ける場所について話し合うこととした。海岸近くで寝起きしながら早朝から夕方まで、男たちは猟にも出掛けた。夕方から朝までは火を灯し、獣や外敵に気付くよう交代で見張りに立った。

ここを出たらどこを目指すか、女たちも加わり話し合った。しかし、誰もが詳しい情報など持っていなかったので、先の目処など立たなかった。

ある夜、與明はまた不思議な夢の中にいた。知らない女がやって来て、さも親しげに彼女の手を取るのだった。

「妙な顔をしているが、怖がらなくても良い」

與明は素直にうなずくことができた。

「私は、お前に教えたいことがあって来た」

話を聞いているうちに頭痛がしてきた。

「仕えている神が、お前たちの力になってやれと言ったから来た」

痛みは徐々に薄れて、代わりに茫洋とした感覚がやって来た。目がかすみ、ただぼんやりとしゃべる女の口元を見つめていた。ちょうど体から心だけが離れてしまうような、自分が自分でなくなってゆくような気持ちになった。

「どうなってしまったのかしら?」

『解るか?』

低い声が聞こえたような気がした。ぼんやりと正面だけを見ていたものだったから、てっきり自分が聞き間違えたのかとも考えた。顔だけを動かし、その声がしたように思えた方向を見た。動かそうとしても体は重く、ただ座って正面を向いているだけだったからだ。しかし、先ほどの女も見えず、右にも左にも人らしき姿さえなかった。

『聞こえたみたいだな？』

再び声がした。

「誰？」

『お前の正面にいる。心で話している』

彼女は、少し目覚めた心地で、誰もいない正面を見た。

『大丈夫だ、お前も気持ちを落ち着かせ、目を瞑って心で思えばよい。その声はちゃんと聞こえる』

與明は、言われたとおりに目を閉じた。

『これから一緒に旅をしよう。空から、お前たちが目指すべき地を見に行こう』

『そんなことが出来るのですか？』

『心配するな、さぁ、行くぞ』

女の影が手を差し出した。躊躇いながらも、その手に自分の手を伸ばし、女の指に指先が触れた。その瞬間に目が開けていられない程の光が輝いた。光に求められて、体が上方に強く引かれた。両足で踏み留まろうとしたが、自然と体が浮き上がった。

あっという間に上空だった。彼女たちが一団となって眠っている姿は、小さく下方に眺めることができるのだ。

『行くぞ、この手にしっかりと掴まっていろ』

彼女の姿の奥には夜の星空が透けていた。ただ、もう驚かなかった。そして今度は、その手をしっかりと力を込めて自分から掴んだ。風が二人に吹いて寄せた。まるで空を翔る鳥のように大きく旋回して風に乗った。不思議に思う自分はすでになく、ただとても心地よかった。

『あの先に見える島が末浦《まつうら》の邑だ。多数の人々が山裾や海浜に住んでいる。草木が繁り、人々は山中ではなく海を頼りに暮らしている。ただし、ここの者は乱暴過ぎるから避けて通れ。さらに東の場所を見に行こう』

海沿いに多数の川が拡がって、碧い流れとなり続いて見えた。

『海からすぐに平たい地が広がって見えるだろう、あれは宇美《うみ》の邑だ。温厚な者たちだ。まずはこの地へ寄って、この邑に助けを乞うと良いだろう』

あれがそうだ、と声が言った。南北に狭い地形だったが細長く東の方まで平原があった。

『もうすぐ森が見えてくる』

彼方を見た。微かな雲あるいは霧のような霞状の視界の前方から、ゆっくりと姿を現した山が迫ってきた。海岸近くから東西両方に裾を広げた森林なのだ。それを越えた先は、緩やかな斜面に沿って、山から川が流れ落ちて小さな津を形成していた。

『一面に背の高さほどの草木が茂っている、どうだ豊かな大地だろう？』

その声には彼女は素直にうなずいた。

『全然寒くない。風も冷たいはずなのに、ただ素肌を撫でて過ぎるだけで、何も感じない。これってどうしてなの？』

『そうか、お前は初めての経験だから、びっくりしたな。しかし、これが私たちの本当の形なのだ。私たちは今その姿で動いている、体からは離れているようでも繋がりながら遠くまで来て、そして実際の景色を空から眺めている』

　女に誘われながら速度を緩めた。

『降りてみたいか？』

『……、そんなことが出来るのですか？』

　並行している女が笑った。

『あぁ、大丈夫だ。あの川のほとりに降りてみよう』

　まるで風が体を運んでくれるようだった。少し昇り、少し下りながら、そろそろと高度を下げた。

　降り立った周囲は静かだった。時々、遠くで野鳥が啼いたが、その声だけが森にこだました。

『宇美邑からさらに山を越えるが、ここは津という名の泥地帯の上流だ。河口から砂浜を過ぎて姿を現すこの川も、川の始まる山の森も、もちろん海も、どこでも恵みがあってとても豊かだ。だから、みんなで頑張ってここまで来なさい。そうすれば安住できて、二度と迷う心配など無いはずだから』

　與明は、はっと目が醒めた。辺りは夜なのだ。となりに母の采明も眠っている。

『あの人は誰？』

　彼女は鮮明な夢での浮遊を想い出し、朝まで眠ることが適わなかった。翌朝に父が起きるとすぐ、與明は夢で見た土地のことを話し始めた。賛宇も娘の説明に、まるで見ているような情景が瞼に浮かんで引き込まれた。彼は硫砒を直ちに呼んだ。

「何と！　それは、正夢ではありませんか？」

舟での事があったので、神託としか思えなかったのだ。

「媛を信じて行きましょう。それにいつまでもここに居てても仕方がない」

與明の言葉に従って、独島から再び海路を南下した。湊である宇美邑に全員が下船するまで、月は一回満ちて欠けるまでの日にちを要した。さすがにあの連中も、海を越えてまでは追ってこなかった。

かなり大きな規模の集落だった。與明たち一行の十倍以上の人々が、海岸近くの山裾などに各々家を建てて暮らしていた。

遠浅の海なので、子どもたちも素潜りで魚を銛で突いて捕って、大人たちに交じって漁を手伝っている。また、山で小動物や鳥を捕獲すれば、親族や仲間で分け合って食べる。それだけを得られればあとは何もせず、ただ寝転がっているだけの、とても長閑《のどか》な風景なのだ。與明は、そんな彼らの姿が微笑ましいと思った。

「日がゆっくりと進んでいる。駕洛の地とは大違いだな」

金賛宇の長男である珂篤《カトク》は姉の與明と並び、海岸線から山に登る手前の高台から見下ろして、そう言った。この場所から山に続く場所は、賛宇が宇美邑の長と話し合って許された避難場所だ。

「いいわね、こんなに穏やかに暮らせる場所もあったのね」

與明も黒く艶やかな髪を、吹き上げてくる潮風になびかせながら答えた。

「姉ちゃんは、これから先に起こる何かが見えるような、そんな不思議な力を持っているの？」

「どうして、そんなこと聞くの？」

「父さんや硫砒小父さんが、そんなふうに言っていたからさ」

彼女は笑って、そして弟の頭を包むように抱き寄せた。

「そんなこと私にも解らないわ。ただ、夢の中で見たことをそのまま話したのだけど、みんなからは気味悪く思われているのかな？」

「そんなことないさ。みんなも命拾いしたし、今度もやっぱり間違いなかった、そう言って感謝していたよ」

そうなの、と弟の体から手を離して長い髪をかき上げた。

「姉ちゃんは、このまま神様の言葉を伝える人になれば良いんじゃないの？」

日に日に女らしくなる甘い体臭を感じて少し戸惑いながらも、その横顔を窺うように彼が言った。

「まぐれに決まっているじゃないの、そんなこと」

聞こえなかったように前方にある海の方をしばらく見つめていた彼女は、それだけを独り言のように呟いた。

賛宇は、宇美の邑の悠干《カウ》と話し合って、宇美からさらに東へ水路で半日ほどの、海から川への津となっている場所に移ることとした。宇美邑とは親交を保ちながら、今後は山を越えたとなりの地に住まいすることを許されたのである。うっそうとした草木を伐採して開墾することは必至だったが、穏やかな気候のこの地でみんなの居が構えられることは喜びだった。

先に、男たちだけ三十人ほどが何日か掛けて、その荒地へ舟で往復し伐採や開墾に努めた。宇美の邑に留まった女と大きな子どもたちは、宇美の浜と海で貝や魚を捕ったり、海岸すぐの高地に出掛けて山菜や自生している雑穀の類いを採ったりして、男たちに代わって一族の食事を賄った。

懸命に働いたので、ひと月ほどで、みんなが『川の津』へ移り住むこととなった。宇美邑の長は、このために邑の舟を二艘貸してくれた。今度は、みんなで一緒に一度に渡ることが出来るのだ。賛宇たちが、となりに新たな邑を造り親しく行き来することになるからだろうが、長の悠于は出航を浜から見送った。

「お前の娘は、やはり神の子だな？」

賛宇は宇美へ到着して、彼に助けを求めた時、身の境遇の説明と共に来訪の理由としての娘の夢見を話していた。それが現実のこととなり、一連の様子を見ていた悠于は、そう素直に思ったのだ。

「ありがとう。悠于がいたから俺たちは助かった。これからも恩を忘れず、きっと誠意で報いることを誓う」

その言葉に悠于もうなずき、歩み寄って右手を差し出した。賛宇もその掌を握りながら繰り返して礼を述べた。

「お互いさまだ。それに、媛神子《ひめみこ》がいつか俺たちを助けてくれることもあるだろう。今度のことは気にするな」

悠于は、賛宇たちの乗る四艘が海に突き出た小山の影に消えるまで、ずっと浜から見送ってくれていたのだった。

賛宇たちは、やっと安定して暮らせる生活の場所を得た。少しずつだが津から上流に向かって地所を拓き、八十人でおよそ二十戸の者たちが住む家を次々に建てた。それに加え、元いたところで造っていた共有の水田も完成させた。

日を経て、彼らの様子を見に来た悠于たちには景色を丁寧に説明し、苗からの育て方なども教えた。そのために宇美邑でも焼畑や陸稲ではない水稲の栽培方法による米作りを始めたのだった。

ある日また悠于が来た。意恵《おえ》という宇美から水行十日ほどの地から鹿目《カノメ》と酒寄《シュキ》という者が突然に訪ねてきて、山を開拓する許しを請うことを申し出てきたのだが、一体どうしたものかと迷ったためだ。

賛宇は、その頼みを聞いて、一緒に男たちと話すことを快諾した。悠于の舟に乗って、宇美の邑に戻り四人で会った。

「鉄の石を探してここまで来た。途中の海上からこの地の遠方を見ると木々の間から垣間見える山肌が赤かったので、上陸して訪ねる前に勝手ながら調べた。そうしたところ探していた鉄になる石が多量に在った」

酒寄が言った。聞いていた賛宇も鉄については知っている。精製の仕方も駕洛の地で経験していたが、海を渡ってここに来てから、宇美の山から鉄鉱石が採取できるなどとは考えてもいなかった。

「その石を採掘させて頂きたい」

鹿目が、彼の横からそう繋ぎ、ぜひお願いしたいのだと申し添えた。

「私は、ここから北方の海を隔てた地、駕洛から来た金賛宇という。鉄器は日常的に造っていた、だから、とても有用なものだと理解できる。お前たちが言う山から本当に鉄鉱石が採掘できるのか？」

そうだ間違いない、と鹿目が答えた。

「……それなら」

贄宇は悠于の耳元に口を寄せ、この者たちと協同することはとても有益だと思うと囁いた。悠于が彼の方を見てうなずいた。

「分かった、取り引きをしよう。その石の採掘を共に行うということだな？」

悠于が言った。

「俺たちの邑から何人かがやって来て掘っても良いが、一緒に掘るというのなら共同の施設をここで作ろうか？」

酒寄が言った。

「いや、鉄を精錬するためには大量の水が要る。川の近くが良いので、私たちの邑の近くで設けよう」

贄宇がそう言うと、鉄を知らない悠于も安心して任したいと喜んだ。男たち二人も反対しなかった。

意恵からは酒寄と鹿目、それに長である籬《リ》、さらに継市《ツグツ》という者四人を中心として、二十人ほどの男たちが贄宇の邑にやって来た。悠于たちも十人、贄宇たちも十人余り、合わせて四十人ほどが一緒になって作業した。

宇美邑の山から採掘した鉄鉱石は、幾艘もの舟を使って津の邑まで何度も運んだ。津では、残った者が鉄器の製造施設を建てた。まだ出来上がらない施設の脇には、順番に運び込まれた鉄の石が、日毎に量を加えて積み上げられた。大量の鉄鉱石が小さな山のようになった頃、贄宇たちの労働と意恵の籬たちの知識と技術によって蹈鞴《たたら》場と呼ぶ建物が完成したのだった。

與明と珂篤も初日だから場所を見に来た。二人も生まれ育った駕洛の地では見掛けていた風景だが、自分たちが関わった大きな施設に高揚した。その熱気と活気がすこぶる楽しくて、ずっと飽きずに眺めていた。

悠于は初めて見る景色に感動した。珍しくて仕方なく、施設の外へも往復して、その仕組みを不思議だと思った。戸外では蹈鞴場から小川に流す水が、濁った赤色に染まっている。

「まるで血の川だ」

「そうさ。鉄鉱石から鉄だけを取り出すために、こうなる」

となりに立っていた賛宇が答えた。

作業場の中は、蒸気の混じった熱風が充満していた。土間の中央奥には、地面を直接掘り下げた大きなすり鉢型の窪みがある。そこに、男たちが砂状にまで砕いた鉄を含む石と燃料となる石炭を間断なく注く。それらに種火が移ると徐々に炎は大きくなった。また奥から風を吹き込むと石炭だけでなく鉄を含む砂状の石からも火が上がった。一度燃えだすと人の加減などでは収まらない。次から次へと火の粉を噴いた。

やがて炎の中から艶のある真っ赤な液体が流れ出てきた。それは炉の真ん中から手前の方につけられた傾斜を伝って、目の前の地面に流れ出るようになっていた。

大きな炉の奥の少し上方、ちょうど中二階とでもいう位置に頑丈な木組みで作られた舞台のような台があったが、それは炉に向かって、まるで口を開けたような造りになっていた。その部材のない正面の舞台の下部には、膨らんだり縮んだりする柔らかな袋が備え付けられている。それは舞台の上部中央に踏み板が取り付けてあるのだったが、悠于が生まれて初めて見る物だった。

その板は真ん中が支点となる仕組みだった。それが上下することによって風が炉に送り込まれる作りなのだ。舞台の上には四人が二人ずつ左右に分かれて立っていた。彼らは、それぞれ片足を板に掛け、右から左から支点前後の部分を交互に踏み込み周りから空気を集めて炉に風を送る。

真っ赤に焼けて流れ出てきた液体は少し窪んだ土間で貯まり、しばらくすると黒っぽい塊となった。少し冷めるまで待って、別の男たちが大きな串を二本ずつ器用に扱って取り上げ、部屋の離れた場所へと運んでいった。

先の場所には別の小さな炉があって、運んだ塊を再び放り込んで加熱する。先ほどまでと同じ方法で、再び鉄が真っ赤に焼ける。そして先ほどより少し少なくなった液体は、やはり地面の窪みが土の器となった箇所に流れ出てくるのだった。

「風を起こす、あれは何だ？」

「あれは鞴《ふいご》という、空気を炉に送って火力を上げるための道具です。上部にある板を動かして下の空気袋を膨らます仕組みで、ああやって足で踏んで動かすのです」

二人の後ろから継市が説明した。いつの間にか彼も近くで一緒に眺めていた。

「今度のことでは、お世話になります。先日は挨拶もそこそこで失礼しました。私は、曾祖父の代に、駕洛のさらに北の地から意恵の地に辿り着いた一族の末裔で、継市《ツグツ》と申します」

振り返った悠于に継市が頭を下げた。悠于も礼を返した。火明かりを背景とした者たちは、鉄の製錬に携わっているため全身汗まみれで、しかも炉の火気によって頬を真っ赤に染めていた。それぞれの衣類からは湯気が立ち、ただ見学しているだけの悠于や継市も同様なのだった。人々の息と汗と血のような鉄の匂い、それらが混ざり合った空気は、蒸し暑く籠もって息苦しくさえさせていた。

「凄い」

悠于は、むせ返るような作業場で黙々と働く人々にも感動した。また、鉄を造る淡々と流れるような工程そのものが美しくて神々しくさえ思えた。

賛宇は、少し離れた所から自分たちを見ている與明と珂篤に気付いた。彼は二人に、こっちへ来るようにと手招きをした。

「娘の與明と息子の珂篤です」

挨拶しなさい、と娘たちに言った。

「駕洛のさらに北ってどこのこと?」

珂篤はちょっと顎を下げた。そして挨拶もそこそこに継市に尋ねた。

「秦《シン》という国の名前を聞いたことがある?」

「知っている。でも今は漢だよね?」

「そのとおり、良く勉強している。その地には秦の次に漢が興って、さらに新、そして再び新しい漢の国が建ったが、その初めの漢の国の前の時代に王宮の在った威陽《イヤン》という宮都《みやこ》に住んでいたそうだ」

「すごいな、宮都にいたの?」

尊敬の眼差しで彼は継市を見た。いい加減になさい、と姉の與明が弟の腕を引っ張って言った。

「いや、迷惑ではありません。祖父や父から聞いたので、私も威陽の風景など知りません。みなさんの方が、昨今の事情には詳しいことでしょう」

継市が姉弟に軽く頭を下げた。色白で端正な顔立ちの彼にじっと見つめられた気がして、彼女は思わずうつむいた。

その夜、共に働く慶びの宴を開いた。宇美邑からも多数加わり、総勢で百名余りの宴会となった。

「さぁさぁ、一献」

賛宇が、継市と悠于に酒を注いだ。継市が賛宇に返杯した。両邑の女たちも、となりにいる男たちに甲斐甲斐しく酒を振る舞った。與明は、継市を賛宇と挟む位置に座っていて、さらに賛宇の横には悠于が、與明の横には籬もいた。與明は、継市と籬に酒を勧めた。

「聞きました、駕洛の地では大変でしたね」

継市が彼女を労った。

「はい。今から思えば、やはり大変でした」

彼女が微笑んで応えた。

「私は、直接大陸での暮らしがないので分からないところがありますが、朝鮮の地に国が出来たのだそうですね？」

「ええ、韓です。でも聞くところによると、出自は秦から移民された人々の国だそうです、本当かどうかは判りませんが」

「それでは私たち移民のことも、きっと恨みに思われるでしょう？」

「いいえ、それは噂ですから。それに駕洛が連合せず、私たちは駕洛の他の部族に追い立てられた訳ですし……」

「中原の地も韓半島も、その境界を巡って民族が大規模に離散したり、国が建ったり滅んだりと、心休まる場所など無いのかもしれませんね」

　彼女がうなずいた。

「私の父は子市《シフツ》と申しますが、先祖が海を渡ってこの地に来て、今でも初めに住んだ東方の角額《つぬが》の潟近くの山間におります」

「威陽からはるばる来られたのですね？」

「そうです。先祖の徐市《ジョフツ》は、秦王の命によって不死の薬を探せ、と差し向けられたのだということです。でも、そんな薬が有る訳も無い。徐市は、二度と戻らぬつもりで逃げてきたのでしょう」

「確かにここでは時間がゆっくりと進んでいる気がします。それに海の幸など食べ物が豊富ですし、山河も美しいです」

　継市は、それは良かったと言って微笑んだ。彼に見つめられて、彼女は自分でも解らぬ戸惑いを覚えた。

　次の日から、毎日蹈鞴場は稼働した。役割を分担して、山から掘り出し舟で運搬する者たち、蹈鞴で精製に励む者たち、水稲の世話や漁労等に従事する者たちなど二つの邑と意恵から来た者で、津のある川の中流の岸辺が賑わった。邑と川との名前は、賛宇が『津の邑』『津の川』と名付け、みんなもそう呼ぶようになった。

　一方の水稲栽培は、思いのほか難しかった。特に、宇美に住む人々にとって、陸稲ではない苗を育てて植え替えることなど、見たこともなければ聞いたこともない初めての経験だったからだ。直播きでは、水量の調整が上手くないと根腐れを起こしたり、また足りないと枯れさせてしまったり、さらには虫が発生したりして何度も失敗した。そこで、川からの水の引き入れや塞き止めは、賛宇の長男である珂篤と津の邑の幾人かが専従して引き受け、毎日欠かさず加減を調べて世話をすることとした。

その矢先、何年も乾季など無かったはずの地に雨が途絶えた。

「植えたばかりの苗が育たない」

両方の邑の水田に植え替えたばかりだ。川から水を引き込もうにも水路が枯れがちになっている。漁労に携わる者たちは、晴れて穏やかな海に潜って毎日それなりに収獲した。当座の食べ物は海の幸と山で採った果実などで大丈夫なのだが、稲作が軌道に乗らないと冬の暮らしが厳しくなる。ましてや大所帯となった邑は、出たとこ勝負の狩猟に全てを賭ける暮らしは危ない。

しかし宇美の人たちにとっては今までどおりで当たり前のことなのだったから、稲穂を備蓄するという安定した暮らしを確保したくて津の邑の者たちだけが奔走していた。

晴天が一カ月を超えた。賛宇たちは苗が育たないことを危惧して、津の川岸に祭壇を拵えた。神に縋ろう、そう思った。山で採った果実や海の魚、造ったばかりの酒を捧げ、地の神と天の神に降雨を願った。

韓の地では神招《かみまね》ぎの者が昼夜を通して祭壇に祈る。しかし巫女や覡《げき》と呼べる者など今はいない。それで初日は賛宇が、二日目が宇美邑の悠于が、さらに三日目には與明が、それぞれ一昼夜寝食を賭して神に祈った。

四日目の日が昇る少し前、祈る與明の頬に雨粒が落ちた。一粒二粒から、徐々に雨はしずくの数を増やし、やがて雨の線が幾筋にもなって、乾いた地に、森に、降り注ぎ始めたのだった。

待望の降雨だ。まとまった雨が降り、田に潤いが蘇った。半日降って夕方近くに雨は上がった。川は水量を増し、田に続く水路にも、せせらぎが戻った。草木はもちろん人々の心が恵みの雨で潤った。

例え偶然だったとしても、邑の人たちは雨降る直前に天を仰いで祈りを捧げた與明を讃えずにはいられなかった。悠于が、彼女を指して言った媛神子という呼び名は誰彼とはなく囁かれるようになったのだ。

継市は継市で意恵の地と津の邑を足繁く往復した。また踏鞴場のため事あるごとに留まるため、賛宇の家のとなりに家まで建てた。

「食事を差し上げなさい」

彼が泊まっている時には、必ず賛宇は與明に命じて魚や雑炊や果物を届けさせた。

「いつも、すみません」

継市が笑顔で與明に言った。

「お口に合いますでしょうか？」

今日は桃を届けに来たのだが、いつもとは異なって渡してからも彼女は座り込んだままである。

「この先どうなされるのですか？」

彼は、その言葉の意味が分からなかったので首を傾げた。

「いえ、ただ、威陽の故郷へ、いつかお戻りになられるのかと思ったものですから……」

「そうでしたか、でも向こうはもう祖先たちが暮らした時代とも違っているでしょう。たとえ戻ったとしても、一族が厚遇を得ることなど無いはずです。それに、この島での暮らしが性に合っているようにも思います。あなたたちこそどうですか？　駕洛に戻りたいでしょう」

軽い気持ちで聞き返した。

「さぁ、どうでしょうか？　父は、もしかしたらそうしたいと思っているのかもしれません。でも、私たちも意富駕洛のひとつの部族だというだけですし、駕洛の地を守るとか、自分たちの名誉を堅持するとか、そんな大それた願いなど持ってはおりません。今はバラバラにこそなっていますが、彼の地におられる主筋の方々が、必死に考えておられることだと理解しています」

「そうですか……」

継市は、そばに彼女が居ることも忘れてしまったかのように考え込んだ。

「私は争いが嫌いです。殺し合ったり、また他国の人々を隷属したり、どうして蹂躙しなければ収まらないのか？　それぞれの地で、穏当に暮らせば良いと思うのですが……」

顔を上げると與明と目が合った。彼女はじっと彼を見つめていたのだ。

「そのとおりです。しかし、他国の富を窺って嫉妬したり、また天災に遭い食料が枯渇して強奪を謀ったり、争いの原因は様々だから全てが無くなるなんてことは難しいと思います。隣人を尊び、他者を侵さず、自らの分に甘んじる、誰もがそうなら諍いなどは起こらない」

「我欲のことを言っておられるのですね？　人の思いには際限がない。求めても求めても、まだ足りない。人間とはおかしな動物ですね。獣でも空腹さえ満たされれば鷹揚に振る舞うというのに」

與明はため息をついた。それが判っていても、人は情に流されてゆくものだ。窓外には怜悧で大きな月が出ていた。

「今夜の月は、ことのほか美しいです」

先ほどの言葉を忘れたかのように彼女も感嘆した。継市は、差し込む月明かりが照らす彼女の横顔をじっと見ていた。

「月明かりに浮かぶあなたが、とても美しいです」

そう言ってしまってから、言い過ぎたことを恥じらい手元に視線を戻した。彼女も驚いてうつむいた。

蹈鞴場を設けた邑の製鉄は、その製錬した鉄で造った器や刃物それに装飾品のどれもが、津や宇美より南方に住む部族たちだけでなく、伝え聞いた東方の海を隔てた地に住む者からも求められるようになった。交易だけには収まらず、直接ここへ移り住むことを望む者もあり、徐々に人の数も増えていった。海から津の川沿いを中心とする地には、新たに入植してきた多数の人々によって拡げられた。それは川の中流を越えて、山裾まで家々が散在する景色となった。あっという間に邑は大きく豊かになった。それがさらに新たな活況を招くこととなったのだった。

「宇美邑の西にある島から、珂篤の妻を迎えることにした」

ある夜、賛宇は妻の采明と與明と珂篤がいる場で、それを切り出した。采明と珂篤は、事前に相談があったはずで、初めて聞くのは自分だけだということは二人の表情を見て彼女は察した。

「壱志《いちし》という島の邑長の媛《ひめ》で希莉《キリ》という。壱志は今後末永く駕洛の地との航海の中継ぎ担うことを約束してくれた。我々がこの地へ来る途中で上陸した対州の独島も経れば、より安全に物を運ぶことが出来るようになる。その媛は、壱志から一人離れてこの地で暮らすこととなる。だから、采明も女同士気安く接して気遣ってやってもらいたい」

賛宇は、珂篤と希莉が両邑の絆というより、彼女の身を人質として預かると言いたかったのだ。妻の采明がうなずいた。

「珂篤、まだ会ったことも無いのでしょう、それで良いの？」

與明は、弟の気持ちが大切だと考えてそう訊いた。

「俺は良いよ。それに、そうじゃないと父さんの妾《ショウ》として迎えることになるんだ」

妾にする？　しかし、このことは采明も承知のことらしく、娘と息子の会話を黙って聞いていた。

「それから、大切なことがもうひとつある、與明を将来の後継者として今後ことある毎に引き立てることとしたい。これも承知しておいてくれ、珂篤も與明を援けて守るんだ、良いな？」

「ええっ？　突然にそんなこと言われても、どうしたら良いのか分からない……」

珂篤は父の言葉にうなずいていたのだったが、與明には訳が分からなかった。さっきのことといい今のことといい、父は母と弟にだけ事前に相談して、自分には何の打診も無かったということだ。それが余計に腹立たしく思えた。

「與明、それは今すぐってことじゃないから大丈夫。お前ならみんなを率いて、立派に振舞えるようになる。それに、意恵の継市と一緒だから心強いはず。祭事の先頭に立っても、彼が何かと助言もしてくれる。彼は約束してくれたし、彼の知識が豊富なのは知ってのとおりだ。この邑の舵取りについても彼が、補佐してやってくれるに違いない。意恵の地からは、全てを長の簓に任せて離れるそうだ。

これからここの人のため、またお前の夫として金家に来てくれる。将来は姉弟、それぞれの夫や妻と親族みんなが力を合わせる。出来れば、お前たちの代、あるいは子や孫の代ででも、私たちの元の地である意富駕洛と密に手を結び、ここが拠点となるよう邑を大きくしてゆこう」

『継市が、ここへ来て私と一緒に住む？　彼がそれを望んだのだろうか？』

與明は、突然に言われた数々のことの中で、継市という名前が出たことはだけは何だか嬉しかった。しかし、この感情は決して顔には出すまいと思った。父が急に言い出した後継者になって、自分が一族を纏めてゆくことなど、本当に出来るのだろうかと不安だからだ。

『女が部族の長になどなれるのだろうか？』

ただ、継市にはすぐにでも会いたいと思った。会って直接に彼の口から、これからのことについて正直な気持ちを聞いてみたい。

次の日、再び継市の乗る舟は、彼と彼の部下の何名かと一緒に、與明のいる津の邑へ到着した。忙しいとは思ったが、下舟した継市を砂浜の先へ連れ出した。細かい貝の砂粒が、歩く度にキュッキュッという音を立てる。

「私の夫になるって本当ですか？」

いきなり尋ねた。それを聞かずにはいられなかった。

「嫌ですか？」

彼の口調は淡々としていて物足りなかったのだが、間違いではなかったことに安堵した。しかしそれを表情には出さないようにした。

「そうじゃなくて、どうして私に決めたのでしょう？」

「あなたを好ましく思った、それだけです。これだけではダメですか？」

「そうじゃないけど、……男と女って、もっと切なく想うというか、理屈でなく惹かれ合うというか、徐々に気持ちが高まって、二人でいつも一緒にいたくなるような、そんな想像を幼い頃からずっと持っていたのです。だから……」

彼女は、頬ばかりか耳朶まで真っ赤に染めて、一気にそう言った。

「……そうですね。一緒になるというのに、何か物足りなかったでしょうね。……でも、初めて会った時から、私はあなたを好きでしたよ。いや、最初は好ましく感じたと言うべきなのかもしれませんが、ここへ何度か来る度に、私はあなたのことが気になって仕方なくなった、……それには間違いありません」

この控えめな告白も彼との年齢の差かもしれない。継市は二十五歳をかなり過ぎ、與明は十七歳になったばかりだ。

「悔しいけど、私はあなたのことが好き。最初に会った時からずっとそうです。一緒になれるなんて夢みたい。だから、もし他に理由があったのだとしたら、ちょっと嫌だったんです」

継市は、そっと彼女の肩を引き寄せた。

「大丈夫、そんな理由なんて、本当に何も無いから」

抱き寄せるというのではなく、そっと包み込むような仕草で彼女を抱いた。

「それが本当なら、嬉しいけど……」

彼の胸元から顔を見上げ、その瞳を見つめた。黒く深い奥に引き寄せられる思いがして、もし何か訳があったとしても許そう、そう與明は思った。

「やぁ、嗣子《しし》、そろそろ行かなくちゃ」

砂丘の土手から二人に向かって一緒に来た酒寄が声を掛けた。継市は彼女から手を離し、右手だけ少し挙げた。

「すみません、急ぎの用があったのでしょうか？」

「いや、急用という訳ではないけど、あなたの父や硫砒と私たちで鉄器の取り引き先を相談することになっている。それに、あの宇美の山から採れる鉄鉱石が思ったより少なかったので、その代わりの入手先を見つける必要があるということも話し合わなければいけない。その候補地も駕洛の地にするかどうか、それとも北西の華南に求めるか。先日は決めきれなかったから、今日は、はっきりとさせる約束をしていた。どこと取り引きすれば賢いか、どこから鉄鉱石を求めるのが良いのか。いずれにしても、新しく手を結んだ壱志の島を中継地とすることは間違いないけれど……」

二人並んで戻りながら、継市は彼女にそう言った。

継市は、会談の後すぐに意恵に戻って離たちを集めた。津の金賛宇、それに宇美の長である悠于たちと纏めた内容を説明した。これからの協力と理解を求め、鉄の生産を本格化させる。その先駆けとして津の邑を拠点とする。このことを確認したのだ。

貴重な鉄鉱石は、駕洛の地に残る意富駕洛の者縁を頼みにして、海外から出来るだけ多く入手する。対州の独島から壱志を経由して津まで運ぶ。その石を製錬する津の地を始点として、各種の鉄器種を各地各邑に流通させる。贅宇は心の中で、時期を窺い駕洛の地に戻るという望みがあるのだろう。そう分かったうえで継市も協力する、目標を暗黙に了解したからだった。

継市の妹である真登《マト》は、神門水海《かんどのみずうみ》の東の地の意恵に留まり、兄の行く邑には同行しないと決めていた。

「鉄を造るということは、争いを助長するということ。それは、人々に殺し合いをさせるということにはなりませんか？」

継市の意思を聞いて、彼女は早里《サリ》と与麻《ヨマ》に以前ぶつけた言葉を口にした。

「婚姻は喜ばしいし、お祝いしたい気持ちで一杯なのは、嘘なんかじゃありません。でも、それがもし、鉄の確保や鉄器の交易で富を得るためなのだとしたら、私は、やはり常人の道から外れる行いのように思えて仕方ないのです」

彼女は、意恵を出立する兄に対し、繰り返してそう諫言した。

「言うことはもっともだ。父さんもきっと同じ理由で角額から出ないと決めているのだろう」

曽祖父である徐市は故国の秦国を捨て、海を渡ってやって来たが、争いの種となり得る自分たちの知恵と技術を口外せず、人里を避けて隠遁している孫の子市、それが父なのだった。

出発の前に、神門《かんど》から早里が継市を訪ねてやって来た。

「久しぶりだな、主早《スサ》。元気そうで何よりだ」

「早里でいいよ。スサと言われるのは、こそばゆい。それより聞いたぞ、鉄器の生産を大々的に始めるんだってな」

「あぁ、真登は反対している。でも一度きりの人生だから、渡りがあるなら、その舟に乗って試してみたい。上手くいくかどうかなんて分からない、失敗しても元々だからな」

「そうだよ、男はそうでなくっちゃ。俺なんか、すっかり与麻の尻に敷かれて夢も何にも無い毎日さ」

「何を言っている。神門の邑の長として、立派に多数を仕切っているじゃないか。スサ、いや主早《スサ》王《ノオウ》とみんなが言っているぜ」

「だから、それこそ買いかぶりだって」

「その神門の主だからこそ是非とも一つお願いしたい。この意恵の面倒も見て遣ってくれ、宜しく頼む。籬も神門の貫武たち三人と力を合わせて主早を盛り立ててゆきたいと言っている。改めて挨拶に伺うだろうが、お前の傘下として、彼や意恵で暮らす一族の者を守ってやってくれないか？」

「あれ以来、意恵と神門の関係だ、そんなことは心配するな。出来るだけの支援はするし、必要な時は俺が助ける。それより、真登媛とは仲違いみたいになっているんじゃないのか？　与麻も、媛さまは大丈夫だろうかって言っていたよ」

　あぁ、と継市が言葉を濁した。

「とにかく、与麻も時々遊びに行くそうだから、話し相手にはなるだろう。また籬や鹿目や酒寄とも会って話をするさ」

　意恵の邑は籬が長として仕切ってくれる。また神門水海の西の邑にいる主早にも後見を頼んだ。このように身辺を整理した後、継市は一人で津邑に移った。

　邑での彼の住まいは、それまでの家を床のある物に作り直した。これは與明の父親である賛宇が、二人の新居として用意したものだった。

落ち着くとすぐに賛宇は宇美の悠于と壱志の加莉《カリ》を呼んだ。継市と珂篤の二人を加えて五人が話し合った。加莉は娘の希莉を連れてきたので、珂篤は初めて彼女を見知った。男たちの席から離れて、賛宇の妻の李《リ》采明は長女の與明と共に新しい與明の家で希莉を迎えた。

「こんな遠くにまで本当に良く来てくれました」

采明は彼女の顔を見るなり満面の笑顔を浮かべ、そして抱擁した。

「これからは、どうかよろしくお願いします」

少し色黒だが整った顔立ちの希莉が言った。

「これは與明、珂篤の姉です」

采明が紹介して與明は右手を差し出した。手を握りながら、同じ年頃だと彼女は思った。

「珂篤が通うのではなく、あなたがここに来るのだなんて、聞いたときにはビックリしたでしょう?」

ええ、そうでした、と彼女は平然と答えた。

「しばらくはこの家で與明と継市、それに珂篤の四人で暮らしてちょうだい。いま大急ぎで向こうに家を建てているから、十日ほどの辛抱だから」

そんなこと聞いてなかったわよ、と與明は驚いた。

「ごめんね。確かに言っていなかったわ。間に合うと思ったのだけど、ちょっと段取りが狂ったらしいの」

采明が、事も無げに言った。

「私たち、どっちも新婚なのよ。一体どうしたら良いの？」

「なに言っているの、しばらくだから我慢しなさい。二人でくっついていたいのなんて最初だけよ。そのうち、近くにいると息が詰まって、どっと疲れるようになるのだから。とにかく四人で仲良くお願いします」

采明の説明を聞いていた希莉は、初めて大きな声で笑い出した。

「笑うところじゃないでしょう、変な子ね」

與明もつられて笑い出した。

賛宇が一通り説明し終えると、少し間を置いて継市が尋ねた。

「駕洛の地は混乱していると聞きます。その意富駕洛の方たちと、この先ずっと滞りなく連絡が適うのですか？」

「それは大丈夫だ。高霊《コリヨン》や星州《ソンジユ》まで行けば駕洛山に居る世主とは目と鼻の先。確かに南端は混乱しているが、さすがにそこまでには及んでいない。当代の嘉悉世主《カシツセジユ》とは昵懇なので、あの時余裕さえあったなら居城へ逃げ込めていたかもしれなかったが、北への道が塞がれていたから我々も仕方なかった。だからこそ、こんな話なら喜んで協力してくれると思う。それに、世主としても豊富な物資は欲しいはず。交易の品を持ち込むだけでも、その成果は十分に期待できるさ。何よりも駕洛山から智異《ちい》山にかけての多くの山から鉄鉱石が沢山取れる。上手く運ぶ経路さえ確立すれば良い」

「その、大量の石の運搬はどうする？」

加莉が訊いた。

「採掘場所から川で運ぶ。その下流が南海に至るから、舟で対州の独島に運び、さらにそのまま壱志を経由し、宇美邑と津の邑に到着することとなる」

あとは川筋での安全が問題だな、と悠于は言った。

「そこだ。下流近くの流域だが、金海駕洛の部族の地を通らなくては海に出ることが叶わない。それだけが悩ましい」

賛宇がみんなの方に顔を近づけた。

「大きな船を製造しよう。そして、それに鉄製の防御盾も取り付けてみたらどうだろうか？」

継市が、閃いた言葉を口にした。

「そんなものが俺たちに造れるのか？」

悠于は驚いた。

「やってみようよ。船を造ることなら俺は知識も技術も持っている」

加莉が瞳を輝かせた。

「採石を運搬するのだから相当巨大な船が必要だ。それに、大きな船なら海を渡るにも心配が少なくなるから一石二鳥だ」

賛宇は、これだから話し合うことが大切なのだ、と手を叩いて喜んだ。

「俺は、ここで出来た鉄で鏃を造る。遠くに飛ぶよう頑丈な弓矢も工夫してみる。その船に乗る多くの者たちのために出来るだけたくさん造る」

珂篤も、やっと自分にも出来そうなことが見つかったと思い高揚した声で言った。

「そうか、そうだな。みんなが力を合わせて実現させよう」

賛宇も余裕のある表情に戻って、この場にいる四人を見回した。

壱志から独島、閑山《ハンサン》から星州に向かい、駕洛山まで北上する経路に決めた。金嘉悉《キムカシツ》に謁見を願い出るため、まず賛宇は継市と二人で向かうこととした。上陸してからは賛宇が先導して、海路を含め七日目には駕洛山に在る山城に着いた。

「お前たちの一族が、困難に遭遇したことは聞いて、とても心配していた。みんな息災でいたか？今は、どこに居る？」

顔を見るなり、嘉悉世主は賛宇へ質問を浴びせた。

「恐縮です、世主。お陰さまで何とか無事に退避して、独島よりさらに南の大島で落ち着きました」

海を渡って逃げ延びたと聞くに及び、嘉悉が眉を顰めた。

「相当な苦労だったたな。自分の不徳に言葉も無い、許してくれ」

「いえ、大丈夫です、ご心配に及びません。それほどにおっしゃって頂き、却って恐縮です」

「ところで同行の者は？　見知らぬ男だが……」

継市は賛宇に目配せし、彼がうなずくのを確認して、半歩前ににじり出た。

「私、継市と申します。先祖は徐市。秦国の王家に方士として仕えておりましたが、王命を受け、五穀種の食糧や種子を乗せて一族は東瀛《とうえい》の孤島蓬莱《ほうらい》の地に辿り着きました。不肖ながら、縁あって賛宇翁《おう》の御息女を娶り、共に力を合わせることを誓った次第です」

「何？　あの、噂に聞く秦《しん》の徐市《ジョフツ》の末裔？」

嘉悉は興味を持った様子で、彼の顔をじっと見た。

「恐縮です。世主様にご存じいただけていたとは私たちも一族も光栄です」

「時に、王命は不老不死薬を探すことだとも聞いているが、徐市は見つけることが出来たのか？」

「いえ、そのような物、この世のどこにもありません。私の父、子市と申しまして今は角額の地の人となっておりますが、徐市が彼の地で栽培した烏薬《うやく》草を大切に育てております。もちろん不老不死の妙薬ではなく、その根が疲労回復に効く薬草ということで栽培しているのです」

なるほど、と嘉悉が言った。

「また徐市は、農、工、衣、酒、塩、鍛冶、占星などを同行の人と共に子や孫に伝えましたので、不肖な私も各種の知恵を身につけました。今回も舅とは鉄材の生産を話し合って、その鉄鉱石をこの地から調達して運搬したいと考え、こうしてお願いに伺いました」

その言葉を引き取り、賛宇も話し始めた。

「南海の地では、それぞれの地から翡翠や瑪瑙などの輝石珠玉や大小動物の毛皮、それに銅や水銀朱、その他多種多様な品々が交易によって入手できます。それを私たちが運び、この意富鴐洛の方々に商いましょう。その代わりに、今この継市が言った鉄鉱石を持ち帰りたいと思っております」

賛宇の言葉に嘉悉は快く承諾した。

「今後、その交易の度に好きなだけ持ち帰れ。採掘責任の者に指示しよう」

二人は、いとも簡単に希望が叶えられたことに安堵した。帰路は、その航路を確認する目的で、河川に沿って南下した。

「しかし継市は高邁な出自だったんだな。知らなかったばかりに、ずっと失礼してきてしまった」

賛宇は、歩きながら笑いかけた。

「いや、出自とか何とか、今では遠い祖先の栄華だし、どちらかと言えば逃れてきた一族なんだから、変に持ち上げてからかわないでください」

継市も整った笑顔に白い歯を覗かせた。

このまま海岸まで出てしまうと来たときに舟を係留した地とは距離が離れてしまうのだったが、とにかく見聞するため山を下りた。上流では狭い川幅も中流に下ると対岸までは相当な距離になった。河口近くでは向かいの岸が遙か彼方に見える。もし、大きな船が中程を航行したとしたら、この岸辺からの弓矢などは殆ど意味を為さないことだろう。

「この川幅なら、荷積みの船でも悠々と通り過ぎることができるな」

賛宇が、肩を並べて歩く彼に語った。身の丈は二人ほぼ同じで、宇美や壱志の邑の男たちより長身だったが、この駕洛の人々は彼らに劣らない身長の者が多かった。だから人の多数いる邑で、駕洛人である賛宇も、華人の継市も、この邑の者ではないという理由の他目立つところはなく、道中は穏当なものだった。

津の邑に戻る途中で壱志に寄港した。邑を訪ねると加莉と彼の長男であり希莉の兄である晋莉《シンリ》も二人を歓迎した。

「世主が快諾してくれた。いよいよ実行に移せる。早速だが大型船の製造に掛かろう。一艘ではなく少なくとも二艘は欲しい。必要なだけ津にある金や資材も使ってくれれば良い」

「承知だ、造船は任せてくれ。この晋莉は、海のことも舟のことも小さい時から馴染んで育った、もちろんこの邑の者ならみんなそうだけど、航海のことも運搬のことも承ろう」

加莉が、その赤銅色の顔と小太りな体躯を揺すりながら大きな声を響かせ、息子に向かってすぐに人と物を手配するようにと指示をした。

「心強いな、頼む。駕洛との交易の品々や武装具は、約束どおりに津の邑で用意する」

賛宇が、加莉に右手を差し出して握手を求めた。それに応えた加莉も握る手に力を込めた。そして二人の手を差し上げ、万歳《マンセイ》と叫んだ。継市もその場で万歳を唱じた。得難い絆で結ばれた同志であると、この場にいる誰もが信じて疑わなかった。壱志では、さらに加莉の配下である蘇満留《ソマル》と珂備留《カビル》の兄弟も交えて造る船の大きさや仕様を相談し、また大型船が寄港できるような湊の候補地についても話し合った。

宇美の邑で見つけた山から採れる鉄鉱石で鉄器を生産した。また、その山と山周辺に含有する状況を踏まえ、全て採り尽くす前に駕洛から調達できる算段もついた。これからの継続的な生産に希望が持てた。早里や荒東《アラト》の提案で、角額のさらに北に在る日美泊《ひみのとまり》近くの邑とも交易を始めた。津からは鉄器を提供し、日美からは良質の翡翠の珠玉を交換する、この取り引きも順調だったのだ。

交易先に関する意見だけでなく、荒東と忍羽《オハ》は、継市に自分たちも交易の実務に携わりたいと申し出た。彼らには、あのモシリの邑の志良《シラ》の顔が浮かんでいたのだ。二人は工夫して定期的にこの地と北の島とを往復した。そこに有る水銀朱や貴重な種類の毛皮を鉄器と交換するためだった。

津の邑は、神門と意恵、日美、モシリ、これらと関係する他の邑とも交流を活発に行い、物流の拠点となりつつあった。まだ始まってはいなかったが、これに駕洛との交易が加われば、さらに量や質も飛躍することが期待できる。そのために噂を聞きつけた参入者も後を絶たず、津の邑ではさらに人口が増加した。

「人も多くなり、邑の中でも各々が物々を交換しているが、それによっての小競り合いも多いと聞く。何か良い方法がないだろうか？」

賛宇は、同じ敷地に建てた與明と継市の住まいを訪ねていた。

「駕洛の地にも、金を目安に、物との交換をする方法が有ったのではありませんか？」

彼は、継市の言葉にうなずいた。

「金でなくとも、ここでは銀を使いましょう。幸い銀も採れるようになったので、その小粒を基準にして交換することを約束し、みんなに保障すれば宜しいのです。つまり、長が邑の内での物と物との交換を総て引き受け、それを約束してやるということです。必要な物資は、その種類の重さや大きさなら銀では幾つ幾らと明言して、いつでも長のところに来れば必ず銀と交換すると宣言する。そうして銀を持ってくれば必要な物と、また物を持ってくれば相当の銀をその場で手渡す。津と宇美の邑の中でだけ通用するよう、二人の長が邑人に約束するという決め事を創るのです」

宇美の山では鉄鉱石が遠からず枯渇することが判ったが、代わりに相当量の銀を含有する山が見つかった。そのため、銀も徐々に蓄積しつつあったから、彼もこれを提案したのだ。

「共同で作業する稲作や山での採集は従事した者で分配しますが、それぞれが余した分を銀に替えてやって保障し、その物資を邑長が備蓄して必要に応じて銀と交換することも良いでしょう」

「我々以上に遠くから来て住み着いた者も多数となっている。みんなが理解できるだろうか、悠于はどう考えるかな？」

「宇美の邑でも話してみませんか？　人数もここより少ないから、一同に集まってもらって丁寧に説明することが適うかもしれません。ここでは、一家族ごとに出向いていって話をしましょう」

「お父さん、私も邑を回ります。継市の言う方法は、みんなにきっと受け入れられるわ。そうしたら、この邑はさらに大きくなると思うの」

二人のために肴や酒の準備をしていた與明も、途中から男たちの会話に加わり、率先して協力したいと言った。

「それじゃ、まず私が、明日にでも宇美の悠于に話をしましょう」

継市が彼女に目で合図し、賛宇にそう言った。その打ち合わせが終わると話も砕けて、酒席は身内の気安さから和気あいあいと賑やかだった。賛宇もかなり呑んで相当に酔っ払った。呂律もあやしくなり、足元も危うかった。そんな父親をとなりの母に送り届けて彼女が戻ってきた。

「ありがとう、すごく機嫌が好かったわ。駕洛を離れてから今夜は最高にゴキゲンだった。あなたのお蔭よ」

彼女は継市の首に両手を絡めて、その唇を吸った。彼も酒気を帯びた熱い吐息で応え、そして両手を彼女の腰を抱え込むように引き寄せた。お互いに、その体の内が熱くなっていることに気が付いている。

「聡明なあなたのことは、私、心から尊敬している」

唇を離し、その胸に顔を押し付けるのではなく、少し体を引いて彼の瞳を見た。

「あなたのことが好き、とても好きよ。私の中の理性的な私も野性的な私も、どちらもあなたを好きだといっているわ」

継市も腰に回した両腕を少し弛め、斜め上から彼女の瞳の奥を覗き込むように見つめた。

「こういうのって目交《まぐあ》いって言うって、頭脳明晰な貴方は知っていた？」

いいや知らなかったと首を横に振りながら、でも瞳を覗き込むのって何だかとてもドキドキするね、と答えた。

「あなたの心の深い部分、それに私の心の奥が、お互いに見つめていると、判るような気分にならない？」

「そうなんだ、ドキドキする理由はそれなんだね」

「ねえ、聞いてくれる？　私ね、またこの頃ふとした時に変なもの、ぼんやりとした何かが見えていたの。普段の時間の中で、ふと何回か同じことを感じたけど、不安な気持ちばかりが胸に迫って込み上げてきても、その正体が一体何なのか最近まで良く解らなかった。昨晩、初めて感じていた気持ちがハッキリと夢に現れてビックリした」

「何だったの？」

「目覚めて、となりのあなたはまだ眠っていたし、外も暗かった。ビックリして起きたけど周りは何もなく、ただ夢の中だったんだと気付いたけど、……この邑が真っ赤な炎に包まれて、みんなが逃げ惑っていたの」

彼は、すぐに言葉を返せなかった。

彼の腕に包まれながら、與明が背中を震わせて嗚咽を上げ始めた。顔を継市の胸に押し付け、熱い涙が滲みて彼は戸惑った。

「どうしたの、大丈夫？　周りはこんなに静かで穏やかだ。ただの夢だよ、大丈夫、大丈夫」

継市は、彼女の背中を手でゆっくりと叩いたり撫でたりしながら、大丈夫だから落ち着いてと何度も囁いた。

翌朝、継市は一人で宇美の邑に出掛けた。昨晩のこともあり、與明は気分が優れない様子だったからだ。彼女は、大丈夫だからと言ったのだが、となりの父母の家に顔を出し、彼女の体調不良を説明した。母親の釆明は、どうやら娘の妊娠を疑って気遣っている様子だったが、わざと彼は気付かない振りをした。

「昨日は世話になったね。大変楽しかったよ、ありがとう」

まだ目蓋がぽってりと腫れた二日酔いの表情で賛宇が挨拶した。

「昨日の話、今から宇美に行って悠于に説明してきます。相談が纏まれば報告します。また今晩にでも会いましょう」

継市が爽やかな笑顔を彼らに向けた。賛宇の横で夫の腕を取りながら会話を聞いていた釆明も、彼の男ぶりの好さを眩しそうに眺めて手を振った。

宇美の悠于は、銀の仲介による物々の交換をとても面白いと歓んだ。

「ただ、責任を全て邑長である私が負うということだと、物が腐ってしまったりしたら大損をしそうだけど？」

継市は、大男のくせに案外小心者で、心配を正直に言う彼が微笑ましくて好感を持った。

「おっしゃるとおりの心配はあります。例えば、銀を持ってきた者が魚を欲しいと言っても邑長の手元になかったり、その逆に物を持ち込まれて銀をくれと言われても扱いに困ったりすることがあるということですね？」

「そう、そのとおり」

モヤモヤとした懸念をうまく表現できなかったが、彼が明瞭に例示してくれたのでほっとした。

「まず、これが邑人の間に浸透すれば、あなたが仲立ちして、余って所持する者と逆に必要とする者とを引き合わせてやれば良いということになります。与えて銀を得た者が、その銀でまた別の物を欲しがるなら、その欲しい物を持つ者を紹介する。一方では、邑長の手元で余る物、特に生ものなどすぐに欲しがる者がいない場合、対価の銀など求めず誰かにくれてやれば宜しいでしょう。タダなら嫌とは誰も言わない」

「えぇっ、やっぱり損をしてしまう」

「大丈夫、あなたは銀を保管し流通させるのだから、幾らだって銀を補充できる、そういうことでしょう？」

継市が、笑顔で彼に語った。

「なるほど……」

分かったような、分からないような、そんな気分だった。

「でも、物と物それぞれ銀ならどれくらいというのはどう決める？」

「それは、あなたと賛宇と私で、二つの邑どちらでも通用する共通の基準を決めれば良いことです。それを説明して、みんなに理解させるのです。そうすれば、そのうち自然と銀を日常的な交換の仲介物とすることにも馴染むはず、その時は物々の交換をあなたが直接助けてやらなくても、ただ銀をばら撒くだけで良いということですね」

悠于は天井を仰ぎ暫し考えてから、銀の大きさ重さはどうするのかと尋ねた。

「そうですね、あまり大きくては不便だから小さな固まりにしましょう、それを何個で何々と交換できる、なんていうのはどうでしょうか？」

「そうか、この鼻糞みたいな塊の銀を幾つも作れば良いのだな」

悠于は自分の鼻をほじって鼻糞を引き出し、指で丸めて継市に見せた。継市は目の前で鼻をほじって取り出すとまでは思ってもみなかったので、少し眉を顰めた後に、そんなものですねと苦笑いしながらそう答えた。

宇美の邑からの帰路、その舟には悠于と配下の侘摶《タル》が同乗した。侘摶は、鉄の鉱石を採掘する現場責任者であり、また近隣から銀山を見つけた本人でもあった。

「よく来てくれたな」

悠于と侘摶を迎え、賛宇はそれぞれに近寄って抱擁した。背中を軽く叩き合って称えてから、賛宇は二人に着座を勧めた。継市も賛宇の横に並んで座った。

「銀のことだけど、継市から聞いてもらったとおり、彼の提案を試してみたいと思う」

賛宇は、與明の運んできた酒を、彼ら二人に勧めながら切り出した。彼女は、そのまま継市のとなりに腰を下ろした。

「もちろんだ、面白いじゃないか。聞くところによると駕洛の地では当り前の事だという。宇美の山からは銀も採れるようになったし、この方法にみんなが慣れれば、刈り取った稲を分配するにも銀で行えば良いようになるのだろう？」

悠于が、侘摶の功績を称えるため彼の方を見た。

「そのとおりだ。ところで稲の具合はどうだ？」

賛宇は、その実り具合も気になっていた。

「あの雨の後は順調だ。いつも申于《シンウ》が邑の者と、まだ葉緑の穂の海を歩き回っている。もうすぐ収穫だから楽しみだ。こっちはどうだ？」

彼の長子は勤勉で、また自分でも工夫を怠らない。

「こっちも順調だ。男も女も一生懸命に働いている」

それなら安心だなと酒を流し込みながら悠于もうなずいた。

「銀を石から精製して、その銀粒を造る必要がありますが、どうしますか？」

継市は二人の話がまとまったのなら、次の段取りへとつなぐつもりで尋ねたのだった。

「そうか、どうする？」

「鉄と同じく鉱石を粉砕して、高熱で溶解して精製するのだろう？　それなら、踏鞴がある津で行うことが相応しいのではないのか」

最初から、宇美では難しい、と悠于は思っていたのだろう。

「いや、運搬に手間を掛けないように、宇美の銀山近くで溶解炉を作って精製した方が得策だと思います」

継市が、賛宇と相談して用意していた言葉で答えた。

「そうだ、銀の製錬には鉄を造る時ほどの高温は必要ない。傾斜のある上に炉さえ一つ作れば溶けた銀は下に流れ落ちて貯まる。それで十分ではないか」

賛宇は駕洛の地での経験を説明した。

「そうか、簡単なら邑の者でも出来そうだな。侘摶、お前がやってみるか?」

悠于は侘摶を見て訊ねた。

「誰かが指導してくれるなら、やってみたい」

「私が指揮しよう」

侘摶の質問に継市が答え、賛宇もそれが良いと言ったので、悠于は銀の粒の製造は自分たちの邑で引き受けることにした。

鉄鉱石が採れる山は一山だけだった。しかし、そのとなりの山からは銀が出た。その奥の山からも銀鉱石を見つけることが出来た。つまり、南北に連なる山の一帯から採掘出来るらしい。鉄の調達は今のところ順調だが、いずれは枯渇するだろう。だが、それに代わって駕洛の地から補給することが出来るようになった。これから暫くは鉄の採掘に六分、銀の採掘に四分の割合で人力を按分して従事することとした。

再び宇美の邑にやって来た継市は、侘摶の案内で銀が出る山とその周辺を視察した。そして二人は、鉄の採掘場と銀山のほぼ中間で、川の上流に在って水を引き込める場所に炉を設けることとした。鉱石から銀だけを取り出すための燃料は、近隣の材木を伐採して得るつもりだ。

「あの辺に溶解炉を造ろう。その下部を掘り下げて窪みを拵えれば良い」

継市は、侘摶と彼に従って付いてきた男たちに丁寧に説明した。

「炉を囲う建物はどうする？」

侘摶が尋ねた。

「柱を立てて、その上に覆いを被せよう。雨を凌ぐだけで壁など要らない、吹き晒しで構わない」

「それなら簡単だ、手間がかからない」

侘摶が手を叩いて喜んだ。

「ここなら石を採掘場所から運ぶにしても、そう遠くはない」

継市の言葉に彼もうなずいた。移動して予定地の高みに立った。宇美邑の男たちは、足元の土の状態や建物の大きさを確保する作業段の確認のために歩き回った。彼らのそばを離れて、継市は一人で崖の近くまで来て海を眺めた。水平線が広がっていた。宇美の邑から意外と近くに壱岐の島が望める。その先の海原には、霞がかかったようにはなっていたが、対州の独島が何とか見えた。さらに先には、駕洛南岸の島々が在るはずなのだ。

「結構近いもんだな」

継市は、先日賛宇と渡った韓半島南岸の地を想い出した。自らの祖も、半島の更に奥から、遠路はるばる渡ってきた。そこは、自分にとっての原点がある、母なる大地だ。ただし、中原の人だった曾祖父も祖父も、そしてこの地で生まれた父も、その故郷の地で再び眠ることはない。

妻である與明を含む金賛宇とその一族は、機会をつくり再び駕洛の地を目指したいと考えているのだろう。だが、常に民族の興亡と戦渦の場所に戻っても、決して安息の時など得られるものではない。たぶん、自分も同じだと思った。

『何れが人の幸せか？』

與明の見た夢の真偽は別として、津の邑や意恵の邑の今が安穏過ぎるのかもしれない。しかし、ゆっくりとした時の流れと穏やかな暮らしは、何ものにも代えがたい幸せであり、たった一度の人生を人間らしく全うできるかけがえのないものかもしれない。

「継市、そろそろ引き上げよう。調べも終わった」

呼ばれた継市は、そうか、とだけ答えた。

吹く風が涼しくなって稲穂もたわわに首を垂れ、田が黄金色に染まった頃、壱岐から津の邑に真新しい二艘の大きな船がやって来た。一艘に五十人程が乗れるのではないか、見る者にそう思わせる船なのだった。今まで誰も見たことがない代物を一目見るため、口伝えに噂を聞いた者は刈り入れの手を休めて河口の浜に出てきた。

「立派だな」

賛宇は、となりの継市の手を取って、子どものように喜んだ。

「こんな大きな物には、お目にかかったことが無い」

二人の少し後ろで見ていた硫砒も珂篤のとなりで感嘆の声を上げた。

「そうだな、海が得意な金海駕洛でも、これだけの船は無いぞ」

珂篤も同感だった。

船底が海底を擦らないために、水深が十分な河口の岸壁近くで停泊させたのだったが、緩やかな波に漂いながら留まる様はまるで小さな山だった。

「これだと一艘でも、相当な量の鉄鉱石を持って帰ることが出来る」

船から地上に架けた梯子を使って、海の浅瀬に降り立った壱岐の加莉が、右手を挙げて賛宇たちに近づいてきた。その後ろからは彼の息子の晋莉も降りてきた。

「どうだ？　凄いのが出来ただろう？」

加莉が、自慢げに笑った。

「参ったよ。これ程の物とは思ってもみなかった」

賛宇も彼に近づいた。両手を拡げて抱擁し、お互いの背中を叩いて称え合った。

「お父さん、お兄さん」

浜辺を一人で走ってきて、加莉と晋莉を呼んだのは希莉だった。

「おう、元気そうだな」

晋莉は走ってくる彼女に手を振って応えた。彼女が、夫である珂篤の横をすり抜けるように過ぎ、二人のもとで足を止めた。

「今日は、お前の家に世話になるつもりだった。良いかな？」

加莉が彼女の手を取り、ひげ面で頬ずりをせんばかりに抱きしめた。

「何の、加莉と晋莉も我が家に来てくれれば良い」

贊宇は、慌てて彼の顔を見た。

「ありがとう。ただ、親子水入らずで過ごしたい気持ちもあって、船中でも晋莉がそう言い出した。珂篤には迷惑だったかもしれないけど……」

そう言われた彼は複雑な表情を浮かべ、贊宇と加莉の二人を交互に見た。

「そうだな、珂篤、今夜は家に母さんのつくる飯を、食いに戻ってこい」

その言葉に、いちばん喜んだのは希莉だった。珂篤は、さらに複雑な表情を浮かべて彼女を無視するようにうつむいた。

この大型船での最初の航海は、一艘が駕洛に向かい、もう一艘は神門大海の二つの邑を経由して北に向かうこととした。

出発が決まってから駕洛に持ち込む品々、北方へ運ぶ鉄器類を慌ただしく両船にそれぞれ積み込んだ。駕洛へ渡る船に乗り込むのは、贊宇と宇美邑の悠于と継市と壱志からの加莉の四人とし、一方の神門から以北への航海には硫砒と柑玄《カンゲン》と神門から何人か、さらに意恵からも籬が乗船して多くの邑々を廻る計画とした。

出航の日、浜には多数の人が見送りに出た。かなり先の岸壁に停泊している船までは、それまでにも使ってきた舟に分乗して近づく。

「それじゃ、行ってくる」

贄宇は、妻の釆明と娘の與明に言った。継市も與明に別れを告げた。

「お気を付けていってらっしゃい」

釆明は、夫を気遣って無事を祈った。

「珂篤はどうした？」

「きっと、稲穂の刈り取りでしょう」

釆明が周りを見回して、それから夫に囁いた。

駕洛へ行く船には、良質の翡翠の珠玉や水銀朱や大小様々な種類の毛皮を大量に積んだ。浜にいる誰彼も、将来への希望で顔が明るく輝いていた。二船に分かれる一行は、二隻の舟に乗り込み、水際から沖に滑り出した。

「きっと無事に帰るから。留守を頼むぞ」

小舟から立ち上がって、もう一度贄宇が釆明に手を振った。浜から、釆明と與明も彼に応えて大きく手を振り続けた。

十二

まるで神門水海《かんどのみずうみ》そのものに飲み込まれるように夕日が沈んでゆく。与麻《ヨマ》はこの時間が好きだった。

水平線に落ちる大きな日輪が、とても優しい。はっきりとした橙色の半円は例えようも無いほど色鮮やかで、なぜか胸が詰まり悲しくなるのはなぜだろう。

彼女はこの時間になると、いつも仕事の手を止めて暫くの間うっとりと夕日に見とれてしまうのだった。

先日、夫の早里《サリ》と湖畔にシジミを獲りに来て、そんな姿の彼女はからかわれたが、その時はこの人には美しいものを美しいと素直に感じることが無いのかしらと不満に思った。路傍で健気に咲く花に関しても彼は無関心だった。一緒に暮らすまでは、女と男にそんな違いが有るとは夢にも思わなかった。年頃にはなっていたが、唯一あのことを除いて、本当の意味で男のことなど何も知らなかった、と今でこそ思う。好きになった男はいなかったし、男と一緒に暮らしたことといえば父親だけだった。だから、今さらながら、女と男は感性だけでなく、いろんなところが違いすぎて驚くことばかりなのだった。

『お母さんも、やっぱりそうだったのかしら』

「与麻のところも今晩はシジミにするの？」

背中からの声は宮《ミヤメ》だった。

「あら、あんたも来ていたの？」

与麻は、ぼんやりと夕日に向けていた視線を戻し、声のする方に振り向いて笑った。宮もシジミを獲りに浜辺に来たのだ。二人とも竹で編んだ籠を下げているのですぐに判る。

「お米は、貰いに行けばくれるから楽よね。あとは魚か干し肉か、それとも貝？　それに、果実を山で採れば用意はお終い。こっちに来てから生活が楽になったわ」

神門《かんど》の地でも稲作を始めて、刈り入れた稲穂は共用の倉で備蓄するようになったからだ。

「でも男って勝手よね。今晩は何が食べたいって言った時には何でも良いよ、なんて上の空なのに、いざ食事になると、あれは無いのか、これが無いなんて騒ぐんだから。本当にムカついちゃう」

与麻も同感だったが、身振り手振りを交えて話す彼女のその言い方に、思わず笑ってしまいそうになった。

「何？　何か変なこと言った、わたし？」

宮が、きょとんとした表情で、彼女を見た。

男たちは、狩猟と漁労のそれぞれが得意とするものに従事し、女たちは刈り入れの一斉作業以外の日々には作稲の世話をした。いずれも邑の老幼の者を除くほとんどの男女が集団で協働し、主菜を各家族の人数で公平に分配した。それ以外の副菜などに関しては、いま二人が獲りに来たシジミのように、それぞれが好みに応じて自由に採った。

ただ、男の中でも荒東《アラト》だけは、周りの男たちと山に入る傍ら、湿田の世話でも身を粉にして働いた。年長だが妻帯していない彼は、その持ち前の洒落気もあって、田造り仕事では特に熟年の女たちの人気者なのだったが、与麻や宮と共にこの神門の邑へ移り住んでから、先住の人々へ積極的に溶け込むように努めてきからでもある。

移り住んでからすぐに、去場《いぬば》で知り合った継市《ツグツ》たちの知識も借り、神門の邑でも、今までに経験したことがなかった稲作という新しい技術を早里と共に指導した。早里と荒東は、この地の人々に安定した生活の糧を与えたことで、徐々にではあったのだったが多数からの信望を得たのだ。

「それにしてもシジミは美味しいわよね。大ぶりで出汁も良く出るし、副菜としてだけでなく、あいつの酒の肴にもなるし」

あいつとは忍羽《オハ》のことだ。与麻も宮も、この神門に去場から移り住む時に同じく夫を得たいわゆる同志の感覚である。

その忍羽は、荒東と行動をほとんど共にしながら、狩猟と農耕に従事した。また、必要に迫られた時のみの不定期にではあったが、荒東と二人で神門より東北にある今まで縁があった邑々を訪ね、物々を交換してくる者としても忙しくした。一方の早里は、神門の邑の前の部族の長である佐尾《サビ》の長男、貫武《カンブ》に担ぎ上げられたという経緯もあって、人々からは『主早《スサ》』と呼ばれながら貫武と共に邑内や意《お》恵《え》の人々の間を奔走していた。しかし、本人としては邑長とか指導者とか、そういった気持ちなどは殆ど無く、みんなと一緒に野や山を駆ける狩猟者集団の一員として汗をかいていただけで、それ以外の時にはゴロゴロとして過ごしている。

「与麻、旨いな、このシジミ」

「そうでしょう、今日は大きな物ばかり漁れたの」

「明日からは、いよいよ稲の刈り入れだ。今年も良く実った」

「そうよ、また倉が一杯になって、心配なく冬が過ごせるわ」

与麻は、茹でた米にシジミの汁をかけた自分の平坏《ひらつき》を炉端に置いた。そして、早里の正面の妻座《かかざ》に大きな尻をペタリと下ろし、米やシジミの恵みに感謝するため暫く目を閉じた。それから、再び素焼きの器を取り上げ、茹でた白い米である飯《いい》を汁とともに一口掬い、味わうように咀嚼した。

「俺も貫武も明日の刈り入れは、朝から先頭で頑張るよ」

籬《り》が治める東岸の意恵の邑からも、所持する鉄の農耕機具も持って、多数の人が来るはずだった。

この春先には、荒東たちが田を拡げようと雑木林を切り開き、その土地を耕したが、その時にも意恵が貸してくれた鉄の道具がすごく役に立ったのだ。

「この前、彼は石包丁に代わる鉄の小刀を手に入れたと言っていたから、明日はそれも持ってくるんだろう。ここでも、いろんな鉄の農具を何とか揃えたいと思っている」

食べながら大口を開けて早里が言った。

「口に物が入っている時は、しゃべらないの」

彼の器に木製の匙をコツコツと当てて彼女が睨んだ。

「分かった」

鉄の道具は、土で型を作って溶けた鉄を流し込めばいとも簡単に出来上る。そして、何よりも強靭である。そのことは与麻も賛成だ。

「でも、意恵で鉄を造っているんじゃないのよね？」

「あぁ、籬たちも方法は知っていて、やれば出来るんだろうが、原料の石が採れないと言っていたから、それは無いな。きっと継市の今居る邑から取り寄せているんだよ」

『早里、私は西の果ての邑へ行って妻をもらうことになった。そこに住んで、その人たちと鉄を造ろうと思う。いつの日にか、そこから海峡を隔てて目と鼻の先に在る、祖先たちが生まれた大陸の邑々とも行き来したいんだ。この目で、その地を見てくるさ』

継市が彼を訪ね、与麻と二人に会った時の言葉だった。

「嗣子《しし》が居るところは、どれぐらい遠いのかしら？」

さぁ、と彼は首をひねった。奥の方から与麻の足元に、のそのそと犬が近づいてきた。

「あら、大根《テネ》のことを忘れていた、ごめん。あんたにも、ごはんあげなくちゃね」

ちょっと待ってと言って、犬用の平坏に茹でた米を入れた。この頃は、早里より与麻の方を主人と仰いでいるような大根である。

「お前、俺に挨拶は無いのか？」

早里が、飯をシジミ汁の中に入れて啜りながら、横目で大きな彼を見た。

「さぁ、大根も食べなさい」

与麻は、砕いた干し肉を混ぜた飯を、犬の鼻先に置いてやった。

「待て！　お座り！　待てだぞ、大根」

早里が、匙で差し示しながら言った。しかし、彼は与麻の方ばかりを見て尻尾を振っているだけで、少しも彼の言葉などを気にしている様子はない。

「ちぇっ、この頃は、俺より与麻の言うことを良く聞くんだな」

早里が手を伸ばし、彼の頭を撫でようとすると食べ物を盗られるとでも思ったのか、歯を剥き出して低い唸り声を上げた。

「分かったよ、大根。お前の物なんか誰も盗らないから、そう怒るな」

早里を見て与麻が笑った。そんなことには構わず、大根は自分の器に顔を丸ごと埋めるようにして食べ始めた。

稲穂の刈り入れは、全部を一度に行うわけではない。最も良く実った一角をまず刈り取り、さらに二～三日して実りが十分と判断した別の稲を刈る。何度にも分けて、次々と実りを待って刈り取るのである。これらは、邑の中央に拵えた高床にした倉庫の中に収めた。共有食料として無くなるまで小出しに各戸に配るのだ。豊作の年であれば、翌年の収穫時期まで貯めた稲穂が残っていた。反対に不作の年には、翌年の刈り入れまでの不足分は、取り溜めた古米を配給するのだから主食に関しては安定する。また、不作の年が三年も続くことは無く、少なくなったら栗やドングリさらに椎の実などを茹でて混ぜるが、よほどのことが無い限り倉庫分で間に合った。

邑人も慣れてきて、作稲という安定した生活手段を実感し、稲作を教え広めた荒東や早里たちに感謝している。

「今までみたいに丁刀《ちょうな》で穂の稲だけ削ぎ落とすのではなく、稲穂を丸ごと茎の上部を切り落とせば手間が省ける、この道具はいいな」

荒東が、意恵から鉄の農具を持参してきた酒寄《シュキ》に言った。

「そうさ、嗣子の邑から手に入れた物だ。切れ味が鋭く途中から一発だろう?」

「本当にそうだ、刃も鋭く半円形の小刀みたいだな」

高倉に本日の収穫を全て入れ終えて、その戸口で忍羽を加えた三人が話しているところに早里と貫武がやって来た。

「ご苦労さま、明後日のそっちの刈り入れには、貫武の弟の巽武《ソンブ》と忍羽とが手伝いに行くよ」

早里が言った。

「そうか、助かる」

「ところで、この農具を少し分けて貰うことが出来ないか？」

巽武が訊いたのは、荒東が酒寄と話題にしていた丁刀のことだった。

「そうだな、意恵にもまだ十丁しか無い。この前の翡翠を持っていった時に交換した新物だ」

今すぐには無理だ、という顔をした。酒寄も継市のところまで行って、そこで造っていた鎌を持ち帰ったばかりだったのだ。

「ところで、継市は元気そうだったか？」

早里が言った。

「あぁ、元気、元気。相変わらずだった。嗣子は、日焼けもせず、顔色こそいつものとおり病弱そうに見えるけど、大勢の人を指揮してテキパキとやっていた。今度は大きな船を造って、鉄鉱石を大量に入手して、鉄具の生産を本格化させると言っていたよ」

「そうか、息災か。それなら良かった……」

「何かあるのか？」

早里の口調に引っかかった酒寄が尋ねた。

「いや、はっきりとは誰にも判らないことだけど、忍羽のところの宮が、この前に夢でなぜか継市を見たらしい。彼の周りに、何か黒い霧のようなものが漂っている夢だったそうだ。なぁ、忍羽、そうだったよな？」

　急に話を振られて、忍羽は何と説明すれば良いのか、少し困った顔をした。

「分かった。ありがとう、次に嗣子に会ったら、今のことを伝えて注意するよう言っておく」

　酒寄は、世間話の一つのように応えた。

「とにかく、今晩は感謝の夜だ。酒も肴もたくさん用意しているから、ゆっくり寛いでいってくれ。無礼講の祭りだ、祭りだ！」

　貫武が、酒寄だけにではなく、みんなにそう言って右手を挙げた。

　米倉の横には御柱《みはしら》を立てていた。それは舞い降りる精霊の依り代となる。その御柱の手前で事ある毎に祈願と感謝を祈ってきたが、今回は稲の収穫を祝うため新たに白木で拵えた祭壇を設けた。酒と水と稲と塩、さらに神門大海で獲れる魚や貝や昆布、また栗やその他の木の実なども捧げた。その前で一同が揃い、神へ感謝して祈るのだ。早里と共に邑へ来てからは、その祭事を宮が務めるようになっていた。

　彼女は、親族の女のほとんどが巫女であり、幼い頃は母に付いて姉と共に習っていた。その母とも姉とも別れた今でも、教えられた記憶は鮮明に残っている。今朝も、彼女はまず川で禊をし、食事も摂らずに夕方まで控えていたのだ。そして、洗って晒した汚れの無い、白い麻の筒衣の腰を緋色の紐で絞り、天神《あまつかみ》への恩《めぐみ》に感謝する祈りを朗々と吟じた。祈りを終えて、やっとみんなは解放された気分で炉端に向かった。

　稲の高倉の正面は、大きな円形の広場になっていた。そして円形の中心に大きな炉が在った。火を使う真ん中は小さい拵えだったのだが、炉端には十人以上が並んで座れた。すでに炎の周りには多種の魚や肉が串に刺して立ててあった。刈り入れの後、女たちが協力して用意したものだった。どの串も火に炙られ、脂を灰の上に滴らせていた。辺りには良い匂いが漂っている。

炉端には祭壇を背にした中央から、早里と荒東と意恵の酒寄、早里のとなりで荒東の反対側には邑の貫武と次男の振武《シンブ》と三男の巽武が並び、半円になって座っていた。その他の者は、彼らの対面の炉端に入れ替わり立ち代り寄って、好みの肴の串を取り、その場で食べたりどこかへ持っていったりと賑わいだ。男も女も勝手気ままに寛いでいるのだったが、早里の妻である与麻と貫武の妻である実季《ミキ》だけは炉端を牛耳る者だけでなく、広場のあちらこちらで楽しんでいる者たちに酒を振舞い、忙しく働いていた。

「実季、ご苦労さま。少し休んでお前もここで飲んでゆけ」

すでに酒で顔を赤黒くしていた貫武が、近くで振舞って忙しくしている彼女に声を掛けた。その声で振り向いた彼女は、夫のいる炉端に近付いた。早里も荒東の方に少し体を寄せて貫武のとなりに彼女が座る場所を設けた。

「飲もう」

となりに小さく正座した実季から酒器を取り上げ、貫武が彼女に坏《つき》を渡して一献注いだ。

「おいしい」

両手で綺麗に飲み干し、彼女が笑った。鮮やかな呑みっぷりだった。横目で見ていた早里は、彼女の坏を扱う指先がとても美しく感じられて、他人の妻《ひと》ながらじっと見とれた。

「うん、もっと飲め」

貫武が実季へさらに勧めた。

「与麻さんたちはどこなのかしら？」

自分を見つめていた早里に気付き、実季がとなりの彼に顔を向けた。その微笑は、彼に触れるほどの近くにあったので、あわてて早里は視線を戻した。指だけではなく、彼女は早里が今までに出会ったことがないような美形だった。

『南に在る島々に住むという人たちは、健康的な肌の色で、女性は誰でも彼女のような顔かたちなのだろうか？』

「さあ主早、お前にも一献」

貫武は、彼のそんな気持ちなど一向に気付かない様子だ。そして、彼女のふくよかな胸の前から手を伸ばし、注ぎ口のある小型の酒壺を傾けた。

「どこだろう、ここからは見えないけど。きっと、宮や忍羽たちのところにいるのでしょう」

彼から貰った酒に口を付けながら、早里は平静を装って、薄暗い高倉の辺りを見回した。

「彼女って優しくて、それにすごく良く気が付くわ。畑でも、みんなより良く働くし、気立ての良い女《ひと》。すごく好き、尊敬しちゃう」

早里は、さっきのことがあったので、何だか照れ臭かった。

「ありがとう。そう言って貰うと与麻も嬉しいと思います」

彼女の指先に見とれていたのであって、決して卑しい気持ちなど自分にはなかったのだ、と言い聞かせながらそう答えた。

「主早や荒東たちに来て貰って良かった。ここが、こんなに豊かな邑として纏まったのも、主早のおかげだ。米を作るということが、こんなに生活を安らかにするなんて思いもよらなかった。いつも、その日の食べる物にだけ心配して、山野を駆け回っていた頃が嘘みたいだよ」

もともと地黒の肌で、さらに狩りの毎日で赤銅色に染まった逞しい肩と腕の貫武だった。髭面で強面だったのだが、その瞳は優しさを湛え、今はとても温かく柔らかい。

「ありがとう、そう言って貰えると嬉しいよ。しかし、それもこれも、貫武が俺の話を冷静に聞いて去場の継市と手打ちしてくれたからじゃないか」

「いや、それは違う。俺は、主早の度胸と人柄に感心したんだ。体こそ小さいが肝は最高だ。だから俺が惚れた、男が男に惚れたんだよ。この先、邑のみんなで主として仰いでいけば間違いない、そう感じたから手打ちに応じた」

実季は、夫の言葉を聴きながら彼を労うように酒を注いだ。

「ありがとう。おかげであの時は、お互い大した怪我もせずにすんだ」

早里も頬を紅潮させながら言った。

「上手く収めることが出来たよな」

目を細め、当時を思い出しているような表情の貫武だった。しかし、この神門の人々の長であり彼の父親である佐尾《サビ》を殺した早里だった。父親の敵を討つため、あるいは白黒をつけるため、邑に乗り込んできた彼と殺し合っても仕方なかったのだ。あの時、次弟の振武は斬りかかる気持ち満々で脇にいて、早里が長剣を投げ捨てたとき、バカかと罵った。そんな彼を制して二人が素手で殴りあったのだ。

炉端から離れた辺りのあちらこちらでは、酒で陽気になった人々が踊ったり、大声を出して笑ったり、幾つかの固まりとなって賑わっていた。

「俺は、ちょっと、あっちに行ってみる」

その振武が、長兄である貫武の許しを得るように宣言した。

「それじゃ、俺も」

三男の巽武も立ち上がった。彼らは、若い女との出会いを求めて徘徊するのだ。一年に一度の収穫の祝いの夜は、親兄弟姉妹以外となら、何でも許される宵だったのだ。

若い男女は酒も入り高揚もする。そして、気が合えば手に手を携えて暗がりの中に消えてゆく。そのまま翌日からも女のもとに通う男も中には出てくる。それは、既に子どもがいる女も例外ではなく、女と男は平等で自由だった。

気が向き、また女や女の家族に気に入られれば、その家に転がり込む。お互いの興が冷めれば、通うことを止める。そして、別の相手を探すだけだった。もし子どもが出来ても、それは邑共有の得がたい財産である。また子どもは幼くして亡くなることが多く、まさに宝、子宝なのだ。産まれた子どもは母の家族の中で守られながらも、その子に対して邑にいる誰もが損得抜きで世話をする。

家とは女たちのものであって、その地から動かないのは血脈を繋ぐ母娘なのだ。男たちは女の家にころがり込む生き物なのである。そして冷めれば男は出ていき、また別の居場所を見つける。女も他の男が気に入れば、新しい男と家で棲む。だから、女はいつも太陽のように大らかなのだ。

「主早、お前も若いんだから、今宵は良いんだぞ」

貫武が、意味ありげな視線を彼に送って寄越した。

『さっきのことに気付いていたのだろうか？』

彼は、肩が触れ合うとなりでうつむいて座っている実季に目を移し、ほんのりとした酔いが醒める心地になった。

「いや、俺には与麻という妻《おんな》がいる。彼女だけで十分だ」

そう言って、目の前の炉端にあった酒壺を乱暴に取り上げ、自分の坏に酒を注いだ。彼の様子を見ていた貫武が笑った。

「冗談だ、冗談。ゆるせ、主早」

彼は大きな声で笑い出し、節くれだった指の手でとなりの実季の肩を抱いて引き寄せた。

家に戻ると、すでに与麻が帰ってきていた。大根が、彼女の横に寝そべっていた。大根は彼を見つけると走り寄ってきて飛びついた。しがみついた姿勢のまま、大きな犬は動こうとはしなかった。早里も手で押し返そうとはしたのだったが、顔の近くで聞こえるのはくぐもったような鼻息と、ふさふさとした長毛の感触だ。

「おい、大根、止めろ」

舌で目や頬、それに顎や耳へ、辺り構わぬ生暖かい歓迎だった。

「分かったから、止めてくれ」

犬の両前足を振りほどいた。

「おう、与麻も早かったんだな」

早里は、入口近くの瓶から水を坏で掬って飲み干し、手の甲で口を拭った。

「そうよ、外は危なくって仕方がないわ。いろんな男が追いかけてくるんだもの。宮も逃げ惑っていたけど、忍羽が彼女を引っ張って帰っていったわ」

早里は、三人のその様子を想像して、自然と笑みがこぼれた。

「そうか、それは大変だったな」

与麻が、大根の鼻先を撫でながら彼を睨んだ。

「あんたは貫武と炉端にばかりいて、ちっとも探してくれないからこうなるのよ」

彼は両手で拝むようにしながら、彼女に向かって片目を瞑って見せた。

「今夜は大根を出して、外につなごう」

「どうして？」

与麻は、首を傾げるようにして言い終わってから、その意味に気付いて思わず赤面したのだった。

早里も自分から言っておきながら、妙に気まずくなって空咳をして誤魔化した。

翌朝、みんなが揃ったのは陽もかなり昇った頃だった。早里が浜に行った時、貫武と酒寄はすでに来ていて、舟に持ち帰る荷物を積んでいるところだった。

「早いな二人とも。酒寄、お前、どこに泊まったんだ？　俺ん家に泊まってもらうつもりでいたけど、フラフラと一人で帰ってしまった。飲みすぎてうっかりしたんだ、すまん」

「俺たちが早いんじゃなく、お前が遅いんだ。もっとも、さらに遅い奴もいるけど」

貫武が顎で示した浜に繋がる林から、巽武、それに忍羽と宮がのんびりとした様子で下りてきた。

早里は三人に手を振った。

「昨日は、あの後さらに飲んで、また貫武の家でも飲んで、そのまま泊めてもらったよ」

酒寄が答えた。

「すまなかったな、酒寄。貫武、彼のことでは世話になった」

早里の言葉には貫武が手を小さく振って、何のことはない、という表情を見せた。

「明日の稲刈り、しっかり頼むぞ。向こうはここより人手が少ないんだから」

貫武が、巽武に向かって言った。

「分かっているよ、兄さん」

迷惑そうな表情を浮かべて答えてから、一人で力任せに舟を押し出した。

「待て、まだ積荷が残っているんだ」

酒寄が笑って、彼の肩を掴んで止めた。

「お前が見た継市の夢のことなんだけど、彼の周りの黒い霧のようなものって、きっと禍々しい報せなんだろう？」

今日の夕方には意恵に着く。酒寄と巽武と忍羽を乗せた舟が出ていった後、宮と並んで戻りながら早里が尋ねた。

「たぶんね。でも、彼の命にまで係わる程でも無いと思うわ」

「どうして？　そんなことが言えるんだ？」

「あの時の彼の顔、そんなに苦しそうな表情ではなかったの。だから、何となくだけど、そんな気がする。……そうね、例えば彼の奥さんとか、いや、これも違うな。ええっと……、奥さんの弟さんとか、親戚とか……、そんな人たちにこそ何かが起こるんじゃないかしら。どっちにしても好くないことには違いないけど」

宮も、はっきりとは言い切れないので、もどかしそうに眉を顰めた。

「お前、本当に解るのか？　巫女の血筋って本当なんだろうな？」

「失礼ね、あんた。そりゃ、お母さん程の霊力は無いかもしれないけれど、姉さんよりは鋭いんだからね、わたし。……そうだ早里、あんたのことで一つ言っといてあげるわ。あんた近々きっと大きな船に乗って北の方に旅するわよ。……でもね、あまり楽しい旅ではないの。ひょっとしたら、すごく辛い思いをするかもしれない」

宮が、ぽってりとした唇を尖らせて、彼にそう言った。

四日ほどして神門でも、さらに稲穂を刈り取った。これで全部の三分の二を収穫したことになる。今年は豊作で、これだけでも去年の取り入れと同じ量になり、高倉の中には稲穂が山と積み上がった。

「後の分を加えると、この天井まで届くな」

貫武が、頭に掛かった穂くずを払いながら、倉の中から出てきた。

「今年も豊作で良かったよ。食べる物が無い冬ほど、辛いものはないからな」

山に動物の姿も疎らで狩猟もままならない、もちろん木の実や山菜も手に入りにくい季節は、その日その日の食べ物探しに追い立てられる。幸いにもこの地には神門大海という海水と淡水の入り混じる漁猟場があって、他の地域よりは恵まれてはいるのだが、主菜も無い場合の冬はとても厳しい。

「ところで、籬からの連絡を聞いたか？」

貫武が、その場に腰を掛けた。高床の上で足を宙に浮かせ、子どものようにブラブラさせた。

「あぁ、荒東から聞いたよ」

「そうか、継市が大きな船を造ったそうだが、ここへ寄港し、さらに北方への交易のために航海するから手伝わないかということだそうだ」

「一緒に行こうと誘われたよ。また翡翠や毛皮や昆布、岩塩や金鉱石、それに水銀朱も手に入れに行こうか？」

早里も貫武のとなりに腰を下ろした。

「そうだな、いろんな鉄具も欲しいからな。それやこれや、俺たちも海に出るか」

貫武は、あまり乗り気ではないようだった。

「どうした？　何かあるのか？」

「いや……強いて言えば、他の地で物を物とで交換するだろう？　何だか相手と騙し合いをしているようで、俺は余り好きじゃないんだ。考え過ぎかもしれないけど、こっちの用意した物より沢山だったり、何て言うか、すごく良さそうな物と交換したり、悪くないのかな、って後味の悪いこともあるんだ」

「そうか、そんなこと思っていたのか。でも、貫武らしいな……。ただ、俺とお前が欲しい物って違うだろう？　例えば、俺が翡翠の珠玉を沢山持っていて、お前は一つも持っていない。反対に、お前が昆布を沢山持っていて、俺は欲しかったとすれば、大きな昆布一枚と翡翠を一個交換したとする、でも、どっちも損したなんて考えないだろう？　だから、自分が欲しい物と相手が欲しい物を話し合いで交換するんだから、何も後ろめたいことなんて無いんだよ」

早里の例え話に貫武の表情が明るくなった。

「でもな、水銀朱だけは、貴重な物だという気持ちが分からない。もっとも、それで殺された者もいたけれど……」

「聞いているよ。お前の親父さんと忍羽と宮の家族のことだろう？　どうしても欲しいと思い込んだら、人ってとんでもないことを起こすんだよ」

貫武の言った言葉には、早里も心が重くなる思いがした。

十三

継市《ツグツ》の邑から来た船は、とてつもない大きさだった。今までに知っている舟なら、この中に五艘ほど収納できるかもしれない、と早里《サリ》は思った。

「ところで、継市が見えないけど、来ていないのか？」

荒東《アラト》と一緒にいた籬《リ》に尋ねた。

「そうなんだ。嗣子《しし》は、別の船で駕洛《から》に行っている。これからは、あちらから出る鉄鉱石を船に積んで大量に持ってくるそうだ」

「鉄材を運ぶために、継市はこんな船を造ったのか？」

早里は、彼の存在がとても遠くに感じられた。

「それだけではない。造った鉄具で交易もするから、いろんなところへ行くための船だろう。これと同じものをもう一艘拵えた。もちろん俺たちも、小さい舟を造る技術はあるけど、今度の二艘は壱志《いちし》という邑の者たちが手掛けた。嗣子の義理の弟が、その邑から妻を娶って絆を得た」

船の方を見たまま、継市の様子を説明した。

「あいつも、なかなか大変だな。ずいぶんと苦労しているんじゃないのか？」

籬は、正面を向いたままで答えなかった。早里は、余計なことを言ったと気付き、両肩を竦めて戯けて見せた。

「おい、もう行くぞ」

荒東はすでに、ゆらゆらと浮かぶ小舟に乗り込んでいて、そこから二人に声を掛けた。沖に泊まる船が大き過ぎて浜近くには寄れなかったからだ。

「次までには何とかしろよ」

籬が、荒東に叫ぶように言った。

「あぁ、この先の泊に、岸近くまで水深がそこそこある場所が在るみたいなんだ。帰ってきたら、ちゃんと調べておくから今回は勘弁してくれ」

海面が眩しかった。荒東も手にした櫂を支えにして浅瀬に留まりながら、大声でそう答えた。

「荒東、与麻《ヨマ》はもう船に乗ったのか？」

「先に貫武《カンブ》と乗り込んだ。安心しろ」

貫武の妻の実季《ミキ》は同行しないが、与麻には早里が口説いて北紀行を承知させた。最初は嫌がっていた彼女だったが、早里たちが去場《いぬば》までに辿ってきた場所を見せたいという言葉に心が動いたのだ。ただし、与麻も女が一人では厭だと言うので、今回はまるで予定などしていなかった忍羽《オハ》のところの宮《ミヤメ》まで引き込んだのだった。だから早里は二人に北の地で捕れる貂《てん》の毛皮を与えることを約束させられていた。

神門《かんど》から以北への航海には、継市の住む津の邑からは硫砒《ロンヒ》と柑玄《カンゲン》、意恵《おえ》からは籬、そして神門からの貫武と荒東と早里と与麻と宮と忍羽、総勢九人が乗船して出航した。

風と潮に乗ると、あっという間に去場の岸が遠くに見えてきた。

「おう、何だか懐かしいな。そんなに昔のことじゃないのに」

荒東が、早里と忍羽が並んだ間に入り、もたれ掛かるように二人の肩を抱いた。

「そうだね。でも、妙に懐かしい。考えてみれば俺たち、とても遠くまで来たんだね」

「本当だな。あの時には三百人で出てきたけど、今ここにいるのは四人だけだ」

忍羽も目の前を過ぎていく岸辺を眺めながら、感慨深げな顔でうなずいた。これから、太迩《たに》と角額《つぬが》は眺めるだけで通り過ぎ、日美泊《ひみのとまり》まで行く。角額には帰路に寄るつもりだ。

「日美《ひみ》に交倶《カワク》という長老がいる。優しくて強い、すごい爺ちゃんだ」

膝を抱えて座る与麻の近くに来て、早里がそう言った。彼女のとなりには宮もいた。

「会ったことあるよね、私も？」

宮が、早里に尋ねた。

「そうだな、あの時はバタバタだったけれど、初めて日美に着いた夜は、みんなで歓待を受けたから、宮もそのとき話したんじゃなかったのかな？　でも、俺以外はすぐ太迩に移ってしまったから、話したとしたら、その一度だけだったような気がする」

荒東とだけは何度か交倶や男たちのところで話し合いをしたような記憶があった。三人が話しているところに忍羽も揺れを堪えながら歩いてきた。

「おい、忍羽、お前は日美のあの娘《こ》、ええっと、名前はなんだっけ？　そうだ、真丹《マニ》だ。惚れられていたんじゃなかったっけ？　久しぶりに会えるんじゃないのか？」

早里が大声でそう言ったので、彼は赤面しながら否定した。

「そんなこと、あったの？」

宮が、となりから彼を肘で突いた。

「だから、無いって、そんなこと」

「本当か？　酒宴の席で酒を振る舞われながら、舟の中では忍羽さまに優しく声を掛けていただきました、なんて言い寄られていたんじゃなかった？」

あの時は、彼女たちは安賀多《あがた》との争いで囚われてしまっていたのだったが、たまたま理由も無く捕まった早里が逃げ出した時、牢にいた日美の男女をまとめて救い出したのだ。小さな顔に綺麗な額、小さな鼻と艶やかな唇の可愛い少女だった。

「へえ、そんなことがあったんだ。あの時には、わたし、全然気付かなかったわ」

宮は意地の悪そうな目つきで、正面にいる忍羽を見た。

「だから、違うって」

忍羽は、早里が変なことを言うからだ、と真顔で怒った。

「おい、早里、見えてきたんじゃないか？」

荒東だった。日美泊に流れ込む川は、幅も深さも十分で、河口の奥まで楽に船を入れることが出来る。小高い丘にある邑からは、その様子に気付いた者たちが手に武器を携え、川縁に集まっていたのだった。船上から見ていた早里は、いち早く一人で、小舟に乗り換え、川岸に向かって漕ぎ出した。

「俺だ、早里だ！　ここに、いま戻ってきたぞ！」

その声に、複数の男たちに混ざっていた千久《チク》と吾原《アバル》が反応した。

「やぁ、お前か？」

二人は群衆の一番前に出て、早里に手を振った。そして周りの者に、あの時の早里が来たと説明した。

川縁に着いた彼の舟を、そばに寄ってきた男たちが引き寄せた。

「早里、久しぶりだな。元気そうじゃないか？　良く来たな、会えて嬉しいよ」

千久が、舟から下りた彼に抱きついた。

「お前たちも息災そうで、何よりだ」

早里も彼らの無事を祝った。

大型船を停泊させ、九人は揃って邑に入った。邑の長である交倶のところに案内されたが、与麻はもちろん籬や貫武、それに津の邑の硫砒と柑玄の四人は初対面だ。

「あれから角額に出て、そこから西の太迩に向かったんだけど、そこで、この籬の主人である子市《シフツ》に出会った」

早里の言葉に呼応して、籬が交倶に目礼した。

「その子市は、秦国から一族で来た徐市《ジョフツ》の孫で、いろんな知識を持っている人だった。その人に頼まれ、息子の継市が住む太迩よりさらに西に在る去場という邑まで物を届けに行ったんだ。その時の縁で継市や籬、それにここに居る貫武と知り合ったし、またその継市が住んでいる邑の硫砒と柑玄も一緒に今いる」

貫武、硫砒、柑玄が口々に長老に敬意を示した。

「交倶、俺は、先に一つ謝らないといけないことがある」

彼は、早里の言葉に、太迩の小野《ショウノ》のことだろうと言った。

「やっぱり、知っていたんだね。ここは交誼ある邑だったし、あの時には荒東や忍羽や宮が避難させて貰ったのに、その継市との関係で、俺が小野との争いの当事者になった」

「仕方ないさ、早里。考えれば、あいつも欲張って手を拡げすぎた」

交倶は、小野の話は早々に切り上げて、久しぶりだから寛いでくれと言った。その声を合図としたのか、戸外に控えていた男女が幾つもの酒瓶や幾種類もの肴を載せた器を戸内に運び込んだ。

交倶の私宅だから、早里たち九人が入るだけでも狭い室内は、すぐに熱気が籠もった。また、出入りする邑の者も多数いるので、忽ち入り乱れ、さらに人々がコロコロと場所を変えて酒を注ぎ合うので、めちゃくちゃな雰囲気になった。

「早里、お前には世話になったまま別れたので、あれからも気になっていた」

となりに居る交倶が、彼の坏《つき》に酒を足した。

「それで、あれから安賀多は、ちょっかいなど仕掛けてこないか？」

「あぁ、平穏無事だよ。もちろん付き合いは、あの前もあれからも、もともと一切無いけどな。こっちに変なことを言ってさえ来なければ、それで良い」

そりゃそうだ、と早里が返杯した。

「ところで、大きな船で来たもんだな。あれで、お前たちは交易をして回るのか？」

「そうだ。俺もあの船を今回初めて見たし、乗ってみた。さっき言った『継市』が二艘の船を造ったらしい。何でも、駕洛《カラ》の地で鉄を造る材料の石を手に入れ、それを一度にたくさん積んで持って帰るための船だそうだ」

「鉄か？　鉄なあ」

「何か気になるのか？」

「いや何でもない、嫌でもそんな時代になるんだろうな、と思っただけだ。確かに、道具を鉄にすれば強いし便利だけど、結局はあれで武器を作ることになって、気に入らないことがあると話し合いなんかせず、すぐに激しく殺し合い、奪い合うようになるという噂だ」

「確かに、簡単に人を斬り殺せる。小野も鉄の剣でこの手に掛けた」

交倶が酒を注いでくれたが、何だか不味くなりそうで、これ以上この話はするまいと思った。

「交倶、日美へ来た目的は、みんなに会いたかったこともあるけど、ここで採れる翡翠を何かと交換して貰いたいと考えたからなんだ。多ければ多いほど嬉しい」

「いいよ。そんなことなら簡単だし、我らにも欲しい物はある」

「何が必要なんだ？」

「大きな船が欲しい。あれほどでなくて良いから、三分の一ほどの船が手に入らないだろうか？　どうだ」

早里は唸った。

「即答は無理だろう。みんなで相談してみてくれれば良い。だけど、翡翠は持っていけ。この邑に有るだけ全部をやろう、後で千久たちに伝えておくよ」

ありがとう、と早里は言った。そこへ忍羽が、あの真丹《マニ》を伴って割り込んできた。忍羽は宮のそばでは彼女の酒を受けにくいと彼に耳打ちし、二人は早里と交倶の横に座ったのだった。

「いいよ、ここで飲もう」

笑いながら早里は長老と間にさらに隙間を作って寛げるようにしてやった。

「その節には、本当にお世話になりました」

彼女の笑顔は、相変わらず絶品だった。小ぶりの顔に筋の通った鼻と愛らしく潤んだ瞳、そして吸い寄せられそうなほど妖しげな口元。となりで見ると、あの時のあどけない少女は、すっかり大人の女性に変わっていた。早里自身が彼女の魅力に参りそうで少し戸惑った。

「今は、どちらにいらっしゃるのですか？」

「ここから西に、舟なら八日くらいで着くところに大きな水海《みずうみ》があるんだけれど、その湖西の邑にいる。夕日がすごく綺麗なんだ。一度あそびにおいでよ」

忍羽の彼女しか眼中にない様子が、周りからも判った。

「忍羽、拙いよ。お前……」

「早里、何？」

あれ、と早里は目線を滑らせて、宮の座っている方向を注意せよ、と彼に伝えた。三人の方を見つめる彼女の瞳には、メラメラと燃え上がる炎が見えた気がしたのは早里だけではなく、忍羽も気づいて正気に戻り、顎を引いて姿勢を正した。

「どうかしたんですか？」

真丹は少し顔を傾け、さらに愛らしい笑顔で彼に尋ねた。

「い、いや。ちょっと……、何でもない」

忍羽は、自分を落ち着かそうとして杯を口に持っていった。しかし、滴も垂れないことに気が付いて、さらにバツが悪くなった。

「真丹こそ、一つどうぞ？」

早里は、自分の杯の滴を切り、それを彼女に差し出した。

「いえ、私は……」

気分が悪くなる質だから飲まないようにしている、と彼女が言った。

「そうか、それなら仕方ない。俺が頂こう」

早里は、彼女に向けていた杯を手元に戻し、改めて酌を受けた。一口飲んで、美味い、と言った。

そして、手招きして与麻と宮を呼び寄せた。

二人は、待っていましたとばかりに、やって来た。

「こちらは真丹だ。宮は覚えていると思うけど、安賀多《あがた》の邑で捕虜になりそうになった時、相手を蹴散らして喧嘩になった。その檻に囚われていた十数人の一人が彼女。一緒に日美まで逃げ帰った時からの知り合いだよ。こっちは、宮といって忍羽が夫だ。この与麻は俺の妻」

早里は自分の背後に座った二人を引き合わせた。これで宮も安心することだろう。忍羽も無謀なことは考えないはずだ。

「そうですか、こんにちは」

真丹は、大して動ずる様子もなく、ニコニコと二人の女に頭を下げた。

「そうよ。早里が散歩してくるって出掛けて、そのまま捕まったんだけど、みんなで一緒に逃げてきたって話していたわよね。おかげで舟に二十人ほど、ぎゅうぎゅう詰めになって日美まで来たんだわ。その舟の中でのことを思い出したわ」

宮が、与麻に当時の様子を説明した。与麻は笑った。

「あなたも大変だったわね。早里みたいな向こう見ずがいなければ、今頃どこで何をしていたかも分からないものね？」

真丹も笑った。和やかになって、かえって忍羽だけが肩身の狭そうな様子のままだった。

「忍羽、腐るな。みんなで楽しくやろうや」

早里は彼の肩を抱き、彼の杯に自分の口を持っていって、彼が自分のために注いだばかりの酒を横取りした。宮が酒壺を取り上げて忍羽の杯に酒を注いだ。

「真丹の夫《おとこ》は？」

「えぇ、あちらで荒東さんと呑んでいます」

指さすところには、吾原が荒東と並んで呑んでいた。

「えっ、ええー　吾原とくっついたの？」

忍羽が酒を吹き出したので、思わず宮が汚いと罵った。

「くっついたの、という下品な表現はダメだろう。なぁ、忍羽？」

早里は忍羽の肩に手を置き、分かりやすい奴だな、と大きな口で笑った。

「あんな子どもまでいるの？」

忍羽は、吾原の膝の上の子どもを眺め、それから真丹の顔を見てため息をついた。乳飲み子が機嫌良く座っていたのだ。

「残念だったな。忍羽、もう諦めろ」

早里は、与麻と顔を見合わせた。そして吹き出したいところを何とか堪え、彼女と二人で忍び笑った。それを見ていた忍羽は、さらに不満気な表情になった。そんな様子に宮は怒りながら、それでも笑うしかないような複雑な表情を浮かべて、一人手酌で酒を呷っているのだった。

翌々日に、日美泊を出港した。次は安賀多の地を過ぎて海峡を東方に渡る。そうすればモシリ（神の子の住む）の地だ。

「忍羽、残念だったな？」

昨日は、大量の翡翠を積み込むことで一日を費やした。それで、やっと出発できたのだったが、ずっと彼は不機嫌だった。それが明らかだったので早里がからかったのだ。

「別に、そんなことはない」

そう言いながら、自分でも可笑しかったのか、苦笑いをしながら頭を掻いた。

航海では波が高くて、海の飛沫が多かった。それを避けるように、忍羽が早里といた船べりを離れながら彼に答えた。

「そうか？　それなら良いんだけど。宮には、あんまり心配かけるなよ」

忍羽は返事をしなかった。離れていく彼と入れ違いに与麻が来た。彼女は、すれ違う忍羽の様子を訝しがりながらそばに来た。

「どうかしたの？」

「いや、何でもない」

「そう、……それなら良いけど」

彼女は、早里のとなりの船べりに手をつき、海上遠くの水平線に眼を向けた。

「波が高いけど、船酔いしていない、大丈夫？」

「ええ、宮は気分が悪いって臥せっているわ。でも私は平気、何だか不思議だけど」

早里は、仲間たちと舟で遠路を南下してきたので、今では舟に酔うことは稀だった。しかし、与麻は生まれ育った去場からの舟での移動は、神門までしか経験していない。

「早里は、ずいぶん遠くから、私たちの邑にやって来たのよね？　それって、本当にすごいなって思う」

そんなことを言う彼女が、とてもかわいいと思った。思わず、その小さな肩を包むように片手を回した。

「私ね、あなたが自分たちの辿った場所を見せたいという言葉にジンときたわ。そうよね、両親とも死に別れ、仲間とも生き別れて、私なんかが想像も出来ないくらい苦労してきたんだものね」

与麻が優しかった。言葉を聴きながら、早里は自分のことをもっと知ってもらいたかったのだ、と気が付いた。何となく一緒に来てほしいと思ってはいたが、その本心は自分の今までを知ってもらいたかったのだ。すべて曝け出すことで、彼女が母親の如くに優しく包み込んでくれることを、心では願っていたのだ。

『この航海が終わったら、今度は俺が与麻のことをもっと知ろう』

早里はそう思い、肩を抱く手に力を入れて引き寄せた。

「ありがとう」

今までに見てきた同じ景色を見てほしいとか、この旅でお互いをさらに知り合えれば好いねとか、そんな気の利いた言葉など言える勇気もない。だから、ただ、それだけを言った。

冬に向かう前の海峡は、思っていた程には時化てはいなかった。やがて、この海に厳しい風雪が舞い降りるはずなのだが、今はただ穏やかだった。島を舐めるように大きく東に向かい、そして、その陸地を背にして眼前の島影を目指す。広い海原を斜めに進むと、水平線に湧き出た低い雲と見まがうようなモシリの大地がそこに在る。

「順調だな」

荒東だった。彼と忍羽が、北上するための海路を十分に知っていた。

「そうだね、天気で良かった」

早里は、荒れ狂う北の海を思い出した。それは、あの日の母を奪った海だ。あの時は、雲がみるみるうちに張り出して、天空をほとんど覆った。風も強くなって、波が天に届きそうに思えるぐらい高かった。舟の腹に潮が当たり、砕けた波のしぶきを浴びながら、早里も舟底の骨木にしがみつくよう固まっていた。舟団の一艘が、かなり離れた沖にあった。次から次へと湧き上がってくる黒々とした雨雲が、空の色をすべて隠してしまった。遠くでは稲光が明滅を繰り返し、遠くの轟きが近づき始めた。どんどん光が迫ってきて、それをすぐに追いかけて雷鳴が周囲を震わせた。

『きっと、天が私たちに怒っているのね？　素人が、しかも沢山の女を乗せて、神様も許せなくなったのよね。あの浜で、なんで私たち我慢しなかったんだろう？　もう遅いけど……』

『お前たちのことじゃない。空模様を読み間違えた。油断した俺の責任だ』

頭上で交わされた父と母の会話だった。舟にしがみつきながら聞いていたことを良く覚えている。

「荒東、モシリの邑は海から遠いのか？」

意恵の籬だった、神門の貫武も一緒に近づいてきた。

「上陸すれば近い。俺たちが住んでいたのは山の中だったから、そこからまだ半日かかるけれど」

「そうか。それなら船からの荷物の運搬も少し楽だな。ところで何を持っていくんだ？」

貫武に荒東は鉄の道具だと答えた。早里は、日美の翡翠も有ると言った。

「それで、俺たちは何を持ち帰るんだ？」

「金と水銀を手に入れてこい、と言われた」

津の邑の硫砒が手を上げた。

「なるほど」

籬は、相槌を打ったのだが、貫武は理解できない表情だった。

「銅の鋳物の上に金を貼り付けるのに使う。水銀と金を混ぜれば、水銀が蒸発して金だけが綺麗に残る。装飾の仕上げに使うのさ」

荒東の説明で、やっと貫武も理解した。

「あとは貂の毛皮と漆かな？」

早里も三人の会話に加わって、宮と与麻への約束を説明した。

志良《シラ》の邑へ続く泊には人影がなかった。荒東と忍羽は、最初から見当を付けていた底の深い水路を辿り、岸の近くまで船を進めた。そこからは小舟を使って、人も物も運ぶ。浜に上がれば、そこからは船に積んでいた荷車を使った。

丸太を薄く切り取り、穴を開けて長い木の棒を差し込んで取り付け、さらに上部へ木板をつなぎ合わせて括りつけた荷車を作った。これがあると人だけで運ぶ何倍もの量が可能になる。荒東の知恵だった。

「さぁ、みんなで、志良のところに行こう」

荒東が号令して、九人は歩き出した。浜の奥の林の中に邑が在る。この地域の木々は、神門の森のそれとは違い、うっそうとした感じがしない。地面にまで日差しが届く明るさだ。栗の木が多いからだが、去場や神門を南方と呼ぶのなら、ここは対照的な北の地だ。

「与麻、これから訪ねるところで俺は、その志良に矢を放った。邑の男や女、それに子どもまで十名余りを射殺した。荒東と志良の息子の咲良《サラ》が止めなかったら、さらに殺していただろう。あの時には、亜里《アリ》を殺した志良とその邑人の理不尽さに我慢ならなかった。そんな俺が、彼らの近くで住むことなんて出来ない。だから、荒東は湖畔の住み処を捨てて、生き残った忍羽や宮と共に、俺を連れて逃げ出した。

去場と神門との争いの時、荒東が忍羽や宮とでここまで来たそうだ。邑には荒東だけが入り二人は舟で待っていたらしいが、志良に会えたということだ。俺が彼の肩を射貫いたから、今でも傷が痛むと聞く。荒東は、彼は俺のことを許していると言っているし、みんな生きるために精いっぱいだから、当時のことなど忘れてしまっているとも言った。

だけど俺の父、忍羽の父や母、それに宮の姉も、邑の連中の物をめぐるちっぽけな嫉みのせいで死んだ。そういう意味で、俺の中では終わっちゃいない。それは面子であったり、ちょっとした嫉妬だったり、人というものも、この世界というものも、自分勝手で理不尽なことだらけだ。俺も含めて、追い詰められれば他人を足蹴にしても平気なんだ」

早里と並んで最後尾を歩いていた与麻は、何と言って良いものか判らなかった。

「だから、俺の中では終わらさず、これまでのことを生涯忘れないように生きてゆく。償うため、他人を思いやるため、また自分や周囲を正すために、岐路では思い出す。そう決めたことを与麻だけは分かっていて欲しい」

「……もし、あなたが間違った道を選ぼうと悩んだら、私だけでもあなたを止めるね。それが、みんなに反対されて、たとえ恨まれることとなったとしても、私だけはあなたを止めてあげる」

与麻が探るように早里の片掌を握った。彼女には、もちろん経験がなく実感などもない。しかし、彼の心の奥にあって、今も癒えない痛みや苦しみや悲しみが、繋いだ手をから沁み入って感じられるような気がした。

先駆けた荒東と忍羽の報せを聞き、志良が九人を家屋前に出迎え、一同を中に招き入れた。

「少し痩せたんじゃないのか？」

座ってすぐに荒東が尋ねた。

「あぁ、夏に少しバテただけさ。大したことは無い」

過日の面談時は薬草を採りに行ってはいたが、もっとふくよかだったからだった。

「それなら良いけど……」

「早里、立派な男振りになったな、見間違えたぞ。ところで今回は、大勢揃って一体何だ？」

荒東を無視するように、久しぶりに見る早里の顔を眩しそうに見つめた。

「荒東から聞いたかもしれないが、今はここから遠く、南の地の神門の邑に住んでいる。俺と昵懇になった継市という男が、もっと西に在る津《つ》という名の邑にいるが、そこでは鉄を造っているので、それと各地の物とを交換したいと言った。そのために、とてつもなく大きな船を仕立てたくらいで、それに乗ってここまで来た」

志良の妻である水季《ミズキ》が家屋内に入ってきて、彼女とそっくりな顔をした女の子と共に、一同に食べ物と飲み物を配りだした。

「早里、お前は娘に会ったことがなかっただろう？　娘は上季《カミキ》という。水季《ミズキ》の名前の一音をとった。ほれ、みなさんに挨拶しなさい」

志良が、娘を呼び寄せた。まだ十歳になるかならないかの彼女は、恥ずかしそうに父親である志良に体をくっつけて、ぺこりと頭を下げた。早里も返礼した。

「そうだ、後先になったが、一緒に来た者を紹介する。荒東と忍羽と宮はいいから、まず俺も彼の地で妻を得た。それがこの与麻だ」

宮のとなりに居た彼女が笑顔で頭を下げた。

「それから、俺の居る神門の義兄弟の貫武《カンブ》。そのとなりは、継市の住む津の邑からの硫砒《ロンヒ》と柑玄《カンゲン》、最後に意恵からの籬《リ》」

みんな、自分の名を早里が呼ぶ度に、正面の志良を見て頭を下げた。

「それとな、最初に端折っちゃったが、忍羽が宮を妻にしたことを報告しておかなきゃダメだったよね」

今度は宮が、与麻のとなりで顔を上気させて頭を下げた。

「荒東は、俺の最高の師匠だ」

早里は、彼がこの地から小根《オネ》と娘の手古《テコ》を連れ帰ろうと思い訪ねてきたことを知っている。だからこそ皮肉ではなく、軽い冗談を交えるように言って、その場にいる八人の紹介を終えた。

「鉄の道具はいろいろと欲しいが、俺は何を用意すれば良いのかな？」

志良が心配そうに男たちを見回した。

「この邑に有る物、例えば貂の毛皮や漆は持ち帰りたい」

早里は、宮と与麻に笑いかけて、それから志良を見た。

「簡単なことだ、邑の者たちにも訊ねてみる」

食事を配り終えて、水季も志良のとなりに腰を下ろし、彼らの応接を聞いていた。

「それから、砂金か金の鉱石も欲しい」

籬はすでに杯《つき》を傾け、一人で満面の笑みを浮かべて呑んでいた。

「分かった。思っている程の数が揃うかどうか判らないが、それも掻き集めてみよう」

志良はすぐに答えた。

「ここには水銀や水銀朱が有ると聞く。それは交換して貰えるのだろうか？」

継市の命を受けてきた硫砒が、初対面の志良に遠慮しながら、それを尋ねた。

「あぁ、……あれは……」

志良が黙った。

「どうした？」

荒東が訝しんで志良の方に身を乗り出した。

「丹は全て咲良《サラ》たちが占有している。つまり、お前たちが元いた場所に多数が移り、もっぱら彼らが発掘して、あの真留《まる》村との取り引きに使っている。だから俺には手が出せない」

なるほど、と荒東がうなずいた。早里も、彼が自分たちのいた場所で小根と娘の手古と一緒に暮らしていると聞いていたが、そういう訳だったのかと腑に落ちた。

「それじゃ、ここも人が少なくなった訳だ」

荒東が言った。

「でも、金はこっちで出るから、それは大丈夫だ」

硫砒が柑玄と顔を寄せ、籬に背後から意向を伝えた。

「主早、嗣子が、どうしても丹の石が欲しいと言っていたそうだ。だから何とかならないか？」

「そうだな？　咲良に会ってみようか」

籬の言葉に応え、そして荒東の様子を窺い見た。彼は、自分が一緒に行くとは言い出さなかった。

「忍羽、宮と与麻と四人で俺たちが暮らしていた湖畔の邑に出掛けて、久しぶりだから彼に会いに行ってみようか？」

宮が忍羽の腕を引っ張って、行こうよと言った。

「綺麗なところだよ」

弾んだ声で、となりの与麻に話しかけた。

「それじゃ、そうしよう。荒東、籬、すまないが俺たちだけで明日から行ってくる。硫砒と柑玄も交えて志良と品物の相談をして待っていてくれ。もしかしたら、帰りは明後日になるかもしれない」

早里は、水銀や丹というものの価値が今でも理解出来ないのだったが、継市が二人を差し向けてまで望むのなら、あの咲良に会い、鉄具や翡翠と取り引きする気持ちが無いのかどうか尋ねてみようと考えた。

「早里、途中で、亜里と幸《コウ》の墓にも行ってこい」

荒東が言うまで、そのことだけを忘れていた。

「そうなの？　そこに二人が眠っているの？」

与麻は、是非立ち寄りたいと言った。

「そうか、そうだったよね」

宮も、あの時のことを思い出し、小さな声で二人に答えた。

「早里、今日も最初から何となく触れないでいてしまったけれど、一度ちゃんと謝っておきたい。亜里は、俺たちが殺してしまった。本当にすまなかった。また忍羽にも宮にも謝る、理由はともあれ小山も小山の家族も俺が殺した。二人にも、本当に、すまなかった」

志良が三人に頭を下げた。だが、志良が直接に手を下したのではないことを早里たちも知っている。

「いや、それなら俺だって同じ。忍羽と宮こそ全く罪などないのに気の毒だった。しかし、俺は、邑の者大勢をこの手で殺した。志良にだって殺そうと矢を射った。怒りに任せてそうしてしまった」

早里もみんなの前で頭を下げた。

「お互いに元気でいて、今日こうして詫びることが出来たんだから、もう良いだろう」

荒東が、ほっとしたような表情で、早里に向かってそう言った。籬も他の二人も事情など全く知らないのだったから、どうしてこんな場面になっているのか十分に理解出来ず、ただ五人の姿を眺めるともなく眺めて黙っていた。

「早里、小山《コヤ》も阿古《アコ》も私の姉も、あの時に荒東と志良とが運んでくれて、亜里のとなりに葬ってあるんだよ」

宮が言った。そのことを知らずにいた早里は、改めて荒東と志良二人の顔を見た。

「だから、あたしも行くよ。忍羽とも一緒に行って、今も二人は元気でいるし、一緒になったということも報告しないといけないし」

早里は誰にともなく、そうだな、と言った。

翌朝早く、四人は志良の家で飼われている大根《テネ》や耳耳《ミミ》の母犬を伴って出発した。名前を蓉《ヨー》といった。蓉は狼の父とモシリ犬の母との子どもだから半分は狼だ。その父母から生まれた大根や耳耳も狼の血が流れている。

「何かの時に心強いだろう。それにこの近隣は、ヨーの縄張りだから」

出掛ける前に、志良がそう言って渡してくれたのだった。彼女は、早里や忍羽を覚えていたらしく、最初から懐いて尻尾を振り振り、四人の前になったり後になったりして、じゃれながら付いてきた。

山林の切れ間の彼方に碧い水を満々と湛えた湖が見えた。

「綺麗ね」

与麻が呟いた。そして、早里を見た。

「ここは、モシリの大地でも大きな碧い湖だ、ホヤウ湖という。竜蛇《ホヤウ》が棲んでいたので、それが名前になった。湖底の龍神が天に昇って星になった。夏、天の川の南に輝く大きな星があるが、それがこの竜神の姿だと、何かの時に亜里が言ったような気がする」

早里は立ち止まって、与麻の呟きに応えた。

「俺たちの家は、まだそのままかな？」

忍羽が早里に近づいた。その声は大きくないのに澄んだ空気の中でとても良く響いた。

「家が残っていても行きたくない。私は、みんなのお墓にお参りするだけで十分だわ」

先を蓉と一緒になって歩いていた宮が、そう言いながら三人の方を振り向いた。

「とにかく、咲良や小根に会いに行こう」

早里は、宮の方に片手を挙げて、右に下りる道を指示した。早里や亜里がいた家が最初に見えた。住む者が無くなったそれは、背の高い草木に紛れるように建っていた。

「ここが、俺の家だった」

早里も中に入ることはせず、少し離れたところに立ったままで与麻に言った。

「ずいぶんな様子ね。しばらく人が住まないと、こうなってしまうのね」

宮が大きなため息をつきながら景色を眺めた。四人は早里の家だった場所を離れ、湖畔を西に巡るように小根と手古が暮らしていた家を目指した。東回りにしなかったのは、忍羽や宮の家が、その行く先に建っていたからだ。それにしても彼女たちの家に咲良がそのまま同居しているのか。あるいは、新しい三人だけの家を造って移り住んでいるのか。怖いような心地がしたが、行ってみれば全てが分かることだ。

「この山の奥にお墓があるの」

宮は、歩いている道から登る方向のなだらかな斜面の先を指さして与麻に教えた。上方にある木々が少し乱れ、野鳥の飛び立つ羽音が響いたので、宮と与麻は驚いて上空を見上げた。

「大丈夫だよ、何もないさ。ほら、ヨーも静かにしているだろう？」

早里の言葉で、二人は足元の狼犬に目を戻した。並んで歩いていた彼女は名前を呼ばれて嬉しかったのか、二度三度と彼らに向かって吠えて応えた。

「荒東、きっと辛いだろうね」

忍羽が言って、それに宮もうなずいた。

「何のこと？」

もちろん与麻は、荒東の心情など知らない。

「あのね、この間三人でここまで来たけど、荒東、本当は小根と手古を自分が引き取ろうと決心していたの。でも来てみて、志良から咲良と一緒に暮らしていると教えられた。多分落ち込んだと思うわ、きっと。私と忍羽が舟のそばで待っていたけれど、そのまま帰ろうと言い出して、戻るなりすぐ舟に乗り込んだもの」

そうだったわよね、と忍羽に顔を向けた。

「そうだったの？」

今度は、与麻が早里の顔を見た。

「荒東と彼女の本当のところのことは俺には分からない。でも、俺たちが邑を離れて移動する途中で小根の夫の沙寿《サシュ》が死んだ。それまで、荒東と沙寿と忍羽の親父の小山と俺のところが引率して頑張っていたから、男四人の絆は特に強かっただろう。だから、みんなのために死んだ沙寿の残された家族の世話をしたいと考えていたとは思うよ」

与麻は納得して、早里と宮と忍羽を見た。

「荒東、やっぱり何だか可哀想」

ポツリと宮が言った。

「もう少しで小根の家が在ったところだ」

暗くなった雰囲気を切り替えるように、蓉を誘って忍羽が先になった。

古い大きな栗の木が目印のその家が在った。早里たちの家屋とは違い周辺も小綺麗にしていて、今も人が住んでいる温かさがある。

「いたのね、私が声を掛けてみるわ」

宮が、そう言って、一人で家に近づいた。彼女が小走りになったので、遊んでもらえるとでも思ったのか、蓉も吠えて駆けだした。

犬の声に気付き、家の中で誰かが何かを言っているのが聞こえた。そして、男が戸外を覗くために入口から顔だけを出した。咲良だった。

「ヨー！　お前か？」

咲良が出てきた。狼犬は、宮を追い抜いて彼に勢いよく飛びついた。それを迎えながら、見覚えのある女の姿に気が付き、彼は不思議なものでも見たような目をした。

「宮、なのか？」

犬に飛びつかれ、じゃれて押し倒されそうになりながらも、彼は彼女に呼びかけた。

「そうよ。咲良、久しぶりね。忍羽も早里もここにいるわ、ほら一緒よ」

その言葉と彼女の視線で、彼は離れた場所にいる三人の男女に気が付いた。

「早里！」

早里たちは早足になった。家の中からは女が二人外に出てきた。

「宮なの？」

年長の女性が、その小根であることは与麻にも分かった。

「小根、横にいるのは手古か？」

歩きながら呼びかけたのは早里だった。

「早里と忍羽よね？」

小根は、となりに立つ娘の手を掴み、そして、歩き出して四人に近付いた。

「思ってもみなかった」

彼女が言った。大きくなって娘らしくなった手古も、以前は一緒にいた人たちだということが判ったらしく笑顔になった。亜里と忍羽と宮、それに小根と手古、早里の少し後ろに与麻が向かい合って立ち止まった。

「いつ来たの？　また、みんなで戻ってきたの？」

彼女が矢継ぎ早に訊くものだから、三人は、誰がどう答えるか迷ってお互いの顔を見た。

「まず紹介するよ、忍羽と宮は一緒になった。俺も妻を娶った、与麻だ」

早里が口を開き、後ろにいた与麻を小根の方へそっと押した。

「そういうことなんだ」

頭に手を当て、忍羽が宮を見て、照れた様子でそう言った。

「手古、俺たちを覚えているか？」

早里は、華奢な体つきの子どもから、大人の娘になりつつある彼女に笑いかけた。手古が母親に体を寄せて少しはにかみ、それでも彼に向かってはっきりとうなずいた。

「ともかく中に入って。それから、ゆっくり話をしましょう」

彼女は家に四人を誘った。早里は戸口のところで一緒に入ろうとする咲良の腕を掴み、少し話があると言った。彼も了解して、二人だけが立ち止まった。

「咲良、小根たちと住んでいるのか？」

彼は黙ったままでいた。

「まぁ、いい。実は、俺たちはいま遠方の南西に在る邑に住んでいる。そこで造った鉄を交易の物として水銀朱が欲しくてやって来た。昨日は、邑で志良に会った。金や毛皮と鉄の道具を交換しようと彼とは話した。でも、あの山の鉱石は、今では全部お前たちの物だと知ってここに来た」

この言葉に咲良は、何とかする、という目で答えた。

「まぁ、中に入ろう、早里」

そして、口を開いて彼を誘った。二人の後ろからくっつくように、尻尾を振った蓉も一緒に中に入った。先にいた五人が、遅れてきた早里と咲良を振り返った。

「ちょっとな……、それより、みんな、久しぶりだから一緒に食べて飲もう」

咲良は、真ん中にドンと座って、小根に目で合図した。彼女は、娘の手古の手を引いて立ち上がった。続いて宮も立った。

「用意なら私も手伝うわ。与麻も一緒に行きましょう」

言われた与麻は早里の顔を見た。彼は、彼女にそうすれば良い、と目で伝えた。

「早里に聞いたが、お前たちはどれくらいの水銀や丹の石が欲しいんだ？」

女たちがいなくなったので、咲良は忍羽と早里に切り出した。

「幾らでも良い、帰ったら誰かが判断するだろう。もっと要るのなら、その時は再び手に入れてこいと言うだろう」

咲良は、早里の言い方に拍子抜けした。何を言っているんだろうかと忍羽を見た。

「正直なところはそうなんだ。俺たちは、本当に必要としている訳じゃない。話せば長くなるが、三つの邑の者が同じ船に乗ってここまで来た。いま住んでいるのは神門の邑、その東に意恵という邑があって、助け合って暮らしている。その邑と親密な関係にあるのが西の津の邑だ。津では鉄の道具を作ったり、大きな船を造ったりして交易を進めようとしているが、その者たちこそ水銀朱が欲しいらしい。だから何とか手に入れて帰還さえすれば彼らの顔も立つ、それで十分だ。早里、お前は、そう考えたんだろう？」

　早里は黙ったままでいた。咲良は暫くして、分かった何とかしようと苦笑いしながら早里と忍羽に応えて言った。

　小根たち四人が、みんなの食事を運んで戻ってきた。湖で捕れた魚の焼き物など、それは沢山の品数だった。酒も用意されていた。

「お前たちは、ずいぶんと遠くで暮らしているんだってな？」

　腹が満ち、誰もが幸せな気分になった。咲良とモシリで初めて会い、早里と忍羽は蓉の仔犬を分けて貰った思い出なども話題にした。

「南に西に流れていって、神門にいる今の自分が信じられない。でも、モシリと海峡を隔てて、遠く南西に続く環《わ》の地は思いの他大きかった。南に行けば森の景色もここことは違って鬱蒼としているし、雪が少なく雨が多い。頂から煙が上っている山があったりして、とにかくいろいろなことがある」

「そうね、南に行けば行くほど温かいことには驚いたわね。だけど、それで植物も育って、稲も人の手で栽培しているのよ」

「野に生えている稲のこと？　どんなふうにして食べるの？」

　宮の言葉には、小根が驚いて尋ねたのだった。

「稲の穂先で鈴なりに実った種だけど、その殻を木で叩いて剥いて、底の深い器で茹でて食べるの。そのままだと固いけど、柔らかくなると噛むほどに甘くて美味しいのよ」

　与麻が、手振りを交えて説明した。

「美味しそうだけど、温かい場所でしか育たないのなら、ここでは多分ダメね？」

「そうね、私たちの生まれたところでも、野稲さえほとんど見なかったじゃない。だから、このモシリでも難しいかも。でもね、それを人の手で計画的に栽培すれば生活が変わるのよ。収穫して保管すれば、いつでも食べることが出来るから冬になっても安心なの」

宮が楽しそうに話す様子を見て、南に行けば、そんな場所も在るのだと小根は思った。

「ところで、俺たち四人は、山のお墓に参るつもりだ。それから、そのまま志良のところへ戻る。明日の昼に、志良のところに来てくれないか？　持ってきた鉄の道具を見てほしい。代わりに貰える水銀朱の量を教えてくれ」

早里は細かいことは全て端折って咲良に伝えた。蓉は咲良が連れて戻ると約束した。

小根の家から登る山道の先に墓地が在る。自然の風穴による横穴の幾つかに荒東は亜里を葬った。またモシリの湖畔に住み着くようになってすぐ、そこの一つに母親である幸の墓標も亜里と二人で立てていた。

「あの崖の下だったかな？」

忍羽が、それを宮に尋ねた。与麻は、二人の視線の先の崖を見た。早里も二人の方を見た。目が合った宮が、わざとらしく口を開いた。

「どうしても、あの時の事を思い出しちゃうのよね。何だか行きたくない、っていう忍羽の気持ち、良く分かるわ」

わざと忍羽を思いやって言ったのだ。

「何なの？　どういうこと？」

「そうか、早里は知らないわね。あの時、小山と阿古と小宮《コミメ》を運んだのは、荒東と志良だったということは話したけれど、実は私たちも一緒だったの。特に、忍羽がかなり落ち込んでいて何も出来なかった。それで二人が帰った後、何をする訳でもなかったけれど、私と一緒に朝まで残っていたの。ようやく帰る気になって、とぼとぼ歩いている時に早里と荒東に出会ったわ。それからは知っているとおりよ、四人で二匹の犬も連れて舟に乗ったのね」

早里が、志良の邑に飛び込んでいく少し前、忍羽と宮はここにいたのだ。早里は邑の家々を蹂躙し、志良の家屋を襲って矢を放ち、さらに人を倒しながら疾走した。その後で、海の近くで出合ったのだ。

横に幾つもの横穴が並んだ麓に着いた。早里と与麻、忍羽と宮、二人ずつに別れて違った穴の中に入った。二つの穴は、となり合っていた。早里は与麻の手を握り、数歩奥に向かった。さらに先の奥まった辺りに小さな土の山が在る。盛り上がった土の上には木片が立ててあった。その少し離れたとなりには、早里も覚えのある幸の墓標が立っていた。

「母さんの墓だ、そうは言っても標しか無い。となりの盛り上がった土は、見るのは今日が初めてなんだ」

与麻が膝を着けて掌を合わせた。早里も立ったままで両手を合わせた。

「花でも持ってきて、飾ってあげれば良かったのだけれど……」

背中の早里へ詫びるように呟いた。

「来てくれただけで、二人は喜んでいるよ」

彼女は、涙がこぼれそうになった。

「会いたかったわ」

「ありがとう」

呟くように早里が言った。

外に戻ると忍羽と宮がすでに待っていた。

「早いな、もう良いのか？」

宮が無言で頷いた。

「それじゃ、戻ろうか」

忍羽に声を掛け、四人で静かに歩き出した。

次の日の朝早く、咲良は犬と一緒に志良の家にやって来た。水季に起こされた早里が表に出ると、犬を従えた彼が一人でいた。

「約束の水銀と丹の石を持ってきた」

両手に持った大小の壷を掲げて見せた。

「俺が出来るのは、この量くらいだ。本当にこれでも良いのか？」

眠りから全部覚めていない頭を掻きながらうなずき、一度奥に戻って籬を呼んだ。

「咲良が、水銀朱を持ってきてくれた」

となりの硫砒と柑玄もゆすって起こした。四人は揃って外に出た。咲良から壷を受け取り、早里も両手でそれを彼らに掲げて見せたのだった。

「無理を言って、すまなかった」

早里の言葉に、咲良はただ首を横に振った。

「鉄の道具と交換だ。いろいろあるから、好きなものを取ってくれ」

籬は、津の男たちに先んじて彼に言った。外での声に目覚めた貫武も起きてきた。早里は、咲良から受け取った一つの壷を胸に抱え、これが水銀朱だと彼にも教えた。

「ああ、そうか」

貫武は興味無さそうに答えると、まだ眠そうにして土の上に腰を下ろした。硫砒と柑玄は、裏に留めていた荷車を引いて戻ってきた。その上に多数の鉄器が積み上げられている。壷や瓶や器の類、それに犂《すき》や鎌などの農具類が幾つもあるのだった。

「ここにあるだけ全部やる、それでどうだ？」

荷車を引いてきた柑玄が言った。物を見ていた咲良は、剣は無いのか、と彼に訊いた。柑玄が硫砒に耳打ちした。それから、硫砒は何本欲しいのかと彼に訊ねた。

「二本、いや三本貰えないか？」

硫砒は柑玄に顎で指示し、家の中に取りに行かせた。

「剣なんて、ここで要るのか？」

早里は、咲良のそばに寄った。

「邑の者が欲しがっていた。俺は、農具や食器で十分だ」

それを聞くことができて早里は何だか嬉しかった。

「くれぐれも小根と手古のことは頼むぞ」

咲良は、一度大きく目を見開いたが、やがて早里の肩を抱き、小声で耳打ちをした。その内容が信じられず、早里はしばらく言葉も出なかった。

「おい、この長剣で良いのか?」

包んである毛皮を解いて、三本の剣を次々に拡げ、それらを咲良に見せたのだ。結構だ、と彼が答えた。

「中に入っていかないのか?」

早里の言葉に首を横に振り、荷車に一杯の鉄具を載せて、咲良が湖畔の邑に帰っていった。早里は、彼の姿が見えなくなるまで見送ってから家に戻った。

志良も荒東も、そして忍羽も宮も与麻も起きて、早里たちが戻るのを待っていた。

「もう、咲良は帰ったよ」

荒東と志良だけは、その言葉を聞いて表情を弛ませた。

「荒東、ここでの他の用事は、もう終わったのか?」

「あぁ、大丈夫。貫武や籬も、取り引きは全て整ったと言っている」

「そうか。いや、まだ二人との約束が残っていた」

早里は、与麻たちを見た。

「大丈夫。貂《てん》の毛皮を縫い合わせた上着だけど、宮と私に二枚貰った。お礼に日美《ひみ》の翡翠の珠と原石、あるだけ全部を渡したわ」

「それなら良かった」

出航は昼前とした。志良たち三人は、浜まで一緒に付いてきて、舟に乗る九人を手伝った。

「何という大きさだ」

志良は、小舟で行く先の船を見て驚いた。

「そうだろう、とてつもなく大きいだろう？」

早里の言葉に籬も笑った。見送りながら志良は、元気で過ごせと早里たちに手を振った。舟上の与麻と宮は、大きな弧を描いて手を振った。荒東もまた来ると志良たちに手を振った。

船に乗り換えて、沖まで出ると早里は皆を再び集めた。

「もう少し北上して、俺たちが海を渡るようにしてくれた人たちのところに寄る」

「早里、あなた、鈴加《スズカ》に会いに行くつもりなのね？」

宮がそう言って、与麻の顔を見た。

船は風にのって速度を上げた。すでに志良の住む地が見えなくなってしまっている。女の直感は鋭い。好奇心に顔を輝かせ、宮はとなりにいる与麻の手を取った。

「鈴加ってね、早里より少し年上、いとこの女の子。両親が死んで祖父の珠里《シュリ》と一緒にいたの。昔、他所との諍いで人質になって私たちの邑に来た幸、早里のお母さんだけど、その三人で暮らしていたの」

「そうなの？　わざわざ会いに行くの？」

早里に下心があるのではないか、と斜に構えた目で問う与麻も鋭い。

「でも、私も鈴加に会いたい。彼女ってね、私たちが海を渡る舟を貰うため、その地の長に従ったの。でも、あの後、きっと大切にされたはずよね、早里、そうじゃない？」

「どういうこと？」

宮の話に与麻も引き込まれた。

「宮の言うとおりだと思う。そこの首長は女の人で、宮みたいな巫女だった。自分の後継に、同じく天と繋がっていて神のことばを聴くことができる娘が欲しい、鈴加が欲しいと言った。歳の離れた姉妹みたいに育った母さんは反対したそうだけど、邑の人々のために決心した彼女の心を汲んで最後は別れた、ということさ」

宮が、黙って与麻にうなずいた。彼女も何だか、その鈴加に会いたくなった。

「三人で何しているの？」

甲板に忍羽もやって来た。

「忍羽、これから会いに行く鈴加のことを話していたのよ」

宮の説明にうなずき、鈴加が飼っていた猫は、べっぴんだったよな、と彼が言った。

「あの猫、巳《ミィ》って言わなかったかしら？」

そうだった、と早里が答えた。

「ところで、ここに荒東がいないから言うんだけど、さっき咲良が来ただろう？　俺と籬が表で会ったとき、水銀や水銀朱の代わりに長剣が欲しいと彼が言った。俺はあいつに、くれぐれも小根と手古のことは宜しく頼むと言ったら、あいつ俺のそばに来て、『厭な話だが、親父が手を出そうとしたのを俺が止めた。それ以後、あの家で一緒に暮らしている。でも、俺と小根は、今までに一度だって男と女の関係なんかになったことは無い』と言った。それを小声で耳打ちされたとき、何も言えなかった」

早里の言葉は、忍羽や宮それに与麻の三人にとって信じ難い内容であり、殴られたような衝撃だった。

「荒東に、そのことを言わないのか？」

「言える訳ないだろう」

「そうよね」

荒東が、籬を伴って甲板に来た。忍羽が咳払いをして、ぎこちなく四人は別れた。

「どうした？　何か相談していたのか？」

自分に関わる噂をされていたなんて知らないから、機嫌良さそうに早里の肩を抱いた。

「おかげで籬も顔が立ったと喜んでいるよ」

「そ、そうか。それは良かった」

船はモシリの地に沿って北上し、小さな海峡を隔てた神が黒河《アムール》の河口に造った島（カラ・プトゥ）を舐めるように航行した。船首の方向彼方から海の幅が狭くなっているのが見える。

「左の陸地は俺たちが暮らしていたところへ続く大地だ。この奥のさらに奥の森深く、川の上流に邑が在った。もう少し進むと、邑を出た俺たちが海の近くまで移動してきて、行き場に困った土地が見えてくる。さらに先には、カラ・プトゥやモシリに渡るための舟を譲ろうと援けてくれた凛乃《リンノ》という女首長がいる邑の近くの浜に着く」

　早里は、与麻に邑の場所を説明した。

「そこには鈴加もいるのね？」

　そのはずだ、と早里は答えた。

「俺たちが離岸するとき、岸に沿って鈴加が巳を抱きながら暫く走ってきた。やがて、彼女は立ち止まり、その姿が遙かに遠く、小さくなって、岸辺の灰色の景色に溶け込むまで手を振ってくれていた」

　与麻は、となりに立って彼方先の海を見ていた。

「もし……、もしもだけど、鈴加が良くて、凜乃が許してくれるのなら、彼女を神門に連れて帰りたい。……与麻はどう思う？」

　その言葉は解っていたような気がした。

「……あなたにとって、たった一人残った肉親だものね？」

　与麻は、早里の心が、自分からは離れていってしまうかもしれないような気持ちになった。

「与麻が嫌なら、止めるけど……」

　与麻が、首を横に振った。

　左に見える大地との距離が近くなり、浜辺とその奥に続く木々が、詳細に見えてきた。

「船は、どこに着ける？」

　船首近くにいた艤が、となりの荒東へ指示を仰ぐように訊いた。

「さらに奥に泊がある、そこまで行って考えよう」

「了解だ。潮目にも注意しよう。船底を擦らないで、なるべく岸近くまで行くことが出来れば良いな」

籬は、船尾に備えた大型の艪を操る硫砒と柑玄に、それを伝えに向かった。そこには貫武もいて、三人が手を動かしていた。

「もう少し、このまま真っ直ぐに進む。それから潮目を見ながら、底の深い場所を探すらしい。これからは注意してくれ」

「早めに指示をくれ、籬」

硫砒が言った。二人も承知した、と答えた。陸地に向かって切り込んだような泊に入って、潮は急に穏やかになった。船をゆっくりと奥へ進ませると浜で物見に立っていたらしい邑の者たち数人が、大きな船に向かって指さし騒いでいるのが分かった。

「俺たちは敵じゃない。凜乃に聞いてくれれば判るから、何もしないでくれ！」

荒東は、船首に乗り出し、両手を振りながら、大声で無害の者であることを彼らに向かって訴えた。

しばらくの間は無理に着岸せず、浜の様子を眺めて過ごした。

やがて凜乃が来た。それを見て、荒東は、再び船首に身を乗り出した。

「凜乃、俺だ。亜里と共にいた荒東だ。ここに亜里の息子の早里もいる。再び訪ねてきただけだから、そんなに警戒するなと言ってくれ」

早里も船首に立ち、浜に向かって手を振った。

「船を泊めたい。構わないか？」

荒東の問いに、彼女が今度は明らかに気付いた素振りで、了解を示して片手を挙げた。

下船するとき、荒東の提案で、今までに入手した水銀と丹と与麻たちの毛皮の上着以外、津の邑から積み込んだままの鉄器を含む全ての資材を持ち出した。彼らが望む物があれば、何とでも交換するつもりだ。造舟の技術について、凜乃たちも優れていることは判っているが、鉄器や貴石はこの地では無いだろう。

「久しぶりだな荒東、亜里はどうした？」

凜乃が、九人の顔を見回した。旧知なのは荒東とまだ幼かった早里だけだったからである。

「モシリに渡って、そこで死んだ」

「幸は？」

「ここからモシリに渡る途中で海が荒れ、それを鎮めるために自分から海に飛び込み犠牲になった」

「……そうだったのか。お互い、それなりに年を重ねたということだな」

そう言われると、自分も年を自覚しなければいけないのだと思い、荒東は切ない心地がした。

「ところで、今回はずっと北上して、自分たちで造った鉄の道具といろいろな品物とを交換してきた。もし良かったら、道具と何かを交換するけど？」

急に黙り込んだ荒東に代わり、横合いから早里が続けた。

「早里か？　亜里と似てきたな。やっぱり父子だね」

凜乃は、吐息がかかるほど彼に顔を近づけた。

「そ、そうかな？」

のけぞり気味に早里は彼女の視線を逸らせた。

「まぁ、遠路はるばる来たんだし、ここで立ち話も味気ないから、とにかくみんな家に来い」

彼女の言葉で、籬は、硫砒と柑玄と共に荷車を押し、その他の者も彼女の後ろに続いて歩いた。

家は以前のままだったが、そこには誰もいなかった。

「長老は？」

亜里から清凛《チリ》との不思議な体験を聞いていた荒東が尋ねた。

「死んだよ、もう随分になる」

亜里と幸が死んだと知って、凜乃も驚いた様子だったのだが、今度は荒東が落胆した。

「お悔やみを申し上げる。あんなに健常だったのに、残念だ」

「ありがとう。父もみなさんに会えたら喜んだことだろう。ところで、その鉄の道具は欲しいが、お前たちに何を渡せば良いのか想像も出来ない」

「この辺りでは漆が採れただろう？」

荒東は、思い当たることを言ってみた。

「それと熊や大鹿の毛皮もあっただろう？」

「あぁ、それならある。それで良いのか？」

「交換しよう。鉄具は自由に選べば良い」

二人のやり取りを聞いていた籬や貫武や硫砒と柑玄も、笑顔を浮かべて異存はないと言った。

「判った。邑の者たちに訊いてみる。毛皮や漆を持参したら、その鉄の道具を選ばせよう」

凜乃の指示で、彼女の部下の顚《テン》が出ていった。男の顔には荒東も見覚えがあった。

「ところで、凜乃、鈴加はどこにいるの？」

与麻も彼女の方を見た。

「あぁ……、鈴加……」

彼女が、突然に頭を下げた。

「……すまないことをした」

「どうした？」

いきなり彼女が謝ったので、荒東や早里も何事かと訝った。

「鈴加は死んだ。去年だったが、子どもを産むのに苦しんで、結局どちらも助からなかった」

早里は、言われたことの意味が解らなかった。

「死んだ？　あの子が？」

荒東が、早里の肩を掴み、その肩越しに乗り出しながら問い返した。

「男と暮らしていたのか？」

早里が小さな声で、そう訊いた。

「あぁ、そうさ。鈴加は後継者として修練して、すぐに才能を開花した。それからは、私に代わって働いてくれたが、邑の若い男が彼女に恋をした。私はその男を良く知っていた、体も大きく力もあって悪い男ではなかった。最初は鈴加も相手にしていなかったが、鈴加も女だから、自然な成り行きで男を知るのも悪くないと思った。それで私が、二人の仲を取り持った」

あんなことになるとは考えもしなかったし、幸せに過ごすことが出来れば、ここでの生活も楽しんでくれると思ったのだ、と凜乃が言った。

家屋の中から消えた早里を探し、与麻が戸外に追って出た。彼は、一人で膝を抱えて座っていた。

彼女は何も言わず、ただとなりに並んで座った。

「やぁ、どうした？　みんなと一緒に、欲しい物を凜乃に言えば良い」

わざと明るく早里が言った。

「私は、あの毛皮だけで十分ですよ」

「そうか」

もちろん与麻は、鈴加については早里の母親である幸と年の離れた姉妹のように育った少女というだけで、容貌を含め、それ以上のことは何も知らない。

「鈴加さんて、何だか可哀想な人だったのね」

「肉親との縁が薄い女の子だった。祖父が引き取って育てたけど、その祖父とも死に別れたし、モシリの手前で、みんなとは別れなくちゃいけなかった。結局ここで死んでしまうなんて、彼女に幸せはあったのだろうか？」

「そうね……、でも凜乃のおかげで夫を得た。彼女は、きっと自分だけの家族が欲しかったのだと思うわ。だから頑張って、子どもを産もうと思ったんじゃないかしら」

「そうだな、人並みに家庭を持ったんだから、楽しいこともあったかもしれないね」

「きっとそうよ。私たちは、少なくとも、そう思ってあげましょう」

凜乃に教えてもらって海の見える高台の墓に早里と与麻はやって来た。小さな土饅頭はすぐに分かった。鈴加だけでなく、産まれてこなかった子どもと、それに大事に飼っていた猫も一緒に葬られているると彼女は言ったが、そこには何の徴もない二本の墓標と半分の長さの墓標が一本立っているだけなのだった。

「巳《ミィ》も一緒だな」

鈴加が寝ても起きても一緒だった雌猫のことだ。

「みんなが食べ物に困って放浪したが、あの時そんなことさえなかったら、一緒に今も川のほとりで暮らしていたことだろう。そうしたら、全く違う人生だった、……考えても仕方ないけれど」

「誰だって、先のことなんて分からないわ。良いこともあるし悪いこともある。私ね、一生のうちに良いことと悪いことは同じだけあると信じているの。それは、あなたもそうだし、他の人もそう。だから、不公平なんて無くて、どの人もみんな変わりはないと思っている」

早里はとなりの与麻の手に手を重ねた。

「だから、私たちも大丈夫。大丈夫よ」

輝いて見える遙か先の水平線には空が混ざって、どこまでも海が続いているように思える。

「戻ろうか？」

彼女は、微笑みながら彼の言葉にうなずいた。

鉄の農具と器のほとんどを凜乃と邑人に気前よく分けて与えた。代わりの物は、上質の漆を幾壺かと大小の熊の毛皮などである。

船に乗る前に彼女は、また必ず来い、と早里を抱き寄せてそう言った。

「もう一度、モシリに寄ってみることにした」

カラ・プトゥに沿って南下を始めたときに荒東が突然に言った。

「どうして？」

「……あのことだけど、宮から聞いたんだ。俺は、小根と手古を連れて帰りたい。……すまんな、早里」

早里は、荒東を見つめた。

「本気なのか？」

「本気だ。というか、それで本気になった」

「宮が言ったのか……」

「いや、ありがたかったよ。諦めたつもりだった、母娘《おやこ》が選んだことだろうから、それで良いと思っていた。でも、それを知って小根たちは、ひょっとしたら今の生活から抜け出したいと思っているかもしれない、そう考えた。彼女たちがどう思うかは分からないけど、会って言わなくちゃ一生後悔すると宮は俺に言ってくれた。宮も俺にそのことを言っておきたくて、ちゃんと話してくれたんだと思う」

そう言って、荒東が笑った。

「……仕方ないな。寄港のことは相談する」

「籬には言ったよ。宮と忍羽は、俺のことが心配だからって、一緒についてくるそうだ」

「そこまで話が進んでいるなら、帰りを船の中で待っている。三人で行ってきてくれ」

先日に停泊したモシリの泊の沖で、早里は彼らの戻りを待つこととした。三日以内に帰ってくると言って、荒東たちは船を下りた。

彼らは志良の家には寄らず、真っ直ぐに湖畔へ向かったのだった。すでに先日とは違い、山の所々が紅葉していた。目にも鮮やかな色だったのだが、宮だけが鼻歌交じりで楽しんでいた。

「小根が嫌がって、断ったらどうする？」

「……そんなこと、今さら言うな」

忍羽が言うので、荒東は彼を睨んだ。

「いいじゃないの、やるだけやってみれば。やらずに引きずるより、ずっとましだわ。なるようにしかならないし、もしダメだったら、荒東もキレイに忘れて、新しい女の人を探せるでしょ？」

宮は、このことについても楽しんでいるような調子なのだ。

「お前なぁ、他人の人生を勝手に語るな」

三人は湖面を眺めることが出来る高台に出た。水面に映る赤や茶が混じった山々の姿は、息を呑むばかりの美しさだ。

「ここで住んでいた時には、この美しさに気づかなかった」

荒東の感想には、宮も忍羽も同感だった。

「近過ぎると見えないことがあるって、本当のことなのね。忍羽も私に近すぎて、本当の魅力が分からないんでしょ？」

「どさくさ紛れにお前たち、なに遊んでんだ」

荒東はバカバカしくなって苦笑いした。咲良の家に着き、まず宮が咲良を呼び出した。

「どうしたんだ？　まだ行ってなかったのか、そんなことないよな？」

「もう一回、とても大切な忘れものがあって、ここに戻ってきたの」

「何だ？　水銀や丹なら、あれ以上のことは俺には無理だよ」

「そんなんじゃなくて、ほら、小根のことよ」

咲良は身構えた。そして言葉を待った。

「良く聞いてね、あんた。小根のこと、一体どうするつもりなのよ？」

とっさのことに、彼は何も言い返せなかった。

「あのね、荒東は、小根のことが好きなの。だから、あんたが何でもないんだったら、小根に荒東と一緒に私たちの住む神門の邑へ行かないかって訊いても良い？」

彼は目を瞑った。宮も黙って待った。

「分かった。彼女の意思に任せよう、気持ちを訊いてみてくれ」

閉じた目を開き、咲良が彼女を真っ直ぐに見つめてそう言ったのだった。

宮は二人が待つところまで戻ってきて、咲良の返事を説明した。

「つまり、話が付いた、ということか？」

「忍羽ってバカね。本当の勝負はこれからじゃない。荒東が小根と手古を口説けるかどうかなの。そこでダメなら元々ダメだったということなのよ」

がんばれ荒東、と宮は彼の背中に向かって言った。

「咲良は本当に良いって言ったのか？」

そう訊く荒東の背中を宮が押した。そして二人で見送った。

忍羽は岩盤が平たくなった場所を選んで腰を下ろして宮を手招いた。

「どうなるかしら？　ひょっとしたら、咲良も小根のことが好きなのかもね」

忍羽は首を傾げて彼女を見た。

「……俺には分からん」

「そりゃそうよ、本当のところは本人しか分からない。本人にも自分の気持ちが分からない場合だってあるわ。とにかく、問題は荒東の思いが小根の心に届くかどうかかね」

早里は、漂う船の甲板に一人でいた。貫武が籬と与麻とを連れて、荒東たちが離船した後で心配だからと小舟を漕いで岸に向かった。食べ物や水は、凜乃の邑を出るときに相当の量を貰い積み込んでいたのだが、さらにもう少し栗や果実などを採りに行こうと三人は下船していったのだった。

『主早《スサ》は、船を頼む』

そう言って、貫武は一緒に行こうとする彼を押し止めた。何かというと早里を下にも置かないような態度を周囲へあからさまに見せるので、少しうっとうしく感じてしまう。ただ彼の人柄が憎めないので、そのままにしてあるのだ。しかし神門に帰還したら、みんなにも改めてもらえるように言うつもりだ。

「おい、暇だから三人で少し呑もうか？」

立ち上がって船尾の二人に声を掛けた。

「おぉ、早里、そりゃ良いね」

すぐに二人は、小さな酒壺を持ってきた。

「久しく継市とは会ってないが、どうなの？」

「どうって？」

「あいつ、南の邑で何がしたいんだろう？　大陸に足がかりを作って、そこで国でも建てるつもりだろうか？」

「邑長の賛宇《サンウ》も、出来れば駕洛《カラ》の地に戻りたいとは思っている。だけど、あそこは嘉悉世主《カシッセシュ》がいるから、主を倒して世主に成り代わらないと無理だろうし……」

早里の問いに硫砒が真剣に答えた。

「……継市は秦国の高貴な血筋の末裔だから、何か考えるところがあるのかもしれないね」

それには答えず硫砒と柑玄の二人は、ただ黙って酒を飲んだ。

「ところで、この船を造った壱志《いちし》の邑の者ってどんな人たちなの？」

「良く分からないけど、北の半島との中継地の島の人たちで、海のこと、舟のことには、とても長けている。だから山野では猟をせず、海で獲物を捕ることがもっぱらの生業で、素潜りも得意だそうだよ。日に焼けてもいるのだろうが、肌の色も俺たちとは少し違う」

なぁ、と柑玄は硫砒を見た。早里は知るはずもない南国の島を想い描いてみた。だが、実際に見ていないのだから難しい。

「荒東は、女と娘を連れて戻るのだろうか？」

柑玄が尋ねた。しかし、これも判らない。

「どうかな？　確かに荒東とは旧知で、年の頃も釣り合いだとは思うけど、こればっかりは他人が言える問題でもないしね」

「そうだな。でも彼は今までも妻帯したことがないと聞いている。上手く纏まれば良いな」

照らす陽のもと、心地良い潮風の中での飲酒だったので、たちまち眠気が押し寄せてきた。それで早里は、二人に構わず横になった。目を閉じれば、瞼の裏の朱色の暖かい日差しが心地良い。

目を覚ました時、与麻も籬も貫武も戻っていた。与麻には、結構なご身分ですねと厭味を言われたが、ただ苦笑いして誤魔化した。

「早里、荒東たちが明日一杯に戻らない時は、誰かが様子を見に行くか？」

貫武が、陸地で茹でて持ってきたらしく大きく立派な栗の実を器用に割って食べていた。他にも柿やあけびなどもあり、円座になったみんなの目の前に広げていたのだった。

「そうだけど、でも忍羽や宮も一緒だから、あんまり出しゃばらない方が良いのかもね」

季節に熟した立派な栗は、剥ぐとほっこりとした果実が溢れてこぼれた。食欲をそそる。

翌日の夕方近くになって、浜に六人の男女が姿を現した。見つけたのは与麻だった。

「早里、荒東たちが戻ったわ」

声がしたので籬や貫武も甲板に出た。浜に上げてあった舟で五人だけが戻ってきた。浜には咲良だけが残って立っていた。

五人は船に上がり、みんなが揃った。荒東は、何だか照れた様子だった。小根と手古には宮が体をくっつけて寄り添っていた。

「戻ってきたよ、早里」

代わって言ったのは忍羽だった。誰からともなく拍手が起こった。早里も手を叩いた。

「それじゃ出航するか？」

一同が岸に向いた船縁に行き、浜に立って見ている咲良に手を振った。彼も片手を挙げてそれに応えた。宮のとなりにいる小根が我慢して泣かないようにしていることを早里も荒東も気づいていたが、ただ浜へ向かって大声で、元気でまた会おうと二人は叫んだ。

手を振る早里の横から、手古が船縁を乗り越えて海に飛び込んだ。彼女は浮かび上がって、そして浜に向かって泳ぎだした。浜にいた咲良も、それを見て水際まで駆けだし、そして手古の方に向かって泳ぎだした。二人は浜と船との真ん中程で一緒になった。胸から上を海面に出し、立ち泳いで船を見上げた。

「手古！」

小根が身を乗り出して娘を呼んだ。

「お母さん、元気で。私は、咲良とここに残る」

それが彼女の答えだった。

「女の子は、いつまでも子どもじゃないのね」

宮のしみじみとした一言に荒東も小根も言葉が無かった。

「さぁ、みんな、船を出すぞ」

籬が言って、貫武が唸るような声で分かったと応えた。硫砒と柑玄が帆を上げるため持ち場に向かった。荒東も舵を水に下ろすため船尾に向かった。忍羽と宮が、水面の二人を見て手を振り続けていた。

「あぁ、行こう」

早里も復唱するように言いながら、そっと横顔に涙が光る小根を見た。

十四

意富駕洛《オホカラ》の在る半島南端への航海は、深まりつつある秋の時候にも係わらず安定した晴天が続き、海峡の洋上も穏やかだった。津《つ》の泊《とまり》を出航した船は再び壱志《いちし》の島近くを過ぎ、そして真っ直ぐに北上して対州《たいしゅう》の独島《つしま》の南岸部に寄港した。念のための飲食の品々を補給するためだ。ふつうならば、見知ったものがいない場所に立ち入ることは危険が多過ぎる。だから船での移動の鉄則として、飲食する物資は事前に積み込み、最小限度の寄航に努めて不急の上陸を避けるものだ。

しかし、この島の人々は安心だった。住人の大半は土着の民で、さらに島の南岸に住む邑人は、駕洛《カラ》とはまったく無縁の海人だった。だから、その上陸の目的が侵略などではない限り、誰が上がってきても無関心な様子で見逃してくれた。

また、訪問者が毛皮や珠などを持参すれば、それが彼らにとって望ましい物である場合には、肉でも魚でも素焼きの粘土の器でも、気前良く交換に応じてくれるのだ。

上陸する人のなかには、そんな素朴な彼らを騙し、不当で不平等な取り引きを行って帰還する者がいないこともなかったのだが、たまに起こるそれらにも懲りず、彼らは外来の者へ大らかに対応し続けていたのだった。

だから賛宇《サンウ》は、当初からこの地で一泊することに決めていた。そして、翌朝の早くに出発して半島南岸の島々を抜け、河口の地の乙淑《ウスク》から大きな流れの洛東川《ナクトンチヨン》を北進するつもりだった。

「河岸の様子に変わりはないか？」

賛宇は船首に立ち、自分でも両岸を目視したのだったが、となりの継市《ツグツ》にも聞いてみた。そうしないと不安だったのだ。

「大丈夫。あそこ、ほら。あそこに眺めている男たちがいるけど、何かするというより、この船の大きさに見とれているみたいだし……」

葦の群生する川岸の右舷はるか先に数人の人影があったのだ。それを目ざとく見つけた彼が賛宇に指先で示した。

「継市は住んだことが無いから知らないだろうが、ちょうどあの辺りから金海駕洛《キムヘ》の連中が占有している土地になる。用心するに越したことは無い。お互いに右舷と左舷それぞれを抜かりなく見守ろう」

左舷の彼方に見える河岸を注視することを約束した継市は、甲板下で操舵する壱志の加莉《カリ》とその横に付いて舵取りに協力している悠干《カウ》にもこのことに注意するよう伝えに下りた。

「分かった。何か見えたら、ここからも声を上げて教えるさ」

加莉の言葉に片手を挙げて応え、継市は駆け足で甲板船首の賛宇のところに戻った。

「どう？　あの男たちに何か変化がありましたか？」

船縁に手を掛けて、横並びに前方を眺めた。

「いや、遠目からこっちの様子を眺めているだけみたいだな」

「それは良かった。とにかく、この支流である南川《ナムチョン》へ分かれて入るところまで急ぎましょう。そうすれば周りは意富駕洛《オホカラ》の者たちが多く住む土地になるから安心できます」

右舷先の川岸にたむろする数人の男たちは、船が通り過ぎるまでたたずんで見送るだけだ。継市も賛宇の言葉に必要以上に緊張していて、それからやっと解放された気持ちだった。

「思い過ごしだったみたいですね？」

「いや、そうとは限らない。帰りは、もっと川の中央を進むこととしよう」

南川に入り、西日を追いかけるように航路をとった。亀旨《クジ》からは陸路となる。河口すぐでの男たちの目が気になった以外には何の障害もなく、ゆったりとした流れに沿って航行した。

亀旨に着いた。川沿い屈指の泊であり、人の数も多い交易の邑でもあったので、小振りながらも桟橋が設けられていた。さすがだと継市は思った。ただ、水深を心配した加莉の提案で、橋の最先端で係留することにした。

「ここで、世主《せじゅ》からの指示を待とう。俺が一人で山に登り、城まで行ってくるから三人は船で休んでいてくれ」

賛宇は、積荷から翡翠の珠が多数入った革袋と銀の粒を入れた小さな袋とを持ち出して、自家で馬を飼っている一軒の表で声を上げた。馬は、彼が近付いてきたことに繋がれたまま鼻息を荒くし、その場での足踏みを激しく始めた。

「お願いしたい」

奥から男が顔だけを出して賛宇を見た。

「何か？」

「ここの馬を借りたいのだけれど？」

「あんた、見かけない顔だが？」

「あの城まで連絡をしたい。俺は賛宇という。嘉悉世主《カシッセシュ》の知り合いだ」

視線の先の山門を指差し、男の顔と山上を交互に見た。

「本当に知り合いか？」

「もちろん」

男は、ちょっと考えてから首を傾げた。

「俺には何をくれる？」

「もちろん礼はする。ここに、ほら銀の粒を幾つか用意している。これをやる」

彼は、小さな皮袋を目の高さまで持ち揚げて首だけを出す男に見せた。

「そうか。それなら俺が馬を駆って、山に報せてきてやるから、お前はその間ここで待て」

今度は賛宇が少し考え、それから皮袋から銀をひと掴み取り出して男に渡した。男は、満面に笑みを浮かべ水をすくうように両手を拡げた。

「賛宇が荷を持って到着したから誰か案内を頼む、と伝えてくれ。誰かが来るはずだから、その者たちと戻ってきてほしい。お前の名は？」

「俺の名は可壬《カミ》だ」

繋いでいた馬を曳き出しながら、男が白い歯を見せた。そして、山間に向かって駆け出した。賛宇は、桟橋の突端まで戻り、船から荷物を降ろし始めるよう声を掛けた。彼の帰還が思っていたよりも早かったものだから、二人が心配そうな目で彼を見たのだったが、邑人との掛け合いを話すと納得した。遅れて船から下りてきた継市も三人からの話を聞いて荷車を降ろす作業を手伝った。

桟橋に、男二人と先ほどの可壬がやって来た。

「世主の使いだ。俺は知晨《チンシン》、こいつは芽衣《メイ》」

二人が屈強な体躯を揺らすようにして四人に近付いた。

「俺は、もういいだろう？」

「また頼む。そのときにはもっと銀をはずむから、どうか宜しく」

可壬が片手を挙げて、分かった、という素振りを見せて帰っていった。

「積荷はどれくらいだ？」

立派な髭を触りながら知晨が、荷車に移していた品々を覗き込んだ。

「これに三杯だ」

「世主が話しておられたが、海南の地で部族を率いておられたそうだな？」

「そのとおりだが金海の連中に追われて陸地から押し出され、今では海峡を渡った先の離島で住まいしている。しかし、そこがなかなかの場所だった。今は、鉄の道具造りに力を入れていこうと準備している。だから、ここで採れる鉄鉱石を大量に仕入れて持ち帰りたいのだ」

胸を張る賛宇に対し、ほう、と声を上げた男二人は、興味をそそられたような表情をした。

「鉄器を持ってこられたのか？」

「それだけでは無い。翡翠や瑪瑙などの珠玉や毛皮、それに水銀朱なども持参してきた。もちろん鉄の道具は農具や器、それに大小の剣もある」

「それらを全部ここの鉄鉱石と交換して帰られるというのか？」

「そのつもりだけれど？」

「それだけの物と交換すれば、鉄鉱石などは山のような量になるだろう。とても嵩が張って全部を積みきれるものなのかな？」

「積めるだけ積むさ。こぼれれば仕方ない、残った分は次の時に積んで帰るよ」

賛宇は、二人にそんなことは心配するなと笑って見せた。

城門にはきちんとした身なりの男が数人、賛宇らを迎えるために待っていた。そのうちの一人は、賛宇も良く知っている藩就《ハンシュ》だった。先日の世主への謁見の時には見かけなかったので、久しぶりの邂逅なのだ。世主のもとに案内するからと、一同が揃って歩き出した。

「やぁ、けっこう品物を持ってきたんだな。話は聞いていたけれど、一体どれくらいの鉄鉱石を持ち帰るつもりだ？」

「いや、それが分からなかったので、誰かに訊きたかったんだ。何とだと、どれ程交換してもらえるのだろう？」

「山に入って朝から夕方までで採掘できる石の量は、その者の体とほぼ同じ量だといわれている。採掘ではなく猟に出たり採集をしたりすれば一日に食べるだけの物を得ることができるだろうから、そうするとそれだけに見合う食料と交換できるはず。もし、その男が大きな毛皮が欲しくて食料十日分と交換したいというのなら、採掘した鉄鉱石を十人分寄こすだろう」

「つまり一日の採掘量が体ひとつ程ということですね」

いつの間にかとなりに来て賛宇に歩調を合わせて歩いていた継市が二人に尋ねた。

「こちらは？」

「あぁ、紹介が遅れたが、娘のところに来てくれた継市という。彼の先祖は秦国の方士だったが、事情により東南海の島へ一族で逃げてきたそうだ。縁あって義理の息子になってくれた」

賛宇が藩就の肩を抱き、中原の高潔の末裔だと説明した。

「そうか。それにしても優男で、か細いけれども大丈夫か？」

藩就が耳打ちするように囁いた。

「大丈夫。俺たちのように腕力だけで仕事する男ではなく、頭と人脈で貢献してもらっている」

「そんなもんなのかな、良く分からないが……」

一行四人は拝謁に際して、嘉悉世主に持参してきた砂金と水銀朱の半分を献上した。世主はいたく喜び、迅速な鉄鉱石の取り引きと滞在中の生活に不自由を感じないよう、篤くもてなすことを配下の藩就たちに指示した。四人は城内の一角にある家屋を使うことが許され、また食事の用意を行う女が遣わされた。家内に入ってきた女は、名前を龕《カン》尒《ニ》といった。

「世主から、みなさんの好きな物を饗しなさいと承ってきました。つきましては、何かご希望がありますか？」

「いや、美味しくいただければ、それで十分。こだわりません、既にご用意の食事を超えてまで望む物などありません」

美しい女性の突然の訪問だったので、賛宇は崩していた足を慌てて正して姿勢も改めた。

「ちなみに、酒なんかも頂けるのでしょうか？」

一番奥の土間にいた壱志の加莉が立ち上がって、これだけはお願いしたい、という表情で口を開いた。彼女が微笑みながらも静かにうなずいた。

「おもてなしに感謝していることを世主に宜しくお伝えください」

賛宇が、一同を代表して頭を下げ感謝を表した。彼女が下がってから、入れ違うように藩就が入ってきた。

「明日は採掘現場に案内する。大きな場所は四カ所在るが、お前たちの船に運ぶのなら、亀旨に近い山の場所が良いだろう。南川と亀旨の中間ほどの山間に在る採掘場に案内しよう」

彼が説明している間に、羹介が三人の女を連れ、数々の料理と酒を持って再び入ってきた。

「藩就さまの酒肴もお持ちしました。ご一緒にここでお召し上がりください」

四人の女性によって綺麗な品々が並べられた。彼女たちは用意だけ済ますとすぐに下がっていった。

「今の女、世主のこれだ」

藩就が、右手の小指を立てて賛宇に示した。

「そうか、どうりで下働きの者とは雰囲気が違うと感じたよ」

「そうだろう？　かなり美形だろう。馬韓の貴族の娘だそうだ、世主が見そめて貰ってきたそうだが、夫人である杏紬《アンジュ》の二人を見る目が尋常じゃない。そのうちに龔介が追い出されるのじゃないか、とみんなが心配している」

となりで聞いていた悠于や加莉も忍び笑った。

「とにかく賛宇、再会とお互いの健勝に乾杯だ。みんなも乾杯しよう」

継市の杯《つき》にも藩就が酒を注ぎ、一同の手元に行き渡ったことを確認すると、彼はおもむろに発声した。男五人の野太い声が家内に響いた。

「彼女たち、一人ぐらい残ってくれても良かったのに、なぁ？」

加莉が赤銅色の顔の髭を触り、目を細めながら一気に酒を飲み干した。

「まぁ、まぁ、もう一献」

藩就は、目の前の小瓶を差し出し、ぶつぶつ言う彼の杯に酒を注いだ。料理は、ドジョウを煮込んだ鰍湯《チユオタン》、山の猪と鹿、それぞれを一口大にして炙った肉、あけびの実、それらに加えて茹でた米、どれもが小さな器へ飾るように盛り付けられていた。

「鉄鉱石については、誰と取り引きすれば良いんだ？　また、持参した取り引きの品物は、いつどこで選んでもらうこととなるのか？」

藩就が手元の杯の酒を飲み干した。そして手酌で次を注いだ。

「結局は世主と取り引きすることとなる。この一帯の鉄鉱石は、全て統制しているものだから、持参の品々は我々が預かる。そこで、必要があれば鉱山の採掘責任者を通じて働く者たちの報酬として分配されるだろう」

「それでは、お前と取り引きするということか？」

　賛宇の問い掛けに、藩就はそうだ、と答えた。

「そういうことか、それならもっと気楽に出向いてくれれば良かった。……しかし、他方からの商団などもここを訪れるのだろう？　その者たちにはどうしている」

「取り引きする品物にもよるな。今回のお前たちのように鉄鉱石だけを目的とするのなら、これは統制品だから、一般の者が取り引きの場に出てくることは無い。しかし、家々で貯め置いた品は勝手に取り引きして良いこととしているから、商団が訪れた時は、世主の名で村の大概の者たちに報せることとなる。それを聞いて交換を望む者たちが自分の品々を城内に持ち込んできて交換する」

「そういうことか」

　向かいで飲食していた継市も、やっと得心した。

「しかし、お前たちが持ち帰る石は、多分相当な量になるぞ」

「最初からそのつもりで来た。積めるだけ積んで帰るさ。だから、次からは二艘でやって来て運搬するつもりだ」

　賛宇は、肉を囓りながら、流し込むように酒を呷った。

　翌朝は藩就と採掘責任者の蘇兌《ソエツ》という男が、賛宇たち四人を誘いにやって来た。鉱山の現場近くまで馬でいくと説明した。しかし、四人のうちで乗馬経験があるのは、この地で生活していた賛宇と壱志の加莉だけなのだった。宇美《うみ》や去場《いぬば》には馬という生き物がいなかったのだから、それに乗って野を駆けるようなこともちろん無かった。

「仕方ないな。俺の馬には継市を、加莉の馬には悠于を、一緒に乗せて山へ行こう」

賛宇がそう言ったので、藩就が二頭の馬を四人に引き渡した。継市にとって、馬という生き物の背中に跨がるなどということも初めてで苦労した。何しろ背までが高過ぎるのだ、しがみつくように両手を馬の背中に掛け、馬上の賛宇に引き上げてもらいながら、やっとの思いで跨がった。それだけで全身が汗ばんでいた。

「これは大変なものだ」

継市のつぶやきに賛宇も苦笑いした。

「初めての二人は馬から振り落とされないよう、手綱を握る者の胴にしがみついて気を抜くな」

藩就も笑って、継市と悠于にそう声を掛けた。二人は落ち着かない様子ながらも、おう、と声を出して彼に応えた。

蘇兌の跨がる馬を先頭にして、次に賛宇、三番目に加莉、最後は藩就の順番で山を下った。川に沿って平原を駆け、さらに作業場のある鉱山に向かって道を上った。

初めは継市も賛宇の背中にしがみつくことに精いっぱいだったのだが、平原を駆ける頃には、体が水平を保てるようにもなって、首だけは伸ばして周囲を眺めることが出来るようになった。

「どうだ？　馬という生き物は便利だろ」

彼は、賛宇の背中に向かって、えぇ、と答えて與明《ヨミ》も馬に乗るのかと尋ねてみた。

「あぁ、実は男勝りということを言っていなかったな。すまない。でも、こっちでは馬で野を駆けていたよ。なかなか上手いものだぞ」

こんな便利な移動手段があるのだ、と継市は思った。知らなかったことに赤面していたのだったが、振り向けぬ賛宇が彼の様子に気付くはずも無かったのだ。

六人は鉱山にある作業場に着いた。山腹に口が開いている。入口は山から切り出した丸太を組んで支えてある。そこから何人も入れるだけの穴が、奥にずっと続いているのだ。

「この中で鉄鉱石を掘り出しているのか？」

賛宇の質問に蘇兌がそうだと答えた。入口の横の森を切り開いて平坦にした場所一帯には、鉄鉱石が小山状に幾つも積み上げられている。四人はそれを見上げた。

「これを船に運ぶのか？」

賛宇が蘇兌に尋ね、藩就がそうだと答えた。

「荷車に乗せて、人手を掛けて運ぶとなると大事だから、何頭かの馬で曳く」

藩就が指示するように蘇兌の顔を見た。

「それで、俺たちは石をどれ程もらえるんだ？」

「あの船で運ぶんだったな？」

藩就は暫く考えてから、馬二十頭分でどうだと言った。馬一頭で男三人程の鉄鉱石が運べるらしい。それの二十倍になるのだから、全部で六十人分の嵩になる。これ以上は、さすがに船一艘だけに積み込むことは難しいだろう。賛宇は、継市の意見も訊いて、妥当なところだと思った。

「持ってきた鉄器や水銀朱それに翡翠の珠なども全部置いていく。だから、それに見合う鉄鉱石なら船二杯を下らないように思うんだがどうだろう？」

「それは理解している。だからもう一杯分は預かっておくということだ。次の時に、併せて積んで帰れば良い。今度は、二艘でも三艘でも、船団でやって来い」

藩就の手を求めて握手し、それから肩も抱き、背中を叩いて賛宇は彼に親愛の気持ちを示した。

「交渉成立、ということだな」

離れたところで様子を見ていた継市たち三人だったが、宇美邑の悠干がそう呟くと、他の二人もうなずいた。

帰還の出立は小雨になった。駕洛の空は寒く、冬が近いことを報せていた。

「次は春になる。その時は、特に水銀朱も多く持ってこよう」

世主は水銀朱を大量に望んでいるらしい。賛宇と継市が、出立のための世主への挨拶を終えて宿舎に戻るとき、藩就がそう説明したのだ。だから賛宇は、桟橋まで見送りに来た彼に向かってわざわざそう言ったのだ。

「気を付けて戻れ。河口では、特に金海の連中に用心しろ」

「あぁ、来るときにも彼らがこちらを眺めていた。我々の船は注目されることだろう。諍いに巻き込まれないよう出来るだけ川の中央を通り、彼らの動向には注意する」

船倉にはもちろん、甲板にも溢れんばかりの鉄鉱石を積んでいたので、外にこぼれぬよう鉄製の盾を何枚も並べて積み荷の落下留めとした。船の風貌はさらに異様なものとはなったのだが、同時にこれが矢からの防御にもなる。船を壱志で製造していると聞いたとき、継市が賛宇に提案して津の邑では鉄でこれを造って用意していたのだ。

「なるほど、継市の言うとおり、例え流れ矢が届いても大丈夫だな」

加莉が、桟橋から船腹を見上げて言った。

「さすがだろう。継市の知恵だ」

賛宇は藩就にも自慢げに胸を張った。

来た水路を海まで戻る。南川から洛東川本流に入り、河口を目指す一日の行程だ。

「おい、先の水上に小舟が幾つも浮かんでいるぞ」

船首にいる悠于が目ざとく見つけ、船の中央にいる賛宇に向かって叫んだ。

「本当だ。金海の連中だろうか？」

あわてて船首に来た賛宇もそう言って、継市はすぐに船尾の加莉にこのことを伝えた。彼は、船倉から突き出した舵がある場所で進路を操っているから先方が良く見えない。

「厄介なことが起こらなければ良いが……」

悠宇は、船首に立って彼方を見つめ、誰にともなく呟いて眉をひそめた。徐々に舟の群れに近付いた。風が海の方向に吹いていたので、小舟は中程に留まっている。それぞれの舟上では櫓を漕いで体制を保っていた。

「そちらで散って、行く手を空けるために避けてくれないか！」

相当の距離から、双方の衝突を心配して、何度も賛宇が彼らに叫んだ。小舟の群れは、それでも無音のままだった。彼らは賛宇の呼びかけにも答えず、川を下ってくる大きな船をただ見つめているだけなのだ。

「えぇい、真っ直ぐ行こう。本当にぶつかりそうになれば、さすがに恐れて逃げるだろう」

舵を固定し、船首に上がってきた加莉が、進行方向を見つめて立っている賛宇と悠宇に向かって、そう言った。

そこに矢が飛んできた。もちろん船までは届かず、随分と先に着水するだけだった。しかし、それも一本二本から数本になって、やがてまとまった本数が早乱《さみだ》れるように前方から迫ってきた。

「仕方ない、加莉の言うとおりだ。真っ直ぐに突っ切るぞ」

賛宇が叫んだ。さらに物の陰に潜んで矢を避けるようにと半ば怒った調子で継市にも命じた。

「投石弓《とうせききゆう》を使おう」

継市は船に積んでいた台車を引き出してきて、そばにいる賛宇の肩を叩いた。

「何だ？　それは」

「石をまとめて飛ばす道具さ」

「いつの間にそんな物を作った？」

しなる細長い木片を弓なりに絞り、その反発で石を飛ばす。固定した弓状の木片の先に、鉄で造った鉢様の大きな器が縛り付けてある。そこに数個から十個の小石を載せ、目標方向に発射させるのだ。

「邑での準備時に試作してみたが、役に立つかどうかやってみなければ分からない。もう少し近付いて、矢が収まらなければ試しに威嚇してみる」

川の中央に二十ほどの舟が拡がっていた。一斉に撃ってくるという訳ではなかったが、一艘が手を休めると別の一艘が矢を放つのだ。ただし、届かずに着水したり、また届いても船腹に刺さったり、さらに船べりに並べて立ててある鉄の板に当たって弾かれたりもした。

「やってみるか」

継市は、弓状の板を引いた後、数個の小石が乗っている器を押さえていた手を離した。飛び立った小石が広角に散らばり、パラパラと音を立てて何艘かの舟に当たった。

「いいぞ。もっとやれ」

となりの賛宇が、鉄板の隙間から外を覗き、小声ながらも喜んだ様子で振り返った。継市は、再び石を数個準備した。引き絞って放つと今度は舟上の一人に命中し、その男が奇声を上げてうずくまった。

周囲の舟の男たちも、飛んでくる石にたじろいで弓を引く手が止まった。継市は、さらに二度三度と放石を続けた。お互いの距離が縮まってきたこともあって、その命中率は高まった。なかには石つぶてを受けて舟上での姿勢を崩し、水中にそのまま落下する者も出た。

「続けろ、継市。その間に、このまま中央を突っ切る。おい、悠于、俺たちはすれ違う時に矢を放とう」

その声で鉄板の陰にいた彼は、船倉後尾の加莉にこのまま押し切るぞ、と声を掛けた。甲板に開けた昇降口の下から、了解したという大声が返ってきた。さらに、石は男たちの頭上を襲い、何人かが川に落ちた。顔面に当たって舟上で血まみれになっている者もいる。

近距離から賛宇と悠于が船首と船尾から矢を射下ろした。こちらの方は命中率がとても高かった。

二十艘のほとんどの舟中では、かなりの負傷者が出ている様子なのだった。その間にも継市が投石を続けている。最接近して一艘の小舟の腹に船首がまともにぶつかった。その小舟は転覆し、五人ほどの男たちが川の中に放り出された。しかし、脇を流れ去る舟の何艘かからは負けじと矢が放たれ、鉄板の間や上空から落ちてきて甲板などにも突き刺さった。継市も矢を避けて右舷から、また息つく暇なく左舷に機材を移動させて積み上げた小ぶりの鉄鉱石での投石を繰り返した。

川の流れは速く、見る見るうちに小舟の群れが船尾後方に離れていった。

「終わったな。危ういものだ」

悠于が、継市のそばに来て荒い息のまま喜びを表した。船倉からも加莉が登ってきた。

「あいつらが金海の連中なのか？」

継市は多分そうだろうと言って、船首の方にいるはずの賛宇の姿を目で探した。鉄鉱石が幾山にも積まれているから船上の全てが見渡せる訳では無かったのだったが、いつまでたっても出てこなかった。

「おい、賛宇、どこだ？」

継市の様子に気が付いて、悠于も彼の名前を呼んだ。

「ちょっと見てくる」

継市は、石の間を縫うように船首に歩いた。遠くに島々が見えてきた、もうすぐ河口から海に出る。石の小山の先に毛皮で拵えた足を覆う部分が見えた。石の山を回り込み、徐々に下半身が視界に入った。賛宇は倒れていたのだ。

「おい、どうした?」

継市の声に、二人も歩調を早めて近づいてきた。

「賛宇!」

継市に追い着いた加莉が叫んだ。悠于は二人を押しのけ、横たわる彼のそばにしゃがみ込んだ。倒れた彼の肩を揺すり、二度三度と名前を呼んだ。

賛宇の首筋には矢が深く刺さって、血にまみれ、すでに絶命していることは明らかだった。

「賛宇?」

継市も加莉のとなりで抱き起こそうと手伝った。周辺に、賛宇の使っていた弓矢と共に、連中が放った数本の矢が散らばって落ちていた。射的の途中で、船首に飛び込んできた一本の矢に当たったのだろう。

「だめか?」

賛宇の足元で、立ったままの悠于が呟いた。加莉が、彼を見上げてうなずいた。目を閉じている賛宇の唇は、すでに血の気を失った色に変わりつつある。

船は、穏やかな夕焼け空の下、半島南岸の島々を抜ける海上だった。そこから独島を遠目に見ながら沖合を南下した。藍色に変わる東の水平線からは星々が輝き始めた。本当は来たときと同じく、独島に寄港して夜を過ごすつもりだったのだが、賛宇の亡骸を少しでも早く津の邑に連れて帰ろうと三人で決めたからだ。

全天に星が輝く夜が訪れ、北東から天頂さらに北西にかけて、流れる川のような星の帯が姿を現した。時間と共に星はさらに数を増し、東の中天には複数の星が一つの塊になってキラキラと輝く昴《すばる》が見えた。振り返ると茜色が水平線上に一筋だけ残る南西の空には、その上方高く十個ほどの明るい星々が縦と横に重なり、まるで夜空に大きな鳥が浮かんでいるような模様を作っていた。そして、その下方の水平線との中間には青白く輝く一つ星が見えるが、この星を目標にして壱志の島に向かって航行することとなる。今日は新月だったから船上に射す月の明かりは全くない。

「継市、これからは硫砒《ロンヒ》や珂篤《カトク》と共に、お前が邑を率いることとなったな」

暗くて悠于の表情までは分からなかったが、思いやりのこもった声だった。

「いや、賛宇は、跡を継ぐ者は珂篤ではなく與明《ヨミ》にしたいと言っていた。身内一同には伝えていたと思う。だから三人が、與明を支えて盛り立ててゆくことになるはずだ」

「そうなのか？」

「そのはずだ」

「女が首長で大丈夫か？」

「他所でも仕切っている例はある。まして、神託を司れる不思議な力がある與明だから、きっと賢く捌くだろう」

そうか、と彼は言って暫く黙ってしまった。

「何か、心配なことでもあるのか？」

あぁ、というため息だけが返ってきたので、何でも正直に言ってくれ、と継市は尋ねた。お互いの表情も良く見えない暗がりの中、迷っている様子だったのだが、やがて意を決したように話し始めた。

「宇美邑のさらに南方、火の山が在る辺りの部族のことだが、俺たちとは全然違う人種らしく、男が上で女は下という習俗の邑がある。そこでは昔から変わらず、いつも男が首長だし、祭りごとも巫《かんなぎ》ではなく男の覡《げき》が首長を補佐して執り行っている。だから近場で、女の首長が立ったと聞こえれば、何れ近い将来の諍いの火種になるような気がする」

　悠于の言葉に継市が沈黙した。

「まぁ、先のことを心配しても仕方ない。俺たちは俺たちだ。つまり、なるようになる、ってことかな？」

　深刻な物言いを悔いたのか、わざと戯けたように付け足した。

「おい、夜中には舵取りを交代してくれよ」

　甲板に登ってきた加莉が、二人を見つけて遠目から叫んだ。暗がりの中では認めてもらえないかもしれなかったのだが、自分の片手を挙げて、分かっていると悠于は応えた。

　もう少しで夜が明けるという時間帯は、真夜中でもなく明け切った朝でもない、それこそ精霊の気が充ち満ちている中にいるような感覚に襲われる。浅い眠りを繰り返していた継市は、何気なく目が覚め、曇った天空をぼんやりと眺めていた。眠りに就いた場所ではない別のどこかに、自分が今いるのではないかという気持ちになった。

　少し離れた場所からは、かなり大きなイビキが聞こえてきた。我に返り、体に掛けていた毛皮を除けて体を起こした。暗闇の中を手探りながら這うように近付くと、その主が加莉だということが分かった。寒さを避けるための麻布を頭まですっぽり被ってはいたが、その長身と恰幅の良い体躯は紛れもなく彼だった。

「そうすると、約束どおり悠干は下か」

継市は、もうすぐ夜が明ける、そうすれば自分が代わらなければならない、と思った。

「おい悠干、お疲れさま。もう目覚めたから交代しよう」

びっくりしたように彼が振り返った。油脂を満たした器の灯明が、吹き込む風の動きで揺らぎ細く揺れた。油の溜まりから麻布を撚った細い紐の頭を出して灯したもので、この仕掛けも継市が考えたものだ。

「何だ？　そんなに驚くことか？」

「いや誰も来ないような夜だから、賛宇の亡霊が出たのかと思った」

苦笑いしながら、船尾の船倉から外に開けた四角い窓に固定している舵の手元を継市に示した。

「夕方に話してくれたことだけど、何だかいろいろと考えてしまった。おかげで眠りが浅くまだ眠い。それで、やっぱり南方の部族のことがとても気になる。出来れば先に出向いて交誼を結べないものだろうか？」

悠干は暫く考えて、やっぱり難しかろうと言った。

「どうして？」

「その集合村は狗奴《クヌ》族が住み、火を噴く二つの山に跨がる全体を仕切っている。とても大きな村だけど、主な拠点が二つ在る。南の火の山を囲む内海の対岸一帯と北にある火の山の裾野の高原全部だ。自らの支配地全体を県《あがた》と呼んでいるらしいが、その南の山近くに県の主がいる。一方の北には、配下の者が守りを固めて治めている。特に、狗智（クチ）の邑の男は、専制的な考えを持った者たちで、聞くところによると北の村では男と女は別々に固まって生活しているらしい。つまり、男は女だけが住まう邑に通う、誰だって構わない。そして女は抱かれた男の子どもを孕む。子孫を得るためだけの道具だ。そんな男が指導者だから、女の首長の邑が出来たなどと知っただけでも激怒するかもしれない……、そんな噂だよ。俺は、行ったことがないけどな」

「良く分からんが、そういう邑々が近くに在るということだな」

「そういうことだな。まぁ、何かが起きたら、その時に考えよう」

そうだな、と継市も言った。

「せっかく来てくれたから、それじゃ、ここはお前に頼んで、俺は少し休ませてもらうことにする。いいだろう？」

「あぁ、良いよ。もうすぐ夜が明けるだろう、そうしたら壱志の島も見えてくる」

「そうだ。とにかく早く津に戻って、賛宇を篤く葬ってやらんといかん」

あくびをしながら悠于が階上へ向かっていった。

『これからの邑のことは、與明と珂篤の姉弟で協力して仕切る、としておく方が無難だな。邑の中だって與明が首長になると聞けば、驚く者や反対する者が出るかもしれない。急死した父親の跡を子ども二人が継ぐのだから、それなら誰からの文句も無いだろう』

船尾の一部の四角く削った縁に、固定した舵の手元部分を撫でながら、その開口部分から海上と空を覗き見た。徐々に白みつつある東の低空の水平線は見えなかった。朝霞がかなり立ち込め、白む船外の日の出方向の海上だけがようやく確認できる程度なのだった。

船首では、麻の帆布が掛けられた贇宇の亡骸のそばに加莉が立っていた。遥か先に、壱志の島影が見え始めている。この海域は夜から明け方にかけての潮が南に向いているのだ。長年の経験で、彼はそのことを熟知していた。韓半島にこそ足を伸ばすつもりなどの野望はなかったが、先祖代々、独島とは事ある毎に交易を続けていたからだ。そして、もう少し進んだら、流れが東にずれ始めることも解かっている。だから島の者は、風の方向を読んで帆布を操作したり、人力で櫓を漕いだりして、邑のある沖合で巧みに舵を取る。しかし今日は、そんな必要はない。この潮の変わり目に、そのまま乗って南東にある宇美あるいは津の邑が在る沖に進めば良い。贇宇の死を少しでも早く彼の家族たちに伝え、そして彼が安心して永眠できるようしてやりたい。

「あと、どれぐらいで津に着くのでしょうか?」

彼の後ろに立って声を掛けたのは、継市だった。

「昼前には着くだろう、大丈夫だ。しかし、残念なことになった。みんな驚いて悲しむな」

そうです、と継市は答えた。

「考えてみれば、俺たちって奴は何者だろう? 生きるために、食べるためにあくせくして、そのうちに結局はあっという間に一生が終わっちまう。何か楽しかったことがあったのかって自分に問いかけても、それは何となく思い浮かばない。女は子どもを産むと最高に幸せそうな顔をする時があるけど男は自分の子どもが生まれたって、それほどの喜びなんか無い。何だか虚しく思わないか? 継市はどうだ?」

彼は少し意外な気がした。加莉がそんなことを考えていたとは一度も思ったことなどなかったからだった。

「そんなことを考えるなんて驚きました。壱志の海の男にとって生きるの死ぬのなんて、考えるまでもなく全く関係ないのかと思っていましたが、そんなことはないのですね」

「お前、涼しげな顔して失礼なことを平気で言うな。男前が台無しだぞ。俺だって人間だ。こんな顔をしていても、なぜ生まれてここにいるのか、死んだら一体どこへ行くのか、そもそも、こんな俺という存在は何だ、ってことぐらい考えてみることもあるのさ」

「それは本当に失礼した。謝ります。その自我について、いや自我というのは自分自身が何者なのかを考えることとですが、先祖がいた秦の国には交易と共に西のいろいろな地から、それこそ多くの話題や生きる指針になる考え方や新しい技術が伝わってきていたそうです。確か、その一つだったと思いますが、自我のことにも触れている仏教経典というものが知識人の間では広まったように聞いていています」

「仏教？　仏の教え？」

それは何だ、と加莉が興味深そうな目を継市に向けた。

「あぁ、解りやすく言えば、仏というのは神のことだと思っても良いかもしれません。人に対する慈悲が深く、見守り、或る時には救いの手を差し伸べてくれる神らしいもの、俺も会ったことなど無いから、らしいとしか言えないけれど。その仏の教えには魂の不滅、永遠に続く霊魂の存在が謳われていて、つまり、すべての生き物は見えるこの世と見えないあの世とを行き来するとして、前世から現世そして来世が必ずあるんだそうです。もし死んで肉体が滅んでも、それぞれの魂は天に帰っていくだけで、そこでさらに時を経て別の世に人か動物かに生まれ変わって、また違う命を生きるのだと伝えているそうです」

「そのとき、その仏は、俺たちに何をしてくれるんだ？」

「死んだ者に寄り添って生きていた間の行いを示し、良かったところは褒めて、悪かったところを気付かせる。そして、次に生まれ出ても間違いを繰り返さないよう教え諭す、ということらしいのです。ただ、私もまだ逝ったことがないから、そこんところは良く分からないけれど……」

継市に向かって、曖昧な表情で加莉はうなずいた。

徐々に目先の海面から霞が晴れてきた。継市の立つ方向の彼方にうっすらと陸地が見えてきたことに加莉が気付いた。継市も振り向いた。宇美の邑の沖合なのだった。

宇美の邑近くを過ぎ、海岸線まで突き出している小山を越えると大きな河口が広がってきた。賛宇と継市の住む津の邑である。

船を先に降りて、小舟で邑に報せることを引き受けたのは悠于だった。彼は一人で懸命に櫓を漕ぎ、海岸の湿地帯に舟を乗り上げると構わずに賛宇の家屋へ走った。家の近くでは稲穂から稲をもぎ取った残りの茎や葉を干して乾かした藁を取り込んでいる賛宇の妻である釆明《ハンミン》と與明がいた。

「大変なことになった」

彼女たちに近付くにつれて歩調を緩めながらも、悠于が遠目から彼女たちに向かって叫んだ。

「戻ってこられたのですか？」

腰を上げ、彼に気付いた與明が、明るい声で応えた。

「いま船は沖だが、もう間もなく着く」

「お疲れさまでした」

娘のとなりにいた釆明も悠于を労った。

「賛宇が死んでしまったよ」

彼の唐突な発言の意味が二人には理解できなくて、その言葉を反芻しながら顔を見合わせた。

「すまないことになった。帰路に矢を受けて賛宇が死んだ」

「何ですって？」

悠于の言葉に釆明が聞き返した。

「死体を、賛宇の亡骸を今からここに運んでくる。準備していてくれ」

それだけを言うと、背後からなぜと言っている声をそのままに、彼は海岸に向かって戻るため逃げるように走り始めたのだった。

悠于が海岸まで戻ったときには、継市と加莉の舟が、河口から津の邑に到る川筋に入ったところだった。小舟に賛宇の亡骸を乗せて、邑のそばまで向かうつもりであることが判った。彼は、川岸から邑の在る方向へ、再び戻るよう舟の流れを追いかけた。やがて、小さな砂浜が川幅の一部となった場所に舟が着いた。彼も走り寄って二人が荷車に載せた遺体を降ろすのを手伝った。

その仕度の途中で邑からも訃報を聞いた賛宇の長男の珂篤と彼を補佐している楠寸《ナンシン》が川原の彼らを見つけ駆けてきた。

「父さん！」

荷車にぶつかるような勢いで彼が駆け寄った。

「どうして、どうしてこんなことに！」

長年仕えてきた楠寸も荷車に載った賛宇の肩をさすりながらそう叫んだ。

「継市、何があった？」

跪き、遺体に手を掛けた姿勢で、彼は継市や悠于を仰ぎ見た。

「帰路の洛東川だが、半島から出る河口近くに金海の小舟が多数進路を邪魔していた。その連中が射撃してきた流れ矢に当たった」

悠于は、楠寸と珂篤に向かってそう説明した。

「金海の連中が？　……」

「そうだ。何艘も転覆していたし、応戦したから向こうも多数の死傷者が出ているはず」

少し遅れて、采明と與明それに希莉《キリ》も駆けつけた。采明は、夫の亡骸にしがみつくように荷車の横で泣き崩れた。その母を與明は後ろから支えるようにしゃがみ込んだ。希莉は、その白い死に顔を覗き込んで、そして父である加莉に抱きついた。

「大丈夫だったのね？」

加莉は、采明や與明を気にしながらも無言でうなずき、静かに彼女を抱きしめた。

「連れて帰ろう」

加莉が、一同に向かって言った。継市は、率先して荷車の引き手を握った。珂篤は、後ろから押すために亡骸の足元に回った。悠于が釆明を支え、與明も一緒に歩き出した。家に戻ってから、加莉と悠于それに珂篤と楠寸で、賛宇たちの家屋から林の方に離れた一角に小屋を建てた。急いで拵えたので造りは簡素なものだったが、これを殯《もがり》のための安置場所とするためだ。

殯とは屋外の別の場所で安置し、その死を信じ難い家族に、事実が紛れないものだということを理解して諦めるための時間でもある。ただし、悠于や加莉にとっては、すぐに土葬にしてしまうのが彼らの習慣だったから、あまり馴染みの無いものだった。

「駕洛では、こうしたことを行うのか？」

加莉が継市に耳打ちした。

「いや、誰も彼もではないけれど、高貴な者が死んだ時には殯という期間を設ける。そして、この間に墓を拵えるという意味もある」

與明の話によれば田一枚分程の大きさに土を盛って墓を作り、三月ほどの先の良い日和を卜《うらな》って、そこに収めることとなるだろうと話していたことも付け加えた。ただし、継市も作法に則った殯など経験したことは無かった。

半月たって北へ航海していた船が戻ってきた。津の邑の硫砒《ロンヒ》と柑玄《カンゲン》はもちろん、神門《かんど》にまで届いていた報せによって、意恵《おえ》の継市の配下である籬《リ》さらに早里《サリ》と与麻《ヨマ》は、それぞれの邑に戻ることなく、そのまま同乗して弔問に訪れた。

「良く来てくれた」

継市は下船した早里の手を取った。また、与麻には妹の侍女としてではなく、主早《スサ》の妻として深々と頭を下げ謝意を示した。

「大変だったな。いろいろと聞いた。あの賛宇が、矢に当たって命を落とすなんて信じられなかった」

早里も彼を労った。お互いに積もる話を一頻りして、それから三人は揃って継市の住まいに戻ってきた。だが、そこには與明の姿は見えなかった。

「あぁ、與明はずっといない。死者の魂を送るための作法らしいが、賛宇の家には采明と姉弟の三人で篭り、そして、朝になると殯屋に行って祈っているらしい。それも、卜《うらな》った日にちを経るまでは止められないものだそうだ。あいつがそんなことを言っていた」

早里は、そのような習慣を見聞きしたことなど無い。首長の珠里《シュリ》を送った時も、モシリで殺された父の亜里《アリ》も、すぐ近くに埋葬したからだ。与麻も聞いたことなど無いと言った。

「とにかく、彼女たちの風習ではそういうことらしい。周りの者は出来ることだけ手伝って、あとはそっと見守るしかない、仕方ないよ」

彼の言葉に二人もうなずいた。

「それより硫砒たちが騒いでいる。金海の連中と一戦交えるような勢いで、邑の各所で話し合っているらしい。物騒な話で、本当に攻めるなんてことになったら困るから、それでちょっと参っている」

なるほど、と早里も同情した。

「今日はこの話はこれぐらいにして、ところで与麻、真登《マト》はどうしている、元気かな？」

「去場《いぬば》にそのまま一人でいらっしゃるけど、邑に残った鹿目《カノメ》や酒寄《シュキ》なんかも食材を届けたり、話相手になってくださったりしている様子だし、気楽に過ごされていると聞いています」

「そうか、それなら良かった。私が自分の勝手で、みんなを置いて一人でここにやって来たから、あれからずっと気にかかっていた」

「時々、気軽に会いに行けば宜しいのに。きっと喜ばれると思いますわ」

与麻が口角を上げて白い歯を覗かせた。妹のそばで仕えていた時は、それほどにも思わなかったものだったが、早里の妻になって本当に美しい女性になったと継市は感心した。

「それから、北方の地はどうだった？　取り引きは、上手くいきそうか？」

「そうそう、継市に一つ、大切な相談があったんだ」

「何？」

「実は、越《こし》の地の日美《ひみ》という海の近くに邑が在る。そこの交俱《カワク》という年老いた長が、俺たちの船を見て羨ましがって、出来れば小ぶりで良いから船を譲ってもらえないかと言っていた。どうだ、このことを壱志の加莉に聞いてみてもらう訳にはいかないか？」

「そこからは何が手に入る？」

「上質の翡翠や瑪瑙その他の貴石や、それを磨いた珠というところだな」

「なるほど」

「まぁ、あの船の半分くらいの代物を望んでいるらしい。一度機会があれば話してみてくれ、無理なら無理で仕方ない」

早里の言葉に、継市も分かった考えてみる、と答えた。そのとき壱志の父娘の使いが来た。珂篤の妻である希莉が振る舞うから早里や与麻も一緒に食事をしようという誘いなのだ。場所は、もちろん珂篤の家であり賛宇と継市と同じ敷地の一角にある。

加莉は三人を迎えて、すこぶる上機嫌だった。与麻は心の中で、こんな時に少し不謹慎ではないかと思った。息子が壱志に戻ってからも、ずっと彼は娘の家に転がり込んだままである。珂篤が不在なので、それこそ親子水入らずという雰囲気だ。希莉も夫が不在でも寂しそうな様子はなく、かえって嬉しそうなのだ。

「早里、お呼ばれだから断れないけど……、食事を頂いたら早めに引き上げましょうね」

「どうかしたの？」

「いや、特に何でもないけれど。ここに来たのは、あくまでも弔問のためだから……」

「そうだな。そうしよう、後で継市に耳打ちしとくよ」

継市と早里にも酒が出た。加莉は、ニコニコと二人に酒を勧めた。魚の焼き物もあったが、与麻はそれには手を着けず、蒸した山菜と茹でた米の食事を摂った。

「いや、船上では活躍だったたな」

継市の考案した荷車や投石器、それに闇夜には優れものの灯りを指して褒めているのだ。

「とんでもない。みんな先人たちの考案した道具で、小さい時に父から聞き、私は今回の出発に際して試作してみただけなのです」

「そのお父さんも、妹さんも、今では別々に暮らしているそうで、お寂しくはないですか？」

日頃は余り接触がない希莉が、父や妹のことを知っていたのか、と継市は少し不思議には思いながらも、仕方の無いことでしょうと彼女に答えた。亡くなった賛宇が、息子であり彼女の夫である珂篤に話したことを、何かの時に珂篤が話題にしたのだろう。

「大陸の中原を出自とされる高貴な血筋の方ですから、先への大志が有って、この津に来られたのではないのですか？」

「どういうことでしょうか？」

「いえ、何となくです。深い意味などありません」

褐色の肌で異国風の容貌である彼女が、継市を穏やかに見つめ、それから父を仰ぎ見た。

「まぁ、難しく受け取らないで欲しい。娘は女としての興味で聞いただけ、どうか気にしないでやってくれ。とにかく壱志の俺たちは、金《キム》賛宇の後継者は、継市だと考えているということを憶えておいて欲しいだけだ。その時が来れば協力を惜しまないということさ」

そばで聞いていた早里が、それに対して口を出したくて身を乗り出そうとしたところ、となりから与麻に腕を引っ張られて押し留まった。

「与麻さんは、継市さんの妹さんとは長く一緒にいらしたということでしたね？」

その様子を目ざとく見ていたのか、希莉が与麻に話し掛けた。

「ええ、そばにお仕えしていました」

「そこで、お二人は出会ったのだとか」

「俺が、継市の父さんから預かった物を渡しに来た時、与麻に会って一目惚れしたんだ」

ほほほほ、と楽しそうに希莉が笑った。

「仲睦まじくて、聞いているこちらも楽しくなります。羨ましいわ」

微笑みながら本当にそう思っている様子だ。

「まだ、おめでたの兆候はありませんの？」

与麻が会ったときから感じていたことを単刀直入に言うと、希莉はためらって顔を赤らめた。与麻は次に継市を見たが、男はさすがに判らない、という表情をした。

「私たちも子どもが欲しいと思っています。良かったら、どこが最初か三組で競争しましょう」

与麻の言葉には今度は加莉が、男が頑張らないと、こういうことはダメだからと継市と早里の二人に再び酒を勧めた。

食事を終えた三人は、すぐ近くにある継市の家屋に戻った。中に入って与麻は継市に、希莉はきっと身ごもっているに違いないと言った。

「どうして、そんなことが分かる？」

早里は彼女の言葉にビックリした。

「女の勘よ。でもね、ほら希莉の顔、少しむくんでいたでしょう？　あれはね、妊娠の初期に良くあるの。そんな兆候も現れるのよ。女の体って、とても敏感で繊細なものなの。妊娠して、食べ物の好みや体質そのものが別人のように変わったりもするらしいわ」

「子どもが出来たことが本当だとしたら、それを珂篤は知っているのだろうか？」

継市が、ポツリと言った。

「それは……、まだみたいだったわね」

「どうして？」

彼女は首を横に振った。

「夫にちゃんと話していたのなら堂々と私たちにも自慢するはずよ。でも、お父さんの加莉は、娘から聞いて知っているのじゃないのかしら……。だから、あんなにご機嫌だったのかも？」

継市は、早里と与麻の会話を聞くとはなしに聞いていた。義弟とは、どうして話し合っていないのだろうか？　二人にとって嬉しいことのはずなのに。

しかし、妊娠の事実に気付いたのが賛宇の殯の期間に入ってからだったとしたら、別々に生活していて伝えたくても伝えられなかったのだろう。とにかく、自分には直接関係ない義弟の問題でもあったので、余計な詮索はしないほうが好い。そうでも考えないことには、あの父娘兄妹は何だか普通ではないような匂いがして仕方なかったからだった。

翌朝、早里と与麻は、采明たち三人を弔問した。もちろん想像でしかない珂篤の妻である希莉の妊娠のことなど気軽に話せるものではない。粛々と三人の後ろに付いて殯屋に行き、継市の義父である賛宇の遺体に向かって懇ろに祈りを捧げて別れを告げた。

神門への帰路は、継市が用意した津の邑の舟に乗ることとした。北紀行から直接来たものだったから、これでやっと神門に帰ることが出来る。早里も疲れが押し寄せる心地がしたのだが、与麻は案外にも舟旅での景色を楽しんでいるようなのだ。

「早里、島々の景色が綺麗。今まで去場や意恵しか知らなかったけど、今度のことで、いろいろな場所を見聞できて良かったわ。本当にありがとう」

潮の流れに乗ってからも時々艪を漕いでいた早里が、その手を止めて彼女を見た。面と向かって言われると何だか恥ずかしい。また与麻も一生懸命に艪を漕ぐ早里が、言葉を返さなくても愛おしい。

『今さらだけど、神門水海《かんどのみずうみ》のほとりが私たちの安らげる場所ね。そこで、あなたと一緒に暮らしてゆくわ。みんなが健康で穏やかな一生を過ごせるよう祈ります』

海面を暖かく染める日輪に向かって、彼女は目だけ瞑ってそう思った。

「ねぇ、早里。戻ったら家族をつくりましょう、三人は子どもを産みたいわ。たくさんの家族で楽しく暮らしたい」

目を開けると真剣な表情で早里に伝えた。彼は突然のことに返す言葉もなかったが、真っ直ぐに向けられた彼女を見ているうちに、その表情に覚悟を感じて口元を引き締めた。そして、ただ無言のまうなずいて彼女に応えた。

十五

吉備《キムビ》の村は広範囲の地域に亘って多数の邑が点在する集合村である。なかでも中心となる邑は、海を見下ろせる山地に砦を設けている。祖先が故郷である金海《キムヘ》を離れて南下し、先住人がいる離島に渡ってきたのは、それを余儀なくした惨い争いの顛末に懲りたからだった。せめてこの地では諍いを避けようと長い放浪の末、わざと過疎な山間の地を探して辿り着いた場所である。新たなる吉兆により得た賜物なのだから名もそう決めた。故郷に戻ることがあるとすれば、その時には麓に延々と続く潟から大海まで下りていって舟を出せば良い。半島に繋がっている周防の灘までは高い波などの難所が少ない島伝いの穏やかな内海である。

さらに森は、どこも果物が豊富だった。水稲作の知恵も技術もあったのだったが、果樹栽培に力点を置いた方が労力少なく得るものが多いと判断した。だから今でも米は陸稲を収穫するに留まっている。それよりも力を注いでいるのが鉄の製造だ。祖先がこの地を選んだ最大の理由は、鉄鉱石を潤沢に産出する近隣の山々の存在にある。加えて、その作業のための火力の元、つまり石炭である。これによって石から取り出した鉄を純度も高く製錬できる。また幸いなことに、海伝いの西南方に対峙する島の丘陵部からは石炭が多数産出するので、それを舟に積んで運び込むことが容易にできた。

「このごろ壱志《いちし》と親しい邑で鉄を造って、盛んに外海の沿岸各地と交易しているそうだけど、お前は知っていたか？」

莓岑《バイシン》は、弟で鉄の工《たくみ》である蒜岑《サンシン》に尋ねた。

「あぁ、聞いているよ。でも、もろく弱い鉄しか出来ず、半端な道具ばかりだそうじゃないか。鋼《はがね》にするには鉄を再び強い火力で加工することが必要だけど、そのために石炭を一度焼いて次の火の元にするなんてことは、もちろん知るはずもないのだろうな」

兄は、なるほどと弟の知恵に改めて感心した。

「聞くところによると大きな船を設えて、鉄鉱石を半島まで手に入れに行ったそうだぞ。ただ、その帰りの洛東川《ラトンチヨン》の河口で金海《キムヘ》の者と争ったらしいが……」

彼らも先祖の出自が金海沿岸に居住していた民族なので、壱志と壱志と共にある者の行動の逐一を腹立たしく思うところがある。

「ところで菟沙《うさ》の所望する剣と甲《かぶと》は出来たのか？」

「出来たことは出来たが、……あの伯旬《パッコ》が、これで良いと承知するかどうかだ。あいつの場合は、その時の気分で、とんでもない言いがかりを付けるところがあるから、よく判らん」

伯旬とは菟沙の長の弟のことだった。この吉備とは縁が深い。半島から南海の地へ渡ってきた同じ民族だったので、住居を異にしてはいても誼《よしみ》がある。ただし、鉄を生産しなかったから、その道具類を吉備に頼っている。しかし話題の男は、いつも横柄で他人を見下すような態度なのだ。周囲がそんな彼を許しているのは長の弟だからである。それを良いことに言いたい放題の厚かましさだった。

吉備の彼らが黙って従っていたのも、菟沙と同族関係だったというだけではなく、菟沙の西南に在る亀旨峯《くしふるね》までの一帯から産出する金や銀それに水銀朱が目的なのだ。吉備では、特に金と水銀朱を鉄器の代わりに入手して恩恵に預かっていた。

「今度はいつだった？」

「新月の後と言っていたから、そうすると今日か明日だな」

吉備までは航路五日の距離であり、しかも穏やかな海域を通るので頻繁に行き来していた。そして次は菟沙が、過日に注文していた鉄の道具類を持ち帰るために吉備の山砦までやって来る。

「おっ、葵空《キラ》さま。ここは風が冷たいですよ」

長の妻である安和《アワ》の異母妹だった。城門の上部である物見台に登ってきたのだった。

「めっきり秋めいてきましたね」

彼女は、先客の二人に気付いて、可憐な花のような笑顔で応えた。

「えぇ、今朝も栗の実がたくさん落ちていたので手分けして拾い集めたところです」

苺岑の家の裏には先々代が植えた栗林があるので、親族で毎年多くの恵を得ているのだった。

「そうでしたか。ところで山々は、まだ赤く色づいてはいないのですね？　ひょっとしたらと思って来たのですが……」

ここからは内海まで一望出来るのだったが、併せて周辺の山野も広角に眺めることが出来る。そして彼女が期待したとおり、秋の季節が深まって朝夕の寒暖の差が激しくなれば、茶や赤や黄色に染まった山々を見ることが叶うのだ。昨年も、その美しさに息を呑むほどの感激を覚えたので、今一度と思ってやって来たのだった。

「もう少しでしょう。今年は結構暖かい日が続いているから、もう半月ほど先だと思いますよ」

蒜岑が、眩しそうな表情で彼女を見た。吉備の首長の芭釈《ハトク》が安和を妻として迎えた時、異母妹だったが一緒に付いてきたということを聞いている。妾《ショウ》として世話を受けるはずだったのだろうが、なぜだか彼女は自由奔放に振る舞っていて、そのような関係すら無いようにも思えた。だから彼は、彼女のことが日頃から気になって仕方ないのだったが、面と向かって調べる術があるはずもなく、悶々として兄の苺岑にも打ち明けることの出来ない秘密であった。

「残念でした。また日を改めて参りましょう」

去ろうとする彼女を引き留めたくて、彼は思わず口にした。

「さっきの栗のことですが、あとで媛《ひめ》さまのところにもお届けしようと思いました。でも、いっそどうでしょう？　これから案内しますから拾いに行きませんか？」

勇気を出して言ったことだが、言い終わってほっとした気持ちと断られるのではないかという不安で、彼は葵空の表情を窺い見た。

「本当に？　連れていってくださいますか？」

飛び上がりたいような心地になった。

「もちろん、すぐに行きましょう。兄さん、ちょっと案内してくるよ」

莓岑は、弟の気持ちに初めて気付き、少し驚いた。

「好いよ、行ってこい」

余計なことは言わず、ただ了解だけを彼に与えた。

「だが、媛さまに万が一にも怪我などさせるな。くれぐれも気を付けろ」

「分かっているよ、大丈夫」

そう言いながら、初めて知った弟の想いがとても不安だった。

「葵空さま、くれぐれもお気を付けていらしてください」

「ありがとうございます。それでは行ってきます」

振り返るしぐさの中で、愛くるしい笑顔を兄の莓岑に向け、そして弟の蒜岑に手を預けながら段を下りた。

「すべて歩かねばなりませんが、よろしいですね？」

「もちろんですとも、大丈夫。どちらかというと野を駆けるのは大好きです」

それは良かった、と彼は言いながら彼女に背を向けて歩き出した。円の周囲の四分の一ほどの弧を描くように、ここから南に向かった砦のはずれに彼らの家屋があった。そこから、山間に延々と続く林の入口部分に栗の木の群生地帯がある。まだ奥に行けば落下した栗の実が多数有るはずだった。それを拾ってもらおう、そう考えたのだ。

「栗は美味いですよね。私は焼き栗が好きです。爆ぜて割れかけた殻を裂いて、熱々の実を掬うのが好きなのです」

背後の彼女に問いかけた。

「私は茹でた物が好き。ホクホクとした黄色い栗を吹いて冷まして食べるの」

彼女は手振りを交えてクスクスと笑った。

「……、何かおかしなことを言いましたか？」

彼は歩きながら振り返って尋ねた。

「いいえ、大きな体の男の人が、火のそばで背中を丸めて栗の殻をむしっている姿を想像したら面白くなって……、ごめんなさい」

細く白い腕の手で、口を隠すように笑いを収めてから彼に瞳を向けた。少女のようなあどけない笑顔がたまらなかった。その肘から麻の衣に隠れるまでの二の腕にかけて、健康的だが肉感的な露出した肌が、彼にはとても眩しくて前方に視線を戻した。

「……あの、媛さまは安和さまと一緒に、どうしてここへ来られたのですか？」

「あぁ、それね。安和とは母が違うけど、同じ家でずっと一緒に暮らしていたの。それに気が合うというか、とても仲良く遊んだわ。だから、こっちに来ると決まった安和から、一緒に移り住まないかと尋ねられた。そうしたいと思っただけ、それが何か？」

「いえ、……ちょっと訊いてみただけです」

心臓が、のど元から飛び出しそうな心地がした。すごく嬉しくなった。しかし、振り返ると気持ちを見透かされそうで恥ずかしく、気遣いながら先導していることも忘れて歩調を早めた。

「あの……置いていかないで。もうちょっと、ゆっくり歩いてください」

そう声を掛けられ、初めて自分が舞い上がっていることに気が付いた。

「すみません」

肩越しに少し後方を窺い、極端なほどに歩調を緩めた。

「ゆっくり歩きます。もう少しですから頑張ってください」

何軒かの家が見えてきた。奥には栗林が広がっている。同じ景色の上方には、空が透きとおるように高くそびえ、その蒼い平面に魚の鱗のような真っ白い雲が美しく並んで浮かんでいる。

「わぁ、実がいっぱい有りそうですね」

葵空の高揚した口調で彼は我に返り、必ず報いなければならない、と改めて気合いを入れた。

菟沙からの船は全部で五隻、悠々と吉備の泊《とまり》に入ってくる様子が、山城の物見台からは手に取るように見えていた。

「おい、長の萌生《メイ》に伝えろ」

弟の蒜岑が行った後、物見に立っていた莓岑は、同じくとなりで立番をしていた柳李《ルイ》に声を掛けた。彼が指示した萌生とは首長の芭釈の次の実力者であり、戦時には一同を束ねてきた補佐役だったから、新しい情報は逐一彼に伝えなくてはならない。みんなからの信頼も厚い人物だ。

その菟沙の一行が、積載してきた大量の素焼きの陶器などを全て運び終わって、一同が普段は集会に使用する吉備の村の大型家屋に集まったのは、日も落ちかけるようになってからだった。

「ご苦労。遠路よく来てくれた」

芭釈が、目の前に並んだ先頭の菟沙の伯句や武具を身に着けた夫台《プト》、発岐《ホシ》ら二十名ほどの男たちに向かって発声した。それを号令としたように、伯句が平杯に載せた砂金の山を両手に抱きながら進み出て、そして恭しく捧げて下がった。

「これは痛み入る。戻られたら伯固《パク》に宜しく伝えていただきたい」

芭釈は、目の前に置かれた黄金の入った袋を側近の莓岑に下げ渡した。

「ところで、菟沙から少し北にある邑でも、このごろ鉄を造り始めていると聞いている。知っているか？」

「意富駕洛《オホカラ》からの移民たちの邑だと聞いている。だから、鉄鉱石を半島の金嘉悉世主《キンカシッセシュ》から手に入れることができるそうだ。しかし、この前は洛東川の河口で金海と派手に遣り合ったらしい」

正面で控えていた伯句が、身を乗り出すようにして説明した。

「ただ、彼らの造る鉄器具は、まだまだ未熟な物だそうです」

となりにいた苺岑が、先に聞いていた弟の言葉を繰り返すようにして芭釈に伝えた。

「どうもそうらしいが、その邑長の娘婿になった男がかなりの知恵者だという。そのうちに高い水準の器具を流通させるようになるのではないか。そうすると地の利で、我々より広い範囲を傘下に抱き込む、なんて次第も考えられる」

伯句の言葉に一同が黙った。

「その男のことについて、判っているのか？」

「聞くところによると、この吉備から真北、山々を越えた海近くの去場《いぬば》という邑を支配していた高貴な血筋の者らしい。彼らの同胞は、越《こし》の日美《ひみ》や意恵《おえ》と神門《かんど》までの海岸沿いの東北から南西までの広範囲に居住していて、また婚姻による血縁者も多数いて親密につながっているらしい。彼らが協同して海の経路を独占したとしたら、その時には我々にとっても厄介なことになる」

芭釈の質問に菟沙の夫台がそう答えた。

「そんなことになっているのか……、いずれ互いに会うことが、あるかもしれん」

「我々は、壱志《いちし》の邑には人を遣って交流を始めた。菟沙から北西の山々を越えた津《つ》の邑の様子は静観するつもりだが、半島に渡航する経由地である壱志と親交を結んでおこうと兄が言い出した。つまり、近い将来のためだ」

伯句が、芭釈の心配を見越してそう言った。

「なるほど。それで壱志の者たちは友好的なのか？」

となりから萌生が尋ねた。

「もちろん。今のところ邑長の長男である晋莉《シンリ》が、何事にも協力的で特に問題もない。その時々に、彼らの利得さえ保証してやれば、あまり細かいことには拘らないんじゃないのかな？」

伯旬は、一瞬不機嫌な顔つきになったのだが、自分に向けられた多数の視線を感じて、不本意ながらも彼の質問にもていねいに答えた。

「だが、その津と壱志の邑は、誰かが血縁の関係にあるんだろう？」

「そうだ、その晋莉の妹が、その津の男と婚姻している。しかし、それには拘っていない感じがした。ひょっとしたら、上手くいってないのかもしれない。よくは分からないけど……、それにもともと、そんなことは気にしない性格らしい。だが、同じ地に暮らす者同士なら結束は強固で、集落での絆は強そうだ。きっと、そういった慣習の者たちなのだろう」

二人だけのやりとりを芭釈は黙ったままで、しかし興味深く聞いていた。

「もうひとつ、津の邑に来たその高貴な血筋の男は、出自の地は吉備の真北の去場と言ったな。だったらそこには仲間も大勢住んでいるだろう？」

萌生のとなりにいた莓岑が発言した。

「そのとおりだ。また、彼の父親は越の手前の角額《つぬが》にいて、そこにも彼らの一族がいる。越などの北方と行き来する拠点となっているらしい」

「つまり、沿岸の各所が、彼らあるいは彼らとつながりのある者たちの占有地ということだな？」

「そうだ」

「半島との往復で彼らに妨害されれば交易も簡単には出来なくなるということか？」

伯句の結論に対し、芭釈も改めて脅威に思い、思わず独り言が出たのだ。

「だから、これからは壱志とのつながりが大切なのだ」

伯句が胸を張って一同を見渡した。

翌朝早々、吉備の山城の下方の泊から菟沙へ戻る伯句たちの船団を見送りに出た。その一団の一人として河岸まで来た蒜岑が、兄の莓岑に肩の荷が下りた気分だと愚痴をこぼした。

「良かったな、何の文句も言われずに済んだのだろう？」

蒜岑が手掛けた剣と甲のことだった。

「今回は、彼も別のことが気になっていたみたいだった。次までに長剣を一振り所望して帰っていった。津邑のこと、半島に渡航する経由地である壱志の島と菟沙との親交のこと、それやこれや昨日も説明にやっきになっていたからな」

「そうだったのか、おかげで助かったよ。ただ、この吉備も菟沙に荷担して、そこと争うことにならないと良いのだけれど……」

「そうだな、心配は心配だ。ただ、何も分からない先のことで、気を使うのは止めよう。その時はその時、なるようになるしかないのが俺たちだから」

舟が遠くの島影に消えようとしていた。穏やかな海面の波間が、朝日を浴びて黄金のようにキラキラと輝いていた。風は少し冷たかったがとてものどかで平和な景色だった。

吉備《キムビ》でうわさの津の邑では、ちょっとした騒動が起こっていた。意富駕洛《オホカラ》の一部族長だった金賛宇《キムサンウ》の長男金珂篤《キムカトク》に嫁いだ壱志《いちし》の希莉《キリ》が消えたのである。その前々日までは父親である加莉《カリ》が滞在していたが、昨日の朝の船で彼は配下の者と共に壱志に戻った。その夜、彼女は自分の家で過ごしたはずだったのだが、今朝そこを訪れた珂篤は無人で火の気も人の気配もない屋内の様子にビックリした。そこで、となりに立つ姉の與明《ヨミ》と継市《ツグツ》の家に、彼女が行っているのではないかと思い、駆け込んだのだった。

「来ていないわ」

與明は、弟の醜態を見苦しく感じて、ぶっきらぼうにそう答えた。

「そんなに心配するな、朝早くに海岸に貝でも拾いに行っているのじゃないのか？」

継市は二人ともに気を遣い、慌てた表情の彼には常識的な言葉を掛けて落ち着かせようとした。

「だって、ずいぶん前から火の気が無く、中が寒々としているんだよ。昨日の晩からいないのに違いない」

昨晩は、母親である李釆明《リハンミン》がそばにいて欲しいと言ったので、珂篤は亡くなった父親の家に居残って泊まったのだ。姉の與明は、そんな母親のわがままには付き合わず、早々に引き上げてきて継市と夕飯を共にした。

「今日の夕方にみんなが殯屋《もがり》から帰ってきたら、あの娘《こ》、案外ここに戻ってきているかもしれないわよ」

姉の他人事のような言葉には不服だったが、母子三人で父親を弔うため、今から出掛けることにした。

継市は、与麻《ヨマ》や早里《サリ》と三人で話した夜のことを思い出した。

『女の勘よ。でもね、ほら希莉の顔、少しむくんでいたでしょう？　あれはね、妊娠の初期に良くあるの』

与麻と早里がいるところで、夫である珂篤はそれを知っているんだろうかと言ったが、あれからの様子でも彼に変わった素振りなどは見えなかった。やはり、まだ彼女がその話をしていないのに違いない。

『そうすると、それはどうしてだ？　昨晩からどこへ行ったのだろう？』

何かが狂い始めている、そんな予感がしないでもなかったので、首を振り慌てて妖しげな考えを捨てて去った。言霊《ことだま》は、口に出すことで吉凶が引き起こされるというが、森羅万象の理として不吉なことを考えるだけでも言挙《ことあげ》になる。

與明《ヨミ》が、自ら卜《うらな》った殯屋に通う日にちの十日を経て、母子娘の三人は日常の生活に戻った。釆明は亡くなった賛宇がいない一人だけの家屋に、與明は継市の元に、珂篤も自らの家に戻ったが、やはり希莉は不明のままだった。

その日の夜遅く、継市と與明の元に、意恵《おえ》から継市の補佐役である籬《リ》が、前触れもなく訪ねてきた。表で声をひそめて継市を呼ぶ籬に、與明が気づき招き入れたのだ。

「どうした？　びっくりするじゃないか、意恵か神門《かんど》で、何か起こったのか？」

「いや。むこうは平穏で何かあった訳じゃない。ただ、壱志邑の加莉《カリ》が来た。娘のことで助けてくれと頼みに来た」

「どうして？　直接関係もない意恵に助けを求めに行ったのか？」

それだが、と籬が話し始めた。彼の話は簡単明瞭で、希莉は失踪したという訳ではなく、単に壱志に戻って以前のような暮らしをしているというものだった。

「何で？　珂篤と何があった……」

「いや、逆に何もなかったそうだ。何もなかったから問題なのだが……」

「どういうこと？」

「その、……つまり、男と女の関係ではなかったということらしい。しかし、彼女はいま身ごもっている」

継市も、彼のとなりにいた與明も絶句した。

「何もなかったのなら身ごもることなんて有り得ないじゃないか」

「そうだ、そこだよ。壱志の加莉が、ひどく頭を抱えているところは……」

どうして、と言いかけた継市を與明は一瞥して、それから深いため息をついた。

「継市、まだ解らない？」

さぁ、と彼が首を傾げた。

「……あの娘《こ》、きっと身内の男の子どもを宿したのよ」

「そうなのか？」

彼は、籬に答えを求めて顔を向けた。

「そのとおり、兄妹で男女の関係を持っていたそうだ」

とっさに継市は、意恵に残した真登《マト》の顔を思い浮かべた。自分なら妹を抱くなどという感情は芽生えない。

「それで、加莉はどうして欲しいと言っている？」

「二人の婚姻を解消する仲裁に立って欲しいそうだ。本当なら嗣子《しし》に相談したかったのだろうが、津の邑の身内では近過ぎる。だから、嗣子の出自の意恵を思い立ったのだと思う」

継市は、何も言えなかった。賛宇が急死したこの時期に、縁を絶ちたいと言い出せば、心変わりを疑われるだろう。それが、たとえ希莉と希莉の兄の晋莉《シンリ》との秘め事が理由だとしても、表立って言えない事情だからこそ、知らない邑人たちは勘ぐるに違いない。とても厄介な事態になりそうだ。

「……少なくとも、私は何も知らなかったということにしておいた方が良さそうね」

與明も同じことを考えていたのだろう。二人に彼女が呟いた。

「それが宜しいと思われます。万事やれることはやってみますから、その間は静観していてください」

籬の説明に継市も無言で同意した。

「明日の朝、采明と珂篤のお二人に話をします。それで様子が窺えるでしょう」

それでは失礼します、と籬が立ち上がろうとするので、慌てて與明が引き留めた。

「この夜分にどこへ行くというのか？」

継市も驚いた様子で彼を質した。

「いや、泊めていただき明朝ここから出たのでは、どこで他人が見ていないとも限りません。勝手慣れた野宿、どこででも休めます」

それでも彼女が止めようとしたので、継市もその時はその時のことだと籬に言って、腰を浮かせた彼の麻生地の袖に手を掛けた。

「朝になったら、まず私が、外の様子を確認するさ。そして、人目が無い頃合いを見計らって出ていけば良い。外は、かなり寒いだろう」

二人にそうまで言われたものだったから籬も再び腰を落とした。

「まぁ、もう少し呑もう。久しぶりだし、ここへの道中にも不自由しただろう、腹も減っているに違いない」

與明は、二人の酒と肴を準備するため、炉に新たな薪を差し入れた。

朝早く、訪ねてきた籬の説明を聞いた珂篤は、炉端に座して、彼から目を逸らしたまま黙り込んだ。母親である采明は対照的に激怒して、立ったままで口汚い罵声を彼に浴びせた。炉端を挟んで珂篤の正面に座っている籬も、彼女の仕打ちが理不尽だとは思いつつ、こうなってはひたすら黙して聞くしかないと諦めた。

「それで壱志は、一体どうするつもりだと言ってきたの！　だいたい自分で詫びに来ないで、何のつもりなのよ」

「それは……」

彼は、何とも答えようがなかったので、ただ目を泳がせて采明を見上げた。

「とにかく、すぐにここへ来て説明をして、と加莉に伝えて」

籬は早々に退却して継市と與明のところに戻った。

「だめだ。取り付く島が無い。壱志の加莉に来てもらうよう伝える」

辟易とした表情の籬は、同意を求めるような口調で報告した。

「ちょっと待て。それじゃ邑の内で騒ぎが広まるだろう」

「……それじゃ、どうしたら良い？」

「ちょっと会いに行ってみる。すまないが、ここで少し待っていてはくれないか」

「それは良いが……」

継市は、並んで聞いていた與明に、一緒に来てくれと言った。

「分かったわ、一緒に行く」

二人は連れだって隣家に向かった。ただ、その目的は愉快なものではなかったので、終始お互い無言だった。

「母さん、私たちも聞いたわ。少し相談しようと思って二人で来たの」

「聞いたでしょ、信じられない！　あの娘、なんて女なの。それに子も子なら詫びにも来ずに他人を寄こす親も親よ」

そうね、と與明も否定などはしなかった。

「それで、ですね……」

継市が、珂篤を一度見て、それから言葉を続けた。

「ここは一つ、加莉を呼ぶというより、例えばお義母《かあ》さんと私で、壱志まで出掛けて、逆に今回のことを彼に質しませんか？　どうですか珂篤、すべてを私に預からせてください」

名指しされた珂篤は、苦しそうで悲しげな表情こそ見せたのだったが、それでも母親に救いを求めるようなことはせず正面の継市だけを見てうなずいた。

「あんたが、それで良いなら構わないけど……」

采明も少しは落ち着くことが出来た様子で、周りを見回してから誰にともなく呟いた。

「私も一緒に行くわ。希莉から嘘の無い話が引き出せるのは、年の近い女同士の私のはずよ。お母さんと継市は、父親の加莉と話をつけて。その間に私が希莉と話すわ」

與明の言葉に一同それも承知した。

舟旅は沿岸に沿って半日、壱志までの距離である。五人ほどが乗れる小舟で向かった。舵は継市が取った。加莉の邑は、島の最南端から上陸してすぐのところに在る。対岸の島地とは狭い海峡で隔たれているわけだが、大海の流れは壱志の外周へ迂回する。つまり、岸辺から韓半島に近い対州《たいしゅう》の独島《つしま》の方角に突き出た半島のような地勢となっているのだ。だから壱志島までの小さな海峡の波々は、比較的穏やかで、このような小舟でも軽々と渡ることができるのだ。

上陸すると、まず継市が一人で邑を訪ね、加莉を伴って海岸まで戻ってきた。

「いやぁ、わざわざお越しくださって恐縮です」

加莉は、采明を見るなり駆け寄って砂浜に跪き、彼女の両手を取り、その手に額を擦り付ける勢いで頭を下げた。彼女は硬い表情のまま終始無言だった。與明は少し離れて、そんな二人の様子を冷静に眺めた。

加莉に伴われて邑にある彼の住まいにやってきた。中には希莉だけがいた。もとより加莉の妻は死去していたので父子三人の暮らしではあったのだったが、もう一人の長男であり、希莉の兄である渦中の晋莉はいなかった。

「あぁ、あいつは一昨日から菟沙《うさ》に出向いている。新しく交易を始めたので、そっちは、あいつに総てを任せている」

「そうですか……、それならそれで都合が良かった。もし何なら、私が外に連れ出して話をしようと思っていたので……」

継市の言葉は全て承知、と言わんばかりに加莉は彼に向かってうなずいた。

「希莉、私と少し外に出ましょう」

與明の唐突な言葉に、ビクッとしたらしく綺麗な瞳を見開いたが、無言のまま立ち上がった。継市も一呼吸置いて二人の後を追い戸外に出た。

「この度は本当に申し訳ないことになった。まず、このとおり謝る」

三人がいなくなると、加莉は炉端から一歩下がり、地面に額が付くばかりに土下座した。そうしたままで、どうか許してほしいと二度言った。じっと見ていた釆明も暫くしてから口を開いた。

「そのままじゃ、話も何も出来ないから顔を上げてくれませんか」

地面近くから覗き見上げるようにして、加莉が彼女の様子を窺った。

「いや、どんなことをして詫びても、許してもらえないということは判っている。せめてこうでもさせて貰わないと俺も気がすまない。子どものことに目が届かなかったばかりに、あらぬ過ちを犯させてしまったのは、本当に全てが俺のせいだ」

両手を付いたまま再び頭を下げて、彼女の顔も見上げずに許しを請うのだった。

「あなたと私は、これからのことを話し合わなければいけないのです。とにかく直って、こちらに来てくれませんか？」

彼女の言葉にゆっくり半身を起こし、そろそろと再び炉端に戻って正座した。

「それで、これからどうするつもりなのです」

「どうしたら、水に流してもらえるのでしょう？」

彼の問いかけを聞いて、もう元には絶対に戻せないのだということを悟った。ここへ来るまでほんの少しだけだったのだが、何とか元通りにさせる方法があるのではないか、息子が傷つかない未来があるのではないかと思ってきたが、やはり無理なことだと感じたのだ。

「手元に留め置く、珂篤の元には再び寄越さない、ということでしょうか？」

彼は再び深々と頭を下げて、許してくれとだけ言った。

外に出た女二人の後ろを追わないように、継市は、彼女たちが進む先とは真逆の方向に足を向けて再び浜辺まで歩いてきた。海峡を渡ってきた対岸の島々は、思いの他近くに見えた。やはり半島への拠点の地だと彼は思った。それにしても、晋莉が菟沙に出向いていることが気になった。

津から菟沙までは南東に山を隔てた近接の土地だ。海岸地帯にある邑の集合村で、そこからは東の島々も近く、さらに内陸へ向かうための要所なのだ。津の邑は菟沙との付き合いはなかったが、継市はその地に住む人々の噂を聞いて知っている。

菟沙の人々も韓人である。津に逃避した亡き金賛宇たちとは別の、近海《キムへ》駕洛《カラ》の地から渡来した一族なのだ。賛宇から直接に考えを聞いたわけではなかったが、どうも意図的にお互いが交渉を持たず、直接的にはもちろん間接的にも交流を避けてきた感じがする。その菀沙と壱志が、いま案外近い関係にある。それが、何となく災いの予兆を想像させるのだ。

與明は、希莉を伴って森の手前まで来た。距離にしてそれ程でもなかったのだったが、下腹部がすでに少しせり出してきた身重の希莉は、額にうっすらと汗を浮かべていた。

「どこまで行くつもり？」

「もう、この辺りでいいわね」

歩みを止めて、與明は彼女に向き直った。

「弟とのことはどうするつもりなの？」

想像はしていたが、いきなり切り出されたものだったから、希莉も黙ったままで目を白黒させた。

「うちに来る前から、そうだったのでしょう？」

彼女は美しい顔を醜く歪め、睨みながらも答えなかった。

「わたしはね、本当のところ、そんなことなんかどうだっていいの。つまり、あなたの気持ちなんて、これっぽっちも興味は無いの。ただ……ただね、あなたと弟の関係のことだから、こんなに嫌なことでも、ここで今ハッキリさせるべきだから訊いているの。分かってくれる？」

與明の言葉を聞き、彼女も表情を柔らかくした。

「……そうよ、全部そのとおりよ。だから珂篤と一緒にいるのが苦痛だったわ。最初は体こそ触らせたけど、最後までは許さなかった。そのうち触られるのも嫌になった。そうするうちに、彼の方からも求めてきたりしなくなった。……きっと、優し過ぎる人なのね。そうしたら、今度は私が、何だか顔を合わせているのが辛くなったの」

しゃべるまでは肩に力が入っていたが、今やっと荷を下ろしたように寛いで言った。

「親たちが決めた気に染まない婚姻で、珂篤だけでなく、あなたもきっと辛かったのでしょう。さっきも言ったように、私には、あなたが誰と睦もうと興味がないわ。ただ、同じ若い女として言いたいことはあるけど……。でも、そんなことはあなたも判っていること、きっと何の意味もないことよね」

「そんなことはない。……でも、どうしても好きで離れたくないの、だから……」

與明は、彼女の言葉を途中で遮り、もう止めましょう、と言った。

「あなたの本当の気持ちが聞けたから、もういい。後は両方の親の問題だわ。私は、母にもう終わりにしようと、ちゃんと伝える」

そう言ってから彼女に近寄り、そのお腹にそっと手を触れた。びっくりした様子の希莉だったが、途中から穏やかな微笑を與明に向け、自らの腹部に視線を落とした。

「ここに子どもがいるって最初は変な気分だったけど、大きくなるにつれて、嬉しい気持ちが勝るようになった。本当に、女って不思議ね」

希莉の瞳に視線を戻し、彼女も自分自身が何だか温かい心地になっていることに気が付いた。

「一緒に戻るのも何だから、私は一足先に行くわね。あなたは、少ししてから戻ってちょうだい。そうしたら、たぶん話も済んでいると思うから」

そう言われ、與明に向かってうなずいた。希莉を残して戻った與明は、家中の母親を戸外に誘い、自分の感想をそのまま伝えた。

「それで、お母さんは一体どうするつもりなの？」

「……ねえ、どうしたらいいと思う？」

「何それ？　私が母さんに訊いているんじゃない。結局は、母さんがどうしたいかでしょう？」

「それは、そうだけれど……」

二人が話しているところに継市が戻ってきた。

「どうなりました？　その様子では、まだなのですね」

與明は、母親の釆明が悩んで困っていることを伝えた。

「そうですね、私なら何の償いも求めず総て無かったこととして、水に流しましょう、と加莉に手を差し伸べるでしょう」

彼女は夫である継市が、今の往復の道中に決着方法を考え、その提案を母に伝えるつもりだったことを悟った。

「何も無かったことにするというの？」

釆明が驚いて彼を見た。

「そうです。そして、これからも壱志の邑とは友誼を繋いでいくのです。そうすれば、加莉は生涯これを恩に感じ、裏切るようなことは考えないはずですから」

「どういうこと？」

與明も驚いて彼を見た。

「いま晋莉は、菟沙に出向いていると言っていたけど、我々の邑から距離の近い菟沙とは近い将来必ず半島との交易の利権争いで衝突するでしょう。もし、そうなったら、壱志を味方に引き入れようと邪魔をしてくるはず。いや、それ以上に両方が手を結び、津の地を挟撃するかもしれない。……とにかく、加莉の手を離さないことが、私たちの将来のために役立つのです」

しばらく考えていた釆明は、それでも珂篤の気持ちはどうしたら良いのかと彼に尋ねた。

「そのことなのですが……、新しく妻を捜して、迎えてやるしかないのではないでしょうか？　そうすれば、彼も紛れて忌まわしかったことも忘れられるでしょう」

「そんな無責任なこと言って、何か当てでもあるのですか？」

與明が、夫の袖を引っ張った。

「それだけど、吉備から媛を迎えてはどうでしょう？」

「吉備？　どこに在るのですか、その邑は？」

釆明は、今まで聞いたこともない土地の名前が、彼の口から突然に出てきたことに驚いた。

「その菟沙から分かれて、東の内海に住み着いた部族の邑です。出自は菟沙がそうなのですが、同じく金海ゆかりの末裔です」

與明は彼の顔を見た。そして、政略的な血縁を結ぶということですか、という言葉を飲み込んだ。しかし、釆明は気付かない様子で、継市の言葉に黙って耳を傾けていた。

「それは少し時間のかかることとなるでしょう。でも今は、加莉に恩を売っておくことが先々のためになる、と私は思ったのです。だから、当然のことですが、お義母さんや與明の気が済む方法、代償を支払うよう約束するなどの決着を付けて、戻って珂篤に報告するという選択もあります。さて、どうしますか？」

しばらく考えていた釆明は、代償と言ったって代わりの娘を邑から探して差し出せ、なんてことも言える訳など無いし、と呟いた。

「そうね、お母さん。ここは継市の言うとおりにして引き上げましょう」

母親に話す與明の視線の先には、ゆっくりとした足取りで戻ってくる希莉が見えた。二人の肩越しに與明は目を細め、彼女の後ろ遙か先を見つめるようにぼんやりと眺めた。

吉備《キムビ》では神門水海《かんどのみずうみ》の邑からの申し出があり、正式に神門並びに津《つ》の邑との交誼を結ぶこととなった。ただし、互いに相手を裏切らないという証しが必要で、そのために婚姻を結ぶことが多い。後々には不要となるものではあっても事の始めには不可欠である。

諍いならば手打ちとして、片方の邑長の血縁の娘《おんな》をもう一方の邑の長の血縁者が娶り、両種族の子孫を産み育てることで新たな関係を保障することになる。それまでに利害関係の無いような、例えば遠方の邑同士が政略的に関係を結んで、新たな利得を共同して目指すなどという場合には、娘や息子を交換し合うことで人質を捕り合うのだ。

葵空《キラ》は、津の邑の男と婚姻しないか、と異母妹の安和《アワ》から話を聞いた。安和も無理に薦めようという気持ちなど無く、このままずっと、この地で不安定な立場でいることを心配したからでもある。彼女の婚儀と共に移ってきて五年、年が明ければ葵空も二十歳になってしまうからだ。

「誰か好きな人でもいるの？」

本当は芭釈《ハトク》の妾となるべきだったのかもしれなかったのだが、すでに壮年となりつつある彼には、何だか安和への遠慮がある様子で、葵空は名実ともに自由だった。また、彼には男系の親族が無く、縁者と契って吉備の人となる予定もない。

葵空は邑に移ってきて、若い男から優しくされた記憶といえば莓岑《バイシン》の弟の蒜岑《サンシン》からだけだった。足元を気遣い、手を取って案内してくれた栗拾いの秋の日が楽しかったのだ。ただし、そんなことは誰にも言えない。

「いいえ、特に無いわ」

「西に在る津という邑から婚姻の話が来たけど、考えてみない？　邑長の長男とのことらしいの」

特別に好きな男がいる訳ではない。ただ、あの秋の日の栗林への散策がなぜだか懐かしく、また好ましく心に残っていただけだ。

「少し考えてみても良い？」

もちろん、と安和は答えた。

次の日、葵空は踏鞴《たたら》場を覗きに行った。あの蒜岑が、現場を指揮して鉄造りを手掛けているのだ。以前に一度来たことはあったのだが、その時は、安和が夫である芭釈に案内される後ろに付き従って歩いたものだった。あまり興味がなく、場内なども真剣には見ていない。

「えっ！　わざわざのお越しは、何かの御用でしょうか？」

彼女が入ってくる様子に気付き、灼熱の鉄を掻き出し、流し出していた柳李《ルイ》は調子の狂ったような声を出した。

「どうしたって？」

熱気の渦巻く中央に立っていた蒜岑が振り返った。その表情が、見る見るうちに変わった。

「媛《ひめ》さま」

「迷惑かけてすみません。勝手に来て、邪魔になるって判ってはいたのですが……」

「迷惑だなんて、とんでもないです」

額に珠となって浮かんでいた汗を紅潮した腕で拭いながら、彼は慌てて否定した。

「ありがとうございます。いちど鉄の道具の製造場所を拝見したいと思っていたものですから、急に来てしまいました」

どうぞどうぞ、と彼は言いながら、外から風の入る窓の近く、こもった熱気が多少とも少ない辺りに案内した。

「あっ、熱い」

蒸気の混じった熱風が寄せてくると、顔を逸らして呼気を整えなければ我慢できない。目の前の土間の奥には、地面を掘り下げた炉があった。そこに何人かの男たちがいて、次から次へと砕いた鉄を含む石と燃料となる石炭を注いでいるのだ。炉の一番奥には、大きな炎が絶え間なく上がっている。

「気を付けて。直接に熱気を吸ってはいけません」

そして炎の手前からは、地面の傾斜を伝わって、液状の真っ赤になった鉄が流れ落ちる。すぐに芯部分の赤みを残したまま表面が黒く変わってゆくのだ。そうなると男たちは大きな串状にした木片を器用に使って取り上げた。それを同じ部屋だが、少し離れた場所へと運んでいく。

この作業場の炉から取り出された赤い鉄は、少し冷ましてから屋外へ運び出す。外で適度に冷えれば別の場所に運んで叩いて形成したり、または再び燃やして砂の型に流し込んで形成したり、器具を造るために手を加える。

「わたし、津という邑に移ることとなりました」

蒜岑は、場内の喧騒に聞き取れなかった。

「わたし、……」

彼は、おもむろに手を掴み、彼女を戸外に連れ出した。

「大丈夫ですか？　気分が悪くなったのでしょう」

聞き取れなかった言葉が、救いを求める内容だと勘違いしたので、ごく自然に柔らかな手を握って連れ出したのだった。

「いえ、……大丈夫です」

彼には何だか理解が出来なかったが、大事などは無かったので安心した。それと同時に、手を握った無作法に気付き赤面した。

「今度は、鉄器を仕上げる作業を見に来てください。きっと、面白いと思います」

彼は恥ずかしさを誤魔化すように、彼女の言葉に言葉を被せ、ただ精いっぱい頭を下げた。

十六

荒東《アラト》と小根《オネ》の間に、昨秋はじめて男子が産まれた。早里《サリ》と与麻《ヨマ》の娘である世里《セリ》も五歳を迎えた。女の子は早くから言葉を覚えるという。世里は、正にそのとおりで良くしゃべり、加えて男勝りのお転婆な少女になりつつある。早里は、もう乳飲み子ではない娘に対しても、日に何度も抱き上げて頬ずりし、とにかく可愛くて仕方なく、目の中に入れても痛くないほどの溺愛ぶりで与麻もあきれるくらいなのだ。

「そんなことでは、将来この子の夫を迎える時が思いやられますね」

「どんな男も近づけん。世里はずっとそばに置いておく」

与麻も、もちろん自分の子どもが可愛いことには変わりはなかったのだが、できれば男の子が欲しいと願い世里の弟を期待してきた。

「荒東も羨ましいと言っていた。かわいい女の子が欲しいそうだ」

「でも、そうなると小根さんは置いてきた娘さんのことが、余計に気になるでしょうね」

「手古《テコ》のことなら大丈夫だろう。きっと、咲良《サラ》と睦まじくやっているさ」

「近くに住んでいれば良かったのに、頻繁に顔が見られるから」

そうだな、と言いながら忍羽《オハ》と宮《ミヤメ》にはまだ子が無いことを彼は思った。早里も人の親になって、はじめて子は宝だと実感している。併せて親のありがたさもやっと解った。亜里《アリ》も幸《コウ》も生きていて孫を抱き上げることが出来たとしたら、どんなに喜んでくれたことだろうか。

津《つ》の邑に住む継市《ツグツ》の義理の弟である金珂篤《キムカトク》には、吉備《キムビ》の首長の芭釈《ハトク》の妻安和《アワ》の異母妹葵空《キラ》を迎えた。そのために、継市が神門《かんど》の早里に仲立ちを頼んだ末の婚姻なのだ。

津の邑は船造を頼みにした壱志《いちし》の島の邑の長と協働してきた。しかし、その長子は、独断で菟沙《うさ》と往復している。そのために父子の関係は微妙だったのだ。継市は、菟沙を牽制するため、先祖が分かれて縁戚の立場にある吉備に協力を求めようと考えた。血縁による部族間の団結が目的である。

そんな政略的な婚姻でもあったのだったが、当事者である珂篤は、少し活発な性格で、容姿の端麗な彼女に夢中になった。また、彼女の方も、継市の妻であり珂篤の姉である與明《ヨミ》ともすぐに打ち解けて、旧来からの友達のように、女同士の親交をも深めていった。

壱志の邑の晋莉《しんり》が父親である加莉《カリ》を捕縛し、菟沙の一団を島に引き入れて占拠したという報せが入ったのは、秋も深まりつつある朝のことだった。

粥の入った椀を置いて、何とうかつなことだったか、と継市は気付いた。壱志が落ちれば、陸伝いの菟沙は南から、また北は壱志に続く海から挟撃されるということなのだ。何としてでも加莉を救援して脱出させ、立て直して島を彼の手に取り戻すようにすべきだと思った。

『しかし、それではどうするか？』

早里なら何とするだろうか。

「吉備に使いを送ろう」

菟沙に圧力を掛けるのだ。

「上手くいきますか？」

継市の言葉に、與明は心配した。

「上手くいかないだろう、だけど、それで良い」

「どういうことですか？」

継市が苦笑いした。

「吉備が津と繋がっていると疑心暗鬼になるだろう。吉備にそのようなつもりは無くても菟沙は疑う。だから時間を稼げてちょうど良い」

「そんなものでしょうか？」

與明は、少し身を引いて彼を眺めた。

「多分そうなる。しかし、加莉を救うのと彼の命が絶たれるのとの競争になるから、そちらの方が難しい」

彼は、すぐに意恵《おえ》の籬《リ》を呼んだ。

「壱志で加莉が幽閉された。急いで蘇満留《ソマル》と珂備留《カビル》の兄弟に連絡がとりたい」

加莉の手下で、特に兄の蘇満留と籬は、何回か商船で行動を共にしていたからだった。

「でも、嗣子《しし》自身が動いたと知れたら、菟沙と津は戦いを避けられなくなるのではないでしょうか？」

「菟沙はここを攻めるつもりだろう。どのみち来るなら、少し早くなっても同じこと。だから希莉を連れ出し、その時のためにもここで匿いたい」

「だからといって、蘇満留が思うとおりに動いてくれるでしょうか？　それよりも、彼ら兄弟が菟沙に内通していたらどうします」

「それはないな。晋莉に父親ほどの人望はない。今回のことも、彼が菟沙にそそのかされたか脅されて突っ走ったことだと睨んでいる。また、それが正しいかどうかもハッキリするじゃないか。だから、とにかく壱志の情勢と蘇満留と珂備留の動向を知りたい。次は、ここだからな」

籬は、何とか連絡をとってみようと約束して下がった。次に、一緒にいた與明にささやいた。

「早里に使いを送ってほしい。とにかく神門から吉備に口添えしてほしいと申し入れる」

彼女は幼い時から小父と慕っている硫砒《ロンヒ》と同じ長の一人である柑玄《カンゲン》にも継市の意向を相談して、この使いのため神門には硫砒を走らせた。残った柑玄も急いで守る準備のために人を集めて説明した。

命を受けて神門まで来た硫砒は、早里たちに会うと継市の意向を詳しく伝えた。

「それにしても厄介なことが起きた。今まで交渉すら無かった菟沙が、津を狙って攻めてくる。両方を隔てている山間は深く険しい。混沌とした森はどちらにとっても悩ましく、守るには堅い地勢。だが、海側からの攻めには危うい。壱志を加え、菟沙と津の三カ所を制すれば、海峡を押さえ半島との航路を掌握できるということだ」

「壱志の混乱を吉備に報せ、神門と吉備とで菟沙と津との仲を取り持てということだな」

早里は、集まった面々にこそ聞かせるように復唱した。

「吉備と菟沙は、縁者ではないのか？」

近くから貫武《カンブ》が尋ねた。

「そうだ」

「だったら、神門の言葉など吉備は無視するだろう？」

「それでも良い、と継市が言っていた」

硫砒は早里の疑問に彼の目を見て答えた。

「どういうことだ？」

「津の縁者である神門が、吉備に使いを出して話し合いの場を持ちさえすれば、菟沙が吉備と津との関係を疑うと睨んでいるそうだ」

上手く事が運ぶかな、と荒東が呟いた。

「それに、そんなふうに思われたくない吉備が面談さえ断らないか？　菟沙の侵攻を何も言わず静かなままいるということは、菟沙の行動は全て承知のことで、手を貸しているからかもしれないぞ」

貫武《カンブ》も言った。

「分かった。もう良い、頼みに来たのが間違いだった」

硫砒が大きな声を出した。びっくりした早里が、男たちを制して立ち上がった。

「怒るな。何も手伝わないとは言っていない」

硫砒は、振り上げた拳を下ろしかねて目を白黒させ周囲を見廻した。

「早里、そんなことを言ったって、一体どうするつもりだ？」

荒東が、彼の腕を掴んで引き戻した。

「大丈夫だ。継市がそう言っているのなら読み間違いはないだろう。だから、吉備に申し入れだけしてみよう。それに行ったからといっても、必ず吉備を動かさなければいけないということじゃないんだろう？」

荒東が早里の腕から手を離し、でも誰が行くのだ、と訊いた。

「もちろん俺が行ってくるさ。向こうに着いたら言うだけ言って帰ってくる」

沈黙の中、やがて貫武は、俺が行くと言った。

「巽武《ソンブ》と二人で行ってくる。それでいいな、振武《シンブ》、巽武」

彼は二人の弟を見てそう言った。

「俺は良いよ」

三男の巽武が承知すると振武もうなずいた。荒東も複雑な表情を浮かべながら苦笑した。

神門水海《かんどのみずうみ》の邑から吉備までは、舟で津の手前まで西行してから周芳海《すほうのうみ》を南下し、大島から内海を東行する大回りの水行を選ぶか、それとも意恵《おえ》の邑から南へ向かって険しい山岳地を越える陸路を選ぶかの二つに一つだ。二人は意恵まで舟で行き、幾つもの山を越える陸路を選んだ。その間に、津の邑から出発した籬は、壱志に入り蘇満留を訪ねて接触した。大胆にも一人で壱志の島にやって来た彼を見て、とても驚いた様子だったが、継市の心配を察して事情を打ち明けた。

「晋莉の独断だ。菀沙の伯句《パッコ》と通じて、突然に島へ一団を引き入れた」

「やはりそうだったか。加莉のことを聞いたとき、継市がそう思うと言っていた」

そこで籬は、蘇満留に加莉を助け出して津の邑に匿いたいと申し出た。

「洞窟の石牢に閉じ込められているが、その表には、伯旬の手下が守備している。その男たちを丸め込むか、それともいっそのこと倒さないと連れ出せないぞ。それでもやるか？」

「晋莉を口説けないか？」

蘇満留は少し考えてから、無駄だろうと言った。

「どうして？　それに、そもそも、彼が父親を幽閉した理由とは何だ？」

黙っていた彼が、ゆっくりと口を開いた。

「加莉が、邑の支配を津の邑に任せたいと言い出した。つまり継市に仕えると晋莉に指示したんだが、それが気に入らなかったのだろう」

彼は親しくなりつつあった菀沙の伯旬に助けを求めて、走った次第だと語った。

「それじゃ、継市の名前を出して口説くのは無理だな……」

「……どうする？」

「隙を見つけて、力ずくで助け出すだけさ」

目を大きく見開いた蘇満留は、菀沙との戦いになるぞ、と言った。

「津の邑から神門の主早《スサ》に連絡を送るため、賛宇《サンウ》に仕えていた硫砒が走った。それを指示した嗣子《しし》は、吉備が動くはずもないが、菀沙への牽制になるとの考えをみんなに説明した。それが正しければ、神門と吉備が、壱志のことで面談したという動きを伯旬が聞いて、牢の守りに立っている菀沙の男たちにも動きが出るはずだと思う、その機を逃さず、助けて連れ出すというのはどうだろう？」

「……分かった。その筋書きどおりに進んだとしたら、牢への襲撃を手伝おう。それにしても時間がかかる。しばらく俺の家で寝起きすれば良い」

蘇満留は、そう言ってから右手を籬に差し出した。日に焼けた籬も笑顔でその手を握り返した。

一方で、吉備に貫武たちを送り出してから早里は、思い立ってこれから津の邑に向かうと言い出した。一人で立とうとする彼を周りの者が押しとどめ、そして去場《いぬば》からの荒東、神門からの忍羽《オハ》、それに加えて意恵からは鹿目《カノメ》と酒寄《シュキ》も早里に同行した。

「わざわざ来てくれるなんて望外だった」

会ってすぐに継市は、早里の手を握った。

「一人で悩んでいるんじゃないかと思った。そう思うと、気が急いて勝手に来てしまった」

早里と共に、荒東、忍羽、鹿目、酒寄が継市と対面して家内に座った。久しぶりだったが、継市の様子は、早里が思っていたより気丈そうだった。また外でも行動するらしく日にも焼けていて、以前の彼とは見た目も違って健康そうだった。

「嗣子、意恵から少し人を移して菟沙への備えをするべきです」

鹿目が、心配して進言した。

「慌てなくても良い。まだ争いになるとも決まっていない」

継市が彼をたしなめた。

「吉備には誰を遣ってくれたんだ？」

早里は、貫武と巽武の兄弟に頼んだと返答し、壱志には籬一人が行ったらしいが、大丈夫なのかと問い返した。

「蘇満留と珂備留の兄弟に連絡をしたはずだから、きっと彼らと協力して、救出のための機会を窺っているのだと思う」

「上手く潜んでくれているのだと良いが……。彼の地に応援を送るべきではないか」

話を聞いて、鹿目が再び名乗りを上げた。

「そうだよ、誰かが行って、こちらとあちらとの連絡役を務める必要がある」

今度は早里も賛成した。

山中を不眠で踏破して、吉備の山砦に貫武たちが到着したのは丸三日たった午後だった。

「神門水海から来た。邑の主《シュ》である早里《サリ》の名代だ。俺は貫武、もう一人は巽武」

砦の入口の上方にいる男を見上げて貫武が大きな声で言った。

「誰だって？」

津の邑の継市の兄貴分の主早《スサ》の使いだと再び叫ぶと、物見に立っていた一人が下りてきて彼らの前にきた。

「何の用だ」

「我が主から、吉備の主への挨拶を伝えたい。会わせてくれ」

少し待っていろ、と言って男は中に消えた。

「俺たち大丈夫かな？」

巽武は、兄に囁いた。

「何ほどのことも無い。ただ挨拶して事情を説明して帰るだけだろう？」

「それは、そうなんだけど……」

急に不安になった様子の弟を彼は笑い飛ばした。

「芭釈《ハトク》様がお許しになられた。中に入られよ」

のんびりと景観を眺めていた貫武に、先ほどの男が戻って声を掛けた。吉備も半島からの移住民が建てた村である。津の邑をつくった意富駕洛《オホカラ》の一部族と同様に金海駕洛《キムヘカラ》をふるさととし、海峡を越えて移住した部族の長の子孫である金《キム》芭釈が、今は多数となって一帯に拡がる邑を束ねて治め、吉備村と称していた。その中心が山中のこの砦である。

「神門から来られた方々、楽にしてください」

芭釈が、手を広げて二人を迎えた。

「いや、招かれた客人というわけでは……」

板敷きで十人くらいが座れる広間である。山門を抜け、さらに塀で囲まれた一帯の中でも、一番大きな家屋の中だ。

「そんなことないわ。葵空《キラ》が津の邑に行ったから、その津と昵懇の邑の主の使いですもの立派な客人です」

横にいた芭釈の妻である安和《アワ》が、匂うような清々しい笑顔で二人に話し掛けた。

「挨拶を伝えたい、と言っていたな？」

物見から彼らと話した金萌生《キムメイ》が言った。

「そうそう、後先になったが俺は貫武、こっちは弟の巽武。神門に住んでいる。それで神門の主早は津の邑の継市から急報を受け、これを吉備の主にこそ伝えなければならないと考え、俺たちを使いに出した」

「津で、何かあったのですか？」

安和が高い声を上げた。

「いえ、津の邑それ自身というより、津と密に往復している壱志の島の邑長が、菟沙の伯句に幽閉された。これを解くため、吉備から菟沙にとりなしてもらえないか、という願いを申し上げてほしいと言付かってきた」

貫武の言葉に芭釈や萌生が、たちまちその表情を変えたのだった。

「それは、本当のことか？」

「そのようだったが……」

「何も聞いてはいなかった。……菟沙が、力で壱志を占拠したということだな」

芭釈は、物思いに耽るように黙り込んだ。

「津が攻められたわけではないのですね？」

安和は安堵した表情で貫武たちを見た。

「いや、このままだと次は津を何とかするつもりだろう」

彼女の思いを打ち消すように芭釈が言った。

「継市の使いの者も言っていた。津の邑では、今頃海上方面への備えをしていることだろう」

「いま壱志を押さえ、これから菟沙が津までも押さえれば、半島との交易を独占できるということだ」

芭釈の言葉に貫武は、同じことは我が主も言っていた、と答えた。

「しかし、吉備が口出しできる筋合いではないし、どうするか困ったな」

芭釈が、萌生の顔を見た。

「いや。継市は、吉備には『菟沙へ、神門から相談があったが、それは本当なのか？』という伝令を送ってもらえるだけでも十分と言っていたそうだ」

貫武の弟の巽武が口を開いた。萌生がその彼をまじまじと見つめ、小声でなるほどと呟いた。

「どういうことだ？」

芭釈が尋ねた。

「そうすれば菟沙は吉備と神門が手を結んで非難しているのではないかと疑い、出足が鈍って津の邑への侵攻はもとより、壱志での行動も自重しがちになるだろうと継市は読んでいるのでしょう」

「そうか……、ではどうする？　取り立てて使いを送れば、ここと菟沙の伯固《パク》との間に水を差すことにもなりかねない」

二人が黙った様子を見て再び巽武が、誰かを菟沙にやり、菟沙の村人に噂を流せば良いのではないかと進言した。

「噂を流す？」

「そうだ」

「それでも同じく亀裂が入るだろう。菟沙とは兄弟の仲だ、軽々しく神門や津の肩を持つわけにはいかない」

芭釈の心配には巽武が、あくまでも人々の噂だから、後日真偽を質されても、知らない、と言い張れば良いだけの話だと言った。

「津には葵空がいるわ。手遅れになって、わたしたちが見殺しにした、などと思われるようなことだけはしないで」

安和の言葉に彼もうなずいた。

「でも、誰が行く？」

「弟の蒜岑《サンシン》でいかがでしょう？　鉄の技師ですから、鉄具を納めに行って、帰りに菟沙の村中を歩いても怪しまれることはありません」

萌生の後ろに控えていた金莓岑《バイシン》が申し出た。これなら吉備は両者に顔が立つと芭釈も思った。

兄の莓岑の指示で、弟の蒜岑は舟に乗った。気乗りがしない役目だと不満を顔に現した。そして、気分が晴れないのは、その使命についてではなく、葵空のことをまだ未練に想っているからなのだ。

だが、それだけは絶対に口にしない。

「俺が、なぜ吹聴しなければならないのか？」

不満そうに尋ねるので、吉備を守るため、また面子のためだと何度も諭した。

もう一人、柳李《ルイ》が蒜岑に随行した。二人は鉄技師の師弟である。

「戦いもなく、なぜ菟沙が壱志を占拠できたのでしょうか？」

「聞くところによると、壱志の邑の長とその息子が仲違いをしているということだ。それで、父親をねじ伏せるために菟沙の男たちを引き入れたという」

柳李は、その説明に晋莉に対する軽蔑の思いを強くした。

「お前もバカバカしいと感じるだろう？」

「長兄を敬い、家族が和してこそ安泰ではないのですか」

「ただ、話はそう簡単ではないらしい」

「どうゆうことですか？」

「これも兄に聞いたのだが、その息子は、実の妹と出来て子までなしたそうだ。もともと妹は、津の邑の主筋の男の妻になっていたのだそうだが、そういう事情で壱志に逃げ戻っていたらしい。その後始末で父親が土下座して侘び、津の邑に大きな借りをつくった」

「えっ？　それじゃ、葵空媛が行った先の男というのは……」

蒜岑は、大きなため息をついた。

「そうだ、その男の妻になった」

今度は、柳李が絶句した。

「芭釈様が両村の親交を願って許されたのだそうだが……」

蒜岑は、葵空の可憐な花のような笑顔がまぶたに浮かんだ。しかし、となりの柳李には気取られないように心を隠した。

「何でも、主は津の邑の地理的な位置に加え、その男の義兄の器量を見込んで縁組を承諾したということだ」

蒜岑たちは菟沙の伯句に剣を渡し、伯固《パク》に謁見した。その帰りに村では約束の内容を吹聴した。効果はあった。その日のうちに、側近の貴須《チンス》が伯固に噂話を報告した。

「何、津と神門が吉備に集ったというのか？」

「はい、何でも壱志の邑の危機を救うための相談をしたとか、しないとかでした」

「どうしてだ。あの壱志に何かあったのか？」

「それが、……」

貴須は口ごもった。

「何だ、はっきりと応えろ」

その剣幕に驚き、彼は、伯句が十数名の兵を率いて壱志の長を幽閉した顛末を報告した。伯固にとっては初耳だった。

みるみるうちに顔面から血の気が失せた伯固は、すぐ伯句を呼べと激しい口調で彼を怒鳴った。それに圧倒され、貴須は面前から逃げて外に飛び出した。

「何だと、……」

しばらくして伯句が来た。

「何を興奮している？」

弟の伯句は、口角が張った白面に髪は後ろでまとめているものだから、余計にその顔を大きく見せていた。ニヤニヤとした表情を浮かべて入ってきたのだった。

「何が、だと？」

壱志の加莉のことだろう、と伯句が言った。

「お前は、吉備と事を構えるつもりなのか？」

「吉備は一切関係ないだろう。ただ、津をこの機会に攻めるのも面白いとは思うが」

「そんなことをしてみろ、それこそ芭釈と争うことになるぞ」

「別に良いじゃないか。この際やれば、これからの手間が省けるというものだろう？」

「……何を言っている」

伯固の顔面は真っ赤だった。

「吉備だけじゃない、神門や彼ら一族の邑々、それよりも意富《オホ》駕洛《カラ》の半島の軍と戦うことになる。お前は、この菟沙を潰すつもりか」

半島軍という名前に伯句も言葉を失った。

「すぐに止めろ。伝令を送れ」

「そんなことを言ったって、あの壱志の晋莉《シンリ》が言い出したことなんだぜ」

父親の加莉と息子との確執だからだ。

「とにかく、引き上げるんだ。菟沙が勝手なことをしたと言われる。手を引け」

兄に一喝され、彼は叩き出された。

「貴須、お前が余計なことを言ったらしいな。この責任をどう取ってくれるんだ？」

伯句に呼びつけられて彼は委縮した。

「黙っていないで何とか言えよ」

怒りを押し殺していることが明らかなので、余計に口が開けない。

「言えよ」

鼻を膨らませて、大股で間近まで来た。

「えぇ？　この始末はどうするつもりだ？」

眼を逸らす彼の髪を鷲づかみにして引っ張った。

「何も、ただ村での噂を言上しただけで……」

「そりゃそうだ、お前が知る訳ないものな」

彼から手を放して立ち上がり、伸びをした。

「とにかく、これからは余計なことを言ったりしたら、お前の命がないものと思えよ」

そう言ってから、貴須の胸を足蹴にした。彼は反り返って、背中から落ちて奇声を上げた。慌てて起き上がり、後ろも見ずに這って出た。外に出て、やっと土まみれの手で口を拭った。

「覚えておけよ」

血の混じった唾を吐き、そう言った。

伯句は夫台《プト》を呼んだ。壱志でのことは二人が示し合わせて起こしたからである。もちろん晋莉の手引きで上陸したが、加莉を幽閉して邑を掌握したのは夫台の部下の仕業なのだ。

「兄貴に知られた。島からはすぐに手を引けと言っている。面倒くさいことになった」

「それで、どうする？」

「だから、お前を呼んだ。……殺せ」

夫台は目を剥いて彼を見た。そして、だれを殺すのか、と尋ねた。

「決まっているだろう、加莉だ。始末しろ」

「でも、そんなことをしたら……」

「いいから、殺《や》れ」

冗談で言っているのではない伯句を見つめ、彼は背筋に悪寒が走るようで武者震いした。


津から出発した鹿目は、籬と同様に壱志に入り蘇満留と珂備留の兄弟を探した。幸いにも蘇満留の家に、籬が彼と一緒にいた。

「おぉ、来てくれたのか？」

抱きつかんばかりの勢いで鹿目の手を取った。

「主早が、伝令役になれと送り出してくれた」

鹿目の説明を聞いて、籬は何度もうなずいた。

「晋莉の手下と菟沙の男たちが、邑の中心と加莉の閉じ込められている岩屋を警備している。その様子を窺って見ているが、思いの外に厳重だから簡単には手が出せない」

蘇満留が彼に説明した。

「籬、お前は嗣子や主早に、一度この状況を報告しに戻ったらどうだ？　二人とも津の邑にいるぞ」

「主早もか？」

「そうだ、心配して嗣子を訪ねてくれている」

籬は、目を瞑って盟友の顔を思い浮かべた。

「ここには俺が残って、蘇満留たちと救出の隙を窺う。その間に往復してくれれば良い」

伯句に脅された夫台は、単身で島に入った。今回は密命を帯びているので、晋莉には接触しなかった。そのまま真っすぐ岩牢へ向かって、そこを警備している男たちに声を掛けた。

「夫台、突然にどうした、何かあったか？」

岩窟の入口を警備していたのは菀沙の由位《ユイ》と男武《ナンプ》だった。暗闇の中、突然現れた夫台に驚き、二人は彼を訝しがった。

「いや、伯句に様子を見てこいと言われたからだ」

切り出した木片で作った入口の扉の前で、二人にそう説明した。

篝火に揺れて照らされる牢の奥にいる男の影は動かない。傍目にも憔悴しているように思えるのだが、その姿を横目にして、夫台は二人の勤めを労った。

「疲れただろう、しばらく休んでくれ。戻ってくるまで、俺がここを代わるよ」

夫台の言葉に二人は顔を見合わせたが、やがて相談がまとまった様子で笑顔を浮かべた。

「すまないな、夫台。晋莉の所で一休みしてきたら戻るから、それまで頼む」

そうしろ、と彼が答えると男たちは彼一人を残し、鼻歌交じりにその場を離れていった。

少し離れた叢の奥で、蘇満留と鹿目は、体を伏せてこの様子を窺っていた。

「一人になった」

鹿目が、伏せたままで囁いた。

「そうだな、誰か呼びに戻るか？」

蘇満留が、体を起こして彼に訊いた。

「いや、あの二人もすぐに戻る。一人なのは今だけだ、俺たちだけで、今ここで片付けよう？」

蘇満留も無言で承知した。

「ちょっと待て、あいつ何するつもりだろう？」

立とうとした彼を制して、鹿目は男の不審な動きを指さした。

「おい、何だ、あいつ何をするつもりだ？」

篝火に照らし出された男が、扉を開けて岩窟に入っていくところなのだ。

「行くぞ」

二人は辺りを見回し、そして物音を立てないように気を配り、牢のそばに駆け寄った。

「何をしているんだ！」

男は牢の中で加莉を押し倒し、馬乗りとなっていた。そして上から首を絞めていたのだ。鹿目は、
開いている扉から潜り込んだ。入るなり膝頭を男の背中に打ちつけた。

「ぐっ、何だ！」

奇声を上げて、加莉の横に倒れた男が振り向いた。

鹿目の脇から蘇満留も牢の中に入った。壁を伝って奥にいる加莉のそばへ近寄った。蘇満留と並んだ鹿目は、ころがした男の髪を掴み、そのまま外へ引き出した。男は、自分の頭を庇って悲鳴を上げた。

「いま、何をするつもりだった？」

鹿目は、髪を掴んだままで男を起こした。

「痛い、痛い、痛い。ちきしょう、手を離せ！」

男は、髪の根元を両手で押さえて鹿目を睨んだ。

「ほう、ずいぶんと威勢が良いな」

髪から手を放し、突き飛ばした。男は、腰から短剣を抜いて、彼に向かった。ぶつかったままで絡み、そのまま二人はころがった。一回転して彼は男を突き飛ばした。男の体が少し浮いて、それから地面に肩から落ちた。そのまま男は動かず、辺りは急に静かになった。

「加莉、加莉？」

蘇満留は、牢の奥でぐったりしたままの加莉の体を揺さぶった。

加莉は目を開け、その場で激しく咳き込んだ。

「大丈夫か！」

蘇満留は、喉元を抑えて咳き込む加莉の背中をさすってやった。

「あいつを知っているのか？」

鹿目が尋ねた。蘇満留は篝火に照らされる男の横顔をじっと見た。

「あぁ、菀沙の夫台だ。伯句と晋莉との三人で、加莉を捕らえて閉じ込めた奴さ」

遠くで声がした。それで正気に戻った夫台が、寝転がったままで声を上げた。

「さぁ、早く出よう」

援護の者が来たのでは弱った加莉を抱えた自分たちの分が悪くなる。蘇満留が加莉を急き立て、鹿目も二人に手を貸した。彼は脇腹に激痛を感じながら走ったのだったが、とにかく逃げることが先決だと必死に思った。蘇満留の家に戻ったら、珂備留の助けも借りて、嗣子の指示通り、加莉を島から連れ出すのだ。

「あいつらを追え!」

後方からは、当たり散らして叫んでいる夫台の声が、辺りに聞こえていた。

十七

加莉《カリ》は衰弱していたが、命に別状はなかったので蘇満留《ソマル》と珂備留《カビル》の兄弟が付き添って出港した。それには鹿目《カノメ》も乗舟したが、脇腹に負った傷からの出血が止まらず、舟上では起き上がれなくなっていた。脱出の際に菟沙《うさ》の夫台《プト》と揉み合った時に受けた刺し傷が深かった。珂備留たちに会うと同時に倒れこみ、やがて重篤の事態に陥った。帰るための舟には乗せたが、津の邑まで命がもつか微妙だと思った。

心配は現実のものとなって、継市《ツグツ》たちの待つ津《つ》の邑に着く直前、翌朝には横たわっていた舟底で冷たくなっていた。

加莉は、そのことが申し訳なく、継市の目前で跪き大きな声で泣いて詫びた。鹿目のことを知った籬《リ》も、地面に横たえられた亡骸にしがみ付いた。

「俺の代わりだ」

籬は、そう思って慟哭した。

「気の毒なことをした。籬よ、意恵《おえ》の鹿目の家族を頼む。男手を亡くして困るだろうから、これからは力になってやってほしい」

継市は、感情を抑えてそう言った。鹿目にも意恵で帰りを待つ妻子がいる。その言葉に籬も顔を上げ、拳を強く握りしめた。

「さて、蘇満留、これからどうする？　加莉もしばらくは休養が必要だと思うが……」

継市から尋ねられて蘇満留は、そのとおりだと答えようとした。しかし、横から彼の言葉を遮って、跪いたままの加莉が継市を見上げた。

「否、少しだって放置できない。この償いは俺がする」

寄り添っていた蘇満留が、大丈夫かと彼を見た。

「殺されても仕方がないと諦めていたが、ここまでになったら、それでは済まん。息子が起こしたことだから始末する。刺し違えても、自分できっちりけじめをつける」

加莉の話を聞いていた早里《サリ》は、俺が手伝うと申し出た。

「島にいる菟沙の男たちは何人ほどだ？」

早里は、蘇満留にそう尋ねた。

「菟沙者は十人ほどだ。武器を持って加莉を捕縛した。手引きをしたのは、晋莉《シンリ》とそれを手伝った邑の若い男たち数名だ」

彼は人数を指で数えて、二十名ほどで島に乗り込み、邑を取り返そうと継市に言った。

「名分は加莉にある。親子の不和に乗じて不当に割り込み、力をもって混乱させた菟沙の者たちには、神の加護もないだろう！」

継市は右手を突き上げて周囲にそう宣した。その場のみんなも天を指さし、鹿目の死を弔う戦いだと雄叫びを上げた。

早里は神門《かんど》の邑に戻り、まず吉備《キムビ》の芭釈《ハトク》に使いを出した。使者は先に訪ねた貫武《カンブ》と巽武《ソンブ》の兄弟とした。

「向こうに行ったら、壱志《いちし》の長である加莉の嘆願を受けて、彼の邑の治安のため援軍を送ることとなったと伝えてほしい。占拠するなどというものではなく、邑を元に戻すためであることも忘れずに言ってくれ。また今は、敢えて彼の息子との確執や菟沙《うさ》の関与があったことには触れるまでもない。それだけを言えば吉備の主《シュ》は全てを察するはず」

二人を再び送るに際して、早里は丁寧に説明した。

「それから、再び津から壱志島へ向かうが、振武《シンブ》に付いてきて貰いたい。それでも良いか？」

貫武はこれらを聞いて、吉備への伝令の役より彼と共に壱志《いちし》へ行くことを強く望んだのだったが、吉備との仲を繋ぐために重責であると諭され我慢した。しかし主早《スサ》への随行を指示された振武は不満だった。貫武が早里の器量に傾倒して、自らの心に誓い彼を盟主として仰ぐと公言したあの日にも、彼は不服だったのだ。だから、兄弟の中でも彼だけは、できるだけ早里との距離を置いて暮らしてきた。

「えっ、俺が、早里を補佐するのか？」

「早里ではない、主だ。お前が、俺たち三兄弟の大義を背負って、主早に従え」

長幼の序について言われると彼も辛い、しぶしぶながら兄の言葉に承知した。

早里や振武、他には継市の命を受けた意恵の籬と酒寄《シュキ》、神門の忍羽《オハ》、津邑からは珂篤《カトク》と柑玄《カンゲン》、それに硫砒《ロンヒ》とその腹心である犀梨《サイリ》が加莉と蘇満留たち兄弟に付き従った。あとの人数については、壱志に残る男たちから加莉を助ける志のある者を集めることで十分だ。

去場《いぬば》の荒東《アラト》も同行を望んでいたのだったが、早里は津の継市と一緒に残ってほしい、と彼を口説いた。過日モシリで、足に受けた矢傷が年を経る毎に障りとなっているからだった。この早里の言葉に異議を唱える者は誰もいなかった。

武器を携えて津の邑から十名余りが再び出帆するまでには、八日を要した。準備を整え、また吉備から貫武たちの帰りを待っていたからである。

「吉備の芭釈は、菟沙の動向に拘らず、静観して動かないと約束してくれた」

その報せを継市や早里は期待して待っていたのだ。もはや菟沙との交渉は、避けて通れないからだった。この始末に関して吉備が菟沙を援護でもしたら、広範囲に諍いが拡がる。きっと収拾がつかなくなるだろう。だから吉備には動かず、じっと沈黙してもらいたかったのだ。期待通り、その返事を貫武が携えて戻ったのだ。

これで背後の憂いは無くなった。戻ってきた兄弟も加え、総勢は十四名だ。満を持して、壱志への船を漕ぎ出した。

「まず晋莉を確保することだ」

早里の言葉に、加莉と蘇満留と珂備留が先鋒を務めると申し出た。

「島の地理に明るい方々に先導してもらえば助かる」

籬が、そう言った。続けて貫武も口を開いた。

「菟沙の男たちと夫台はどこにいるのだろうか？　それさえ分かれば、そこに俺は切り込むが……」

「晋莉の住まい近くに仮屋を建てて寝起きしていた」

蘇満留だった。

「よし、蘇満留の兄弟が先に駆けたら、俺たちは菟沙の者たちを攻めよう」

「待て、まず様子を見極めて、そして島内の同胞を集めることだ」

はやる貫武を抑えて早里が言った。

「そうだった。蘇満留に案内を請おう、邑から人を集めなければいけないな」

船を島近くに停泊させ、分かれて小舟に乗って浜に向かった。三日月の明かりを頼りに海岸線を進み、浜から邑まで一気に駆ける段取りだ。

山道は思ったよりも歩き易かった、邑近くでは下草も短かったので見通しも良い。加莉も彼らの少し後ろを早里と追った。

「なんだ？　これは」

先頭を行く蘇満留が、月明かりの中で立ち止まった。後方の男たちも足を止めた。

「手前に、何かあるぞ」

闇の中で見逃しそうだったのだが、注意して探ると壕《ごう》があるのだ。深さはそれほどでもなく、その掘って除いた土を積み上げた上に柵を拵えてある。

「むかし安賀多《あがた》という邑で、外回りを囲った物を見たことがある。不意に来る敵を防ぐ仕切りだ。乗り越えようと登っても、それを矢で狙われてしまう」

近くまで行って壕の下を覗き込んだ籬が、早里の言葉を聞いて柵が途切れる場所を探して回り込もうと言った。

「こんなものまで造って、晋莉は何を考えている……」

海近くの湿原で壕も柵も終わっていた。山を背に泊まりに向かって、邑全体を覆う柵の大きさを考えると相当なものだった。

「……これだけの努力を厭わないのなら、もっと周りと交誼を結ぶことに頭を使え。菟沙にそそのかされてバカな真似だ」

硫砒は、加莉に並び立ち、その背中をそっと撫でた。

「ありがとう。分かっている、あいつも、きっと魔がさしたのだろう」

自分の手で息子を始末しなければいけない、そう改めて覚悟した。憂鬱になりながらも加莉は歩いた。

柵の途切れた林から十四人は邑に入った。蘇満留が先頭で進み、古びた家に辿り着いた。その前で男が網を繕っているところだった。

「おい、旦杷《タンビ》。俺だ、俺」

蘇満留に名前を呼ばれた男が顔を上げた。大勢がいる様を見て、慌てて男は立ち上がった。そして加莉の姿を見つけて驚いた。

「俺じゃない、俺は何もしていない」

蘇満留が近づき、幽霊を見たようだな、と彼に言った。加莉もそばに来て彼の肩を叩いた。旦杷は二人以外にも見知った者がいることに気付き、肩でしていた粗い呼吸を鎮め、大きく息をひとつ吐いた。

「加莉か？　無事だったのか」

その言葉で、加莉はやっと邑に戻ってくることができたと思った。何だか妙にうれしくなった。

「おぉ、このとおり元気さ。それより、邑の周りのあの柵は何だ？」

「あれか……、あれは夫台の指示で、菀沙の連中が造ったものだ」

「旦杷、連中は晋莉の住まい近くで寝起きしているのか？」

蘇満留に向かって、そうだと答えた。

「その仮屋の周囲は、さらに柵を立てて男たちが見張りをしている」

加莉の後ろの貫武たちは、彼の言葉に唸りを発した。

「幾手かに分かれ、一斉にかかる必要があるな、主早」

「そのとおりだ。加莉、津で相談したとおり邑の者十人ほど、とにかく急いで集めてくれ」

早里には蘇満留が代わって承知している、と言った。そして、新月になるまで二日待った。すでに邑からも十名余りが加わった。この夜の闇に乗じ、連中が拵えた内柵を越えて攻めかかる手筈だ。

「俺が、矢じりに火を点けて放つ、それが合図だ。反対側から掛かる者も出遅れるな」

正面からは、壱志の加莉を先頭に、蘇満留や珂備留に加えて邑からの数名だ。側面から攻める早里には、貫武と振武と巽武の三兄弟を中心とした男たちが加わる。反対からは、意恵の籬や酒寄、津邑からの珂篤と柑玄や硫砒たちに邑の男たち数名を加えた十名ほどが攻めかかる。約三十人、それが裏山を背にした晋莉の家と菟沙者の家屋の表の三方から雪崩れ込む。

「いくぞ！」

早里が叫んで、二方からも男たちは呼応した。邑から外を隔てる柵には、水のない壕が巡らせてあったが、さすがに自分たちの家の周りには低い柵を張ることで安心していた。それらを踏み蹴散らし、男たちが攻め寄せた。

「な、なんだ！」

遠くからも叫び声が聞こえた。近くからも男が一人、外に出てきた。

「弛むな、押せ押せ！」

正面からの蘇満留が、後ろに続く邑の男たちを叱咤した。

「晋莉《シンリ》、出てこい！」

加莉も、柵を踏み越えながら、前方の闇に叫んだ。

「珂備留、加莉を援けて晋莉を探せ」

蘇満留は弟に晋莉の家を指さし、そして力いっぱい背中を押した。

「承知した！」

加莉の前に進んで正面に立ち、家の入口を蹴り飛ばした。

「待て、いま出てゆく」

中にいる男が外に向かってそう答えた。加莉には、声の主が晋莉だと判った。彼は、珂備留を押しのけて入口に立ち、暗闇の奥を窺った。ただ誰も出てくる様子もなく、かえってひっそりとしたままなのだ。

「おかしいな、入ってみようか？」

「邪魔しないでいてくれ！」

加莉は珂備留の言葉を手で制し、そして中に一歩足を掛けた。側面から柵内に入った早里は、晋莉の家の後方、山肌に接した場所にある家屋へ向かって突っ走った。横や背後には貫武たち兄弟がいる。

仮設の家屋から出てきた男の姿が見えたが、遠目にも武器ひとつ持たない丸腰の様子だ。

「殺さずに生け捕れ！」

早里が叫んだ。

「でも、……」

足を止めた貫武を置いて、早里は前に見える男に向かった。彼と後続の者が離れたと見るや、手前の林から男たちが飛び出した。そして走り寄る早里の左方から、月明かりに黒光りする剣で切りつけた。

「主早、引け！　危ない！」

貫武が、早里との間に体を入れた。突進してきた男たちと彼の体がぶつかった。体当たりを受け、早里も絡んでよろめいた。生臭い血潮が宙を飛び、まぶたの血糊を早里は拭った。闇に目を凝らすと貫武を挟んだ向こうにいる男と目が合った。

「誰だ！」

その剣幕に男が逃げた。

「待て！」

その腕を貫武が掴んで引き留めた。それからズルズルとその場に崩れた。早里は、慌てて貫武の体を支えた。そばに振武と巽武が駆けつけた。二人に彼を託すと逃げた男たちを追って駆け出した。

「許さん！」

短剣を腰から引き抜き男の群れに向かって投げつけた。剣は回転しながら飛んでいき、一人の背中に突き刺さった。

男がのけぞりながら悲鳴を上げた。その声は、入り乱れてはいても誰もが無言で、ただ走り回る足音だけがあった静寂を切り裂いた。

「菟沙の者、逃げるのか！」

逃げながら叫ぶ男と早里の怒声を聞いて、まわりに散らばっていた者たちの足が止まった。早里は腰に佩いていた長剣を手に持った。足元には傷ついた男が倒れていたが、早里は構わず踏み越えた。

「えぇい、卑怯な、逃げるな！」

鉄剣を振り上げ、男たちに切り込んだ。二対一でも勢いに勝る早里の剣は、一振りで男の腕を切り落とした。肩を押さえてしゃがみ込む男を蹴り飛ばし、下から戻した切っ先をそのまま真っ直ぐに突き出して、違う男の胸を刺し貫いた。切られた男も刺された男も抵抗する術もなく、早里が継市の父親から譲り受けた鋼の剣の餌食になって倒れ落ちた。

振り返ると、背後では晋莉の家から火が上がっていた。早里は、剝き出しの剣を右手に下げたまま、加莉や珂備留のいるところまで走って戻った。反対側から柵を壊して突入した籬たちが、数人の男を組み伏せ捕らえた後で、その燃える家を見つめていた。少し離れた場所でも、何人かが天を刺すような火柱に見入ったまま動かないでいた。

何気なく暗闇に目を向けると、座り込んだ貫武が巽武と振武に両方から支えられている姿が、炎の明かりに浮かび上がっていることに気が付いた。

「貫武、大丈夫か？」

「ちょっと、やられたな」

「すまなかった、俺を助けようと体を張ってくれて……」

「いや、大丈夫だ。気にするな」

早里を見上げて、彼が泣き笑うような表情を見せた。その顔を赤々と照らす炎が浮かび上がらせている。

「中には、晋莉が入ったままらしい」

籬が、いつの間にか貫武たちのそばに来ていた。

「自分で、火を点けたのか？」

そうだ、というように首を縦にした。そして燃える家を見つめる加莉の姿を顎で示した。

「娘の希莉《キリ》も中なのか？」

「……そうらしいな」

囁くように籬が答えた。火の爆ぜる音に交じって、離れたところから微かに泣き声が聴こえたような気がした。

「いま、声が聞こえなかったか？」

「聞こえたか、そうだろう？　俺だけの空耳かと思った」

早里と籬は、聞こえた方角に歩いてみた。また、聞こえた。燃えさかる家の側方、少し離れた草むらの中から発するらしい。早里も足を速めた。はっきりと聞こえてくる、どうやら赤子の泣き声なのだ。

「これは……」

先に草むらを分け入った籬が、風向きによって熱風が寄せる方角を片手で遮るようにして、片腕だけで赤子を抱いて平地に出てきた。そして、そのまま加莉たちのそばまで戻って差し出した。

「あぁ、この子だったのか。無事だったのだな」

裸の子どもを下から受け留めた後、加莉がへなへなと地に腰を落とした。胡坐に組んだ足の上に赤子を下ろして太い腕で抱きしめた。

「あぁ、希莉の子だ、わしの孫だ」

加莉は、あぁ、あぁ、とだけ声にならない吐息を続けて、それから咽び泣きながら赤子に額を押し付けた。子どもは、その小さな両手を握りしめ、さらに火が付いたように泣き出した。

「腹が空いているのか、乳でも欲しいのか？」

そばにいた蘇満留は、子の親のことには触れないで、みんなに向かってそう言った。

早里たちは上陸した海岸まで引き上げてきた。もちろん菟沙の男たちも引き連れてのことだった。

「着いたぞ。それでどうする？」

籬が、加莉に尋ねた。男たちの処分についてである。

「やはり、ここで死んでもらおう」

早里が言った。ここへ着く途中では、菟沙に引き渡して交渉せよ、という者もいた。柑玄や硫砒は一戦を交えるべきだと発言した。

「いや、それは、継市の本意ではないだろう」

菟沙が口出しできないほど迅速に決着させて、加莉が壱志の邑を元どおりに粛々と治めることが賢い選択だと周りを口説いたのだ。親子の諍いの結末として、息子と共に加莉に歯向かった者すべてが粛清されたという筋書きだ。

「だから、お前たちを生きて帰すことはできない」

生き残った菟沙者は五名だった。そこには夫台もいた。他の者が闇夜で切り合い、大怪我をしても傷ひとつ負ってはいなかった。

「俺だけは殺すな！　お前ら後悔するぞ、生きて戻せ」

後ろ手に縛られながらも乱暴な物言いを周りに浴びせた。

「命乞いなら、もっと、それらしく言え！」

蘇満留は、座っている彼の背中をしこたま蹴った。

「ならん！　鹿目を手に掛けたのはこの男だ」

意恵の酒寄が、充血した白目を剥いて地団太を踏んだ。

「俺も同感だ。他の者を許しても、この男だけは生かしてはおけん」

籬の言葉に早里もうなずいた。

「すぐに首を刎ねよ」

彼の指示で、最初に立ち上がったのは貫武だった。

「兄貴、そんな腕では力が入らないだろう？」

そう言ったのは二男の振武だった。三男の巽武の肩を借りながら立ち上がった長兄は、早里をかばって刺された左腕をじっと眺めた。

「俺にさせてくれ」

三人の様子を見た蘇満留が、腰に佩いた剣に片手をかけて前に出てきた。

「そうだな、それが良い」

早里が答えたので、誰も反対はしなかった。

「……た、たすけてくれ！」

酒寄に襟元を掴まれ、ズルズルと砂浜の中ほどに引き出された夫台が叫んだ。

「卑怯の限りを尽くしたくせに、今さら助けてほしいなどとは笑止な奴だ！」

酒寄が手を放し、足で突き飛ばした。それを合図に蘇満留は剣を振り上げ、数歩歩んで斜めに切り捨てた。真っ白い砂浜には鮮血が飛び散り、そしてコロリと首が落ちた。それを見ていた残りの数名、後ろ手に縛られた菟沙の男たちは震え上がった。

「もう良いだろう。残りは生かして、俺が神門に連れていく」

早里は、大きな声で蘇満留に言った。そして加莉に同意を求めた。

「俺は、それでも良いが……」

蘇満留は、一呼吸おいてから、彼らをどうするのかと早里に尋ねた。

「無用の殺生は嫌いだ、今さらだけど性に合わない。どうせ菟沙に送り返せないのなら、俺が男たちの面倒をみる」

そう言いながら男たちのそばに寄り、縄を解いた。

「ただし、菟沙に残した家族は忘れろ」

男たちは慌てて首を縦に振り、頭上の彼の言葉に素直に応えた。

「お前も大人になったな」

浜辺から離れる時、早里のとなりに来た忍羽が、笑顔で彼にそう言った。

夜は宴会になった。加莉が指揮して、壱志の家々から酒肴を寄せ集めた。加莉の家の一帯は、焼けてしまったから、蘇満留と珂備留の住まう広場が酒席となった。

「赤ん坊はどこだ？」

早里は蘇満留に尋ねた。

「俺のカカが乳をやって面倒をみている」

「そうか……それなら良かった」

「どうした？」

「いや、加莉も一人になってしまったから育てるのが大変だろうと思っただけさ」

「なるほど、男手だけで赤子の面倒は見られないしな……」

「……、男か女か？」

「男の子だ」

「……俺が貰って帰るというのはダメだろうか？」

蘇満留は身を引き、早里の顔をまじまじと見た。

「冗談で言った訳じゃない、俺は本気だぞ」

怪訝な表情でずっと見つめられたものだから早里も言葉を継ぎ足した。

「冗談でないということは分かったが、加莉も一人だけ残った肉親だから、それには噫《あい》とは言わないだろう」

「そうだな、……当然のことだ」

早里は、両腕を組んで沈黙した。

「まぁ、すべてを忘れて酒でも飲もう」

眼前の坏《つき》を取り上げ、早里に渡し、横に置いていた盉《か》を持って彼に注いだ。白濁の米酒一杯を飲み干し、彼もその坏を蘇満留に差し出した。

宴が始まると、籬や酒寄が早里のそばに寄ってきた。彼に遅れて珂篤と柑玄や硫砒たちも来て酒を酌んだ。

「あれ？　貫武たち兄弟はどうした？」

向かいに座った雝に尋ねた。

「知らなかったのか？　左腕と脇腹に受けた傷で臥せっている。あの二人が就いて治療している」

「どこだ？　どこにいる？」

早里が慌てて聞き返したので、となりに座って飲んでいた蘇満留が俺の家にいると答えた。彼は立ち上がって外に向かった。

早里は、貫武が伏せている蘇満留の家に来た。中に入り、彼のそばに座って声を掛けた。左腕はもちろん、右肩から左の脇腹に掛けて布をぐるぐると巻きつけた姿で横になり、目を瞑っていたのだった。

「痛むか？」

彼は早里に気付いて起き上がろうとした。早里は、その背中を支えながら、寝ていろと彼に言った。

「あぁ、ちょっと痛い」

「すまなかったな、俺が不注意だった」

早里が頭を下げたものだから貫武が苦笑いした。奥には、そんな二人の様子を見ていた振武と巽武がいた。

「お前たちの兄貴のおかげで今こうして命がある。三人には本当に感謝している、礼を言う」

「お前のために兄貴の左腕はダメになるかもしれないんだぜ」

振武が乱暴にそう言った。

「おい、主早だろう、言い方をわきまえろ」

貫武を制して、早里は本当なのかと二人に尋ねた。

「あぁ、そうさ。かなりの出血だった、それに、兄貴の指先が動かない」

早里は、布に赤黒い血のにじんだ彼の腕に目をやった。

「それはいかん、どうしたら良い？」

「できることは既にやったよ。腹は大したことがなかったが、腕の骨は断たれて千切れんばかりの具合だった」

早里は、何も言葉が出なかった。

「大丈夫だ、主早に怪我がなくて良かったさ」

申し訳ない気持ちで、また貫武の余りある厚情にも心が締め付けられた。

「戻ったら、継市に相談して治療しよう」

「ダメだよ、いま動かしたら大変なことになる。しばらくは、邑に留まって回復を待つしかない」

三男の巽武が言った。早里は驚いて再び貫武の顔を見た。

「この恩は、生涯忘れない」

早里の言葉に寝たままでいた貫武が、顔だけ向けてうなずいた。

帰還の朝は小雨が降って、天からの雲はどんよりと垂れ下がっていた。島の狭い平地を取り囲む草木は、早里の鬱々とした気持ちとは違って恵みの雨で青々としていた。

「貫武の世話をお願いする」

加莉に言った。

「分かった、みんなで出来るだけのことはする」

その後ろには、蘇満留と赤子を抱いた彼の妻である由梨《ユリ》と、彼女にしがみつく蘇満留の女児が立っていた。

「なんてお名前？」

女の子は恥ずかしくて母親の後ろに隠れた。

「ちゃんと挨拶しないか」

蘇満留が父親らしく、それでも優しい声で娘を叱った。

「果《カ》、……」

うなずき、俺にも五歳の女児がいる、と早里は彼女の頭を優しく撫でた。

「この度は本当に世話になった。継市にも宜しく伝えてほしい。借りは改めて、きっと何かで返すと言ってくれ」

少し離れて立っていた加莉が言った。

「分かった、きっと伝えよう」

早里は、浜辺に着けた小舟に乗った。

「この子は宝だ、大事に育てる」

蘇満留の妻に抱かれた赤子に視線をやって、そして加莉がハッキリと言った。

「そうか、立派な男に育てば良いな」

子どもを引き取る相談をしてみたかったが、加莉は手元に置くとしか答えないだろう。早里は何も言わず、小舟に乗った。それぞれが分かれて波間を進み、小雨のなかで停泊していた船に乗り込んだ。あの命拾いした菟沙の男たち四人もいる。

これから宇美《うみ》の邑を目指して南下して、陸を間近に眺めながらも着岸せず、そのまま真っ直ぐ津に向かう。一日足らずで着ける航海だ。今回一人の死者も出さなかったのは幸いだったが、三兄弟を島に残さなければならなくなった理由を思うと胸が痛む。先立って、鹿目も命を落としている。加莉も息子と娘を失った。

『諍いのない穏やかな明日になれば良い』

「おい、何を考えている?」

忍羽が、いつの間にか並んで立っていた。

「あぁ、お前か。別に何でもないさ」

「そうか？　でも、深刻な顔をしていたぞ」

壮年の男の彼を見て、自分も同じく年をとったのだと早里は感じた。

「おい、お前も早く子どもをつくれ」

唐突に言われたものだから忍羽も赤面した。

「これぱっかりは誰にも分からん……」

宮《ミヤメ》も寂しがっているだろう、と早里が言った。もちろん茶化すつもりなどは全くない。

「……出来れば良いけどな」

陽光が戻ってきた。

「さぁ、とにかく家に帰ろう」

その言葉に忍羽も、そうだなと答えた。

曇天の隙間から差す日差しは、かつて母親の幸《コウ》が海に消えた後、神秘的な情景を見せた幾重もの光線と似ている。ふと、与麻《ヨマ》と娘の世里《セリ》の笑顔を思い浮かべた。

『今日も楽しかった、明日も一日元気で過ごそう。そんなふうに話しながら、何事もなく毎日暮らせるように二人を守ってやりたい』

早里は、青い空と白い雲を見上げてそれを願った。

了

【著者略歴】

番場　葉一（ばんじょう　よういち）

昭和三十二年生まれ。関西大学経済学部卒業、文部科学省、文化庁特別機関、放送大学、東京工業大学、東京医科歯科大学、大阪外国語大学、大阪教育大学等の国立大学や国立民族学博物館などで勤務。平成三十年退職。現在は、大阪市から派遣されて石巻市で復興支援事業に従事している。

それぞれのウィル

2018年11月15日　第1刷発行

著　者 ― 番場《ばんじょう》　葉一《よういち》

発行者 ― 佐藤　聡

発行所 ― 株式会社 郁朋社《いくほうしゃ》

〒101-0061　東京都千代田区神田三崎町2-20-4
電　話　03（3234）8923（代表）
ＦＡＸ　03（3234）3948
振　替　00160-5-100328

印刷・製本 ― 日本ハイコム株式会社

装　丁 ― 根本　比奈子

落丁、乱丁本はお取り替え致します。

郁朋社ホームページアドレス　http://www.ikuhousha.com
この本に関するご意見・ご感想をメールでお寄せいただく際は、
comment@ikuhousha.com　までお願い致します。

　ISBN978-4-87302-682-4　C0093